中国民间文学与文化研究丛书

延安文艺传统与中国民间文艺学

安德明 董素山 主编

毛巧晖 著

河北出版传媒集团
河北教育出版社

图书在版编目（CIP）数据

延安文艺传统与中国民间文艺学 / 毛巧晖著.
石家庄 : 河北教育出版社, 2024.10. -- (中国民间文学与文化研究丛书 / 安德明, 董素山主编). -- ISBN 978-7-5545-8843-7

Ⅰ.I207.7

中国国家版本馆CIP数据核字第202489A8H1号

书　　名	延安文艺传统与中国民间文艺学
	YAN'AN WENYI CHUANTONG YU ZHONGGUO MINJIAN WENYIXUE
作　　者	毛巧晖
策　　划	丁　伟　田浩军
出 版 人	董素山
策划编辑	郝建东
责任编辑	刘宇阳　王　哲
装帧设计	郝　旭
出　　版	河北出版传媒集团
	河北教育出版社 http://www.hbep.com
	（石家庄市联盟路705号，050061）
印　　制	河北新华第一印刷有限责任公司
开　　本	787毫米×1092毫米　1/16
印　　张	19.5
字　　数	300千字
版　　次	2024年10月第1版
印　　次	2024年10月第1次印刷
书　　号	ISBN 978-7-5545-8843-7
定　　价	60.00元

版权所有，翻印必究

编委会

顾　　问：祁连休　贺学君　吕　微　朝戈金　叶　涛
总 主 编：安德明　董素山
执行主编：施爱东　祝鹏程
编　　委：巴莫曲布嫫　陈岗龙　陈泳超　陈连山　萧　放　万建中
　　　　　康　丽　户晓辉　林继富　毛巧晖　王卫华　敖　其
　　　　　黄永林　江　帆　李　刚　刘晓春　刘晓峰　杨利慧
　　　　　张士闪　赵宗福　郑土有　张　勃　乌日古木勒
　　　　　邹明华　黄　涛　安德明　董素山　施爱东　祝鹏程
　　　　　田浩军　郝建东

前　言

民间文学既可指研究对象，也可是学科名称，所以对其界定就成为民间文学学科发展的关键。

一般提到"民间文学"，学界都会提及梅光迪，因为这一语汇最早出现在1916年梅光迪给胡适的一封回信中："文学革命自当从'民间文学'（folklore，popular poetry，spoken language，etc）入手，此无待言。"[①] 梅光迪将内涵更大的folklore（民俗）等同于popular poetry（流行诗），spoken language（口头语言）等，并一同译为民间文学。但毕竟这也只是出现在私人信件，其影响力到底有大就很难说了。从学术意义上首次给民间文学精确界定的是胡愈之。胡愈之认为：

> 民间文学的意义，与英文的"Folklore"大略相同，是指流行于民族中间的文学。民间文学的作品，有两个特质：第一，创作的人乃是民族全体，不是个人。普通的文学著作，都是从个人创作出来的，每一种著作，都有一个作家。民间文学可是不然；创作的绝不是甲也不是乙，乃是民族全体……第二，民间文学是口述的文学（Oral Literature），不是书本的文学（Book Literature）。书本的文学是固定的，作品完成之后，便难变易。民间文学可是不然；因为故事、歌谣的流行，全仗口头的传述，所以是流动的，不是固定的。
>
> 民间文学很有研究的价值。先从艺术的本质看来……民间文学是口

[①] 胡适：《逼上梁山——文学革命的开始》，《东方杂志》第31卷第1号，1934年1月1日。

述的文学，是耳的文学，不是目的文学，所以在有韵的民间歌谣中，往往具有自然的谐律……民间文学乃是人们思想感情的自然流露。而且流露出来的是民族共同的思想感情，不是个人的思想感情。所以研究民族生活民族心理的，研究人类学社会学或比较宗教学的都不可不拿民间文学做研究的资料。再从教育上看来，民间文学……又是最好的儿童文学。

"Folklore"——这个词不容易译成中文，现在只好译作"民情学"，但这是很牵强的。民情学中研究的事项，分为三种：第一是民间的信仰和风俗（像婚丧俗例和一切的迷信禁忌等）；第二是民间文学；第三是民间艺术。所以民间文学是民情学的一部分，而且是重要的部分。

现在要建立我国国民文学，研究我国国民性，自然应该把各地的民间文学，大规模地采集下来，用科学方法，整理一番才好呢。①

从胡愈之的论述，我们看到他对民间文学的概念、与"folklore"如何对译，及其价值都阐述得极为清晰。所以对于民间文学概念、学科而言，这篇是民间文学学术史上重要的文献。之后对于民间文学的界定，大致也是从胡愈之所提及的民间文学创作、传播及文学艺术特质展开。

一、从创作与传播界定民间文学

民间文学的创作与传播和书面文学不同。首先就是民间文学大多为集体所作，即使最初为个人创作，也是无名者所为，在历史传承传播中隐匿了个体性。书面文学则是个人完成。但这并不是大多界定者对两种类型文学的主要区别之处。随着民间文学的兴起，大多研究者将民间文学视为"平民文学"，表达了"社会间下级的平民及妇女——一切最深刻最真挚最缜密最浓厚的情感和意境"。②徐嘉瑞的《中古文学概论》中对平民文学的界定是：内容取材于社会、取

---

① 胡愈之：《论民间文学》，《妇女杂志》第7卷第1号，1921年1月。
② 章雄剑：《什么叫做民间文学》，《北京平民大学周刊》第50期增刊，1925年。

材于民间、摹写人生；形式无一定方式、写实的、生动的；作者多为平民、非知识阶级、非官方、无名者；音乐方面为可协之音律。[①] 在徐蔚南《民间文学》一书中，"民间文学是民族全体所合作的，属于无产阶级的，从民间来的，口述的，经万人修正而为最大多数人民所传诵爱护的文学。"[②] 之后，杨荫深《中国民间文学概说》[③]、王显恩《中国民间文艺》[④]等都对民间文学的概念进行了进一步拓展，但在创作群体与传播群体上大致都延续了胡愈之的观念。由于大多将民间文学视为民众、平民文学，民间文学也往往被表述为"民众文学""平民文学"等。[⑤] 这一理念在延安时期发生了一定变化，具体化为工人、农民、士兵的文艺。中华人民共和国成立后，民间文学成为人民文艺建构的重要资源与主要方向，这一时期民间文学在高校课程中开始使用苏联的"人民口头创作"等名称。但是民间文学创作群体依然是以工农兵为主，而且将少数民族民间文学涵括其中。直到20世纪80年代，在民间文学教材中才开始又将民间文学视为广大人民的口头创作。20世纪90年代，随着再次引入西方民俗学思想，民间文学的创作群体、传播群体逐步扩展到胡愈之当时所言"民族全体"，而且突破了都市、乡村的边界。

二、民间文学的文学艺术特质

在民间文学概念界定中，都会提及它特殊的文学艺术特征，胡愈之将其概括为"耳的文学"，也是后来沈兼士强调的"从目治之学"到"耳治之学"的变化。在中国民间文学学术史上，钟敬文进一步推广了从"目"转向"耳"文艺特质的不同。对于"耳"的文学而言，其本质就是"口述""耳听"[⑥]。从语言特质上来说，则是胡适所言的"白话"，即"我把'白话文学'的范围放得很大，故包括旧文学中那些明白清楚近于说话的作品。我从前曾说过，'白话'有三个意思：

---

① 徐嘉瑞：《中古文学史》，亚东图书馆，1930年，第2—3页。
② 徐蔚南：《民间文学》，商务印书馆，1927年，第6页。
③ 杨荫深：《中国民间文学概说》，华通书局，1930年。
④ 王显恩：《中国民间文艺》，广益书局，1932年。
⑤ 参见娄子匡、朱介凡：《五十年来中国俗文学》，正中书局，1963年，第1页。
⑥ 杨荫深：《中国民间文学概说》，华通书局，1930年，第1页。

一是戏台上说白的'白',就是说得出,听得懂的话;二是清白的'白',就是不加粉饰的话;三是明白的'白',就是明白晓畅的话。"他还认为《史记》《汉书》中有许多白话。①

从文学艺术特质而言,民间文学更注重的是"俗",而不是群体划分。郑振铎认为:

> "俗文学"就是通俗的文学,就是民间的文学,也就是大众的文学。换一句话说,所谓俗文学就是不登大雅之堂,不为学士大夫所重视,而流行于民间,成为大众所嗜好,所喜悦的东西……差不多除诗与散文之外,凡重要的文体,像小说、戏曲、变文、弹词一类,都要归到"俗文学"。②

从1919年李大钊发动的"到民间去"运动开始,中国共产党早期领导人和中国共产党领导的文艺运动都很重视民众文学及文艺的大众化。20世纪30年代,"大众化"引发了文学界的分歧,也让不同政治力量看到了民众文艺的作用。到了延安时期,在《在延安文艺座谈会上的讲话》(以下简称《讲话》)精神引导下,民间文学从内涵到外延都发生了变化。《讲话》中将其称为"萌芽状态的文艺"(墙报、壁画、民歌、民间故事等)"原始形态的文学""较低级的群众的文学和群众艺术""群众的言语"和"初级文艺",并且进一步论述了"文学专门家应该注意群众的墙报,注意军队和农村中的通讯文学。我们的戏剧专门家应该注意群众的歌唱。我们的美术专门家应该注意群众的美术。一切这些同志都应该和在群众中做文艺普及工作的同志们发生密切的联系,一方面帮助他们,指导他们,一方面又向他们学习,从他们那里吸收由群众中来的养料,把自己充实起来,丰富起来,使自己的专门不致成为脱离群众、脱离实际、毫无内容、毫无生

---

① 胡适:《白话文学史》,百花文艺出版社,2002年,第8页。
② 郑振铎:《中国俗文学史》(上),商务印书馆,1998年,第1页。

气的空中楼阁。"① 从《讲话》所列内容可以看出"萌芽状态的文艺"大致相等于民间文学，但是没有明确使用民间文学的学术名称，也没有进行明确的界定，这也就使得整个延安时期民间文学的外延扩大，但它同时也承继了民间文学学术史发展的传统。延安时期将民间文学纳入文学领域，仅仅探究其文学艺术价值，而忽视了它的民俗学意义，同时研究者从政治出发构建了一个全新的"民间"。当然也有例外，高长虹就是典型代表。他认为"他们（指：中国农民）不善于驾驭笔杆，但还能驾驭自己的舌头。他们真正的历史留存在他们自己的著作里，这就是民间文艺。""民间文艺，如把它精审地研究起来，我想，这也不能不说是一门庞大的学问。""在这篇文字里，我只想很简单地把民间文艺从它的内容和性质上分为四类来讲一讲。这四类是：一，农民的政治理想；二，农民的生活写生；三，农民的现实讽刺；四，农民的精神反抗。""在这篇文字中把民间文艺分为四大部门约略讲过一点了。因为资料不完全，有很多都没有讲到。生活的写照这一部分，讲得更是很局部。民间文艺，不但在民间，就是在我们的文化生活里，还在生存着。给它以科学的认识，艺术的欣赏，它还是人民生活的一种反映，可能的现实改造的动力"。② 从上述表述可知，高长虹企图从学术的立场来表述，并且将其当作一个学科来对待，但是他并没有为延安学界认可和吸纳。延安时期的民间文学理念在中华人民共和国成立后进一步延续与拓展。20 世纪 50 年代开始，民间文学最突出的艺术特质就是"人民性"，"反映人民大众的生活和思想感情，表现他们的审美观念和艺术情趣，具有自己的艺术特色。"③

汤姆斯最初提到"民间古俗"或"通俗文学"的时候已经提及，其"更多地属于一种知识而不是一种文学"，④ 同时"民间创作保留着原始艺术所固有的那种'实用的'、复功能的和艺术—功利的性质。依照 B. 古谢夫的确切定义，民间创作同时既是艺术又不是艺术；其中，认识功能、审美功能和日常生活功能构成了

---

① 毛泽东：《在延安文艺座谈会上的讲话》，《解放日报》1943 年 10 月 19 日，第 1 版。
② 高长虹：《论民间文艺》，《抗战文艺》第 8 卷第 4 期，1943 年 5 月 15 日。
③ 钟敬文主编：《民间文学概论》，上海文艺出版社，1980 年，第 1 页。
④ [美] 阿兰·邓迪斯编：《世界民俗学》，陈建宪、彭海斌译，上海文艺出版社，1990 年，第 6 页。

一个不可分割的整体"。①"假如去掉由特殊的服装、习俗和那种赋予它们以一致性、赋予它们的灵魂——而常常也是意义——的信仰所创造的那种背景，那么，人民口头（创作歌曲、传奇、俗语等等）的作品就常常丧失了生命"②。

20世纪80年代中后期开始，学术界对于民间文学的理解有了一定变化。首先，学界已经注意到了民间文学的日常生活特性。20世纪80年代初期，《民间文学论坛》创刊后就开始注意到民间文学与日常生活的紧密关系。该刊的《发刊词》《编后记》《稿约》中也提出，注意搜集"民俗学的材料"，如"产生作品的社会历史情况，有关的民族风习、宗教信仰，同文学联系在一起的民间歌曲、民族舞蹈，以至反映神话、传说的工艺品及历史的遗迹等等，都应当加以搜集"③；发文多倾向于"旗帜鲜明、短小精悍的关于民间文学、民俗学方面的两三千字的短文以及随笔、札记等"④，欢迎"关于民俗学的研究与介绍""有关民间文学和民俗学的文学与资料"等。⑤其显然有接续二十世纪二三十年代民俗学传统的趋向。但需要指出的是，最初研究者们虽然强调民间文学与民俗学的"血缘"关系，但依然坚持"对民间文学本身的特点和规律做深入细致的研究，而不能用民俗学来代替"。⑥如果更确切地来说，应该将"民间"替换为"民俗"，但是由于学科长期以来形成的学术名词，轻易地替换容易造成混乱，所以仍沿袭原来的"民间文学"名称。

其次，对民间文学的基本特质进行重新阐释：一是口头性。长期以来它成为民间文学的质的规定性，但是"仅凭'口头传承'本身，并不足以区分民俗与非民俗"⑦，同样民间文学也不能用口头传承来界定民间文学与非民间文学，因此它

---

① [苏联]莫·卡冈：《艺术形态学》，凌继尧、金亚娜译，生活·读书·新知三联书店，1986年，第210页。
② [意]柯科雅拉：《欧洲民俗学引论》，中国民间文艺家协会民俗学部编：《民俗学译丛》，内部资料，1982年，第134页。
③ 贾芝：《发刊词》，《民间文学论坛》1982年第1期（创刊号）。
④ 《编后记》，《民间文学论坛》1982年第1期（创刊号）。
⑤ 《稿约》，《民间文学论坛》1982年第1期（创刊号）。
⑥ 连树声：《民间文学与民俗学》，《民间文学论坛》1982年第3期，第35页。
⑦ [美]阿兰·邓迪斯编：《世界民俗学》，陈建宪、彭海斌译，上海文艺出版社，1990年，第1页。

不是判别民间文学的充分条件，而只是必要条件。另外它指的是语言的口头性，不仅仅是非书写的。二是集体性。指的是民间文学是一定地域群体行为的历史积淀，是民众情感的习俗化的抒发，是集体审美意识的结晶。

最后，因为它是民俗的一部分，所以就涉及"民"，也就是民间文学的承载者，应该为民族全体。

上述理念在民间文学兴起之时胡愈之、杨荫深、王显恩等就已提及，但即使在21世纪20年代初期，依然有人将民间文学视为下层民众的文学，或者将其视为口头传播，竟然也有学者认为民间文学已经消失。当然民间文学的概念有很多需要讨论之处，比如民间相对于何而言，是"官方"吗？曾经也引起过民间/官方二元文学的讨论。是否可用口头文学（或口头传统）、书面文学代替民间文学、作家文学？由于长期的学科发展及术语沿袭，不是一朝一夕可以改变的。但是，口头文学的理念应该植入当下的文学认知与观念，这有助于进一步拓展文学术语如文本、创作等关键概念，进而影响文学领域的相关研究。

三、中国民间文学发展脉络

中国从很早就开始记录民间文学，所以在20世纪初期对民间文学研究的阐释中，大多研究者都提到了《诗经》《山海经》以及流传度很高的"古诗十九首"、唐宋元明清的通俗文艺。当然从19世纪中期开始，西方的传教士就开始在中国搜集民间文学资料，特别是对少数民族民间文学资料的搜集整理，引起了后世研究者的关注。从20世纪20年代赵卫邦就开始回顾民间文学、民俗学发展史，后来在中华人民共和国成立初期，特别是《歌谣》周刊创刊四十周年座谈会上，顾颉刚、常惠、杨成志、容肇祖、魏建功等都回顾了《歌谣》周刊的学术意义与价值，其中杨成志撰写了《我国民俗学运动概况》，也是他在中国民间文艺研究会学术讲座会上的报告。他对从歌谣运动到中山大学及之后各地民俗学（民间文学）的发展进行了分期，大致分为三个阶段，"北京大学'歌谣研究会'和'风俗调查会'是发动的第一阶段。大革命时期，北大一些人到中山大学去，成立'民俗学会'是传播的第二阶段。受了中大影响或直接、间接有关系的各地民俗学会及他们所办的刊物,是扩大推广的第三阶段"①。他非常精辟地论述了三个阶段期间民间文学(民俗学)的发展,罗列了从20世纪20年代开始各地创办的民俗刊物以及国外学者对中国民间文学(民俗学)的调查资料,为新中国民间文学研究提供了扎实的资料体系,也响应了中国民间文艺研究会(以下简称"民研会")征集民间文学资料的号召。杨成志在对从歌谣征集开始至40年代民俗学发展和研究的评述以他熟悉的中山大学时期及之后各地民俗学研究为主,没有提及三四十年代延安和沦陷区的民俗学发展,另外,他的评述有显著的"时代性",但很多也是切中要害的,如"只有少数知识界搞这种被称为'冷门'的工作,并没有引起全国人民大众也起来注视和认识'民俗学',尤其是民间文学的人民性和艺术性的重要意义和作用"。② 因为第一章要详述20世纪上半叶中国民间文学的发展,在此不再详细阐释,而是以杨成志的回顾文章引出。民间文学受到广大民众的关注,或者说重视民间文学人民性的研究是从新中国初期开始的。为了全面呈现这一面貌,本书在"前言"中对新中国民间文学发展脉络做一梳理,也与后文的讨论相呼应。

新中国成立初期,民间文学在新的学术体制中实现了学科独立,在沿承延安时期解放区文艺思想的同时进一步拓展;20世纪70年代中后期开始,随着民间文学的恢复,它与文化学相结合,出现了民俗文化学等新趋向;90年代伴随民间文学与人类学、社会学等学科交叉,以及民俗学、民间文学的学科归属等问题,世纪末学人的反思中民间文学研究的本位缺失成为讨论热点;世纪之交,伴随学者对不同思潮、流派及人物的梳理与讨论,民间文学研究呈现出多维视野与多元范式交杂的景象。特别是21世纪初期,文化资本、文本重构(民俗志诗学)以及伦理层面对民间文学主体的观照等多角度研究成为民间文学发展面临的新语境,这对民间文学而言既是挑战也是机遇。

---

① 杨成志:《我国民俗学运动概况——在中国民间文艺研究会学术讲座会上的报告》,《民间文学》1962年第4期。
② 杨成志:《我国民俗学运动概况——在中国民间文艺研究会学术讲座会上的报告》,《民间文学》1962年第4期。

民间文学在民众中产生与传承，它具有区别于作家文学的独特文学性与审美性，其研究就是对这种特殊的文学性与审美性的理解与阐释。笔者选取基本问题作为切入点，按照民间文学学术史中的基本问题构建历史脉络，将1949年至今的民间文学发展分为五个不同时期进行论述。

（一）1949—1957年：民间文学体制内的独立

新中国成立后，承继了延安时期解放区重视民间文学的思想和政策。1950—1957年，通过民间文学的思想性与社会价值、民间文学体系的重新建构和规范，以及民间文学的口头性的探讨实现和深化了民间文学在新的政治体制内的学科蜕变；在对这些问题的阐释和回应中，凸显了不同学人和学术团体的思想，它们成为这一时期民间文学研究的关键点，同时也推动了民间文学在体制内独立的进程。1949—1957年，民间文学领域主要通过突出和彰显民间文学的文学特性逐步构建和实现其学科独立，首先就集中于对民间文学的思想性和社会历史价值的探讨。钟敬文在中华全国文学艺术工作者第一次代表大会（以下简称"第一次文代会"）召开前发出了《请多多地注意民间文艺》的呼声，并强调民间文艺的思想性及其社会历史价值[①]；《光明日报》开辟了"民间文艺"专栏[②]、《民间文艺集刊》亦刊发了这一主题的文章[③]。同一时期翻译了高尔基《原始文学的意义》等苏联相关理论。

1949年以后，由于对民间文学的理解与研究发生了变化，须对民间文学研究体系进行重建和规范，其实现的主要途径就是通过民间文学概论的重新书写，如钟敬文编《民间文艺新论集（初编）》（中外出版社1950年版）、赵景深编著《民间文艺概论》（北新书局1950年版）、克拉耶夫斯基著《苏联口头文学概论》（连树声译，东方书店1954年版）、A. M. 阿丝塔霍娃等合编《苏联人民创作引论》（连树声译，东方书店1954年版）、匡扶著《民间文学概论》（甘肃人民出

---

① 以上引文出自钟敬文：《请多多注意民间文艺》，《文艺报》第13期，1949年7月28日。
② 如陈漾：《劳动人民的智慧》，《光明日报》1950年3月7日；方望：《领袖到我们村里来了——民间故事新型》，《光明日报》1950年3月15日；陈毓罴：《歌谣与政治》，《光明日报》1950年5月14日；夏秋冬：《歌谣与政治》，《光明日报》1950年5月21日。
③ 李岳南：《民间戏曲歌谣散论》，上海出版公司，1954年。

版社1957年版）等。民间文学最显著的特征就是口头性。1949年以后，对民间文学这一特性在研究中仍时有触及，但在探讨中关注点出现了变化。蒋祖怡、赵景深、周扬、郭沫若、老舍皆有论及，其中朱自清《中国歌谣》超越了同时代论述[①]。

1949年以后，民间文学研究领域出现一个特殊的群体，即解放区学者如周扬、何其芳、贾芝等，他们在《讲话》的影响下，认为民间文学一是对人民的语言，特别是工农兵语言的重视，二是强调民间文艺的政治性和艺术性。钟敬文作为国统区代表应邀参加第一次文代会的筹备会，参与了新体制内文学艺术建设工作[②]。从他的自述中，可以看到1950—1957年之间，他逐步适应主流文艺思想，学术论述以纲领性和总结性的文章居多[③]，主要围绕民间文艺的思想性和艺术性展开，这也是其民间文艺之"新"的外在表现。

（二）1958—1966年：民间文艺学的高扬

1958年，随着新民歌运动的开展，民间文学得到前所未有的重视，获得良好的发展契机。相应地，学界加强与深化了对民间文学的研究，并形成了民间文学学术发展历程的又一高峰，这一发展进程一直持续到1966年。1958年开始，民间文学出现了很多新现象，研究领域围绕民间文学的范围、民间文学的主流之争、搜集整理以及民间文学的人民性的讨论对其进行了回应。克冰（连树声）在《民间文学》1957年5月号发表的《关于人民口头创作》中较早提出了民间文学范围界限的问题，并强调民间文学不同于"业余文学"（也称为"人民创作"或"工农兵创作"）。新民歌运动中，民歌与诗的界限变得模糊。20世纪60年代，新故事创作迅速发展，改变了传统故事的存在样态。

周扬《新民歌开拓了诗歌的新道路》[④]引起了广泛讨论。在他的引导下，研究

[①] 朱自清：《中国歌谣》，复旦大学出版社，2004年，第202页。
[②] 钟敬文：《七十年学术经历纪程——〈钟敬文学术论著自选集〉自序》，《北京师范大学学报（社会科学版）》1993年第4期。
[③] 如钟敬文：《关心民间文艺的朋友们集合起来》，《光明日报》"文代会"特刊；钟敬文：《口头文学：一宗重大的民族文化遗产》，北京师范大学出版社，1951年。
[④] 周扬：《新民歌开拓了诗歌的新道路》，《红旗》1958年第1期。

者们开始思考"社会主义时期"民间文学的范围及其特征。1961年4月和11月,中国民间文艺研究会研究部与《民间文学》杂志联合召开了两次"社会主义时期民间文学范围界限问题讨论会"①。20世纪50年代中期,文学领域出现民间文学主流论②的声音。"大跃进"时期,出版了以民间文学作为中国文学史的"主流"和"正宗"的著作;论著提出民间文学是中国文学史的"主流"和"正宗"的口号;报刊上对其亦充满了赞誉之辞,同时围绕"主流"问题展开了争论。《光明日报·文学遗产》《文学评论》《文史哲》《复旦学报》《读书》等刊发了相关文章,中国科学院文学研究所、民研会亦围绕这一话题召开了讨论会。他们的观点主要强调民间文学是"正统""主流","以民间文学为中心,改写中国文学史"等。程俊英、郭豫适、乔象钟等撰文批评这一论调,何其芳在《光明日报·文学遗产》1959年7月26日起连续三期发表了《文学史讨论中的几个问题》,到此"主流"论告一段落。1956年8月,中国科学院文学研究所和民研会共同组成联合调查采风组,由毛星带队,文学研究所孙剑冰、青林,民研会李星华、陶阳、刘超参加。他们的调查宗旨是"摸索总结调查采录口头文学的经验,方法是要到从来没有人去过调查采录的地方去,既不与人重复,又可调查采录些独特的作品和摸索些新经验"③。随着全国民族识别工作的开展,国家组织出版少数民族的简史、简志、民族自治区概况三种民族丛书,这些对"调查产生民间故事的环境"④有极大助益。1958年7月9—17日,召开了全国民间文学工作者代表大会,会上提出了"全面搜集、重点整理、大力推广、加强研究"的工作方针(简称"十六字方针")⑤,出版了《中国民间故事选》(第一、二集),第一集中收录30个民族121篇故事,第二集中收录31个民族125篇故事。民研会研究部于1963年邀请河南、四川、广西、江苏、安徽、吉林6个省的搜集研究者,就此举行了讨论

---

① 参见钟秀《社会主义时期民间文学范围、特征的意见综述》,及其他研究者在中国民间文艺研究会研究部和《民间文学》杂志社召开的讨论会上的发言,均载中国民间文艺研究会研究部编《民间文学参考资料》第二辑,内部资料,1962年。
② 陆侃如:《什么是中国文学史的主流》,《文史哲》1954年第1期。
③ 王平凡、白鸿编:《毛星纪念文集》,学苑出版社,2004年,第92页。
④ 中国民间文艺研究会研究部编:《民间文学参考资料》第八辑,内部资料,1963年,第7页。
⑤《让万里山河开遍民间文艺之花》,《人民日报》1958年8月2日。

会，各省参加者不仅有经验总结发言，还各自提供了若干传说故事的记录稿和整理稿，以供研究讨论。这次座谈会上提供的文章和记录或整理稿，汇编为《民间文学参考资料》第6辑（1963年8月）和第7辑（1963年9月）。这一时期关于搜集整理的广泛和深入的探讨，是民间文学学科意识提高的一个表现。在第一次文代会上，周扬代表解放区做了《新的人民的文艺》的报告，他指出"解放区的文艺是真正新的人民的文艺"①，在今后的文艺工作中必须坚持文艺为人民服务，首先是为工农兵服务的精神以及新文艺的方向，也就是《讲话》所规定的"人民的"方向。延安的文学精神扩展到全国文艺界，"人民性"成为文学艺术批评的基础概念，也成为评价文学作品艺术性的标准。民间文学研究者也努力探析作为文学艺术共性的"人民性"。民间文学研究者特别强调民间文学是人民的口头创作，突出它与人民性的连接，试图用"人民口头创作"代替民间文学。但民间文学理论的研究成了与一般文艺理论的对接及对其的移植，到目前为止这依然是民间文学研究的弊病之一。20世纪30年代初期，文艺界掀起了大众化问题的讨论，周扬就是在这一时期登上文坛并积极参与了讨论。1942年，《讲话》确立了工农兵服务方向，回应了文学上的民间化和大众化问题。周扬作为解放区文艺工作的领导者，参与了讨论；1949年以后，他注重对民间文艺的研究。周扬通过对具体文艺问题的探讨完成了民间文艺建设的任务。他在民间文学方面的研究与思考主要表现在对民间文学形式和功能的利用，强调民间文学、文化的人民性是为现实服务，坚持民间文学学习应尊重历史原则等。周扬重视民间文学问题是为他的政治追求服务，他对民间文学和文学大众化的倡导，是对党和国家构建人民的文艺之具体实施，但也不能因此忽视他在民间文学领域的学术思想与观点，尤其应将其置于具体情境中进行分析与思考。

何其芳的民间文艺研究主要表现在"文艺的"和"学术的"两个层面。何其芳将民间文学当作文艺性质的读物，以文艺批评的标准——政治标准和艺术标准作为民歌编选的尺度。如他在编选的《陕北民歌选·凡例》中明确指出："希

---

① 周扬：《新的人民的文艺》，参见《周扬文集》第1卷，人民文学出版社，1984年，第513页。

望它同时可以作为一种文艺性质的读物。我们选择的标准是要求在思想性和艺术性上或多或少有一些可取之处。因此，从一千余首陕北民歌中，我们只选了这样一册。"①何其芳论述了民间文学与新文学的关系。他认为民间文学孕育于人民生活，是群众的艺术，同时民间文学和作家文学在文学发展中的作用各有所长。何其芳对民间文学文艺性的重视，并不意味着他对民歌的民俗学研究缺乏认识。他在《陕北民歌选·凡例》中叙述编选目的时，明确目的之一就是为民俗学提供研究材料，并对书中材料的来源、参加工作的人员、民歌流传或采录的地域范围、民歌的写定、注释等做了全面的学术说明，同时对书中为了阅读方便而删除民歌的衬字衬语表示歉意。②在他的民间文学研究中，需要特别提出的是他对"民间"的理解。

贾芝从20世纪40年代开始参与民间文学创作与研究。最初他遵循《讲话》"我们的艺术是为工农兵的，为工农兵而创作，为工农兵所利用"的精神，运用劳动人民的语言创作，先后在《文艺战线》《诗刊》《中国文化》《解放日报》等刊物和报纸发表诗歌多首。这一时期，他开始重视民间文艺，在创作中积极向民众文艺靠拢，正如他所说："这一时期是建国以后我所以参加了民间文学工作以至坚持至今的最初起点。"③1949年以后，贾芝正式进入民间文学领域。他的工作包括管理和研究两个方面：一是他努力建设和保存民间文学研究机构，积极组织民间文学调查与研究。具体而言：他为民研会的成立和存在而奔走呼吁；主持编辑了《民间文学》④；注意与地方民间文学研究组织的联系。另一方面，他的学术研究兼顾民间文学的宏观理论与微观领域。他在民间文学分类、研究对象和搜集整理的理论上提出了自己独到的见解；针对当时民间文学与作家文学合流、民间文学与群众创作等同的观点，他明确反对将民间文学研究范围无限度地扩大；他注重民间文学的社会价值，强调民间传说的民族性和时代性；并大力提倡对少数

①何其芳、张松如选辑：《陕北民歌选》，新文艺出版社，1955年，凡例第1页。
②何其芳、张松如选辑：《陕北民歌选》，新文艺出版社，1955年，凡例第1—2页。
③贾芝：《播谷集》，人民文学出版社，1994年，第53页。
④此资料来源于2003年、2004年多次访谈贾芝所得，同时在他日记中亦多次提到。

民族文学的研究。

（三）新时期：民间文艺学的恢复及其文化学走向

1949年以后，民间文艺学得到迅速发展，特别是1958—1966年之间，无论在学科建设还是理论探索上都取得了丰硕成果。1966—1976年，作为学术研究的民间文艺学停滞，1978年开始恢复，新时期民间文学进入了另一个发展期。

20世纪70年代末，民间文艺学开启恢复旅程，首先就围绕民间文学基本特征的重新探讨展开。钟敬文主编的《民间文学概论》中论述了民间文学的基本特征，即集体性、口头性、传承性与变异性。此外姜彬、陈子艾等提到了民间文学的匿名性、"文学与非文学的双重组合性质"等①；段宝林强调民间文学的"立体性"②；刘锡诚则提出"整体研究论"③等。他们都关注到了民间文学的存在场域和生活特性。朱宜初、李子贤、陶立璠等则提到了少数民族民间文学人民性和民族性的特性④，但这些讨论没有在全国范围内引起反响。

其次，新时期有关民间文学研究中民间文学范围的讨论成为热点。对于民间文学范围的讨论是为了厘清它的边界，这一时期关于民间文学范围的讨论主要聚焦于：民间文学与作家文学、俗文学的区别；民间文学不能完全排斥书写；集体性与口头性是民间文学范围厘定的基本。"民间文学的分类理论是民间文艺科学的重要组成部分。民间文学作品品种多样，在形态上既相近似，又有不同，既有整体特征，又有个体表现。民间文学的分类学正是在这同和异中间求出规律。因此，分类的建立有赖于结构学与形态学的发展。"⑤1949年以后，民间文学的分类基本延续了故事、传说、神话、歌谣、谚语、谜语等，而较少关注各地域少数

---

① 姜彬：《论民间文学的特征》，中国民间文艺研究会研究部编：《民间文学论丛》，中国民间文艺出版社，1981年，第22—23页；陈子艾：《民间文学本质特征新议》，《民间文学》1986年第12期。
② 段宝林：《加强民族民间文学的描写研究》，《南风》1982年第2期。其他如老彭等也对民间文学立体性特征进行了论述，参见老彭：《论民间文学的特征》，《山茶》1988年第4期。
③ 刘锡诚：《整体研究要义》，《民间文学论坛》1988年第1期。
④ 朱宜初、李子贤：《少数民族民间文学概论》，云南人民出版社，1983年，第3—9页；陶立璠：《民族民间文学理论基础》，中央民族学院出版社，1990年，第56页。
⑤ 张紫晨：《民间文学的分类学和分类体系》，载《中芬民间文学搜集保管学术讨论会文集》，中国民间文艺出版社，1987年，第181页。

民族民间文学中的亚文类。新时期，随着民间文学研究的发展，尤其是国家开启对于民间故事、歌谣、谚语全面搜集的工作后，民间文学的保存就直接与分类相关。在1986年4月4日—16日，中芬两国学者在广西南宁和三江侗族地区进行了联合考察和学术交流。研讨会论文共计30篇，其中专门讨论民间文学分类的有7篇，话题如此集中，可见分类在中芬民间文学研究领域都是重要问题，尤其与民间文学资料的保管、搜集直接相关。乌丙安《分类系统》指出在传统的分类体系中，英雄叙事诗、英雄故事和英雄祖先传说属于不同类别需再讨论；但值得注意的是，当时各民族、各地区体裁的特殊性已引起调查者的思考。尤其对于少数民族中某些特殊体裁，如史诗，在《少数民族民间文学概论》《民族民间文学理论基础》中都有单章论述，而非如其他概论性著作的体裁分类，将其与民间叙事诗归入一类[①]；并且两部少数民族民间文学概论性著作在具体的讨论中还对史诗的概念有所推进，过去史诗的研究，主要就是英雄史诗，甚至有人认为中国只有《格萨尔》《江格尔》《玛纳斯》三大史诗，而否认或忽视南方少数民族史诗，如苗族的《苗族古歌》、纳西族的《创世纪》《黑白战争》、彝族的《梅葛》《勒俄特衣》《阿细的先基》以及赫哲族、达斡尔族等东北少数民族的史诗。民间文学研究中对于分类的重视，可以推动民间文学理论的发展，如"以口头作品的题材、体裁和表现方法三结合的标准作为分类的出发点，在实践中可以比较准确地分辨作品的异同，也便于集中归纳资料形成的类别"[②]。当然，那一时期对于民间文学分类的探讨出现了很多"削足适履"的现象，尤其是文类名称不结合"地方性知识"，以及"不依照其在文化中的功用和结构而依其内容和形式予以分类整理"[③]。但总体而言，民间文学分类的讨论推动了体裁学以及民间文学基本理论的发展。

1978年4月，钟敬文、贾芝、毛星、马学良、吉星、杨亮才组成筹备组，筹备恢复民研会的工作，民间文学研究中断近十年后开始了新的历程。新时期民

[①] 参见钟敬文主编：《民间文学概论》，上海文艺出版社，1980年，第281—311页。
[②] 乌丙安：《分类系统》，载《中芬民间文学搜集保管学术讨论会文集》，中国民间文艺出版社，1987年，第157页。
[③] ［芬］劳里·航柯：《中央和地方档案制》，李扬译，载《中芬民间文学搜集保管学术讨论会文集》，中国民间文艺出版社，1987年，第110页。

间文艺学的发展紧随当时的政治与学术形势，处于恢复与转折时期。从钟敬文、贾芝、毛星等学人的民间文学研究我们可以窥见一二。

民间文学开始恢复之后，钟敬文在多次会议发言与著述中均提到民间文学的特殊性[①]，这沿承了他20世纪30年代中期就开始提倡的特殊文艺学之思想。在民间文学开始恢复并发生转折的新时期，他开始逐步构建这一特殊文艺学。他在《谈框子》中提出要突破狭隘化了的古为今用和一般文艺学的框子，这两点实际上是他系统民间文艺学之通俗化表述。前者主要针对忽视民间文学与特定社会环境的关系[②]，后者主要针对民间文艺学中的作家文艺学模式。[③] 从陈述中可以看到他构建中国特色民间文艺学的框架，那就是民间文艺学一般理论、民间文艺学史和多视角的交叉研究。新时期钟敬文民间文艺学基本理论的构建主要体现于《民间文学概论》一书的编写，他在该书的"前言"中陈述了自己的思想，即民间文学与它周围文化现象密切相关，同时作为一种特殊的文学，它在内容与形式上具有自己的特性。民间文学集体性、口头性、传承性、变异性四性特征及其关系是多年来民间文学的基本理论问题之一。在钟敬文的论述中，集体性与口头性成为民间文学的主导特征，其他两个特征是在它们基础上的派生，而且它们成为民间文学与书面文学的分水岭，因此，民间文学的理论建构集中关注的是创作者与创作形式。传承性与变异性，本来属于民间文学的内在研究部分，但由于其在四性中的派生性，它们一直没有成为钟敬文民间文艺学体系中的核心概念。对传承性与变异性的研究可以推演出民间文学作为一种语言艺术的特殊性，从而丰富和扩充一般文艺学理论。1986年开始钟敬文的研究开始转向文化学，《谈谈民族的下层文化》可以说是他民间文学与社会生活的关系之思想的扩展与顺延。但在他的论述中，民间文学与社会生活、下层文化的关系没有指向民间文艺学的文学"特殊性"。

[①] 参见《钟敬文民间文学论集》（上），上海文艺出版社，1982年，第406、456页；钟敬文主编：《民间文学概论》，上海文艺出版社，1980年，前言第5页。
[②] 钟敬文：《民间文艺谈薮》，湖南人民出版社，1981年，第47页。
[③] 钟敬文：《民间文艺谈薮》，湖南人民出版社，1981年，第52页。

前 言

1976年以后，中断了近十年的民间文学研究开始了新的历程，在这一发展阶段，贾芝是研究领域的主要人物之一。他从新时期开始至20世纪末学术主导思想变动不大，为了更清晰地展现他的思想脉络，此处将其20世纪70年代末至90年代末的学术进行集中论述。他的著述以及活动可以分成民间文学、民族文学研究与探索；为新的论著所撰写的序文；国际交往三部分。1976年以后，他一如既往坚持《讲话》精神，重视对"中华人民共和国民间文学事业发展源头的寻索"[1]，这句话道出了他学术研究的原点与终极追求。他积极整理延安时期解放区的民间文学资料[2]，希望作为一个亲历者为后人的研究提供资料基础，从《中国解放区书系·民间文学编》《中国解放区书系·说唱文学编》的"序言"以及内容编排、体例等方面可以看到他从文艺视野对民间文学的定位。在他的思想中，民间文学作为艺术具有强大魅力，它属于文学殿堂中不可或缺的部分，具有文学的特性以及功能。他重视民间文学的搜集整理，积极推进民间文学三套集成的编纂，主编《中国民间歌谣集成》成为他事业的核心。从他的研究中可以看到，他将民间文学当作人民的诗学，与作家文学并存于文学领域，同时又将民间文学视为文学之源。[3]他遵循《讲话》精神，围绕"取之于民、还之于民"开展自己的学术与活动，具体表现在人民的诗学与根植民间两个方面。他对于民间文学更注重的是它与作家文学之文学的共通性。在他的研究中，重点不是析分这两种文学，更注重的是为民间文学在文学领域争得一席之地，让民众的文学为民众服务，因此，他的研究更多呈现出的是一种活动，他认为自己所做的工作是"学者与民众的对接、书斋与田野的对接、民族与世界的对接"[4]。不可否认，这种理念同时也给他的研究造成了一定的局限性。在20世纪80年代学界出现文化热潮时，他关注过，对民间文学的多视角研究也持肯定态度，但是他的核心思想却未

---

[1] 贾芝：《播谷集》"自序"，人民文学出版社，1994年，第4页。
[2] 贾芝主编：《延安文艺丛书·民间文艺卷》，湖南文艺出版社，1988年；贾芝主编：《中国解放区书系·民间文学编》，重庆出版社，1992年；贾芝主编：《中国解放区书系·说唱文学编》，重庆出版社，1992年。
[3] 贾芝：《播谷集》，人民文学出版社，1994年，第261页。
[4] 贾芝：《我是草根学者》，《新文学史料》2007年第2期。

动摇。

  毛星的民间文学研究，学人提及较少，如果从知识积累的学术史而言，他在民间文学领域的成果不算很多，但从思想史来说，他对民间文学则是不可或缺的人物。他的民间文学思想主要体现在调查研究和文学艺术特性两方面。前者前文已有论述；后者而言，他强调文学艺术的现实性与阶级性，认可形象是文艺的基本特性。他认可民间文学可以成为多学科研究对象，也可以从多角度探析，但是民间文学范围的界定必不可少。他提到为了减少误解，可以重新运用新的词语指称自己的研究，这一点是可取的，同时也能减少民间文学不必要的学科纠纷与危机。他对民间文学的理解是：民间文学归属于文学艺术，同时它自身又具有独特的艺术特性，虽然他没有进一步阐述，但他的这一研究指向则是非常科学的，只是后来的学人并没有沿承他的思考路径。① 此外，毛星从20世纪50年代中期在少数民族地区进行民间文学调查时，就努力践行自己的整体文学观思想，后来则与贾芝、钟敬文、马学良等一起推进中国少数民族文学研究，他主持编写的《中国少数民族文学》填补了中国文学史的空白，对于中华完整文学史的建构更是意义重大。②1979年，钟敬文提出民间文学是总的文学的一个方面或一个部分，它与作家文学、通俗文学共同构成文学③；毛星的整体文学思想则是对钟敬文大文学理论的一个推进。他的思想对民间文学领域有深远影响，最显著的就是《中华民间文学史》的编纂，其从体例到布局都是对毛星《中国少数民族文学》的承继与发展④。从大文学理论到整体文学观，与韦勒克总体文学理念相吻合，可见中国民间文艺学自身的发展与西方也是有可对接之处，只是后来的研究者在引进西方理论中，忽略了中国民间文学自身的发展，这就使得中国民间文学思想中的自主性因素没有得到进一步的发展与深化。

---

① 毛星：《民间文学及其发展谫论》，《民间文学论坛》1984年第1期。
② 参见中国社会科学院科研局组织编选：《毛星集》，中国社会科学出版社，2002年，第357、370—372页。
③ 《钟敬文民间文学论集》（上），上海文艺出版社，1982年，第412页。
④ 吕微：《〈中华民间文学史〉编写研讨会纪要》，《文学遗产》1995年第2期。

(四)20世纪90年代:民间文学研究的本位缺失

20世纪80年代中期开始,民间文学研究发生了文化学转向,它逐步被纳入民俗学之民间文学研究。这一思想是欧美文化人类学的传统,他们将民间文学称为口承民俗,至今它在美国仍是民俗学研究的最普遍类型。①

"民"作为民俗文化的承载者与主体,一直是民俗学的核心概念,对于民俗学而言具有本体论意义。陈勤建提到:"民俗意义上的民众,是相对于官方立场而言的宽泛的人群概念。"②这一范围厘定突破了政治视野的"民"之内涵,与世界民俗学对"民"的探讨趋向一致。"民"不再指农民或乡下人,这对于民俗学而言意味着民俗学取向的变化。正如高丙中所言:"民俗学的取向是历史还是现实?民俗学的对象是罕见的奇风异俗还是普通的大众生活文化?关键在于正确认识作为民俗主体的'民'。"③通过"民"内涵的推进,民俗学思想逐步摒弃古俗研究,开始介入现代生活,其现实意义越来越得到重视,这也是它得以迅速发展的一个重要因素。关于"民"的具体内涵,学界首先介绍了西方"民"的历史演化过程以及当前的现状。《美国民俗学》一书关于民众类型叙述非常清晰,"泛而论之,在解释谁是民众、其民俗如何起源问题上有四种基本理论。公有理论认为,'民众'是纯朴的农民,他们共同创造了民俗。残留物理论把民俗的起源上推到文明的'野蛮阶段',认为现代民俗是古代的遗传或'残留物'。文化降低因素理论则颠倒了传播的方向——认为民俗是从高级的根源而来,如'学问知识'自上而下传入普通人民中而成为其传统的东西。最后,个人创造与集体再创造理论认为,各种民俗起先都是由社会任何阶层的某个个人创造的,但在口头流传的过程中它又被修改变动了。"④这一时期学界还译介了阿兰·邓迪斯(Alan Dundes)有关"民"的论述。邓迪斯提出"民是指至少具有一个共同因素的任何人类群体",这个群体可以大到一个民族,小到一个家庭,即所谓的"临时民群"。只有这种

---

① [美]布鲁范德:《美国民俗学》,李扬译,汕头大学出版社,1993年,第6页。
② 陈勤建:《中国民俗》,中国民间文艺出版社,1989年,第20页。
③ 高丙中:《关于民俗主体的定义——英美学者不断发展的认识》,《湖北大学学报(哲学社会科学版)》1993年第4期。
④ [美]布鲁范德:《美国民俗学》,李扬译,汕头大学出版社,1993年,第21—22页。

界定才使得"民"会永远存在,民俗学既拥有了现代意义,同时也能持续发展。①根据西方学人的理论,国内学者对其进一步内化,"民"演化为"人",民俗即"人俗"。②与此同时,文学领域对"民间"亦有讨论,但他们主要从文学本体研究出发,寻找新的思考路径。在此不做详述。

倒是民间文学领域并未出现对"民间"内涵相对独立的讨论。它基本上依附于民俗学,这样,90年代民间文学之"民"也跟随民俗学演化为"人",但是民俗学之"民"是由俗界定的,这对于民间文学研究没有直接意义,所以这一问题的讨论,并不能阐释它的研究本体,只是扩大了作为资料体系的民间文学之范围,其积极意义就是当代创编的民间文学被逐步纳入研究视野,比如60年代出现的新故事、90年代流行的都市民间文学等。对于民间文学的研究也进入多重维度,从文化人类学、比较文学等分析阐述,像欧洲民间故事学理论和形态学被引介③,比较故事学研究兴起④,原型批评理论以及帕里—洛德口头诗学开始引入⑤,等等;但在学术思想上影响较大的依然是民俗学派⑥的民间文学研究。

1989年,在纪念"五四"新文化运动七十周年国际学术讨论会上,钟敬文提出了"民俗文化学",他将其阐释为对于"作为一种文化现象的民俗"进行研究的学问。民俗文化,简要地说,是世间广泛流传的各种风俗习尚的总称;民俗文化的范围,大体上包括存在于民间的物质文化、社会组织、意识形态和口头语言等各种社会习惯、风尚事物;口头语言民俗是人际关系的媒介,是许多文化的

---

① [美]阿伦·邓迪斯:《"民"指什么人?》,王克友、侯萍萍译,《民俗研究》1994年第1期。美国民俗学家Alan Dundes学界一般译为阿兰·邓迪斯。除引文外,均使用通用译名。
② 黄意明:《化民成俗:民俗学的重大课题》,《戏剧艺术》1998年第4期。
③ 参见《刘魁立民俗学论集》,上海文艺出版社,1998年;李扬:《中国民间故事形态研究》,汕头大学出版社,1996年。
④ 刘守华:《比较故事学》,上海文艺出版社,1995年。
⑤ 叶舒宪选编:《神话—原型批评》,陕西师范大学出版社,1987年。虽然其1987年出版,但到90年代才开始在民间文学研究中大量使用。口头诗学理论参见[美]约翰·迈尔斯·弗里:《晚近的学科走势》,《民族文学研究》2000年增刊。
⑥ 民俗学将民间文学视为研究的一部分,英美文化人类学传统一直如此,在民间文学学术史上被称为"民俗学派"。另,此处为了区分民俗学视域的民间文学与文学视域的民间文学,将后者表述为"民间文艺学",与全文所述"民间文学"内涵一致,但为了说明这一时期的学术发展,在"民俗学派民间文学思想"部分的论述中不予统一。

载体，是一种特殊的符号民俗传承。民俗文化学则是民俗学与文化学相交叉而产生的一门学科。在体系建构中，涉及民俗文化学与民俗学、文艺学等学科之间的关系，前者的论述明确民俗学有自己的丰富内涵，其也是民俗文化学的内涵，后者则与其他社会人文科学并列，民间文艺学是否归入文艺学则语焉不详。民俗文化学可以说是一个时代性学术名词，钟敬文以民俗学为本位，对其进行了建构与论述，随着时代情境的消失，它逐步趋于消沉，但是处于其核心的民俗学思想则得以推进。20世纪90年代末，钟敬文提出了建立中国民俗学学派的口号。他认为中国的民俗学已脱离西方民俗学的影响，进入自主发展阶段，其特性是多民族的一国民俗学。① 他的这一思想从90年代中期开始酝酿，得到了民俗学学界的推动和认可，成为中国民俗学发展的一个标识。但在民俗学发展的过程中，学界对口头文艺的研究越来越轻视，当时亦有学者指出民间文学研究者把坐标调整到民俗学、民俗文化学等外学科的角度，短期内难以构建新的理论体系与构架。世纪之交学人开始对民间文学的理论困境进行反思。

这一时期学人的研究更多关注民间文学中的民俗事象梳理与探析。民间文学领域的资料搜集与民俗学又有着差别，完全转化为田野作业极其困难，面对如此情境，反映民间文艺学理论停滞的声音在学界越来越高。在主流之外，90年代民俗学派还存在一个侧翼，那就是文艺民俗学。文艺民俗学是"在民俗和文艺学的结合点上，共同建构的新视角、新方法和新理论"②。其建构与兴起是研究者希冀用民俗学的知识、理论，推动文艺学科的发展，研究路径主要有：运用民俗学的研究方法对文学文本的生成、风格进行解读；民俗作为文艺批评与文艺审美的一个维度；基于"文艺人学观"，论述文艺与民俗的内在建构。尤其后者，在认可民俗与文学，特别是与民间文学之间特殊关系的前提下，其立足于文学的研究本位，因此在90年代民俗学派的民间文艺学思想中，独树一帜，并从侧翼积极推动民间文艺学的本体研究。

---

① 钟敬文：《建立中国民俗学学派论纲》，《广西民族学院学报（哲学社会科学版）》2000年第1期。
② 陈勤建：《文艺民俗学发生论》，《华东师范大学学报（哲学社会科学版）》1986年第6期。

（五）进入 21 世纪：民间文学研究的多维视野与多元范式

20、21 世纪之交，学者开始对"不同的社会情势和学术氛围"中出现的"不同的思潮、流派和人物"进行梳理与讨论[①]，众多学人关注学科范式、研究方法的转化。20 世纪 70 年代末期，民研会逐步恢复，民俗学和少数民族文学研究也进入重建阶段，民间文学面临新的发展机遇。对国家层面而言，启动了三套集成工作，全国范围内民间故事、歌谣、谚语的文本搜集，带动了民间文学研究的发展。民间文学研究领域大量新的理论开始介入，精神分析学、文化相对论、故事形态学、新进化论、口头诗学、表演理论等交融并置，但是八九十年代只是引入，并未全面深入，尤其是表演理论和口头诗学的影响，到 21 世纪初期才全面呈现。

大量理论的介入，多视角、多学科的研究使得民间文学"人民性"、思想性以及现实主义等"一元性的文本分析渐趋被打破"。从 20 世纪末开始，民间文学的本位缺失成为学人反思的核心与焦点。本位缺失更多指向传统追随作家文学的批评范式的失效。首先就是再次掀起民间文学与作家文学关系的讨论。这一问题从民间文学兴起之时就是民间文学研究的基本问题之一。21 世纪初，"作家文学中的民间文学"和"作为相似艺术形式的民间文学和文学"引起关注[②]；"民间文学源头论"被重新检视[③]；民间文学被重新置于中国文学史脉络中梳理与反思；对作家文学与民间文学的交融、作家作品对民间文学的使用亦进行重新思考，同时新兴的人工智能、网络文学也被纳入此讨论视野[④]；其讨论中心转移到民间文学与作家文学之间的"重合""交叉""相似"等。

民间文学的文学性集中体现于其"口头性"，"传统民间文艺学尽管认识到民间文学是口头文学，但却从来没有把民间文学当成口头文学看待和研究，而是首先把口头文学转化为书面文本，然后按书面文学的概念框架和学术范式进行

[①] 刘锡诚等：《民间文学学术史百年回顾》，《民间文化论坛》2005 年第 5 期。
[②] [美] 玛丽·艾伦·布朗：《民间文学与作家文学》，李扬译，《民间文化论坛》2004 年第 4 期。
[③] 王锺陵：《"文学民间源头论"的形成及其失误》，《学术研究》2002 年第 12 期。
[④] 李扬主编：《民间文学与作家文学》，中国海洋大学出版社，2004 年。

研究，正是这种书面范式的积习，导致民间文艺学学科独立性的丧失。"① 民间文学研究发生了从书面到口头的转换，同时民间文学也渐趋被替换为"口头传统"（或"口头文学"）等，"中国学者往往用认识方法研究民间文学的文本实践问题，认为民间文学的文本和语境是彼此游离的"，多数中国学者将民间文学等口头转向理解为"一种理论认识和实证研究的方法，从而忽视了民间文学转向实践科学的可能性"②，即话语转换背后所呈现的"思想"变迁。

21世纪初期对于"口头性"的阐述触及民间文学根本，研究者从不同维度、不同视域出发，共同推动着民间文学逐步脱离传统"书面文学"窠臼，形成适合自身的文学研究与文学批评，同时也为"书面文学"提供新的研究视角，推动中国文学学科体系、学术体系、话语体系的发展。对于"口头性"分析，这一时期呈现出形态学、口头诗学、民俗志诗学等交融错杂的局面。普罗普的形态学理论从20世纪60年代对苏联史诗理论的引介中就已有提及，只是当时未全面引入他的理论，亦未用于中国本土民间叙事的研究。从新时期到新世纪，母题、母题链、主题、类型等成为民间叙事形态分析的"重要概念"与理论工具③，同时母题、母题链、主题也引起了相邻领域的关注，母题也与数据库建设联结，为研究者提供了资料库与新的数据平台④，当然其效用度与影响力还需长时段考察。从理论层面而言，这一研究视域的深层推进较慢，尤其近年来渐趋沉寂、冷落。口头诗学的发展推动了学界对"口头性"的关注与新的阐释路径。20世纪末至21世纪初，朝戈金、尹虎彬、巴莫曲布嫫等开始大量译介帕里—洛德口头诗学理论，其关注口传文本背后"口头的诗歌传统"，注重分析总体性的民族文化谱系，从

---

① 刘宗迪：《从书面范式到口头范式：论民间文艺学的范式转换与学科独立》，《民族文学研究》2004年第2期。
② 户晓辉：《民间文学：转向文本实践的研究》，《中国社会科学》2014年第8期。
③ 如刘魁立：《民间叙事的生命树——浙江当代"狗耕田"故事情节类型的形态结构分析》，《民族艺术》2001年第1期；万建中：《解读禁忌：中国神话、传说、和故事中的禁忌主题》，商务印书馆，2001年；刘守华：《中国民间故事类型研究》，华中师范大学出版社，2002年；祁连休：《中国民间故事类型研究》，河北教育出版社，2007年；顾希佳：《中国古代民间故事类型》，浙江大学出版社，2014年；等等。
④ 主要个案有中国社会科学院民族文学研究所数据库建设团队对民间叙事母题，特别是神话母题（如王宪昭"中国神话母题W编目"）数据库的建设。

而对"非书面样式的结构、原创力和艺术手法""口头创编"等进行阐释。① 朝戈金《口传史诗诗学：冉皮勒〈江格尔〉程式句法研究》②《关于口头传唱诗歌的研究——口头诗学问题》③《口头诗学》④ 等引领了史诗研究范式的转换，同时也波及对其他民间叙事的研究，如歌谣、民间故事等开始关注"口头创编""文本与语境""程式""大词"等⑤。

另外，"口头性"的讨论中，研究者关注到"声音"。早在1923年，沈兼士《今后研究方言之新趋势》就提到"向来的研究是目治的注重文字，现在的研究是耳治的注重言语"⑥。钟敬文也强调民间文学应从"目治之学"转向"耳治之学"。朝戈金《"回到声音"的口头诗学：以口传史诗的文本研究为起点》⑦ 则进一步阐明了"声音"是口传诗学与一般诗学的核心区别，并回应了新技术时代口传叙事的存在形态及延续与传播等问题。

还有就是《背过身去的大娘娘：地方民间传说生息的动力学研究》⑧ 将民间叙事置于社区与信仰之中考察其背后民众的诉求与实践，将传统的"书面"文本回复到具体时空"观照"与阐释。再者，注重口传叙事的"表演（或演述）语境"，从理查德·鲍曼（Richard Bauman）的表演理论引入⑨，到学界对其大量使

---

① [美]约翰·迈尔斯·弗里：《晚近的学科走势》，《民族文学研究》2000年增刊；另有[美]约翰·迈尔斯·弗里：《口头诗学：帕里—洛德理论》，朝戈金译，社会科学文献出版社，2000年；[美]阿尔伯特·贝茨·洛德：《故事的歌手》，尹虎彬译，中华书局，2004年；[匈]格雷戈里·纳吉：《荷马诸问题》，巴莫曲布嫫译，广西师范大学出版社，2008年。
② 朝戈金：《口传史诗诗学：冉皮勒〈江格尔〉程式句法研究》，广西人民出版社，2000年。
③ 朝戈金：《关于口头传唱诗歌的研究——口头诗学问题》，《文艺研究》2002年第4期。
④ 朝戈金：《口头诗学》，《民间文化论坛》2018年第6期。
⑤ 如江帆：《民间口承叙事论》，黑龙江人民出版社，2003年；郑土有：《吴语叙事山歌演唱传统研究》，上海辞书出版社，2005年；林继富：《民间叙事传统与故事传承——以湖北长阳都湾镇土家族故事传承人为例》，中国社会科学出版社，2007年。
⑥ 沈兼士：《今后研究方言之新趋势》，《歌谣》周刊增刊1923年12月17日。
⑦ 朝戈金：《"回到声音"的口头诗学：以口传史诗的文本研究为起点》，《西北民族研究》2014年第2期。
⑧ 陈泳超：《背过身去的大娘娘：地方民间传说生息的动力学研究》，北京大学出版社，2015年。
⑨ [美]理查德·鲍曼：《作为表演的口头艺术》，杨利慧、安德明译，广西师范大学出版社，2008年。

用,"语境中的表演""交流实践"中的文本等成为"口头性"分析的新维度。此外,关注新媒介传播中的口头文学,如网络谣言、都市传说等亦吸引了研究者。①民俗志研究以明确的问题意识为先导②,注重对民间叙事的日常生活属性的分析,这一研究维度与"民俗志"研究对接,关注神话、民间故事等民间叙事研究的当下性。③这一经典研究维度曾一度成为民间文化研究的主流,但其缺失与问题也引起了学者的反思,尤其是民俗志的重复度过高、成为新的"文本"资料集。④民俗志基于田野考察,为人类学、民俗学、民间文学共同关注,其注重田野"文本"一度改变了纯粹的文学文本,但其最终依旧回归新的"文本"制造。

需特别提及的是兴起于21世纪初的非物质文化遗产(以下简称"非遗")保护,它成为民间文学研究新的历史境遇与理论推手。2006年,国家全面启动非物质文化遗产保护,至今已有十余年,"非遗"亦从生僻词成为流传度极高的语汇,从"庙堂之高"到"江湖之远"均有其"身影";同时亦在学术领域成为话语引领。⑤在遗产化的过程中,民间文学(文化)资源的底层、边缘性亦被改变,它开始成为国家话语的文化资源。正如公共民俗学的发展一样,民间文学(口头文学)开始进入公共领域,它的文化价值成为政府与学者讨论的关键,但是如何将

---

① 施爱东:《网络谣言的语法》,《民族艺术》2016年第5期。近年来,研究都市传说者较多。从李扬翻译《消失的搭车客:美国都市传说及其意义》(扬·哈罗德·布鲁范德著,广西师范大学出版社,2006年)开始,有多部(篇)对上海、北京、青岛等都市传说研究的论著。
② 刘铁梁:《民俗志研究方式与问题意识》,《北京师范大学学报(社会科学版)》1998年第6期。
③ 如杨利慧等:《现代口承神话的民族志研究——以四个汉族社区为个案》,陕西师范大学出版社,2011年。
④《民间文化论坛》2007年第1期刊发了高丙中、王建民、张小军、郭于华、吕微、张海洋、朝戈金、庄孔韶、巴莫曲布嫫、赵丙祥、杨念群、刘铁梁、刘宗迪、叶涛、尹虎彬、黄涛、万建中《民族志·民俗志的书写及其理论和方法》。
⑤ 关于非遗的研究涉及者众多,王文章、刘魁立、乌丙安、刘锡诚等从非遗知识推广、普及等层面撰写了概论性著作;巴莫曲布嫫、朝戈金、安德明、杨利慧、彭牧等从非遗公约的概念、细读、社区、"时间性"等进行了阐释与论述;刘铁梁、吕微、高丙中、刘晓春等从建构论视角对非遗的功能及当下意义进行了论述。此段表述借鉴了祝鹏程《改革开放以来的中国民俗学:热点回顾与现状反思》(《民俗研究》2019年第2期)的分析。近年来非遗研究者众多,不再一一列出。

民间文学的主体——社区与个人置于"前台"？从文化资本、文本重构（民族志诗学）以及伦理层面对民间文学主体的观照等多角度研究成为 2010 年以后民间文学发展面临的新语境，这对民间文学而言既是挑战也是机遇。

目 录

第一章 传统与现代的变革：20世纪上半叶的民间文学 …………… 001
    第一节 冯梦龙民间文学辑录的重估 ………………………………… 001
    第二节 晚清《白话报》与民间文学 ………………………………… 005
    第三节 "到民间去"与民间文学 …………………………………… 009

第二章 延安文艺与民间文学的新趋向 …………………………………… 036
    第一节 新秧歌运动的民间性解析 …………………………………… 036
    第二节 韩起祥说书的民间性阐释 …………………………………… 046
    第三节 革命歌谣：民间性与人民性的辩证 ………………………… 056
    第四节 民间文学与文人创作 ………………………………………… 065

第三章 延安文艺与民间文学的话语嬗变 ………………………………… 075
    第一节 "民族形式"论争与新中国民间文学话语的兴起 ………… 075
    第二节 从革命话语到人民话语 ……………………………………… 083
    第三节 人民性的凝铸 ………………………………………………… 096

第四章 新中国初期民间文学的新格局 …………………………………… 110
    第一节 中国民间文艺研究会与民间文学格局的构建 ……………… 110

第二节　少数民族文学的兴起 ·· 126

　　第三节　少数民族民间文学发展述论 ····································· 143

　　第四节　民间文学批评体系的构拟与消解 ······························· 164

第五章　新中国初期民间文艺的新样态 ·· 176

　　第一节　民间童话的多向度重构 ··· 176

　　第二节　神话资源现代转换的话语实践 ·································· 187

　　第三节　现代民族国家话语与《刘三姐》的创编 ······················ 198

　　第四节　民间文学的通俗化实践 ··· 209

　　第五节　记录与改写：董均伦对民间故事的搜集整理 ················ 230

结　语 ··· 244

参考文献 ·· 253

后　记 ··· 274

第一章
传统与现代的变革：20世纪上半叶的民间文学

自19世纪起，西学东渐打破了"本土文化在庙堂与民间之间封闭型自我循环的轨迹"[①]。自1918年北大歌谣学运动开始，民间文学被纳入新文学范畴，受到广泛关注。1919年兴起的"到民间去"运动[②]，民间文学所蕴含的"革命性"被激发。1937年的民族解放战争使"社会文化结构发生了颠倒"，"人民大众在几千年被压抑的人性中爆发出自我牺牲的美的极致"[③]，历史地表现了民众的文化内涵和审美要求的民间文化形态进入知识分子所关注的视野。中华人民共和国成立后，现代民族国家用新的意识形态改造和整理民间文学，引导大众的审美趣味，规范人们对历史、现实的想象方式，再造民众的社会生活秩序和伦理道德观念[④]，民间文学被纳入新中国的学科体系与学术体系。

第一节　冯梦龙民间文学辑录的重估

"五四"时期，北京大学成立歌谣征集处，创办《歌谣》周刊，并以此为依

[①] 陈思和：《鸡鸣风雨》，学林出版社，1994年，第28页。
[②] 1919年2月20日—23日，李大钊在《晨报》上发表《青年与农村》，提出中国新青年的使命需要通过弥合知识分子与劳工群众之间的断裂，即"到民间去""到农村去"。具体参见李大钊：《青年与农村》，《晨报》1919年2月20日—23日。
[③] 陈思和主编：《中国当代文学史教程》，复旦大学出版社，2018年，第2页。
[④] 毛巧晖：《现代民族国家话语与民间文学的理论自觉（1949—1966）》，《江汉论坛》2014年第9期。

托，整理出版了大量民间歌谣作品。如顾颉刚编辑《吴歌甲集》（北京大学歌谣研究会，1926年）、魏应麒编《福州歌谣甲集》（国立中山大学语言历史学研究所，1929年）、沈栖亚编《泉中歌谣集》（上海泰东图书局，1929年）、叶德均编《淮安歌谣集》（国立中山大学出版部，1929年）、陈穆如编《岭东情歌集》（北新书局，1929年）等。郑振铎在《研究民歌的两条大路——岭东情歌集序》一文中谈道："所谓的民间的歌曲，实有两种很不同的类别：一种是原始的民间作品，为民间共同的情绪的表白、共同的集合体的作品；一种是已经被文人学士们所改作或竟为他们所拟作的作品。""中国的民间歌曲与故事，自经周作人、顾颉刚诸君的提倡采集以来，已略略有些成绩了；颉刚的《吴歌甲集》便是一个典型的采集成绩的代表"。① 后世关于民间文学的搜集、整理及研究都离不开冯梦龙所提出的"从俗谈"整理原则及他对"真诗"理论的继承与发展，他辑录的民歌集《挂枝儿》《山歌》体现了对久已断绝的民间文化精神的接续。

明代中期，民间歌谣的传唱成为市民阶层的趣味所在，亦受到了当时文人的重视。民歌地位的提升，一方面是要"扭转明初受台阁体和八股文影响而形成的萎弱平庸的创作风气"②，另一方面也是由于明代中后期社会各种思潮涌动，商品经济的发展、市镇的兴盛繁荣带动了市民阶层的形成和壮大，由此推动了迎合市民阶层审美趣味的民歌、戏曲、笑话等通俗文学的繁荣。

冯梦龙编纂的民歌集有《挂枝儿》《山歌》；编纂的笑话集有《笑府》《广笑府》《古今谈概》等。另外，还有谜语编入《黄山谜》一书。《挂枝儿》又名《童痴一弄》，分私部、欢部、想部、感部、咏部、谑部、杂部共十卷，收录了435首民歌。《山歌》又名《童痴二弄》，全书分十卷：卷一至卷四"私情四句"，卷五"杂歌四句"，卷六"咏物四句"，卷七"私情杂体"，卷八"私情长歌"，卷九"杂咏长歌"，卷十"桐城时兴歌"，③ 共收入383首民歌。《山歌》以"大胆描写男

---

① 郑振铎：《研究民歌的两条大路——岭东情歌集序》，《文学周报》第8卷第9—13号，1929年3月。
② 傅承洲：《明代文人对民歌的认识——以冯梦龙为中心》，《苏州大学学报（哲学社会科学版）》2006年第4期。
③ 马步升、巨虹：《冯梦龙》，江苏人民出版社，2015年，第220页。

女私情为正宗"出名,在顾颉刚、胡适之、周作人、郑振铎、钱南扬等人的努力下,于 1935 年秋出版。顾颉刚在《山歌》"序言"中写道:"我们知道明末的社会情形是如何的黑暗凌乱。骄奢淫逸之风弥漫全国,朝野上下都抱着享乐主义,尽情放浪,走向消极颓废……"他认为:这样的时代背景是最适于产生情歌的。此外,由于礼教的压迫,民众为了求得恋爱与婚姻的自由,"不得不另求满足"。所以冯梦龙描写男女私情的山歌为"写实"而非"虚构",亦不是"臆测"。[1]郑振铎在《中国俗文学史》中对冯梦龙的民歌集评价甚高,"在天启崇祯间,吴县冯梦龙特留意于民曲,尝辑《挂枝儿》及《山歌》,为《童痴一弄》《二弄》,其中,绝妙好辞,几俯拾皆是。"[2]郑振铎对《山歌》里以吴语写的民歌特别赞赏推崇,认为"以吴地的方言,写儿女的私情,其成就极为伟大。这是吴语文学的最大的发现,也是我们文学史里很难得的好文章"[3]。

冯梦龙所辑录的民歌集《挂枝儿》《山歌》生动地再现了当时民众的日常生活,表现出"自在""自由""自为"的民间精神,也为晚明文坛注入了一股新鲜的血液。冯梦龙将民歌视为一种文体,希冀"借男女之真情,发名教之伪药",这一点集中体现在冯梦龙对民歌"情"与"真"的阐述上,冯梦龙将"情"提高到一个新的高度,使"情"具有了超越文本内容的形而上的意义。冯梦龙对"真"的阐释,主要与"情"联系在一起。他在所编《情史》之《龙子犹序》中言:"天地若无情,不生一切物。一切物无情,不能环相生。生生而不灭,由情不灭故。四大皆幻设,惟情不虚假。"[4]

冯梦龙在《山歌》中直接指出了山歌作为一种民间文学,它的作者、实质及特点:山歌是"田夫野竖矢口寄兴之所为","荐绅学士家不道也",[5]因此,形成了"自楚骚唐律争妍竞畅,而民间性情之响,遂不得列于诗坛,于是别之曰'山

---

[1] 老凤:《从"昨夜同郎一头眠"位到冯梦龙山歌》,《春海》第 2 期,1946 年 9 月 5 日。
[2] 郑振铎:《中国俗文学史》,商务印书馆,2010 年,第 488 页。
[3] 郑振铎:《中国俗文学史》,商务印书馆,2010 年,第 494 页。
[4] 冯梦龙著,高洪钧笺注:《冯梦龙集笺注》,天津古籍出版社,2006 年,第 134 页。
[5] 冯梦龙著,顾颉刚校点:《山歌》,永华书店,1937 年,"叙山歌"。

歌'"的境况。①关于"民歌"的定义和界说目前有多种观点,有的认为是民间所唱的徒歌,不带乐曲;有的则认为是综合俗曲、时调或民谣等一统摄之称;有的依艺术形式而有区分等。②简言之,民歌就是"民间歌曲";也可理解为"劳动人民的歌"或"人民大众的歌",是劳动人民在社会实践中集体口头创作出来的。它歌种繁多,浩如烟海,世代口耳相传,家喻户晓,人人皆知,是广大群众最喜闻乐唱的一种文艺形式。明代中后期,民歌引起文人的广泛关注,明代七子的复古理论,在概括前代诗歌创作经验的基础上,吸收严羽重视诗歌的内在审美特质的理念,使民歌谣谚的地位,在"律古而格俗"的诗体意义上得到肯定。冯梦龙从民歌俗曲的地域性出发,总结出"从俗谈"的整理原则,并且尤为注重民歌结构及内容上的完整性,标志着我国对口头文学整理工作达到了一个新的水平;民歌集中的评注为民俗学研究,也为历史学提供了宝贵的材料。

从20世纪30年代开始,随着维新时期的"学堂乐歌"到1918年的"歌谣运动",及至1919年兴起的"到民间去"运动,冯梦龙的文学创作及民歌编选渐为时人关注,且不论《妇女旬刊》《香海画报》《万花筒》等刊物上刊载的"山歌"③,单从这一时期顾颉刚、郑振铎、钱南扬、容肇祖等人围绕冯梦龙"生平""歌谣采录""交游史"等方面的研究来看,冯梦龙的民间文艺思想影响蔚为深远。1935年秋天,上海传经堂书店出版冯梦龙《山歌》,顾颉刚在"序言"中提到:晚期最适于产生情歌。此外,对此书出版颇有助益的郑振铎对其亦评价甚高,前文已述及,不再赘述。顾颉刚、郑振铎对冯梦龙及其所辑民歌赞赏、推崇之意,可见一斑。

---

① 蔚家麟:《冯梦龙在保存和发扬民族文化方面所作的贡献》,《湖北大学学报(哲学社会科学版)》1989年第3期。
② 洪叙铭:《试析〈山歌〉之语言形态——兼谈晚明文学"本色"的选择》,《东华中国文学研究》(台湾)第12期,2015年3月1日。
③ 如《山歌:扯布裙》《山歌:保佑》《山歌:撒青》《山歌:瞒人》《山歌:专心》《民间情歌:夹竹桃》等。

第二节 晚清《白话报》与民间文学

19世纪中后期，在西方"民""民间""民族主义"思想及国内社会政治变革的共同催发下，清末持变革观念者开始关注"民""民间"。1895年，严复发表《原强》一文，强调解决中国问题的治本之策，需在民智、民力、民德三方面加以考究。[①] 同年，康有为在《上清帝第二书》中谈到自己"尝考泰西之所富强，不在炮械军器，而在穷理劝学"[②]。这一时期，随着新型报纸、学堂和学会的大量出现，"民智"逐渐成为当时知识界的新论域[③]，思想和文化启蒙、变革也逐渐由理论层面落实到实践层面。当时尚未出现现代意义的民间文学，但在这一时期对于民间文艺革命内涵的关注，在20世纪上半叶的中国民间文学思想中可说是一脉相承的。

从历史渊源上看，晚清白话报刊的出现，实为民间文学"培植"的起点，白话报刊作为晚清文人"一场有目标有计划的运动的产物"[④]，为读者的培育、白话文体的实验、雅俗的松动和融合奠定了基础。沈圣时在《文艺大路》中回忆"一种清代的白话报纸"——《杭州白话报》，这个报刊的性质是有点像时事汇报之类的报刊。

> 这份白话报有个好处，是把当时的新闻演绎成一篇小说，或是记事，文字写得很通俗，比较难认识一点的字全注出音义，想把报纸大众化，让稍能认字的人，全能看得懂，这种提倡是最值得佩服的……他们

[①] 严复在《原强》（修订稿）中正式提出"鼓民力""开民智""新民德"三个鲜明的口号。
[②] 康有为：《公车上书记 戊戌奏稿》，广西师范大学出版社，2016年。
[③] 李孝悌：《清末的下层社会启蒙运动：1901—1911》，河北教育出版社，2001年，第13页。
[④] 冯仰操：《晚清白话报刊的拟想读者与编辑策略》，《社会科学论坛》2022年第3期。

的通俗化是意义的提倡，他们说："欲开民智，莫如以演义体裁编纂时事，俾识字而略通文义之人，得以稍知大概……"又说："把报纸上的说话采集下来，演成白话，好叫中国四万万人，知道现在的世界。"①

早在1876年3月30日出版的《民报》"发刊告白"即明确提出："本报专为民间所设，故字句俱如寻常所说话。每句及人名、地名尽行标明，庶几稍识字者便能解释。"1903年创刊的《中国白话报》以浅显易懂的革命道理和白话文辞，激发国民的民族主义和爱国主义思想，如将"俄占奉天"等时事编成戏曲，把《扬州十日记》改成白话文等。

20世纪初，《新小说》②开始集中刊载一种名为"杂歌谣"的文学样式，如《爱国歌四章》《出军歌四章》《新乐府十章》《爱祖国歌》等，其中，《出军歌》一则被转载至《杭州白话报》第26期上，歌谣前附有选录者读后感受：

> 我们中国向来出兵的时候，只有什么征人怨，从军行那些悲悲切切的苦话，自然那当兵的人，一个个垂头丧气，抽空儿便想逃了，单有这篇《出军歌》，和那种文字不同，当兵的人读了，真是兴会淋漓，欢天喜地地争涌上去。③

自此，许多近代报刊纷纷设立歌谣类栏目，多借用民间曲调形式以表达启蒙主题之内容。④1905年，《直隶白话报》第7期刊载了《送郎游学（调寄十二月送郎之鼓儿词）》⑤，其序中谈及作者"做出这个曲儿"是为了劝一劝那些口是

---

① 沈圣时：《清代的"杭州白话报"》，《文艺大路》第1卷第6期，1935年10月10日。
② 此刊物为《新民丛报》的姊妹刊物。梁启超在创刊号发表《论小说与群治之关系》中写道："欲新一国之民，不可不先新一国之小说"，认为"小说为文学之最上乘"并提出"小说界革命"的口号。
③《出军歌》，《杭州白话报》第2卷第26期，光绪二十八年（1902）。标点系引者所加。
④ 王子健：《近代"拟歌谣"的音乐倾向与启蒙立场——兼谈其与"五四"歌谣的差异》，《文艺研究》2022年第5期。
⑤ 亚东瘦侠：《送郎游学（调寄十二月送郎之鼓儿词）》，《直隶白话报》第1卷第7期，光绪三十一年（1905）四月一日。

心非、脑袋空空的"七尺丈夫",使他们不至于成为一个"无用的废物",表达了"东邻强西邻悍,尽在车前跪"的理想信念。这一时期,仿"十二月体"所作的歌谣甚多,如《劝国民捐歌(仿十二月花名)》[1]《二百六十年痛史歌(十二月花名调)》[2]《十二月腊梅歌》[3]《十二月花名颠倒歌》[4]《建设道路歌(十二月花名调)》[5]等。民间文学逐渐承担起移风易俗、劝化民众的"通俗教育"之责,如各种"劝学""劝捐""戒缠足"歌谣的创编及传播。

晚清《白话报》介绍

报刊名称	创刊时间	主要内容
《中国官音白话报》（初名《无锡白话报》）	1898 年	海国妙喻、中外纪闻、泰西新史揽要、女戒注释上谕恭注、五大洲邮电杂录、无锡新闻等
《杭州白话报》	1901 年	论说、中外新闻、地学问答及杂文
《苏州白话报》	1901 年	评述时世、宣播知识
《智群白话报》	1903 年	论说、生理、历史、新闻、杂录、小说、唱歌等
《中国白话报》	1903 年	用白话文宣传"反满"革命思想、资产阶级民主思想和团结御辱的爱国思想
《绍兴白话报》	1903 年	论述时事政治、绍兴近事、外国近事、社会习俗,介绍卫生常识,连载文艺小说等
《湖南演说通俗报》	1903 年	分政治、实业、时事三类,每类又分汇编及白话演说两部分,并有插图、湘中近事及中外大事记
《宁波白话报》	1903 年	本埠新闻、调查录、论说、评议、外埠新闻、小说、指迷录、杂录、歌谣
《江苏白话报》	1904 年	论说、纪事、教育、历史、地理、实业、小说、杂志等,后添加图书、理科、章回小说、唱歌等门类

---

[1] 杜尚陵:《劝国民捐歌》,《社会世界》第 3 期,1912 年 6 月 15 日。
[2] 醉侬:《二百六十年痛史歌(十二月花名调)》,《游戏杂志》1914 年第 3 期。
[3] 诸亚雄:《十二月腊梅歌》,《新世界》1921 年 1 月 27 日。
[4] 程瞻庐:《十二月花名颠倒歌》,《红杂志》第 43 期,1922 年。
[5] 阿俊:《建设道路歌(十二月花名调)》,《道路月刊》第 4 卷第 1 期,1922 年 12 月 15 日。

（续表）

报刊名称	创刊时间	主要内容
《福建白话报》	1904年	历史、论说、诗歌、小说、学术、传记、纪事、军事、专件、地理、调查、介绍、戏曲等
《扬子江白话报》	1904年	社说、学问、新闻、小说、戏曲、闲谈、歌曲、来文等
《直隶白话报》	1905年	社说、历史、地理传记、教育、军事、学术、算术、实业、纪事、政法、卫生、格致、丛谈、小说、歌谣、调查、译丛、专件、选录等
《安徽白话报》	1908年	外国政治时局，文艺、通讯等
《白话报》	1908年	以白话文介绍各种常识、各地风情、国内修筑铁路、禁鸦片、咨议局等要闻及当地民众教育、市面、办学堂、工业的状况
《河南白话演说报》	1908年	包括圣谕广训直解、演说、实业农务、各省新闻、国外新闻、杂录等
《宁乡地方自治白话报》	1910年	设有章程、论说、论旨、奏牍、法理解释、筹办方法、农工商事件等
《湖南地方自治白话报》	1910年	公私文牍、法理解释、关于农工商事件、纪事、论说等
《女子白话报》	1912年	政治、教育、实业、时事、时评、小说、笑林、丛录等
《公教白话报》	1913年	宗教类作品
《回文白话报》	1913年	刊载民族团结方面的文章，并公布有关的法令、通告、公文、函电、小说等
《蒙文白话报》	1913年	法令、论说、文牍、照片、答问、专件、图画、要闻、杂录、小说等
《藏文白话报》	1913年	图画、法令、论说、文牍、杂录、答问、小说、专件等

这一时期的各类白话报的出现，是中国语言变革、时局危机、报人自觉、民众需求等多重因素交互作用的结果，具体而言就是："一是变'言文分离'为'言文合一'的大势所趋；二是晚清报人为了让普通民众也能分享报刊传播的信

息和知识;三是时局变化和社会危机催生了白话报的产生;四是以'先知先觉'自居的知识分子为了更有效地向民众进行思想启蒙"。①

第三节 "到民间去"与民间文学

1917年十月革命的胜利,为殖民地半殖民地国家的民族解放运动开辟了广阔的前景,并"筑起了一条从西方无产阶级经过俄国十月革命到东方被压迫民族的反对世界帝国主义的革命战线"②。从1918年的《法俄革命之比较观》③到《庶民的胜利》④《Bolshevism 的胜利》⑤再到1919年的《劳动教育问题》,中国共产党早期领导人李大钊"发现"了一个历史主体——劳工群众。他认为:"战后世界上新起的那劳工问题,也是 Democracy 的表现。"民主体现在政治上为"普遍选举",经济上要求"分配平均","在教育、文学上也要求一个人人均等的机会,去应一般人知识的要求"。⑥在这里,李大钊提出"必须用开俗的文学"使劳工群众了解道理,"开俗"即"通俗"之意,提倡创造为"劳工群众"所喜闻乐见的文艺样式。受俄国早期民粹派"到民间去"⑦运动的启发,李大钊提出知识分子"到民间去"的具体规划。⑧"到民间去"一时之间成为知识分子解决自身与民众之间"隔

---

① 徐新平、黄敬茹:《论清末白话报兴盛的原因》,《湖南师范大学社会科学学报》2021年第2期。
② 中共中央党校党史教研室编:《中国共产党史稿》第1分册,人民出版社,1981年,第19页。
③ 李大钊:《法俄革命之比较观》,《言治》季刊第3期,1918年7月1日。
④ 李大钊:《庶民的胜利》,《新青年》第5卷第5期,1918年10月15日。
⑤ 李大钊:《Bolshevism 的胜利》,《新青年》第5卷第5期,1918年10月15日。
⑥ 李大钊:《劳动教育问题》,《晨报》1919年2月14日—15日。
⑦ 根据笔者能够查阅到的资料,应为周作人在《读武者小路君所作〈一个青年的梦〉》中首次将"V Narod"译为"到民间去"。参见周作人:《读武者小路君所作〈一个青年的梦〉》,《新青年》第4卷第5期,1918年5月15日。
⑧ 1919年2月20日—23日,李大钊在《晨报》上发表《青年与农村》,提出中国新青年的使命需要通过弥合知识分子与劳工群众之间的断裂,即"到民间去""到农村去"。李大钊:《青年与农村》,《晨报》1919年2月20日—23日。

膜"的"有效途径"。

一、"到民间去"运动

作为"到民间去"的首倡者,李大钊"对于农民自身具有社会革命的本能和生机勃勃的力量深信不疑"。① 他在1919年发表的《青年与农村》中提出:"青年呵!速向农村去吧! 日出而作,日入而息,耕田而食,凿井而饮。"② 同年,李大钊在《"少年中国"的"少年运动"》中提出"精神改造的运动"和"物质改造的运动","应该投身到山林里村落里去":

> 在那绿野烟雨中,一锄一犁地做那些辛苦劳农的伴侣。吸烟休息的时间,田间篱下的场所,都有我们开发他们,慰安他们的机会。③

《努力周刊》《批评》《上海报》等纷纷以"到民间去"为题发文,虽然他们的初始目标不甚相似,但都希冀"到民间去办理教育事业。如果不谋社会根本的改造,空想改良政治,一定劳而无功……努力到民间去谋社会的改造罢。"④ 舒兆桐在《怎样到民间去》⑤一文中对"民间"一词进行辨析:

> "民"这个字从分析观点上说:广义的,是人类的代名词,诗:"厥初生民""天生蒸民";狭义的,是指同属于一国的人,书:"民为邦本";或是指无位的人,诗:"宜民宜人";再显明一点,民是指农工商学,谷梁;"古者四民,有士民,有商民,有农民,有工民。"民是指需要指导的人,说文:"众萌也,言萌而无识也";结果,我们找出"民"的定义

---

① [美] 莫里斯·迈斯纳:《李大钊与中国马克思主义的起源》,中共北京市委党史研究室编译组译,中共党史资料出版社,1989年,第83页。
② 李大钊:《青年与农村》,《晨报》1919年2月20日—23日。
③ 李大钊:《"少年中国"的"少年运动"》,《少年中国》第1卷第3期,1919年。
④ 天农:《"到民间去"》,《努力周刊》第40期,1923年2月4日。
⑤ 舒兆桐:《怎样到民间去》,《复旦旬刊》留别号,1927年12月25日。

是——"需要指导的农工商学"。

"间"字表明所在地的义思,科学名词:"时间""空间"。

据此,舒兆桐认为"到民间去"是"到需要指导的农工商学所在地去指导他们"。这一时期,"到民间去"的动机大致可以分为四种:"好奇心的动机到民间去""关怀民瘼地到民间去""利用民众地到民间去""为民众而到民间去"。这四种动机中,唯有"为民众而到民间去"方为正途:

> 这种人的确是认识了民众,他们总想牺牲自己深入民间来帮助民众。不过"阳春""白雪"曲高和寡。

如北京大学组织的"平民教育讲演团",以增进平民智识,唤起平民之自觉心为宗旨,讲演者多以通俗的语言宣传进步思想。李荟堂在《北京大学日刊》第592—593期发表的《平民教育讲演团报告》中提到在"丰台一带经过的情形":

> 村中的老人听讲的,还不少,个个都点头称善。只是那位年轻的先生,吸着旱烟,闭着眼,颇有点不赞同的样子。仿佛我们说的话,都足以引动学生的邪念似的。但是他那不赞同的态度,又不敢大模大样地表现出来。
>
> …………
>
> 当讲演时,有一位年轻的媳妇,才要出门来,听听,立刻叫一位老妇人痛骂了些混蛋、王八羔子、不学好这一类的话,那媳妇马上关上门了!

为了"唤醒民众,启蒙民众",青年知识分子运用"讲演的风格和白话小说的形式去编辑通俗小册子","使用浅显易懂的语言去教育农民","不畏艰苦,到乡村去,认真研究乡村的形势"。①讲演的场合更是多选在"田间地头""茶馆""学校""庙宇"等地。以茶馆为例,"茶馆是一个微观世界,是一个复杂的社会存在,提供如聊天、消遣、娱乐等各种休闲活动,但茶馆远远超出其休闲功能,亦是一个工作场所和地方政治舞台。"②在茶馆中,"商人们从朝到夜,一天工作,比不得我们学校里的人,恐怕每天总要在十个钟点以上。白天忙了一天,到晚上当然要想闲散了。社会上没有合适的闲散机关,那么自然只有茶馆里喝一壶茶了,在茶馆里闲谈,的确是很散心的。"③

1925年,家霖在《国语周刊》第2期发表《到民间去的白话》一文,谈到北京各学校都组织讲演团,"到大街小巷,以及四郊去讲演,唤起民众""讲演的哀切激昂,围着听讲的民众,一时也非常愤激,不知不觉间,竟有捋袖擦掌,想一拳打死'倭奴',一脚踢死'洋鬼'的气概"。当然,讲演所能发挥的效用也极为有限,"我们要唤起的民众,并非一都市、一部分的民众,乃是全体民众"。要做到这一点,就需要"文字的宣传","宣言或传单所用的白话,不是民众口里说的'白话',乃是读书的人,受了古文、古白话及今白话文的影响,写出来的'白话文'。"④这就导致很多民众看不懂或者不爱看,如北京的《京报》《益世报》并不受民众喜爱,反而是印刷得极坏的《群强报》《实事白话报》颇受欢迎,究其原因,则在于这两种刊物上的"夜谈""聊斋"之类的栏目,多用民众口语的词语描绘,引起民众浓厚的兴趣。

二、民间文学与"平民文学"

20世纪20年代,如何处理"乡村""民间"等话语成为这一时期十分重要的话题。对当时的知识分子来说,他们的讨论有可能包含两个面向:其一是从思想和认知上抱有浪漫的"迷思",如裘文中在《平民文学的势力》中表示:

---

① 甘蛰仙:《到民间去》,《晨报》1922年7月25日。
② 王笛著译:《茶馆:成都的公共生活和微观世界,1900—1950》,社会科学文献出版社,2015年,第9页。
③ 陆人骥:《"到民间去"的两条大道》,《龙门》第2期,1926年6月。
④ 家霖:《到民间去的白话》,《国语周刊》第2期,1925年6月21日。

> 我相信平民文学的势力是极伟大的，我们如果善用这伟大的势力，可以促进世界的和平，解决国内的纠纷，挽救社会的堕落，增加人民的幸福。①

其二是从实践层面展开乡村建设、到边疆去、到西南去等运动。在二十世纪二三十年代的"乡治"讨论中，歌谣、鼓词等所蕴含的"革命"与"激进"内涵进一步被发现，革命者和知识人希冀通过对民间文艺的改造传播新思想、启蒙农村。②

研究者亦关注到平民教育运动中，"平民文学"③内容的筛选与规范，如胡寄尘在《一本原有的平民文学》④谈到以流传已久的"歌谣本子"作为平民读物去替代那些不堪入目的"小本子书"。这五本在"上海城内西门至东门的街上"买到的歌谣本子为《南北采茶》《游春》《十杯酒》《四朵绣花》《访郎上月光》，其中《南北采茶》当属最佳。《南北采茶》分为"北采茶"和"南采茶"，"北采茶"共十二首，每首四句，咏一件古事，如第二首：

> 二月里采茶杏花开，苏秦不第空转回。爷娘哥嫂全不睬，妻儿不肯下机来。

南采茶则咏采茶之事，文字浅显，颇富文采，如：

---

① 裘文中：《平民文学的势力》，《晨报副刊》1925年9月24日。
② 毛巧晖：《民间文艺赋能乡村建设：基于百年乡建学术史的反思》，《百色学院学报》2022年第4期。
③ 这一时期出现了"平民文学""通俗文学""民间文学""民众文学"等术语内部概念的混合与重叠。如钟道维的《平民文学通俗文学民众文学》（《民众教育研究》1931年第2期）、秀侠的《贫民文学与大众文学》（《幽默》1929年第5期）、胡愈之的《论民间文学》（《妇女杂志》1921年第1期）等。
④ 胡寄尘：《一本原有的平民文学》，《小说世界》第8卷第5期，1924年10月24日。

正月里采茶是新年,奴将衣饰典茶园。典得茶园十二亩,当时写契就交钱。

三月里采茶如茶心,奴在房中绣手巾。两头绣出茶花朵,中央绣出采茶人。

在歌谣中,我们可以看到中国的家庭、婚姻、社会,感受"中国伦理之一部分",而这些"平民文学的作者","全本着性灵、天分,去发挥他的心思、才力"。

尝阴历新年头的时候,若走到乡里的三家村市,和富庶人,或者酒食会燕的场合;便见着手小钲或篾板的穷人,一面轻敲一面慢唱,以博取金钱;他们的音调和谐,词句新鲜,善颂善祷!使受者眉飞色舞,却都是自撰出来,没有本子的;这就是平民文学大家之一。又如陇畔牧童,阶前儿女,和采茶的丫头,凫水的浪子,甲唱乙和,对答如流,或怒而相骂,或喜而相欢,不惟入耳悦心,兼有妙文深解。

胡适在《北平的平民文学》一文中谈到,"前年常惠先生送我一部《北京歌唱》(*Pekinese Rhymes*),是1896年驻京意大利使馆华文参赞卫太尔男爵(Baron Guido Vitale)搜集的。共有一百七十首。"胡适谈到这些新的"民族的诗"的重要价值,他认为作白话诗的人"似乎还不曾晓得俗歌里有许多可以供我们取法的风格与方法","不屑研究那自然流利的民歌风格"。[1]

20世纪30年代,在"九一八事变"及"一·二八事变"的影响下,"抗战"与"革命"一时成为时代之主流话语,这一时期,"真正的平民文学,必须取革命文学的内容和精神,而真正的革命文学也必须取平民文学的形式和精神"。[2]而践行革命文学精神之路径,"应该到民间去实行,从实际的生活里,宣泄民众的

---

[1] 胡适:《北京的平民文学》,《读书杂志》第2期,1922年10月1日。
[2] 汪蔚云:《革命文学与平民文学》,《学生文艺丛刊》第6卷第1集,1930年3月。

隐痛，来滋养这幼稚的革命文学的生活"。

> 在现在的中国里一个个的青年都成了昏昏迷迷；先前喊革命的人现在慢慢的声嘶力竭，也有屈服的，也有妥协的，还有一部分（至少也是一大部分）的人，还在深夜中做他甜蜜的梦。①

面对此种情景，神话、传说、故事、歌谣等民间文学资源也以一种主动的姿态与"反抗""抗日"等公共话语缝合，完成了充满"革命性"的转变。以"木兰从军"故事为例，1923年7月16日第13版的《时报》上的新闻《江西的木兰从军 身经百战谁识女儿》②记载了螺川中校教员骆某之妻在战乱中效木兰易装从军故事，"随大队奔湘由湘而粤而闽转战数千里，均不知伊是女郎"。"木兰从军"故事的讲述，在此时已然逐渐突破封建礼教的束缚，不仅追求自我之"革命"，还在民族大义面前打破家庭的桎梏，努力追求自由平等的人性之美。

三、走向革命的民间文学

具有现代意涵的"革命"一词由梁启超等从日语译入，后来革命逐渐趋向于"暴力革命"之意，政治色彩亦随之发生转换。自现代意义的"革命"一语进入中国以来，对"革命"的理解逐渐由"和平的方式完成政治现代化"③丰富为拥有多重意义空间的"革命"话语。

早在1912年，《浙江教育司征集歌谣令》中就提出征集"牧童樵子之山歌俚曲""沿门演唱之木铎道情""赛会俱乐之各色歌调""其他各种歌谣之有关风化足资感发者"，因流传于"山水之间""市衢之内"的歌谣：

> 语虽荒芜，意多规劝，言者无罪，闻者足戒，哲人君子，奉为棒

---

① 希生：《"到民间去"与"革命文学"》，《京报副刊》第117号，1925年4月13日。
② 蒋鉴、醉余室主：《江西的木兰从军 身经百战谁识女儿》，《时报》1923年7月16日。
③ 陈建华：《"革命"的现代性：中国革命话语考论》，上海古籍出版社，2000年，第9页。

喝,庸夫愚妇,视作箴规,设能随在征收,详加修校,制成编帙,散布民间,……实于通俗教育大有裨益。①

1918年,《北京大学征集全国近世歌谣简章》的发布及学人对歌谣、传说、故事等民间文学资源的"征集",为新文化运动提供了有力的文化及政治支撑。1923年,黄朴在《歌谣》周刊增刊上发表《歌谣与政治》一文,其中谈到歌谣作为"民俗学中的主要分子,平民文学的极好的材料",与政治具有相当的关联。这些或为德政之颂赞,或为政治任务之抨击。如《三国演义》中预言董卓覆败的童谣"千里草,何青青,十日上,不得生!"又如"梧宫秋,吴王愁",短短六字,则是对于时政的"总攻击",不顾群情,一意孤行的夫差终于到了"愁"的境况:

因为君主对于人民的疾苦,不表同情,人民也自不为他所用,宣告脱离,让他个人去自生自灭了……②

这些带有"政治意味"的歌谣,"由于切身的政治状况,措施而生,而能深入人心,与将来的实见,有或然的适合"。这种"适合"是因为歌谣深远的影响,能造出强健的"群众精神"。如《楚人谣》:"楚虽三户,亡秦必楚"。此歌谣一面将"人民失君"的悲哀彰显人前,一面展现楚人爱国的精神。以致后来的"乱秦者"多诈称项燕,或佯尊义帝,以利用"群众精神"。以此种维度看待歌谣,其间接产生了一种监督政治的效用。如萧梁时的"荧惑入南斗,天子不殿走"。《淮南子·主术训》亦称:"古圣王……出言以副情,发号以明旨,陈之以礼乐,风之以歌谣。"

20世纪上半叶,在歌谣运动、左翼文艺运动、延安文艺运动等影响下,民间文学在传递民意,美刺时政等方面的作用引起了广泛关注,其具有报纸、广播

---

① 《浙教育司征集歌谣令》,《新闻报》1912年7月1日。
② 黄朴:《歌谣与政治》,《歌谣》周刊第1卷第37号纪念增刊,1923年12月17日。

等媒介形态无法比拟的优势:"不受文字的限制""不受金钱的限制""不受势力的限制"。①

(一)"文艺大众化"与说唱文学创作

20世纪20年代中后期,太阳社、创造社原本就已存在的"革命文学"观念分歧进一步外显和扩大,他们的论争又共同指向要不要写真实以及什么样的"真实"等革命文学创作中面临的实际问题。②在这样的纷争中,1930年1月上海文学艺术研究协会建立,1930年2月16日左翼作家组织的筹备委员会成立,1930年3月2日左翼作家联盟第一次正式会议在上海大学召开。自此,左翼文艺运动中的"左联"时期开启了。

1930年3月2日,"左联"成立大会上,为"统一普罗文艺运动起见",成立了"文艺大众化研究会"③,号召作家们通过学习民歌、小调、鼓词、评书等群众喜爱的传统艺术形式创作有革命内容的新作品。④国民党为了应对这一文艺运动,迅速发布《民族主义文艺运动宣言》(以下简称"《宣言》"),《宣言》中提出要树立"民族主义文艺的中心意识",并认为"中国文艺的危机"是由于"多型的对于文艺的见解"。⑤国民党企图以民族主义复兴运动收揽人心。"左联"迅速于1931年11月提出《中国无产阶级革命文学的新任务》,强调中国无产阶级革命文学面临的第一个重大的问题就是"文学的大众化"。具体工作开展计划为"组织工农兵贫农通信员运动、壁报运动,组织工农兵大众的文艺研究会读书班,等等。使广大工农劳苦群众成为无产阶级革命文学的主要读者和拥护者,并且从中产生无产阶级革命的作家及指导者"。此外,"实行作品和批评的大众化"及"文学者生活的大众化"也尤为重要,文学必须以"属于大众,为大众所理解、所爱好"(列宁语)为原则,且需要批判地采用"中国本有的大众文学、西欧的

---

① 陶元珍:《歌谣和民意》,《歌谣》周刊第3卷第13期,1937年6月26日。
② 田丰:《"革命文学"之为何及其路径——茅盾与太阳社、创造社论争的核心》,《中南大学学报(社会科学版)》2014年第2期。
③ 徐重庆:《"左联"大会上通过成立的研究会》,《新文学史料》1979年第5期。
④ 郑伯奇:《左联回忆散记》,《新文学史料》1982年第1期。
⑤《民族主义文艺运动宣言(未完)》,《前锋周报》第2期,1930年6月29日;《民族主义文艺运动宣言(续)》,《前锋周报》第3期,1930年7月6日。

报告文学、宣传艺术、小说、大众朗诵诗"等等。①而国民党中央宣传委员会又于 1932 年 8 月制定了《通俗文艺运动计划书》,指出"中国历来流行民间之传奇、演义、歌谣、曲调之类,即吾人现在所谓之通俗文艺",能"对于民众心理发生一种极大影响","将三民主义社会形成的过程中所需训练人民之要件"借助"通俗文艺"灌输于"一般民众"。

  从上述文艺大众化和民族主义文艺的表述中,我们看到双方对于"大众"的不同态度,其理论归属、历史意义截然不同,不可混同视之。"通俗文艺"试图塑造的依旧是理想中的"现代国民";而左翼知识分子所构建"大众文学"之形态并不止步于"发见"民众,抑或越俎代庖,用"民族主义"的立场代替阶级的立场,而是在民族危机的新形势下,将民众始终作为历史主体,推动革命的"大众文学"在具体文学实践中的扩大化、具体化发展。中国共产党进一步深化了"到民间去"运动中所提倡的文艺思想,将"大众"提升为文艺实践的主体,这就强化和提升了民间文艺在"文学"中的位置,同时北京大学歌谣运动所提倡的"文艺的"和"学术的"目的在此交融,既注重民间所创作的文艺,也关注民众的文艺生活。但我们也可以看到,这一时期的民间文艺除了延续歌谣运动的民间文艺搜集外,还涵括了作家创编与改造的民间文艺作品,他们更注重将民间文艺纳入新的大众文艺。

  《大众文艺》1930 年 3 月 1 日出版的第 2 卷第 3 期中的"重要文章"刊发了七篇关于"文艺大众化诸问题"的文章②,鲁迅在文章中一针见血地指出"文艺大众化"的"理想主义":要实现文艺大众化,读者也应该具有相当的程度,"首先是识字,其次是有普通的大体的知识,而思想和情感,也须大抵达到相当的水平线"。③郑伯奇认为:"大众文学应该是大众能享受的文学,同时也应该是大众能创造的文学。所以大众化的问题的核心是怎样使大众能整个地获得他们自己的文

---

① 《中国无产阶级革命文学的新任务》,《文学导报》第 1 卷第 8 期,1931 年 1 月 15 日。
② 七篇文章为:沈端先《所谓大众化的问题》、郭沫若《新兴大众文艺的认识》、陶晶孙《大众化文艺》、乃超《大众化的问题》、郑伯奇《关于文学大众化的问题》、鲁迅《文艺的大众化》和王独清《要制作大众文艺》。
③ 鲁迅:《文艺的大众化》,《大众文艺》第 2 卷第 3 期,1930 年 3 月 1 日。

学。"① 郭沫若更是在文章中大声疾呼:

> 你要向着这个大众飞跃,你须要认清楚:你不是飞上天,你是飞下凡!你是要飞下凡来叫地上的孙悟空去打金箍棒!
> …………
> 你们不要那样忸忸怩怩,以为通了俗便算伤了自己的尊严;以为通了俗便算惨淡了自己的颜色,闭在幕里唱后台戏的时间已经过了。②

虽然关于文艺大众化的问题,在1930年进行了热烈的讨论,但在这一时期缺乏对这一问题的具体实践,结果"大众化"的成绩,不尽如人意。化名"寒生"的阳翰笙在《北斗》上发表《文艺大众化与大众文艺》一文,可谓鞭辟入里地剖析了这一时期知识分子对"大众化"的认识。在文章中,他首先肯定了"大众之间普通话"的存在,其次批判了文学运动中的"欧化"倾向,阳翰笙明白地提出"一般的工农大众享受着一些什么样的东西呢?"

> 文化水平较高一点的,他们读着张恨水徐卓呆之流的半新不旧的东西,低一点的看看连环图画,哼哼时事小调,听听大鼓说书,看看文明新剧,这些就是他们所享受的大众文艺。③

这里,阳翰笙虽未以"旧瓶装新酒"明言,但他提出在创作大众文艺的时候,"第一须运用大众所爱好的体裁的各种要素创造出新的形式来,第二我们须用新的内容去注入旧的形式或用新的描写方法逐渐去修改旧的形式,第三我们适合着大众的文化水平去创造出一些新的形式来。"④ 阳翰笙认为可以在创作时,不

---

① 郑伯奇:《关于文学大众化的问题》,《大众文艺》第2卷第3期,1930年3月1日。
② 郭沫若:《新兴大众文艺的认识》,《大众文艺》第2卷第3期,1930年3月1日。
③ 寒生(阳翰笙):《文艺大众化与大众文艺》,《北斗》第2卷第3—4期,1932年7月20日。
④ 寒生(阳翰笙):《文艺大众化与大众文艺》,《北斗》第2卷第3—4期,1932年7月20日。

要"却说""某生某地人也"这样的"旧花样",而是在开幕时加上西皮二黄或双簧表演的话剧,用大众所亲近、所接受的新形式去表现新的内容。据此,阳翰笙认为只有通过组织"通信员运动"①"文艺研究网的运动""蓝衫剧团运动""大众歌唱队""说书队运动","文艺大众化"才能从根基上扫清一切障碍。在组织"说书队运动"的建议中,阳翰笙明确指出:

> 中国"民间"的口头文学,在偌大的群众中是有不可忽视的作用的,我们不仅要编制新的平话说书,不仅要组织贫苦青年的说书队,我们尤其重要的得发动大众自己去学习说书,因为只有他们才能更方便地在茶馆里,在老虎灶旁,在露天坝中扯起圈子就活动起来。而且也只有他们具备的有在大众中说书的一些不是外来人所能有的优点。

丁玲在谈到文艺大众化问题时,也持有相似的观点,在接近大众的方法之外,提出"改变我们的格调",如"借用《啼笑因缘》《江湖奇侠传》之类作品的乃至俚俗的歌谣的形式放入我们所要描写的东西"。②丁玲还回忆自己常在马路旁看见一种"行吟"式卖唱的小孩,"多半是一男一女,女孩在头上打一个旧式的丫角,男孩在面上抹上一些白粉,好像京戏中的小丑","还有游戏场里的说书、大鼓"。这一时期,文艺大众化问题的探讨中对大众文学内容与形式的探讨,重新发掘了丰富的民间文学资源,开拓了民众和知识分子之间关系的一种可能性。

1931年5月,瞿秋白担任"左联"的行政书记,开始领导左联的工作,此后更是积极参与到"左联"的文艺论争中。此时,瞿秋白对说唱文学抱有很大的热情,他有意识地将大众启蒙、民间说唱文艺与新文学相结合,努力探索一条区别于"欧化"左翼文学的新路径。

---

① 这里的"通信员"与发生转变的"小资产阶级作家"一起成为新兴作家的来源。这里阳翰笙所谓的"通信员运动",实际上是为了培养文艺上的优秀作家。
② 未卜:《丁玲女士演讲之文艺大众化问题:〈啼笑因缘〉何以能把握着大众的信心》,《新闻报本埠附刊》1932年5月20日。

瞿秋白认为，左翼文艺运动面临的各种问题，特别是革命作家和群众的矛盾可以发动一个他称之为"无产阶级的五四"运动来解决，这一运动包含两个阶段：第一阶段的目标是通过作家和他们的文学作品与群众接触来完成"五四"民主文化革命的"招魂"；第二阶段是要开展一场特殊的社会主义文化运动，群众参加的数量将稳步增长，文化领域的知识分子一统天下将被打破。① 在他论述"无产阶级的五四"的文章中，瞿秋白试图让左翼作家重新熟悉那些似乎取之不尽的大众艺术传统，如说书、连环图画、木头人戏、影戏、歌剧、歌曲、小调、对话剧、故事演义小说、滩簧和宣卷等。

1931 年，瞿秋白化名"史铁儿"在《文学导报》发表《陈独秀的"康庄大道"》《东洋人出兵》《大众文学和反对帝国主义的斗争》《屠夫文学》《青年的九月》，其中《东洋人出兵》②采用上海话和北方话两个版本，分别用不同的方言语汇和句式进行创作，这首歌谣结合了说书、小唱、唱诗等说唱文学形式，以长短句式配上末字押韵，整首作品读来朗朗上口。瞿秋白在歌谣开头讲述了创作缘起：

> 日本出兵满洲，国民党的政府军队的长官却赶紧逃命，叫作什么无抵抗，只剩得小百姓和兵士，给日本帝国主义屠杀。中国的国家，本来应当是我们几万万穷人的国家，现在要亡在国民党手里了。我们穷人要救自己的命，救自己的国才好。国民党原本是富人的党，他们宁可把国家送给日本帝国主义，送给美国帝国主义，送给国际联盟的帝国主义，他们决不能救国的。我们千万不能够再让中国放在国民党手里，放在这个富人党手里。因此，在下编了一首歌，叫做东洋人出兵，说说这里面的道理。这首歌的调头是没有什么一定的，大家随口可以唱，叫做乱来腔。谁要唱曲子唱得好，请他编上谱子好了，欢迎大家翻印。欢迎大家

---

① [美]保罗·皮科威兹：《书生政治家——瞿秋白曲折的一生》，谭一青、季国平译，中国卓越出版公司，1990 年，第 171—172 页。
② 史铁儿（瞿秋白）：《东洋人出兵》，《文学导报》第 1 卷第 5 期，1931 年 9 月 28 日。

来唱。欢迎大家来念。一人传百，百人传千。提醒几万万人的精神，齐心起来救国。底下写着上海话和北方话两种歌词，大家请便。

这里的"乱来腔"保留了传统民歌中的"节奏样式"，以一种新的形式来编织叙事，传达民众真实的情感需求与政治体悟，改作后的歌谣具有某种"先在的节奏图示"，人们在传唱的时候也依旧能够被唤起"耳熟能详的感官愉悦"，并在听觉记忆的参与中，歌谣中关于战争、退兵等话语表述变得易于记诵，即使有些民众不理解，但他们依旧能够在熟悉、亲近的旋律节奏中将这些语汇内化为自身认识，正如朱自清在《歌谣里的重叠》中谈到的："歌谣以重叠为生命……重叠为了强调，也为了记忆"。① 在歌谣的改编与传唱中，改编者、歌谣文本与传统之间构成了一种微妙复杂的关系。瞿秋白不仅在歌谣中讲述了事件始末，还以简明扼要的语言剖析了帝国列强的真实面貌。

瞿秋白还仿照"无锡景"写成《上海打仗景致》：

诸位静心听呀，唱点啥事情？要唱一只，上海打仗景呀，让我末，细细说分明呀。从头那个到底末，唱不大众听。②

这首歌谣的气息咬字、强弱快慢，读来像是邻里之间的问候和诉说，贴切生动地演绎与诠释了上海残酷的战争场面，"虹口老百姓呀，捉去最伤心。麻绳捆绑，再要挖眼睛呀。弄得末，姓名活勿成呀。毒害那个大众末，将来有报应。"③ 此外，瞿秋白还写了《江北人拆姘》和《英雄巧计献上海》这两篇仿说书形式的小说，后者还加入了"说书人"的开场白：

---

① 朱自清:《论雅俗共赏》，生活·读书·新知三联书店，1998年，第85页。
② 瞿秋白:《瞿秋白文集·文学编》第2卷，人民文学出版社，1986年，第395页。《上海打仗景致》是瞿秋白于"一·二八"事变后所作，原文无标点。天津《文艺学习》第一卷第六期（1950年7月1日）刊出时，编者为其加上了标点。
③ 瞿秋白:《瞿秋白文集·文学编》第2卷，人民文学出版社，1986年，第396页。

第一章　传统与现代的变革：20世纪上半叶的民间文学

　　诸位朋友，帮衬帮衬。在下虽然南腔北调，可会东拉西扯，来到上海滩上，十字街头，说说唱唱，骗碗饭吃。说句真话，倒像是个小瘪三，不过不大不小，还是个现任马路巡阅使，义务包打听，专门打听大人老爷的新鲜消息、壁角落里的时事新闻。难得诸位光顾，不免开开话箱，也算寻个穷开心。闲话少说，话归正经。①

从这种独特的说书叙事中，我们可以看出瞿秋白对市井文化的喜爱与熟悉，这与他在上海南市紫霞路的寓居生活密切相关：

　　那一带聚集了许多民间艺人，常即兴编词，用各地曲调演唱，以此谋生。其中有一种被称为"小热昏"的艺人演唱，边卖梨膏糖，边打着小锣说唱，曲调丰富，内容有笑话、故事和时事新闻等，很受人们欢迎。②

实际上，左翼文艺运动中，这种以说唱入文的创作形式并不鲜见，如钱杏邨（笔名曾用过阿英、方英等）一方面批评"这一类的时调小曲，则是麻醉劳苦大众的最流行的读物"③，另一方面，则提出，"对于这样有着广泛影响的旧的艺术，我们不应该抛弃，而要从内容直到形式，给他以相当改造的"。④ 如《新诗歌》上发表的《新谱小放牛》《新编十二个月花名》等。⑤ 以《新编小放牛》为例，此歌谣将《小放牛》围绕"赵州桥"的神异叙事改为了：

　　庄稼汉什么时有米？

---

① 瞿秋白：《瞿秋白文集·文学编》第2卷，人民文学出版社，1986年，第404页。
② 王铁仙：《瞿秋白传》，人民出版社，2011年，第359页。
③ 方英：《上海事变与大众歌曲》，《徽音月刊》第2卷第5期，1932年5月。
④ 阿英：《大鼓书》，《夜航集》，上海良友图书印刷公司，1935年，第238页。
⑤ 奇玉：《新谱小放牛》，《新诗歌》第1卷第2期，1933年2月21日；流：《新编十二个月花名》，《新诗歌》第1卷第2期，1933年2月21日。

>采桑娘子什么时有衣？
>什么时人人都动手？
>什么时没得人来揩油？
>
>庄稼满种稻要自己收，
>采桑娘子养蚕要自己抽，
>大同社会人人都动手，
>那时节没得人来揩油。

作者在保留原作节奏样式的基础上，"彻底剔除了原作叙事的背景、主题与意识形态"，这里对"旧瓶"的打造，使人们依旧能够感受到"瓶"是"旧"的，即使不能第一时间领会或认同歌谣中的"教诲"，但依然能够"感知、鉴赏，融入他们所熟悉的音响律动与节奏，成为某种集体声景中的身体共同体的一部分"。①

1932年，瞿秋白在《普洛大众文艺的现实问题》②中谈到普洛文艺应当是民众的，这就带来了"怎样去变"的问题，瞿在文中提到"向群众去学习"就是"怎样把新式白话文艺变成民众的"问题的总答复。大众所"享受"的是："连环图画，最低级的故事演义小说（七侠五义、说唐、征东传、岳传等），时事小调唱本"，"这里的意识形态是充满着乌烟瘴气的封建妖魔和'小菜场上的道德'——资产阶级的，'有钱买货无钱挨饿'的意义"。据此，瞿秋白认为当前的主要工作是创造普罗的大众文艺——"可以造成新的群众的言语、新的群众的文艺，站到群众的'程度'上去，同着群众一块儿提高艺术的水平线"。而在普罗大众文艺的现实意义上，换言之"要干些什么"，瞿秋白在文中给出了明确的结

---

① 康凌：《有声的左翼：诗朗诵与革命文艺的身体技术》，上海文艺出版社，2020年，第100—101页。
② 史铁儿（瞿秋白）：《普洛大众文艺的现实问题》，《文学》第1卷第1期，1932年4月25日。

论：第一，开始俗话文学革命运动，这是为了完成白话文学运动的任务。第二，街头文学运动，"开始做体裁朴素的接近口语文学的作品：说书式的小说、唱本、剧本，等等"。第三，工农通讯运动，"形式上并非报纸，而是一本连环图画，或者一集连环图画、时事唱本、时事短篇小说"。"工农通信员将要是一种新的群众的文艺团体的骨干，这可以是很多种的小团体，在这种团体里面才能够得到现实生活的材料，反映真正群众的情绪，很确切很具体地批评到武侠主义、民族主义、宗法主义、市侩主义的要点。"第四，自我批评的运动。

我们可以看到，左翼文艺运动中关于文艺大众化问题的讨论与实践不仅承续了"五四"时期的历史经验，也影响了20世纪40年代的延安文艺运动的开展与繁荣。时至今日，这一时期学人关于"大众化"的理论探索和实践经验依旧指导着当下中国特色社会主义文化和中华民族现代文明的建设，他们对民间文艺资源的汲取与借鉴依旧具有极为重要的价值与意义。

（二）中央苏区文艺的"民间"趋向

中央苏区文艺作为"中国现代文化史、文学史中很重要的一部分，是延安文艺、解放区文艺以及新中国文艺的源头和基石，特别是对延安文艺的形成与发展有重要而深远的影响"。[1]它"一方面接受了左联时期的无产阶级文学遗产，另一方面又因现实的具体时空条件与政治需求，强化了文艺的宣传功能，提升了文艺的政治身份"。[2]

在1929年12月的古田会议中，文艺宣传工作的重要性以党内文件的形式被肯定，此时的宣传工作存在诸多问题，如"传单、布告、宣言等陈旧不新鲜，同时散发和邮寄都不得法""壁报出得很少，政治简报内容太简略，又出得少，字又太小看不清""革命歌谣简直没有""画报只出了几张""化装宣传完全没有""含有士兵娱乐和接近工农群众两个意义的俱乐部没有办起来""口头宣传又

---

[1]《中央苏区文艺丛书》编委会编:《中央苏区文艺研究论集》，长江文艺出版社，2017年，前言第1页。
[2] 周建华:《"革命"逻辑与中央苏区文艺的历史选择》，《井冈山大学学报（社会科学版）》2019年第3期。

少又糟",等等。①为了解决宣传中出现的这些问题,中国共产党运用的"非政治"的艺术手段有效地传递了新思想,对民间文学的借鉴与创编实现了革命逻辑与民间话语之间的"调和",兼顾了民众的趣味与偏好。

自此,中央苏区的文艺运动以出壁报、印画报、发放传单、写标语、征集和编写革命歌谣、演戏、演讲、游艺、音乐、唱花鼓等形式如火如荼地开展起来。苏区文艺的"花朵","纵是一些很小的野花也好,都是遍地的浮映着,如同海上的白鸥,显得亲切而可爱。"②

这一时期的文艺作品虽然十分幼稚、粗糙,却有着一种质朴的美感,它的作者大多是普通的士兵和苏区的群众,他们受到革命生活的感召,选择用笔,或是用自己的歌喉来表达爱憎,表达自己的心声和愿望,"他们写红色标语,开展读报活动,唱革命歌曲、红色歌谣,演红色戏剧",他们是苏区文艺运动最广泛的基础。③

随着革命根据地的日益巩固,苏区陆续创办了《斗争》《红色中华》《红星》《青年实话》《苏区工人》等报刊,出版了《革命诗集》《革命画集》《革命歌谣集》《号炮集》等书籍。

苏区革命歌谣作为苏区文艺的重要组成部分,运用民谣、山歌以及群众熟悉的传统曲调如十二月调、孟姜女调、苏武牧羊调等,以"旧瓶装新酒"的形式进行创编。如《闽西苏维埃文化部给各级苏维埃政府的信》中要求"搜集庆祝第二次革命战争胜利山歌":

> 第二次革命战争已获得伟大的胜利了,现在各地又在筹备庆祝这一胜利。各地必有很多的山歌创作。为着要搜集前来或转载《红报》或汇集出册,故特请你们注意搜集这类山歌,选择有革命意义的真情的表现

---

① 《中央苏区文艺丛书》编委会编:《中央苏区文艺史料集》,长江文艺出版社,2017年,第27页。
② 丁玲:《文艺在苏区》,《解放》第1卷第3期,1937年5月11日。
③ 曾芸:《作为革命武器的苏区文艺》,《文艺理论与批评》1993年第1期。

第一章 传统与现代的变革：20世纪上半叶的民间文学

山歌，寄到文化部来，为盼。①

1933年8月31日，《红色中华》刊载《征求山歌小调启事》：

> 现在《青年实话》编辑委员会，又计划出版革命山歌小调集，收集各地流行的革命的山歌、小调，印行美丽的单行本，请各地及红军中的同志，有自作的或老的山歌小调，无论抄写的本子或记忆的歌子，寄投《青年实话》编辑委员会，一律欢迎。希望同志们帮助我们完成这项工程，一经采用，当酌情寄报或现金。②

《红星》报第49期（1934年6月20日）也刊载"《红星》征求宣传白军士兵的革命歌谣小调"：

> 在瓦解白军严重任务前面，要求我们大量改善对白军士兵的宣传煽动工作，利用歌谣小调，就是宣传白军士兵效力最大的方式之一，因特征求白军中流行的歌谣小调，革命前方后方军政机关的同志利用白军士兵中流用的歌谱编成有内容有煽动性，并通俗的歌调供给本报，一经登载，即致薄酬。③

中央苏区流传着的"丰富的歌调"，"不只采用了江西、福建、四川、陕西……八九省的民间歌谣的形式，放进了适合的新的内容，如《送郎当红军》《渡黄河歌》，这都是一些不朽的佳作；而且创作了新的雄伟的《第二次全苏大

---

① 《闽西苏维埃文化部给各级苏维埃政府的信》原件由新泉革命纪念馆提供。见《中央苏区文艺丛书》编委会编：《中央苏区文艺史料集》，长江文艺出版社，2017年，第52页。
② 原载《红色中华》1933年8月31日。见《中央苏区文艺丛书》编委会编：《中央苏区文艺史料集》，长江文艺出版社，2017年，第158页。
③ 原载《红星》报第44期，1934年6月20日。见《中央苏区文艺丛书》编委会编：《中央苏区文艺史料集》，长江文艺出版社，2017年，第27页。

会》(堪比《马赛曲》《国际歌》及《武装上前线》)……这些歌曲跟着红军的队伍,四方散播着、永远留在民间。"① 有些歌谣的形式虽然是旧的,但内容却是革命的,这并不妨碍它成为伟大的艺术。《革命歌谣选集》"编完以后"中谈道:

> 我们需要运用一切旧的技巧,那些为大众所能通晓的一切技巧,作我们的阶级斗争的武器。②

这一时期,苏区革命歌谣已经具有以下艺术特点:一是革命歌谣很好地继承和运用了传统民歌的比兴手法,借群众所熟悉的形象来表达人民的思想感情,既富有生活气息,又饱含诙谐乐观的情绪。二是革命歌谣中广泛运用艺术夸张手法。为了渲染群众斗争力量的无比强大,或要突出某一事物的特征及其优越性时,歌谣中出色地运用了传统民歌的夸张手法。三是革命歌谣中人物形象和语言都非常生动,可谓脍炙人口,有高超的艺术概括性。四是革命歌谣在反映生活上有一定的深度,具有言简意赅的特点。歌谣的语言朴素清新,散发着浓郁的乡土气息,显示出苏区民间歌手们令人叹服的艺术概括能力。③

如南草在《"毛委员叫我编支歌"——访何长工同志》一文中提到的何长工是有名的歌手,"他运用编歌的宣传手段组织过十几个县的穷人起来闹革命,他编歌揭露地主豪绅和军阀的罪恶,他编歌动员乡亲们大力支前,甚至编唱摇篮曲给根据地年长的妈妈们唱"。在1928年的龙源口战役后,毛泽东将何长工叫到身边,让他编支新歌:"长工同志,你是我们红军中的大知识分子喽,今天给你喝碗鸡汤,晚上你就不要睡觉了,编支瓦解敌军士兵的歌、教育他们的歌吧。"在一夜的辗转反侧后,何长工将新歌词套上了旧曲调,创作出一首歌颂革命,抒发"工农一家"理念的歌谣,这首歌谣也在传唱中取得了很好的效果,"许多俘虏兵

---

① 丁玲:《文艺在苏区》,《解放》第1卷第3期,1937年5月11日。
② 《〈革命歌谣选集〉编完以后》,见《中央苏区文艺丛书》编委会编:《中央苏区文艺史料集》,长江文艺出版社,2017年,第270页。
③ 《中央苏区文艺丛书》编委会编:《中央苏区文艺史料集》,长江文艺出版社,2017年,第556页。

痛哭流涕控诉反动派，要求参加红军，调转枪口打反动派。"①

我们可以看到，"以群众的传统的诗歌形式，写新内容的和加工的民歌，像秋香的歌或红军指战员回答秋香的歌，或者像改编过的《新十杯酒》，群众确实比较容易接受，对于革命是很有贡献的，同时也是民族的新诗歌的最好的萌芽。"②

中央苏区时期，集中刊印了一批关于革命歌谣的书籍，如《歌集》《三期革命战争胜利歌》《革命歌曲》（第一集）、《革命诗集》《儿童唱歌集》《革命歌集》《苏区新调》《革命歌谣选集》《革命山歌小调集》《四川新调》《工农红军学校毕业歌》等。这一时期，革命歌谣的搜集和编纂基于"人民"，"它道尽农民心坎里面要说的话，它为大众所理解，为大众所传诵，它是广大民众所欣赏的艺术。"③

中央苏区的戏剧活动也颇为活跃。1928年，红军宣传队在井冈山根据地演出了《打倒萧家壁》《二七惨案》和《豪绅末路》等，其后随着"八一"剧团、工农剧社、火线剧社、蓝衫剧团、蓝衫戏剧学校、高尔基戏剧学校、苏维埃剧团等一批红色戏剧团体的成立，创作了大量通俗易懂的戏剧作品，如话剧《李保莲》《堡垒中的士兵》《追击》《牺牲》等，还有歌剧、舞剧、儿童剧和山歌小曲。以《鲁胖子哭灵》《塘沽恨》为例，这两部剧的作者为彭加伦，他后来回忆：

> 鲁胖子是国民党的江西省主席鲁涤平，咱们杀了敌军师长张辉瓒，就写他祭灵哭灵。这个戏是我写的，用京戏唱，像《连营寨》哭灵牌一样。所以说旧瓶装新酒不是现在才有，当时就搞过的，那时全国都没有。
>
> "塘沽协定"时，我就写了《塘沽恨》，也是用京戏路子写的。那

---

① 南草：《"毛委员叫我编支歌"——访何长工同志》，见《中央苏区文艺丛书》编委会编：《中央苏区文艺史料集》，长江文艺出版社，2017年，第226—227页。
② 贾芝：《老苏区的民歌》，引自汪木兰、邓家琪编：《苏区文艺运动资料》，上海文艺出版社，1985年，第344页。
③《〈革命歌谣选集〉编完以后》，引自《中央苏区文艺丛书》编委会编：《中央苏区文艺史料集》，长江文艺出版社，2017年，第270页。

时没有人会京戏锣鼓,只有两个人拉胡琴、二胡也蛮好。那个时候京戏结合现实,有点像话剧似的。①

据彭加伦回忆,"红军比较喜欢曲艺:相声、大鼓、双簧。李克农同志的双簧很有名,戴顶瓜皮帽,扎根小辫子。老实讲,那时候我们这些人不搞这个哪个来搞?第二次反'围剿'时我写过梨花大鼓。它的内容是:'梨花大鼓闹开场,不讲天上张三姬,不讲地下李四郎,单唱蒋介石和张学良……'这些东西可惜都没有保留下来。"②

搜集、整理与民众"密切相关"的斗争故事和农耕故事也是这一时期的发展重点,在敌/我、好/坏、落后/先进的二元对立中,使故事内涵升华为一种"无形的内质"。③故事的梗概也多为"阶级斗争+生活故事"的结构,戏剧、歌谣抑或通讯,都可以讲述斗争故事。如歌剧《亡国恨》主要描写男主人公亚三在地里劳动的时候被日本侵略者抓去服劳役,女主人公秀英则被日本侵略者和汉奸侮辱,最后当地群众在中国共产党的领导下开展斗争,解救了这一对夫妇。其中有夫妇二人对唱《渔光曲》和《湘累》的场景,《渔光曲》为同名左翼电影的插曲,该电影于1934年6月14日在上海金城大戏院首映,随之风靡全上海,一时之间,《渔光曲》在上海可谓妇孺皆知。《渔光曲》由民歌《孟姜女》曲调发展而来,以其清新健康的格调开创了"电影歌曲与抒情歌曲浑然一体的新风"。④歌剧中此唱段揭露了日本帝国主义的残暴和汉奸的无耻奸诈,叙述了夫妻相互思念、关爱的真情。再如歌谣《劝妹歌》词意单纯,曲调婉转反复。歌谣中的男女主人公原是农村男女,旧式婚姻将他们结合在一起,但革命改变了他们,使他们之间

---

① 中国艺术研究院话剧研究所:《彭加伦谈中央苏区文艺——老红军访问记》,见《中央苏区文艺丛书》编委会编:《中央苏区文艺史料集》,长江文艺出版社,2017年,第295页。
② 中国艺术研究院话剧研究所:《彭加伦谈中央苏区文艺——老红军访问记》,见《中央苏区文艺丛书》编委会编:《中央苏区文艺史料集》,长江文艺出版社,2017年,第295页。
③ 有论者将这种内质界定为"一种心理,两种思维,三种文化指向",即"救星心理""二元对立思维和利我思维""身体性、一体性和群分性"。参见周建华:《文艺娱乐、意识形态与文化心理融合的成功范例——中央苏区文艺大众化新论》,《红色文化学刊》2017年第3期。
④ 秦启明:《任光和他的〈渔光曲〉》,《乐器》1983年第2期。

建立起新的关系。歌谣中的红军战士劝说妻子认清敌人，革新思想：

> 劝妹转家庭，你是要小心；我去那前方，坚决打敌人。劝妹转家庭，你正该高兴，我去当红军，为的是革命。劝妹转家庭，你是要革命，分得那土地，政府派人耕。劝妹转家庭，你要放宽心，我去闹革命，为的是穷人。劝妹转家庭，工作要加紧，为革命宣传，一天不间断。劝妹转家庭，仇恨记在心，……①

中央苏区时期，中国共产党汲取苏俄的办报经验，动员群众写稿，建立工农通讯员队伍。在根据地宣传部门的引导下，群众观察乡村社会改造的实际进展，在稿件中表达看法与提出建议，同时加深对革命的认识与理解。②这一时期的"通讯"中涌现了许多情节跌宕起伏的精彩的革命故事，如《四婆——华南人民武装的故事》中的"四婆"被称为"人民军队的妈妈"，国民党把她抓走并吊起来毒打，让她说出部队的藏身之处，四婆一声不答，敌人无可奈何，只好将四婆放回去。"在根据地里，她威望很高，很多事情大家都征求她的意见。"③再如《钟先耀跳水活命》则更富于"传奇性"，人物语言和心理描写更为生动，前乡苏维埃主席钟先耀在经受了"踩杠子""坐老虎凳""烧线香火"这些酷刑后，趁着敌人不防备，跳入河中得以逃生，"上岸了，他的全身精光，衣服早给自己撕破被水流冲掉了"。这则通讯中运用了大量对话和歇后语来展现人物性格，增强了故事的趣味性。如村民江胡子看到"靖卫狗"与钟先耀的冲突时，认为"鸡蛋不能和石卵碰"，溜之大吉；而钟先耀跳入河中时，被岸上"靖卫狗"猎逐野兔似的乱枪

---

① 贾芝：《老苏区的民歌》，载汪木兰、邓家琪编：《苏区文艺运动资料》，上海文艺出版社，1985年，第331页。
② 林棵、王建华：《中国共产党文化反贫困的早期探索——以中央苏区工农通讯员运动为例》，《江西财经大学学报》2021年第5期。
③ 中南新华书店编辑部编：《革命的故乡——老苏区通讯选集之二》，中南新华书店，1950年，第43—46页。

射击,调侃似的写道:"不过,他不被枪打死,'龙王老子也会请他去吃酒的'。"①

中央苏区时期,"通讯与革命故事集"《火线上的一年》②收录了红军英勇作战的事迹,如《东方战线上的英勇战绩》《芹山战役的片段》《东华山的战斗》《八角亭战斗的教训》等。此外,还有《马克思传略》《列宁故事》《革命领袖传略》《斯大林与红军》《列宁传略》《革命纪念节故事》《马克思的事迹》《列宁革命事迹简介》《列宁与共产主义运动》《苏联青年欧洲旅游记》。

(三)"延安道路"的民间叙事传统

1937年以后,中国文艺及其创作所面临的环境发生了变化,"大规模地由都市向边缘地区的文化流动",带来了文化中心的转移,读者群及社会环境发生了变迁。③知识分子们面对的不再是大都市的以文字为传播媒介的群体,而成为不识字、与西方文化基本隔绝的大后方民众。

这一时期,秧歌剧应运而生,其吸收了民间艺术的优良传统和因素,如歌谣、秦腔、秧歌舞,"而且加进了'五四'以来新文艺成果可吸收的部分",从《兄妹开荒》④《刘二起家》等,到《一朵红花》《赵富贵自新》《牛永贵受伤》,秧歌剧有了新的、更丰富的表现形式,剧情也渐趋复杂。初期的《兄妹开荒》赞颂了劳动精神的可贵⑤;《一朵红花》主要表现了解放思想的老年妇女和辛勤劳动的儿媳(青年妇女),在儿媳荣获劳动英雄的称号后,得到了一朵红花,感化了二流子的儿子。其中,《兄妹开荒》沿用了民间秧歌剧小生、小旦的演出形式,创作者们"决定要去掉它调情的成分。原先本想写成夫妻二人,为了免去调情的感

---

① 中南新华书店编辑部编:《革命的故乡——老苏区通讯选集之二》,中南新华书店,1950年,第47—50页。
② 红军总政治部红星社编辑出版,32开铅印本。为了宣传红军英勇作战的事迹,同时也为通讯员写通讯提供参考,1933年12月9日红星报社将此前在本报发表的部分比较好的通讯作品汇编成册出版,并附加了几个重要的文件。
③ 汪晖:《地方形式、方言土语与抗日时期"民族形式"的论争》,《现代中国思想的兴起》(下),生活·读书·新知三联书店,2008年,第1500页。
④ 此剧原名《王小二开荒》,由王大化、李波、路由编剧,安波作曲,于1943年2月9日在延安首演,剧中兄妹由王大化、李波扮演。
⑤ 金易:《兄妹开荒》,《新民报》1949年7月17日。

觉才改成兄妹的"。①"新的生活内容、新的精神使得他的音乐语言更加明朗、富于活力和朝气,散发着泥土的芳香,鲜明地反映了边区劳动人民生活的美,又把人民的审美观点提高到一个新的水平。"②《夫妻识字》③更是在开头部分为丈夫"刘二"安排了一段类似"数来宝"的"练子嘴":

> 说是化,化,说一个化道一个化,说一个识字学文化。旧前我刘二不识字,三天两头闹笑话。我到前庄去赶集,婆姨叫我买棉花,一千元的新票子,我乍给当成五十元花,众人又笑,婆姨又骂,你说傻瓜不傻瓜,你说这傻瓜不傻瓜。④

《黑板上写字放光明》的主要唱段采用传统秧歌中的"问答"形式,夫妻二人一唱一和,生动活泼。剧中的刘二婆姨积极识字,为了完成和丈夫定下的识字计划,她在劳动之余都在认真地"照着识字牌认字",反而是丈夫看到妻子的行动,"做了一个鬼脸,走上去推了一把":

> 嘿,你看生产了一天,回到家来,你头也不抬,口也不开,庙里的泥胎,你装的那一路的神神?

当妻子告知她在学习时,丈夫刘二却以"做猪食""喂猪娃""收被窝毛毯""担水""做饭"等家庭琐事"问责"妻子,并借口劳动逃避识字,妻子则义正词严地拒绝其吃饭的请求,要求丈夫必须"把字认下":

> 你给我把字认下,认下写下,写下记下,你要认得就对了,要是认

---

① 张庚:《回忆〈讲话〉前后"鲁艺"的戏剧活动》,载艾克恩编:《延安文艺回忆录》,中国社会科学出版社,1992年,第175页。
② 吕骥:《论安波同志的歌曲创作》,《人民音乐》1981年第7期。
③ 马可编剧并作曲,1943年首演。
④ 马可:《夫妻识字(秧歌剧)》,《平原杂志》第1期,1946年7月7日。

不得,我叫你饭也吃不成,觉也睡不成,怀抱石头头顶灯,黑夜里叫你跪到大天明!

虽然《夫妻识字》尚未涉及"家庭中性别、资源与权力"等问题的讨论,但我们依旧能够在丈夫刘二"水担上了没?""饭做好了没?"的一句句问询中窥见此时妇女在家庭中的处境,"识字牌好比明灯一般",让她们感受到微弱的曙光。秧歌剧作为一种含有强烈"表演"性质的"言说行为",与民众的日常生活中的真实经验密切相关。

再如"赵峪村的识字合作社"设立"木板识字牌",有图有字,"全村群众自由借阅,还时须认一遍写一遍";盐池县深井村的"字拖拖"成为该村青年随身携带的"学习的珍宝"。所谓"字拖拖"是人们将自己愿意认的字请教员写在一寸大小的白纸片上,便于随身携带,抽空练习[①];庆阳史家店与三十里铺邻近,三十里铺的"社火头"黄润在当地影响很大,冬学教员吴志坚便"因势利导",教学生唱起曲子来,此后"学生由八名增加到四十八名",认为冬学"又唱又玩",很有意思;关中中心区老庄子冬学的寇金魁更是发挥创造性,编写了《毛主席爱老百姓》的新歌,"投登黑板报",其后又编写了《冬学任务歌》,自此,当地群众纷纷编写歌谣,一时蔚然成风,先后编写了《十绣郭区长》《四季歌》《咱们最爱他》等十几首。《四季歌》由一个没上过学的青年农民张金喜所编:

春季里来呦地气阳,开荒下籽真正忙,你有牛羊我有人,大家变工有力量,哎咳哎咳哎咳呦,大家变工有力量。

夏季里来呦庄稼青,变工对呦锄地增,大家锄地来竞赛,看谁争先当英雄。

秋季里来呦庄稼黄,大家变工收秋忙,收回担回赶快碾,装在囤里心才安。

---

① 人民教育社编:《农民识字教育的组织形式和教学方法》,新华书店,1950年,第54页。

第一章　传统与现代的变革：20世纪上半叶的民间文学

冬季里来呦农事闲，延安政府派教员，冬学到处大家办，男女老少把书念。①

新创编的《四季歌》保留了传统民歌中的"节奏样式"，以一种新的意象来编织叙事，传达民众真实的情感需求与政治体悟，改作后的歌谣具有某种"先在的节奏图示"，人们在传唱的时候也依旧能够被唤起"耳熟能详的感官愉悦"，并在听觉记忆的参与中，歌谣中关于农业生产、参加冬学等话语表述变得易于记诵，即使有些民众不理解其中的"竞赛""英雄""教员"等语汇，但他们依旧能够在熟悉、亲近的旋律节奏中将这些话语内化为自身认识，正如朱自清在《歌谣里的重叠》中对"重叠"之于歌谣传播、记忆的价值的论述。②在歌谣的改编与传唱中，改编者、歌谣文本与传统之间构成了一种微妙复杂的关系。对于口头节奏的把握可以看作一种"记忆术"，冬学教育中，编写教材的过程就是从民间俗语、歌谣、小调中汲取、吸收，再用符合地方方言言说习惯及节奏的方式加以组合，这些被精心设计的组合又"回流"到民众中，成为新的口头传统。

新中国成立后，现代民族国家用新的意识形态改造和整理民间文学，引导大众的审美趣味，规范人们对历史、现实的想象方式，再造民众的社会生活秩序和伦理道德观念③，民间文学因此获得了合法性身份。民间文学仿佛一个巨大的"磁场"，经由歌谣、故事、图画及影像等多种艺术形式召唤出国家话语形塑中的"人民"主体，这一主体的建构具有新中国发展的特殊性，既融汇了时代特有的程式化与典型性，又在民间文学的通俗化实践中形成一种"核心稳定，边界流动"的独特样态。

---

① 人民教育社编：《农民识字教育的组织形式和教学方法》，新华书店，1950年，第108页。
② 朱自清：《论雅俗共赏》，生活·读书·新知三联书店，1998年，第85页。
③ 毛巧晖：《现代民族国家话语与民间文学的理论自觉（1949—1966）》，《江汉论坛》2014年第9期。

第二章
延安文艺与民间文学的新趋向

《在延安文艺座谈会上的讲话》(以下简称"《讲话》")发表之后,民间文艺引起了知识阶层的广泛关注,知识分子纷纷走向民间,搜集、研究民间文艺,并利用它来宣传中国共产党的政策、方针,唤起民众的民族情感,具有显著陕北地域色彩的秧歌[①]、说书、民间歌谣进入了研究者的视野。

第一节 新秧歌运动的民间性解析

秧歌,亦称阳歌、英歌、鹦歌等,遍及中国南北,广受群众欢迎。清朝道光年间刻本《清涧县志》载:"十五日上元,天官诞辰。街市遍张灯火,放花炮,聚石炭作幢塔状燃之,光明竟夜。城乡各演优伶杂唱,名曰秧歌。"[②]关于秧歌的起源说法不一,主要有两个观点:一是认为秧歌是在插秧季节,由农民边劳作边哼唱的"田歌"逐渐发展为有舞有歌的"秧歌"。清人李调元《南越笔记》记载:"农者每春时,妇子以数十计,往田插秧。一者挝大鼓。鼓声一通,群歌竞作,弥日不绝,是曰秧歌。"[③]二是根据对出土文物的考证,北方秧歌已有千年左

[①] 新秧歌,有的称为秧歌剧,有的称为秧歌戏,文中视情境而定,不予统一。
[②] 钟章元纂修:《清涧县志》卷一,清道光八年(1828)刻本,第38页。古籍除标明出版信息的资料外,均出自中国基本古籍库(http://dh.ersjk.com)。
[③] 李调元:《南越笔记》卷一,清光绪七至八年(1881—1882)刻本,第55页。

右的历史，而且发现了现在陕北地区古代秧歌是为祭祀二十四星宿而舞的记载，所以认为秧歌的源头之一是祭祀舞蹈。也就是说秧歌的意义大概可归纳为对现实生活的表现与宗教意义两类。本节所论述的新秧歌运动出现之前秧歌的原型——陕北秧歌就属于后者，即与信仰祭祀有关。据《中国民族民间舞蹈集成·陕西卷》载："陕北秧歌自古以来就是一项祀神的民俗活动，传统秧歌队多属神会组织。边远山区至今还保留着'神会秧歌'之称。过去每年闹秧歌之前，先要在神会会长（主持或会首）率领下进行'谒庙'，祈求神灵保佑，消灾免难，岁岁太平，风调雨顺，五谷丰登。据此可见，陕北秧歌活动是具有功利目的的一种风俗祭礼。过去有不少人自幼就参加秧歌活动。目的就为报答神恩，进行还愿，表示对神的虔诚。这也是形成秧歌活动广泛群众性的一个重要方面。"[①]民众通过"扭"秧歌和"唱"秧歌，表达自己的感情与愿望。中国共产党到陕北后，迅速发现了秧歌在民众生活中的意义与价值。

一、秧歌戏运动概述

1942年9月23日，《解放日报》发表了丁里的《秧歌舞简论》，文中认为秧歌多在冬季农闲时间，作为劳动之余的娱乐，但在陕甘宁边区，扭秧歌已成为参与政治斗争、社会活动的武器，而且分析了秧歌舞这种艺术形式的长处和缺点，并且发现秧歌是民众喜闻乐见的娱乐形式，就积极向老百姓学习，其目的是"用秧歌这种艺术形式向群众宣传革命道理"[②]，同时"我们渴望着中国新歌剧的诞生，但是很多的眼光不是放在西洋歌剧上，就是放在中国已经定型了的旧剧上。今天，我们也应该看看老百姓自己创造的歌舞剧的形态，它可以给我们多少启示啊"！[③]边区文艺工作者根据这种群众的文艺形式——秧歌，编排了秧歌戏，并且迅速在边区扩展开来，边区出现了许多秧歌队。据统计，当时全边区有各类秧

---

① 中国民族民间舞蹈集成编辑部编：《中国民族民间舞蹈集成（陕西卷）》，中国ISBN中心，1995年，第49页。
② 丁里：《秧歌舞简论》，《解放日报》1942年9月23日。
③ 安波：《由鲁艺的秧歌创作谈到秧歌的前途》，《解放日报》1943年4月12日。

歌队949个,每1500人左右就有一个。大型秧歌队主要有:"鲁艺"秧歌队、边区"文协"秧歌队、枣园秧歌队、中央党校秧歌队、联政秧歌队、保安处秧歌队、抗战剧团秧歌队、延安县秧歌队等。[①]其中"鲁艺"的秧歌以大、新、红、火,为观众所称道、所爱戴,受到延安军民的热情欢迎,他们既看到了自己熟悉和热爱的东西,又为一种富有活力和新鲜感的东西所吸引。有的老乡甚至背上干粮、带上水壶,秧歌队走到哪里,他们跟到哪里,一连看上几天、几场,每次演出人山人海、掌声不断、盛况空前,各种秧歌队派人来学习或请我们(按:指"'鲁艺'家")[②] 去教、去排,络绎不绝,从此,声名大振、家喻户晓,都说"'鲁艺'家"的秧歌又新又美又迷人……[③] 因而,在延安、安塞、绥德、米脂、葭县、吴堡等地,"'鲁艺'家"的秧歌比较驰名。新秧歌戏在陕甘宁边区等14个解放区蓬勃发展,从延安时期到新中国成立后,这一艺术样式从边区推向全国,秧歌扭遍了大江南北。"新秧歌运动是延安文艺座谈会以后文艺工作中值得注意的新生事物之一,是毛主席革命文艺路线指引下的重大成果之一。从延安文艺座谈会以后到新中国成立这短短六年中间,秧歌剧曾一时风行全国,各地所创出来的剧本真不知有多少。"[④]1944年10月,秧歌座谈会在延安召开,交流、总结了秧歌运动的经验,推动了新秧歌的创作,毛泽东对秧歌运动热情关怀和积极支持,他做出以下指示:"在艺术工作方面,不但要有话剧,而且要有秦腔和秧歌。"延安的新华书店、华北书店、韬奋书店等相继出版发行了《秧歌集》《新秧歌集》《秧歌剧初级》《秧歌小丛书》《秧歌曲选》《秧歌论文选》等系列论著,同时秧歌艺术评论和秧歌艺术研究工作日趋活跃,延安和陕甘宁边区的报纸杂志,发表有关新秧歌运动的文章百篇之多,当时著名的文艺评论家艾思奇、周扬、冯牧、安波、艾青、贾芝等都参与了这一评论潮流,甚至远在重庆的郭沫若也加入了这一行列。

---

① 刘炽:《"'鲁艺'家"的秧歌》,载朱鸿召编选:《众说纷纭话延安》,广东人民出版社,2001年,第310页。
② 陕北人民将延安鲁迅艺术学院秧歌队简称"'鲁艺'家"。
③ 朱鸿召编选:《众说纷纭话延安》,广东人民出版社,2001年,第312页。
④ 张庚编:《秧歌剧选》,人民文学出版社,1977年,第507页。

陕北民间传统的秧歌队在开始活动之前要谒庙，举行敬神祭祀的仪式，第二天开始"沿门子"①。秧歌队按村中情况依次走串各家表演，以表祝贺，这一行为含有祈福保平安之意。拜年后各家也要给秧歌队赏钱或食品，因此"老百姓又称它为'溜沟子秧歌'"；接下来是"搭彩门"，它是与邻村互访互拜的一种秧歌比赛活动。与宗教信仰极为密切的就是最后的转九曲。人们穿行于复杂的阵图，目的是消灾灭难，求得来年吉祥如意、风调雨顺。同时对于农民而言，这又是一项娱乐活动，他们要跳得高兴，玩得痛快。因此在小场子里有二人或多人的表演，爱情成为这些表演的主要主题。其特点有的风趣幽默，有的夸张滑稽，有的突出表演者的武艺，有的则是直白地表现打情骂俏，"老百姓称之为'骚情秧歌'"。②新秧歌戏完全不同——不带有任何宗教意义，当时群众给新的秧歌取名叫"斗争秧歌"。赵树理和靳典谟在《秧歌剧本评选小结》中对275个剧本进行了总结，"从内容上来看，与实际结合是一个共同的优点，其中又分为反映战争的二十三题，生产四十七题，拥军、优抗、参军六十三题，文武学习、民主、减租、度荒、打蝗、提倡卫生、反对迷信的有七十六题，介绍时事、传达任务是三十九题，而歌颂自己所爱戴的英雄人物竟多至二十五题"。③另外，延安文艺座谈会以后，"所创作的新秧歌绝大部分都是出自专业文艺工作者之手"。④新秧歌戏构建了一个全新的"民间"世界。

二、新秧歌里的"民间"

新秧歌中，"男的头上扎有白色英雄结，腰束红带，显出英武不凡的气派；女的腰间缠着一根长绸带，两手舞着手绢，踏着伴奏的锣鼓点起舞，动作细腻而泼辣。男领队手执大铁锤，女领队手握大镰刀，分别代表工农。男、女秧歌队员

---

① 陕北方言，逐门表演活动。
② 王克芬、隆荫培主编：《中国近现代当代舞蹈发展史》，人民音乐出版社，1990年，第109页。
③ 赵树理、靳典谟：《秧歌剧本评选小结》，《赵树理全集》第4卷，北岳文艺出版社，2000年，第153页。
④ 张庚编：《秧歌剧选》，人民文学出版社，1977年，第510页。

全体出场后，先跑一个圆场，然后男女分开，各自围绕成两个圆圈舞蹈。后来，男女两队汇合起来，女的绕成一个小圈，男的在小圈外面舞蹈。跳了一会儿，然后两队又再分开，接着就有一队装扮成八路军战士穿插进来。这时，秧歌舞队形内有了工农兵，变化就更多了。霎时唢呐吹响了，场子里一片欢腾声，大家都唱起边区大生产的歌曲，一面歌唱，一面表演'工农兵大生产'。"①

从这段描述中可见秧歌从外在造型到所表述的内容都发生了变化。旧秧歌舞、旧秧歌戏中民间是指"非官方"，是一个模糊的概念，它的主体包括社会各阶层。项朝蘗的《秧歌诗序》记载："南宋灯宵舞队之村田乐也。所扮有花和尚、花公子、打花鼓、拉花姊、田公、渔妇、装态货郎。杂沓灯街，以博观者之笑。"②新秧歌戏则用镰刀、铁锤代表工农，还有军人穿插其中，这就将民间的主体具体化为工农兵。内容上，旧秧歌主要为娱神兼顾娱人，最初民间秧歌都是即兴表演，没有构成一定的人物关系和矛盾冲突，因而没有故事情节。《岭南杂记》载"潮州灯节，有鱼龙之戏，又每夕各坊市扮唱秧歌，与京师无异……每队十二人或八人，手挈花篮，迭进而歌"③，清代文人杨宾《柳边纪略》亦载黑龙江一带正月十五"辄扮秧歌"，"锣鼓合之，舞毕乃歌，歌毕更舞，达旦乃已"。④南方扮渔夫、茶女，北方扮樵夫、农夫、村姑、牧羊女，有的化装为戏剧人物，俗称"混秧歌"，分文场与武场，文场重唱，武场重舞。"有模拟飞禽走兽、鱼龙虫鸟的形象。据说还有表演民间爱情故事和传说的舞蹈。表演者都是民间武术的能手，他们的舞蹈动作和姿态，大多是从民间武术中采撷并糅合的，灵巧有力。这些艺人们的表演技巧很高，保留了为群众喜闻乐见的武术中精彩的身段。"⑤在长期的发展过程中，经过人民大众不断修改、加工，秧歌艺术逐渐有了故事，有两个或两个以上的人物，人物相互之间形成一定的矛盾、纠葛，人物在表演动作的

---

① 吴晓邦：《我爱陕北秧歌舞》，载艾克恩编：《延安文艺回忆录》，中国社会科学出版社，1992年，第334页。
② 吴锡麒辑：《武林新年杂咏》，光绪辛巳年（1881）刻本，第102页。
③ 吴霞芳：《岭南杂记》卷上，乾隆五十九年（1794）刻本，第70页。
④ 杨宾：《柳边纪略》卷四，光绪年间刻本。
⑤ 吴晓邦：《我爱陕北秧歌舞》，载艾克恩编：《延安文艺回忆录》，中国社会科学出版社，1992年，第335页。

同时，还有按民间曲调演唱的唱词，这就是秧歌戏，它不是直接表现民众的现实生活。新秧歌戏内容则是民众的生活，周扬在观看了新秧歌节目后指出："这些节目都是新的内容，反映了新边区的实际生活，反映了生产和战斗，劳动的主题取得了它在新艺术中应有的地位。"① 当时的人们则认为"新秧歌演的都是咱们自己的事情，咱们村里也有这样的事，回去也闹一个"②。由于现在对于当时新秧歌戏演出场景以及活动无从考察和恢复，因此只能从现存的秧歌剧本中进行分析。

新秧歌的主题首先就是生产劳动。陕甘宁边区建立以后，中国共产党迅猛发展，这让国民党感到不安与威胁，从1941年开始，国民党加紧了对边区实行封锁，日军也将中共军队作为主要的进攻目标，这样边区在军事、经济和财政等方面面临紧张的情况。为了克服经济生活的困难，边区重视生产劳动，将农业生产置于第一位，奖励、塑造劳动英雄。从1942年至1945年间，解放区的秧歌剧共有169篇③，涉及生产劳动的秧歌剧，初步统计有64篇，占总数的38%。其中直接涉及开荒的有《开荒》《开荒前后》《兄妹开荒》等，最著名的就是后者，它以表彰劳动英雄马丕恩父女为主题，其中用两兄妹的声音"向劳动英雄们看齐，向劳动英雄们看齐！加紧生产，不分男女，加紧生产不分呀男呀哈男和女"④号召民众积极劳动，树立爱劳动的价值观，对二流子进行批判。《一朵红花》中对于积极劳动的妻子的赞美，对好吃懒做的丈夫的批评，"谁像你懒畜生，光吃不拉，我就要送政府把你斗争！"⑤"我是哪辈子亏了心，养下你这个坏呀坏东西！叫声妇女主任，把他带到县上，游他的街来，丢他的人！"⑥《动员起来》中张栓从二流子转变成为积极劳动者，并动员群众参加变工队，这一主题通过张栓、张栓婆姨、村长之间的对话阐述了民众对变工队的怀疑以及政府的动员工作，并宣扬合作社的优点。《货郎担》中货郎说道："咱们是合作社生意，给大家办事的，又是

---

① 周扬：《表现新的群众的时代》，山东新华书店，1949年，第22页。
② 孟艾芳主编：《文化繁荣与思想宣传》，太原：山西教育出版社，2013年，第129页。
③ 以下数字参见《中国现代文艺资料丛刊》第四辑，上海文艺出版社，1979年，第390—401页。
④ 张庚：《秧歌剧选》，人民文学出版社，1977年，第45页。
⑤ 张庚：《秧歌剧选》，人民文学出版社，1977年，第54页。
⑥ 张庚：《秧歌剧选》，人民文学出版社，1977年，第59—60页。

大家组织起来的，还能哄人啦？"① 买者李大嫂夸赞："合作社真好。"② 秧歌戏成为动员和教育群众坚持抗战、发展生产的有力武器，成为革命的符号、启蒙的号角，这样以大生产为内容的新秧歌戏就随着延安当时的大生产运动迅速地发展起来，成为新秧歌戏所建构的"民间"的一个重要主题。

其次是有关政治生活的内容。从1942年至1945年间，解放区的秧歌戏共有169篇，涉及政治生活的秧歌戏，初步统计有19篇，占总数的11%。尽管相对数量较少，但是改变了以往秧歌中较少涉及政治生活的局面，其中《选举去》《破除迷信》《减租》就是配合当时边区的选举运动、反对迷信、减租减息改编而成的秧歌戏。

再次是新型家庭关系。旧秧歌所表现民间的一个重要主题就是婚姻生活及老百姓日常生活琐事，因为家庭是民众生活的一个主要场域。在新秧歌戏中，家庭生活仍然是一个主题，但是发生了一定的变化。家庭关系中最重要、最基础的就是夫妻关系，它在新秧歌戏中占了很大比重，在1942—1945年的秧歌剧中，有9篇内容直接描述夫妻关系，其他主题的秧歌剧，如开荒、逃难、拜年、竞赛、识字、拥军等，很多也是围绕夫妻关系展开。由于受到权威话语的影响，夫妻之间形成了一种新型的关系。《十二把镰刀》中王二与妻子之间成了一种教育与被教育的关系，"看你咧旧脑筋，如今女人跟男人一样，男人干的事情，女人也能干。"③ "我看你这人，刚从外边来，没有一点'观念'！""你这人肚子里一点'文化'都没有，我不跟你说话啦。"④ "边区政府是咱老百姓的政府，八路军是咱老百姓的军队，人家爱护咱们，咱们就应该帮助人家。你看我从前在外边当铁匠赚不了钱，种地不够吃；全凭革命，才有今日。就拿你来说，不是因为边区政府好，我哪有法子把你搬到这里来过日子？你还不是在娘家做针线，受苦受罪！现在打日本救中国，大家苦干，咱老百姓应当好好帮助政府，政府才能有办法；政

---

① 张庚:《秧歌剧选》，人民文学出版社，1977年，第311页。
② 张庚:《秧歌剧选》，人民文学出版社，1977年，第314页。
③ 张庚:《秧歌剧选》，人民文学出版社，1977年，第6页。
④ 张庚:《秧歌剧选》，人民文学出版社，1977年，第7页。

府有办法，才能赶走日本鬼子，咱们的日月光景才能过得好，你应当明白这个大道理才是。"①《夫妻识字》中夫妻共同学文化，妻子因为丈夫不认字要惩罚他，"要是认不得，我叫你饭也吃不成，觉也睡不成，黑地里跪到大天明，看你用心不用心！"②《买卖婚姻》则是宣传新的婚姻法。《一朵红花》是婆婆对能干媳妇的赞美、欣赏。参不参加变工队成为夫妻争执的主题，《大家好》中张老四和张妇因没有参加变工队互相埋怨。从中可看到，民众的家庭生活主要围绕当时的社会主题展开。《妯娌要和》直接叙述妯娌关系以及处理好这种关系的重要性，《小姑贤》《小媳妇》则描述家庭中另外两种关系，但是都一改旧剧中姑嫂、婆媳关系的恶劣，而强调彼此之间的融洽。

此外，秧歌剧的主题还有军民关系。涉及军民关系的秧歌剧非常多，1942年至1945年间，解放区169篇秧歌剧中，初步统计有21篇直接描述军民关系，约占总数的13%，这一主题也是新秧歌剧特有的。表演这一主题最早的要算"鲁艺"排演的《拥军花鼓》。其后，《牛永贵挂彩》中赵守义夫妻对战士牛永贵的掩护；《红布条》中赵登奎因为工作方式与李老婆之间发生矛盾，后来经过班长陈大民做工作进行了协调；《刘顺清》《大家好》等都涉及军民关系；在此不一一列举。新秧歌运动通过生产劳动、政治生活、家庭关系、军民关系构建了一个全新的"民间"。

三、新秧歌戏中官方对"民间"的消解

从1942年开始，在延安的公共领域，新秧歌戏占据了主体地位。当时在延安的很多人没有见过旧秧歌戏的表演，据吴晓邦所述："我在延安停留期间，却没有一次机会见到民间原有的秧歌舞表演，这使我感到遗憾。"③新秧歌戏主要是为了配合政治任务进行改编和创作，毛泽东认为"对于过去时代的文艺形式，我

---

① 张庚：《秧歌剧选》，人民文学出版社，1977年，第8页。
② 张庚：《秧歌剧选》，人民文学出版社，1977年，第288页。
③ 吴晓邦：《我爱陕北秧歌舞》，载艾克恩编：《延安文艺回忆录》，中国社会科学出版社，1992年，第335页。

们也并不拒绝利用,但这些旧形式到了我们手里,给了改造,加进了新内容,也就变成了革命的为人民服务的东西了。"① 由于创作仓促,很多都不成功,正如贾芝日记中所记载的:"1946 年 10 月 14 日:晚饭提前一点钟,因为要演秧歌。但三个节目皆颇失败;匆匆拿出,缺少修改。"② 可见,当时很多秧歌戏仅仅是为了配合形势创作,这样新秧歌戏所表述的"民间"就成为政治视野下的一种产物。法国社会学家迪尔凯姆(E. Durkheim)认为:"深厚的社会凝聚感缘此而生。民族主义精英、知识分子和政治家,利用旗帜、游行、大会一类的仪式和符号,来解决把异己人口整合于社会的问题,培养他们的国民国家认同感。"③ 毛泽东正是利用文艺的这种功能来实现国民认同和政治认同的。同时,民间文艺作为"象征符号是一种社会记忆形式,它在横向上能巩固占据特定空间的人类共同体的成员认同心理,使他们目标一致地按照既定的模式改造自然和社会;它在纵向上能传承于后代,是民间教育的重要部分,对于新一代人它永远是不依其意志为转移的价值载体并表达着历史积淀下来的价值取向。"④ 毛泽东意识到了民间文艺的这一重要价值,因此他希冀用中共的政策与文化思想改造民间文艺,并试图将其变为民间社会的共同记忆。在对秧歌戏反映的民间世界的分析中,可以看出秧歌戏的主题来自话语权威也就是中共政府,民间成了政府行为的一个翻版,只是语言上运用了陕北方言。延安文艺座谈会召开之后,知识阶层开始面向大众,向民众学习,陕北方言很快进入了文人书写,"文化人下乡,吸收了许多方言,不止字句变了,文的组织也有些新样。"先是普通报纸上出现陕北方言,后来党的机关报《解放日报》上也出现了很多陕北方言。⑤ 秧歌戏中有陕北方言"干大、尔刻、一满、哪搭、二疙瘩、麻达、一满解不下、婆姨、疙蹴、怎价、尔后"等。但是,更值得注意的是秧歌戏中涉及意识形态的新名词和短语,如"观念、文化、咱们

---

① 毛泽东:《在延安文艺座谈会上的讲话》,人民文学出版社,1967 年,第 32 页。
② 贾芝先生延安时期所记日记。该日记尚未发表,为笔者到贾芝处查阅。
③ 纳日碧力戈:《现代背景下的族群建构》,云南教育出版社,2000 年,第 189 页。
④ 纳日碧力戈:《现代背景下的族群建构》,云南教育出版社,2000 年,第 234 页。
⑤ 谢觉哉日记,1942 年 12 月 25 日,载《谢觉哉日记》(上卷),人民出版社,1984 年,第 372、470 页。

的政府、教育"等。布迪厄（Pierre Bourdieu）认为语言可以"看作权力关系的一种工具或媒介，而并不仅仅是沟通的一种手段"。简言之，"如果一位法国人和一位阿尔及利亚人谈话，或一名美国黑人与一名白种盎格鲁-撒克逊血统的新教徒谈话，那就不只是两个人在彼此交谈，而是借助这两个人的喉舌，整个殖民历史，或美国黑人（或妇女、工人和少数民族等）在经济、政治和文化方面的整个屈从史都参与了谈话。"① 在新秧歌剧剧本中，民间方言和意识形态语词之间的交融和对话，就成为官方和民间关系的一种象征，也就是官方对民间的一种改造。他们认为："老秧歌舞，看起来不大健康，有些地方是男女调情的场面，还有表现丑角一类的内容，觉得它不够美化。"② 研究者以及上层知识分子早有这种思想，早在30年代，郑振铎就认为民间文艺"粗鄙"的程度让人"不堪入目"。③ 这完全是以自上而下的眼光来看待民间文艺。当时吴晓邦已经意识到了这种理念的错误，他认为："这种认识未必是正确的，恐怕无不失之片面或者说是偏激了吧。对待民间艺术，如果简单地将什么视为丑，视为不健康，甚至视为粗野，我看都不是科学的态度。因此，如何提倡向民间艺术学习，深入地发掘和发展这种原为群众喜闻乐见的民间艺术形式，在当时提倡必须配合政治任务的理论影响之下，那是不无顾虑的。"④ 他当时对新秧歌舞的印象是："锣鼓点敲击得很精彩，能够动人心弦；而舞蹈动作却简单、平淡，令人不满足。譬如，我看见他们扮演的工农兵，形象是一律的，却未见到具有不同形状、不同性格的形象；我看见他们的基本舞步和队形的变换，又是那样一律的整齐，却未见到穿插于秧歌舞之间的有人物、有故事的精彩表演。总之，我看见的是一览无余，却未唤起我多少想象

---

① [法]布迪厄、[美]华康德：《实践与反思：反思社会学导论》，李猛、李康译，中央编译出版社，1998年，第186页、191页。Pierre Bourdieu 的译名有布迪厄、布尔迪厄等。本书凡是引文，均遵照原著，不予统一。
② 吴晓邦：《我爱陕北秧歌舞》，载艾克恩编：《延安文艺回忆录》，中国社会科学出版社，1992年，第335页。
③ 郑振铎：《中国俗文学史》，商务印书馆，2017年，第3—4页。
④ 吴晓邦：《我爱陕北秧歌舞》，载艾克恩编：《延安文艺回忆录》，中国社会科学出版社，1992年，第335页。

的东西；我对它感到新鲜活泼，然而兴味不浓。"①他意识到"我们如果真的是拜群众为师，不从城市知识分子自以为是的喜好出发，而是很好地向他们学习，并进行深入的挖掘、整理，全面发展民间秧歌舞蹈的精华，那它将会更加丰富多彩的"。②可见，当时一些学者已经意识到了秧歌戏有着自身的规律，在改造中忽略了这一因素，因此新秧歌戏并没有从真正的民间立场出发，而只是通过知识阶层转达了权威话语对民间的建构，如秧歌戏中总有代表政府的一个角色，《十二把镰刀》中的政治委员、《兄妹开荒》中的区长、《动员起来》中的村长等，他们是政策的传达者和转述人，同时帮助民间树立正确的价值观，也就是希望民间能够按照权威话语的预设而存在和运行；另一方面强调官方与民间的统一与融合，正如毛泽东所说："我们这里是一个大秧歌，边区的一百五十万人民也是闹着这个大秧歌，敌后解放区的九千万人民，都是闹着打日本的大秧歌，我们要闹得将日本鬼子打出去，要叫全中国的四万万五千万人民都来闹。"③在这里，他进行了官方与民间的置换。这就使得新秧歌运动尽管波及范围广、影响大，但随着历史语境消失，它在民间就烟消云散，而没有形成"社会的共同记忆"。总之，新秧歌戏中的"民间"是官方的一种建构，是知识分子按照权威话语的意向对民间的一种想象和改造，但在构建和改造中忽视了民间以及民间文艺本身的规律和特性。

第二节 韩起祥说书的民间性阐释

延安时期以各种文艺形式向群众进行宣传，教育群众，这就需要在文艺方面建立统一战线。中国共产党意识到了民间艺人的作用，特别是在抗击日本侵略战

---

① 吴晓邦：《我爱陕北秧歌舞》，载艾克恩编：《延安文艺回忆录》，中国社会科学出版社，1992年，第335—336页。
② 吴晓邦：《我爱陕北秧歌舞》，载艾克恩编：《延安文艺回忆录》，中国社会科学出版社，1992年，第336页。
③ 王纪刚编著：《延安风尚》，世界图书出版西安有限公司，2017年，第205页。

争的境遇中，团结教育民间艺人是政治任务之一，也是发挥他们的艺术才能，批判地继承、发扬民间遗产的需要。毛泽东非常重视民间艺人，他提出："我们的任务是联合一切可用的旧知识分子、旧艺人、旧医生，而帮助、感化和改造他们。"① 艺人生活在群众中，熟悉群众的生活、感情、艺术趣味，他们是民间文艺的保存者、传播者。他们为了生存卖艺糊口，受到封建统治阶级歧视、侮辱、打骂，因此艺人们有迫切的翻身要求，有一定的革命性，但也有些不良习气。② 这样，团结、利用、教育、改造民间艺人有可能性也有必要性。遵照毛泽东的教导，根据地文艺界的领导和艺术家以高度的热情开展了这项工作，收到了积极的效果。周扬说："为了学习和创造，我们访民间艺人做师傅吧！为了建立乡村文艺工作上的统一战线，团结民间艺人为新社会服务，并改造他们，我们也需要与他们很好地合作呀！"③ 陈荒煤也认为"开展农村文艺运动，团结和改造民间艺人和旧艺人也是一个关键"④。在知识阶层的号召和积极实践中，从1942年之后，一批民间艺人登上了延安的文艺舞台，有民间诗人吴满有⑤、汪庭有⑥、练子嘴拓老汉⑦、民间艺人李卜⑧等，其中盲艺人韩起祥成为一颗耀眼的明珠。在知识分子对民间艺人按照意识形态指向的改造中，民间艺人进行新内容的创作，他们的作品得以出版，影响从解放区扩至全国，然而这些变化并没有改变他们作品的口头性特征，这一特征对民间文学而言，具有质的规定性。本节通过对韩起祥说书的民间性阐释来论述这一观点。

---

① 毛泽东：《文化工作中的统一战线》，《毛泽东选集》第三卷，人民出版社，1991年，第1012页。
② 沙可夫：《华北农村戏剧运动和民间艺术改造工作》，载北京师范大学中文系现代文学教学改革小组编：《中国现代文学史参考资料（1942—1949）》，高等教育出版社，1959年，第158页。
③ 周扬：《谈文艺问题》，载北京师范大学中文系现代文学教学改革小组编：《中国现代文学史参考资料（1942—1949）》，高等教育出版社，1959年，第58页。
④ 荒煤：《关于农村文艺运动》，载荒煤编：《农村新文艺运动的开展》第2版，上海杂志公司，1951年，第99页。
⑤ 艾青：《吴满有》，《解放日报》1943年3月9日。
⑥ 艾青：《汪庭有和他的歌》，《解放日报》1944年11月8日。
⑦ 萧三、安波：《练子嘴英雄拓老汉》，《解放日报》1944年9月9日。
⑧ 丁玲：《民间艺人李卜》，《解放日报》1944年10月30日。

一、从说书人到人民艺术家

韩起祥（1915—1989），民间说书艺人，出生于陕西横山，3岁失明，10岁丧父，13岁开始学说书，从此走村串乡。他具有惊人的记忆力，30岁时即能说很多长篇大书，但他与众不同之处并不是这些。说书是陕北民间非常流行的口头文学之一，农民把说书艺人请到家里去，男女老少围坐在炕上，听那些古今故事的叙述。陕北农村几乎所有的老百姓都把说书人请到家里说过书，因为在陕北，说书既是一种消遣，又作为一种"敬神""还愿"的方式，因此它实际上是民众信仰生活的一部分，也正是这个原因，它能在陕北民间长期存在，而且说书人数量很多。延安时期，"说书人的足迹遍布了西北民间，特别是在陕甘宁边区，几乎是每个县都有说书人，农村里每个人都听过说书的。绥德一县有九十个说书人，延长和延川每县也有十多个，这些统计当然不精确，也不完全……"①像韩起祥一样的说书人在陕北可以说比比皆是，他只是众多陕北说书人中的一分子，但他的名字却永久地留在了史册上。1940年，他奔赴延安，从此开始了在边区的生活，也开始了说新书的历程。1944年10月，延安召开了陕甘宁边区的文教大会，来了各种各样的群众文艺英雄，但会上还缺说书这一门，根据需要，文协成立了说书组（下文详述），在这个组织的推动下，韩起祥迅速地发展起来，1944年7月到1945年12月共编二十四本书，约有二十万字以上。②他后来自己总结："如果从1944年的说新唱新开始算的话，大小曲目一共编了五百四十多篇，约二百五十万字，走的路程是两个二万五千里，演出过的自然村庄是一万个以上。"③据不完全统计，仅从1945年7月至1946年9月，短短的一年多的时间内，《解放日报》21次登载了韩起祥的作品和从艺活动，而1946年的9月就多达7次，平均每四天之内就有一次他的报道。他的身份也发生了变化，"由一个旧

---

① 周而复主编，韩起祥著：《刘巧团圆》，香港海洋书屋，1947年，第140页。
② 周而复主编，韩起祥著：《刘巧团圆》，香港海洋书屋，1947年，第146页。
③ 胡孟祥：《今日韩起祥》，《群众文化》1987年第7期。

书匠变成一个大家公认的名说书人、一个人民艺术家、一个民间诗人了"。①

二、韩起祥说书的口头性

1945年4月间，边区成立了"陕甘宁边区文协说书组"，说书组由林山、陈明、安波、韩起祥等组成，后来，高敏夫、王宗元、程士荣等也参加了这一工作，在这个组织中，只有韩起祥为非知识阶层，其他的为"文化人"。对说书的改造与其他的民间文艺不同，新说书运动真正体现了知识分子与民众相结合的政策，之前的民间歌谣搜集、新秧歌运动等，都是以知识分子为主，是知识阶层的活动，而只有新说书运动，是知识分子与民间艺人共同完成的，成为知识分子与民众完美结合的一个典范。在这个活动中，知识分子与民间艺人分别充当着不同的角色，民间艺人是活动的主角，知识分子起着辅助作用，民间艺人在知识分子的帮助下，开始个人创作。韩起祥创作了《刘巧团圆》《张玉兰参加选举会》《时事传》《王丕勤走南路》等新书名篇，热烈地歌颂了新人新事，揭露了旧社会，是配合当时中国共产党的政策产生的，这在他回忆自己的创作时也提到了。他说："1945年到了边区文协，赶上防旱备荒，同志们说，你是不是给他们编一个防旱备荒的材料？"②因此他创作了《张家庄祈雨》，当时报纸上也认为它只是"题材新鲜，适合目前的需要"③；陕甘宁边区开始选举了，柯仲平说："你是不是能编个选举的故事？"④因此他就创作了《张玉兰参加选举会》；1944年7月至1945年5月间，他作品的主题主要是反迷信，这是配合实际的需要。他创作主题以及具体的创作活动与知识分子有着密切的关系。说书组派专人和他一起下乡，"在路上走的时候，同志们就给我读文件，给我讲解政策精神和革命道理。我是个农民，好些事情听也没听过，见也没见过，对于党的政策，有的一时还解不开，想不通……同志们帮助我学了一些革命道理，提高了我的政治思想觉悟，

---

① 林山：《盲艺人韩起祥——介绍一个民间诗人》，《华北文艺》第6期，1949年7月1日。
② 韩起祥：《我是怎样生活和创作的》，《曲艺》1958年第11期。
③ 说书人韩起祥编，林山记：《张家庄祈雨》（附记），《解放日报》1945年8月7日。
④ 韩起祥：《我是怎样生活和创作的》，《曲艺》1958年第11期。

我的思想才一天天开阔起来,才知道人活在世上……要为众人着想,树立起为人民服务的思想。"① 可见,在这里知识分子成了中共政策的转述者,同时他们也充当着宣传者,对于知识分子而言,后者更为重要,也是他们关心的重点。他们陪伴韩起祥到偏远山村演出,其目的主要是:"首先,共产党的知识分子想保证艺人的安全和健康;其次,他们想让表演吸引尽可能多的人;最后,他们要确保对演出进行适当的监督,尽量少出错误。"② 这三个原因虽不能完全概括"文化人"与韩起祥一起到民间去的因素,但是他所强调的宣传因素是符合当时实际的。1946年9月9日,林山在《解放日报》发表了《一个宣传时事的好办法——读〈时事传〉后几点意见》的专论,"大家想一想:咱们边区有几百个说书人,他们经常串乡,走遍了大小村庄,真是又普通又深入——'深入到炕上'。只要我们把宣传时事的新书,如《时事传》《刘善本飞延安》《李敷仁走延安》等篇,教给各地的说书人,他们也可以像韩起祥那样,在说书前后,作为'书帽'或'稍书',经常在群众中演唱了。这不是等于派了一大批宣传员到农村中去吗?这不是最深入农村的宣传吗?"1946年,在林山的帮助下,韩起祥在陕北进行了长达三个月的巡回演出。据报道,这次巡回演出获得了巨大的成功,这支民众和精英合成的队伍获得了"红色宣传员"的称号。③ 正因为这个影响,韩起祥编的新书中出现了大量的权威话语"劳动英雄""学习文化脑袋新,不信鬼来不信神""婚姻自由""思想""为人民""选举"等等,主要围绕政府反对迷信、婚姻自由、讲卫生、选举主题的话语。再加上韩起祥改变了传统陕北说书人的"记书"的方式,当然他们这种记忆也不是一成不变的,"一个说书人,假如没有增加或节删书词和音乐的本领,不能根据一定的时间、场合把书词和音乐拉长或缩短,就很难满足群众的要求。"④ 但韩起祥与众不同之处在于"写书"。他的材料来源主要有两个,一是报纸上的材料,一是在群众中听到的新人新事,所以他"作品政治化

---

① 韩起祥口述,黄桂华整理:《没有共产党就没有我韩起祥》,《延河》1959年第10期。
② Chang-Tai hung, "Reeducating A Blind Story Teller: Han Qixiang and the Chinese Communist Storytelling Campaign," *Modern China*, 1993(4).
③ 胡孟祥:《韩起祥评传》,中国民间文艺出版社,1989年,第82页。
④ 林山:《盲艺人韩起祥——介绍一个民间诗人》,《华北文艺》第6期,1949年7月1日。

倾向越来越明显"。①1949年9月4日，贾芝在《人民日报》撰文说："《王丕勤走南路》(《华北文艺》第六期)是一篇说书，实在也是一篇有着浓厚的抒情色彩的叙事诗。这真是人民的诗歌。"这完全是一种对作家文学评论的方式。他的说书同行扬生福也对他的说书提出疑问，指出："陕北说书是咱老祖宗留下来的，你不要胡乱改革，把它弄得四不像了。"②再加上他自己也说，毛主席鼓励我多在农村说唱新书；朱总司令要求我学说普通话，把陕北说书推向全国去；周总理赞扬我一个人身背三弦，走遍延安的山山水水，把党的温暖送到群众的炕头上，这个方向很好啊！③这就使得人们对韩起祥说书的民间性产生了质疑的态度。但是正如洛德（Albert Lord）所说"受过教育的人，从书本里接受教育。他们不可能写出口头史诗"④一样，没有受过教育的人，也是不能创作出完全的书面作品，他们的创作永远是口头的，不管它是不是以书面形式留存下来。

从创作上而言，韩起祥的创作具有明显的模式性和类型性特征，这是因为他创作的基础是说书等民间文艺的功底。林山明确说过："熟悉旧说书和民间文艺，我以为就是韩起祥的文艺修养。"在他最初编新书时，延安的县委书记说："你可以根据旧书的架子编新书，做个试验嘛。"⑤他想到旧书里有一段二流子抽洋烟的故事：二流子抽死了，阎王念他阳寿未尽，放他还阳转世。他就把阎王那一部分删去，改编成二流子抽洋烟抽得快死了，政府叫医生给他吃药打针，又教育他，二流子受到感化，把烟戒了，积极参加劳动，光景也就过好了，这样，就编成《吃洋烟二流子转变》这本书。他编的几部"比较好的，像《刘巧团圆》《张玉兰参加选举会》《王丕勤走南路》，它们之所以受人欢迎，除了内容是新的之外，在艺术上来说，主要是故事性强。而这些故事的结构和构思，又是来源于对传统

---

① Chang-Tai hung, "Reeducating A Blind Storyteller: Han Qixiang and the Chinese Communist Storytelling Campaign," *Modern China*, 1993(4).
② 胡孟祥：《韩起祥评传》，中国民间文艺出版社，1989年，第121页。
③ 参见关润娟：《浅谈韩起祥的艺术道路》，中国曲协编辑部编：《曲艺艺术论丛》第10辑，中国曲艺出版社，1988年，第6页。另相关内容亦可参见子冈：《韩起祥和陕北的新说书》，《大公报》(香港)1949年8月19日。
④ [美]阿尔伯特·贝茨·洛德：《故事的歌手》，尹虎彬译，中华书局，2004年，第190页。
⑤ 韩起祥口述，黄桂华整理：《没有共产党就没有我韩起祥》，《延河》1959年第10期。

书目的继承和借鉴。"① 由此可见，他创作的框架是具有模式性的，他的创作方法也是民间文学特有的，用他自己的话来说："我会八十多部古书，从十四岁说书，一天没有间断。说书的时间长了，逐渐懂得要将书编好，就要组织好故事，人物是随故事而来的。编书行当有一句话说得好，白是骨头词是肉，内容和故事好比是人身上的血脉，哪些地方应该用唱词，哪些地方应该用道白，都有一定规律的。"② 可见，韩起祥完全是用旧说书的编书方式来进行创作的，而且他强调"我当时也不懂得文艺的思想性、艺术性，只懂得把好的高尚的词句来歌颂共产党，把丑的坏的词句，骂国民党。像天空、太阳、金灿灿、银闪闪等，歌颂党，表彰正气；蚊子、苍蝇等，用来形容地主、老财……"③ 这正与民间文学创作中的类型性相吻合。"民间文学最显著的特征就是它的口头性"④，它要靠口头表达的方式传播，因此需要叙述模式化以及类型化，便于传播者记忆以及民众接受，因此这两个特征是从口头性前提下演化而来的，同时他们也为口头表达以及口头传播提供了基础。另外，韩起祥编新书的目的是口头传播，而不是书面流通。他提到自己创作的"唯一动机，是认为一般农民会喜欢这个书，需要这个书，自己吃得开"⑤，他这儿的"书"所指为说书，而不是一般意义上的阅读，因此尽管《时事传》是政治性极强的一部书，但是民众认为他编的书"好解下，容易记，说的老百姓话，前前后后有根据，时事说得完全"。⑥ 他的创作仅仅是为了"说"，而不是看。下面以他的成名作《刘巧团圆》为例进行分析，但由于历史条件的因素，当时的说书场景都已经消失，这一结论不能在田野中得到验证，笔者只能对文本解析。

《刘巧团圆》是根据袁静的秦腔剧本《刘巧告状》改编而成的，但是这个故事在边区乃至后来扩展到全国的影响是因为韩起祥的说书。当时延安乃至全国对

---

① 胡孟祥：《韩起祥评传》，中国民间文艺出版社，1989年，第230页。
② 胡孟祥：《韩起祥评传》，中国民间文艺出版社，1989年，第97页。
③ 胡孟祥：《韩起祥评传》，中国民间文艺出版社，1989年，第106页。
④ [美] S. 汤普森：《民间文学》(上)，田小杭译，《民俗研究》1996年第2期。
⑤ 胡孟祥：《韩起祥评传》，中国民间文艺出版社，1989年，第240页。
⑥ 王志：《〈李有才板话〉和〈时事传〉在邓家沟》，《解放日报》1946年9月24日。

它的评论很多，解清（黎辛）认为："读了《刘巧团圆》就会惊叹这位文盲眼盲的民间艺人对于新社会的深切观察与体验。书中不仅把刘巧、赵柱、马专员描写得自然、生动、亲切，关于'马锡五审判方式'在具体事件进行中的表现，也是非常恰当的。《刘巧团圆》说书的听者都能怀着快乐的心情，我想其主要原因之一应当是这说书使他们确信民主政府的司法能保障真正相爱的人民如意成亲，能保障人民的幸福和自由。民间艺人的创作和革命的具体政策如此亲密地结合，在现在还是罕见的。"① 它的记录者高敏夫认为："《刘巧团圆》是一幅最别致、最富有地方色彩、最生动的民主画图。"② 周而复则认为："刘巧团圆以崭新的姿态出现于文坛之前，在这一意义上，他应该得到很高的评价……旧说书固然是宣传封建思想的，但也可以宣传进步思想……刘巧团圆也不免幼稚，然而活泼；不免粗糙，但是生动；这是接近自然状态的文艺，加工不深，刻画不细，不过却是有发展前途的文艺……刘巧团圆便是从敌人封建文艺堡垒里杀出来的一支生力军，而且占领了说书这一封建文艺堡垒，这是新文艺的伟大胜利之一。"③ 这些文学评论家的评述当然受到当时历史条件的限制，但是显而易见，他们更多关注的是它的宣传意义以及文学价值。而作为普通民众之所以喜欢《刘巧团圆》"或许更多是因为韩起祥娴熟的说书技巧，而不是对政治的兴趣"④。这一点正说明《刘巧团圆》的民间性，具体来讲就是它的口头性特质。

首先，韩起祥将秦腔《刘巧告状》的题目改为《刘巧团圆》本身就是从书面叙述向民间叙述的一种转换。这个题目是他灵机一动找到的⑤，但是正如格尔茨（Clifford Geertz）认为文化是"由人自己编织的意义之网"⑥，从中我们可以解析出他的民间意义。韩起祥对冯棒（刘巧现实中的原型）心灵手巧的注意以及强调，就暗合了民间文学中的巧女、巧媳妇的故事类型，也就是民间对女性灵巧的一贯

---

① 高敏夫、解清（黎辛）：《刘巧团圆》，《解放日报》1946年9月4日。
② 胡孟祥：《韩起祥评传》，中国民间文艺出版社，1989年，第240页。
③ 周而复主编，韩起祥著：《刘巧团圆》，香港海洋书局，1947年，第138—150页。
④ Chang-Tai Hung, "Reeducating A Blind Storyteller: Han Qixiang and the Chinese Communist Storytelling Campaign," *Modern China*, 1993(4).
⑤ 胡孟祥：《韩起祥评传》，中国民间文艺出版社，1989年，第94页。
⑥ [美] 克利福德·格尔茨：《文化的解释》，韩莉译，译林出版社，1999年，第5页。

重视、推崇。团圆则是中国民众心理的主要取向之一，甚至发展到对圆满的崇拜①，从大部分民间文学的喜剧结局可以窥见一斑。因此从题目上而言，韩起祥就将其转变成一种民间语言，并且完全符合民间的审美心理以及审美习惯。其次，内容上将秦腔剧本的"马锡五审判"的重点改为婚姻问题。婚姻问题一直就是民众生活中关注的核心，因此从内容上他就改变了袁静作为知识分子向民间灌输新政策以及新思想的导师立场，而是讲述民众熟悉的内容，这就使得他的说书能迅速为群众接受，因为"听众也不愿意去听他们所不熟悉的内容"。②再次，说书中人物模式化、类型化的描述。说书中刻画了栩栩如生的"二流子"形象刘货郎，"人家叫我刘货郎，杂货担子我担上。快步走来回刘庄，唉哟，我的小哥哥，我女子一见喜洋洋，唉哟哟！""我比我嫂大两岁，夜夜晚晚守空床，有朝一日寻上个小女婿，唉哟，我的小哥哥，骑上毛驴拜我娘，唉哟哟！"以及"我女子过门，说富汉，讲富汉……大缸米，坐方炭，坐得椅子扇得扇，抖得绫子换得缎，丫环伙计你使唤。"③这段出自刘货郎之口的唱词将刘货郎的品性暴露无遗，也是民众眼中典型的"二流子"形象，而这类人只会把自己女儿推向火坑。同时，《刘巧团圆》也将民众的审美价值融入其中。刘巧看到王寿昌"贼眉溜眼尽看人，脸上带出洋烟瘾，扭筋惊怪走得慢，一颠一晃挂拐棍，少像人来多像鬼，看得个刘巧发恶心！"而对赵柱则是"赵柱才是个好老动。人又平和精神好，他说话来大家听……不见赵柱我澄不清，见了赵柱我就动心。"④刘巧对人好坏、美丑的判断完全是陕北民间对男性的审美，而没有加入阶级意识以及政策的偏向，在《刘巧团圆》中这类例子很多，在此就不一一列举。最后，《刘巧团圆》是站在民众立场上理解民众的行为。《刘巧团圆》中最典型的就是赵柱父亲带领族人到刘货郎家抢亲。抢婚是原始婚姻形态的一种形式，在西北民间有着遗存，"延安的迎亲当中，还有一种别开生面的习俗，叫作抢亲。"名义上是"抢"，实际上，人们

---

① 程麻：《中国心理偏失：圆满崇拜》，社会科学文献出版社，1999年，第1页。
② [美] S. 汤普森：《民间文学》（上），田小杭译，《民俗研究》1996年第2期。
③ 《韩起祥曲艺选》，中国曲艺出版社，1990年，第66—67页。
④ 《韩起祥曲艺选》，中国曲艺出版社，1990年，第69、75—76页。

心里都有数，男女方早已约定时间、地点，明抢暗送，但是这种习俗一般只是寡妇再嫁。①抢婚在民间不是一种违法行为，一般都能圆满结束。因此韩起祥用"赵老汉来怒气冲，好像张飞把古城"来形容赵老汉的气势，同时也是正义的，为民众所认同，成为它能够在民间迅速传播的接受点。综上所述，尽管韩起祥的说书中加入了意识形态的新语汇，并以书面形式出现，但是并没有改变他说书的口头性特质。很多研究将其归入书面文学领域，是因为将口头创作记录与书面创作混淆了。

三、口头文学与书面写作

将口头创作记录下来，古今中外都是存在的，但是这不等同于书面创作，口头创作可以说是一种创作方式，也是一种生活方式。它的创作是表演者在表演时的一种创作，因此口头创作并没有因为文字的出现而消失，也就是说口头创作与书面写作是两个不同的系统，它并不是书面写作的低级形式，正如洛德所说："书面文学不是从这种口头传承中产生的……不存在口头传承的直接后代。"②正是在这个意义上我们认为韩起祥的创作一直都是口头创作。他是在说书中进行创作，而不是创作好剧本，按照剧本进行表演，所以韩起祥说书"没有定稿"，一直在变动。③他每次说书都可以说是一次创作，没有两次说书是完全相同的，正如高敏夫所说："最近我又听韩说唱两次，在个别情节、字句方面，每次均有出入，有时增删得更见精彩，有时反不如记录的原文，这与他说唱时的个人心境、情绪、周围的环境、人物全有不可分离的微妙因果关系，不是三言两语可以概述的。"④可见，当时的知识人已经意识到了口头创作的独特性。总之，韩起祥的新说书是民间文学，没有因为改造说书运动成为书面文学，这也是口头创作中潜在的一种固有规律，正是在这个意义上我们认为民间口头创作会永久地存在下去，

---

① 劲挺：《延安风土记》，西北大学出版社，1985年，第14—15页。
② [美]阿尔伯特·贝茨·洛德：《故事的歌手》，尹虎彬译，中华书局，2004年，第199页。
③ 林山：《盲艺人韩起祥——介绍一个民间诗人》，《华北文艺》1949年第6期。
④ 胡孟祥：《韩起祥评传》，中国民间文艺出版社，1989年，第240页。

不会因为人为干预以及社会现代化进程等外在因素的影响而消失。这对于我们当下依然有重要借鉴意义。民间文学不会因为存在形式的变化而改变，因此我们没必要杞人忧天地认为在高度发达的社会中民间文学会消失。

第三节　革命歌谣：民间性与人民性的辩证

革命歌谣是中国民间文学学术史上一个特殊的样式。对于革命歌谣，学界没有准确界定，有的从地域范围予以限定，即指最早在革命根据地诞生后流传到全国的歌谣，如中央苏区、大别山区、川陕革命根据地、晋冀鲁豫等地歌谣；有的从内容上规定，即只要歌谣中包含反帝反封建的思想即可认定为革命歌谣，与其产生地域无关。另外对于革命歌谣所指涉的时间也难以确定，有的包含土地革命时期，有的则专指抗日战争时期。因此无论如何界定，难免会有一部分文本被遮蔽，倒是从"革命"一词框定，较为合理。另外对于作家所创作或改编的革命歌谣以往研究者则甚少谈及。因此这里就用"革命"一词凸显此类歌谣内容的规定性与时代性。对于革命歌谣的研究，从 20 世纪 30 年代就已发端，延续至今，其内容涉及歌谣的搜集、歌谣的内容、艺术特色、社会价值等，这些研究为当下进一步探析与反思革命歌谣的社会意义与价值奠定了坚实基础。

一、革命歌谣的文化因袭及历史流变

现代意义上的民间文学从北京大学征集歌谣开始，中国共产党的早期领导人，如李大钊、瞿秋白、恽代英等都很重视民间文学，并且 20 世纪 20 年代出现了运用民间文学形式进行创作的一个高潮。正如多尔逊（Richard M. Dorson）所说："共产主义团体早在 1919 年的五四运动中就已经在活动，民俗可以为共产主义思想做宣传的作用，必然不会被忽视。他们从民俗中间发现了许多可资利用的

因素，来使自己的事业同七亿伟大而无名的人民群众统一起来。"①从《苏区文艺运动资料》②可以看出，歌谣和戏剧是苏区开展最盛的文艺形式，苏区文艺最突出的成就表现为通俗化的诗歌、歌谣的写作和故事的写作。

伴随着"启蒙"的时代主题，歌谣从19世纪末20世纪初就进入文学改良、新文化提倡者的视野，它本身所具有的特殊文学性，使得人们认为其可能成为一种"新的'民族的诗'"。③1927年，革命文学兴起，对于革命文学的创作，恽代英指出"要先有革命的感情，才会有革命文学"。因此，他要求作家和文艺青年关心社会现实，接近劳苦大众，"到民间去"，"从事革命的实际活动"，"倘若你希望做一个革命文学家，你第一件事是要投身于革命事业，培养你对革命的感情。""若并没有要求革命的真实情感，再作一百篇文要求革命文学的产生，亦不过如祷祝鸡生蛋，未免太苦人所难"。④这是从革命文学创作者的角度论述，须有革命情感，才能创作革命文学，但是革命文学所强调的是文学的宣传与教育功能，需要考虑到接受者。因此，在革命宣传中提倡"用描述故事的态度为农民解说各种世界以及中国的人事，……如能将政治上各种事实编成歌曲、弹词、剧本自然更好"。⑤共产主义知识分子走向工农以及随之而来的群众革命运动的蓬勃展开，产生了以文学样式从事革命宣传的实际需要和可能。歌谣由于其与下层民众的天然联系，从土地革命时期开始，就成为革命宣传的重要方式，诸如《颈上血》《劳工记》《劳动歌》《成立俺的农协会》等，他们在当时文娱宣传活动中相当活跃。湖南等地的农民运动中，也有大量歌谣产生。毛泽东主持的农民运动讲习所，除曾设置"革命歌""革命画"等课程外，还引导学员调查全国民歌。⑥上海五卅运动时期也产生了《十二月革命歌》《五卅小调》《国民团结歌》《吊刘华》等反映革命思想的歌谣。中国共产党率领的中国工农红军，自从1928年创立并

---

① 安德明：《多尔逊对现代中国民俗学史的论述》，《北京师范大学学报（社会科学版）》1996年第6期。
② 汪木兰、邓家琪编：《苏区文艺运动资料》，上海文艺出版社，1985年。
③ 《发刊词》，《歌谣》周刊第1号，1922年12月17日。
④ 恽代英：《"中国所要的文学家"按语》，《中国青年》第80期，1925年5月16日。
⑤ 《恽代英文集》（下卷），人民出版社，1984年，第759页。
⑥ 《第六届农民运动讲习所办理经过》，《中国农民》1926年第9期。

冈山根据地开始,就注意利用民间说唱形式来鼓舞群众斗志。如利用四川调写的《革命伤心记》长达 80 段,像一幅惊心动魄的革命历史画卷,描写了第一次国内革命战争的胜利和失败,表现了对历史教训的痛切认识。1934 年 1 月 6 日,《青年实话》曾对这些苏区歌谣发表评论文章,认为它们"在格调上来说,是极其单纯的,然而它为大众所理解,为大众所传诵,它是广大民众所欣赏的艺术。"正如瞿秋白在《论大众文艺》一文中所说:"工人和贫民并不念徐志摩等类的新诗,他们也不看新式白话的小说,以及俏皮的幽雅的新式独幕剧……城市的贫民工人看的是《火烧红莲寺》等类的'大戏'和影戏,如此之类的连环图画,《七侠五义》《说岳》《征东》《征西》,他们听得到的是茶馆里的说书、旷场上的猢狲戏、变戏法、西洋镜……小唱、宣卷。这些东西,这些'文艺'培养着他们的'趣味',养成他们的人生观。"① 但是"从前的绅士,自己弄些诗余歌曲消遣消遣";还利用"凤阳花鼓,说书唱本、果报录、警世录等类的'文艺',可以去玩弄群众,蒙蔽群众,恐吓群众"。②

20 世纪 30 年代开始的文艺大众化运动,其目的是"一方面,就是'艺术应该和他们(大众)的感情、思想、意志结合,而使他昂扬起来';另一方面,就是'艺术,非使大众理解不可,非使大众爱好不可'。"③ 也就是说,要通过艺术启蒙与激发民众情感,同时要让大众喜闻乐见。这一运动甚至推广到了哲学、社会科学、自然科学等领域,但是正如鲁迅所说:"若是大规模的设施,就必须政治之力的帮助,一条腿是走不成路的。"④ 中国共产党在延安建立革命政权以后,歌谣等民间文艺形式转化为解放区文学艺术资源的重要部分,它既承载与呈现了特殊情境中知识人与民众的社会文化,同时也是时代的需求,"所谓文艺为工农兵服务,并不是说工农兵喜欢什么就给他们创造什么,而是他们应该接受什么,能够接受什么,并且是在什么样的水平上接受。这才是《讲话》以及其他当代文艺

---

① 《瞿秋白文集》第 2 册,人民文学出版社,1991 年,第 880 页。
② 《瞿秋白文集》第 2 册,人民文学出版社,1991 年,第 913 页。
③ 《周文选集》(下卷),人民文学出版社,1981 年,第 480 页。
④ 鲁迅:《文艺的大众化》,《鲁迅全集》第 7 卷,人民文学出版社,1973 年,第 773 页。

理论家所探讨的问题。至于给工农兵什么内容的作品,这不是由读者决定,也不完全由作家决定,而是在读者与作家之间存在着一种'合力',即时代的要求。"①

二、革命歌谣的多维阐释

"延安的文艺水平在整体上是偏低的。除了非常民间化的、适合广大红军战士的戏剧、舞蹈、歌谣外,延安比较高层次的文艺基本属于空白。"②这是1936年中国文艺协会成立前的状况。毛泽东《讲话》发表后,原先被视为"萌芽状态的文艺"(墙报、壁画、民歌、民间故事等)、"原始形态的文学""较低级的群众的文学和群众艺术""群众的言语"等通俗文艺与民间文艺引起知识人高度关注。革命歌谣也成为解放区极力提倡的文艺形式之一,及影响与传播最广的艺术形式,其中很多歌谣延续至今被称为"红色歌谣",并转化为当下社会发展的文化资源。

歌谣的内容受社会情境影响较大,承载与呈现了时代的变化。1939年,柯仲平就指出了民间歌谣的发展规律,"民歌是会跟着人民生活的变化而变化的。如果没有人搜集它,研究它,它有一部分便会随着生活的大变动而逐渐消灭掉,有一部分会转化为新的民歌,使你不易找出它的历史线索来",同时强调"为教育大众,新的音乐家、诗歌作者,到大众中去,把民歌提高一步是必要的。提高大众的文化教育,是我们的一个主要任务,为使大众更能自己作歌,从大众中培养大批的民间歌手也是很必要的"。③安波阐释了高尔基的几个关于民歌的论点,其中也包含了他对民歌理论的理解,他认为:"民歌里可以认识民族的特性",它是"人民真正的历史","是有阶级性的"。④延安时期搜集与创作的民间歌谣呈现

---

① 陈思和:《当代文学观念中的战争文化心理》,《中国当代文学关键词十讲》,复旦大学出版社,2002年,第16—17页。
② 蔡丽:《传统、政治与文学:解放军小说的叙事转型》,中国社会科学出版社,2013年,第122页。
③ 柯仲平:《论中国民歌》,载贾芝主编:《延安文艺丛书·民间文艺卷》,湖南文艺出版社,1988年,第424页。
④ 安波:《高尔基民歌论的注脚——几个论点的概述》,载贾芝主编:《延安文艺丛书·民间文艺卷》,湖南文艺出版社,1988年,第426—428页。

了特定情境的社会文化知识，同时也成为那一时期的社会记忆、集体记忆。当时参与民歌搜集与整理的人员涉及了音乐、文学等各个领域，搜集到的民歌数量巨大，存留下来的搜集资料较少，其中有吕骥《解放区的音乐》（油印本）、《鲁艺音乐资料三篇》《陕北民歌选》等，其中何其芳的《陕北民歌选》影响最大。《陕北民歌选》共分5辑：前3辑为传统民歌，后2辑为新民歌，即当时新编唱的民歌。第一辑"揽工调"，共12首，反映了劳动人民被剥削的痛苦和他们的劳动生活。第二辑"兰花花"，共18首，其内容大多是反映封建社会里妇女的痛苦生活和歌唱男女爱情的。第三辑"信天游"，共293首，内容分三类：其一为农民情歌233首；其二为不满旧式婚姻者35首；其三为杂类。第四辑"刘志丹"，包括革命民歌24首，新内容的信天游46首，大多数是土地革命时期的新民歌。第五辑"骑白马"，共13首，主要是反映抗日战争和边区建设的，其中也有对于国民党反动派的揭露和诅咒。这后两辑恰是农民社会发生变化的呈现，即"在这种革命运动和革命战争中，中国农民的觉悟程度和组织起来的程度达到了空前未有的高度。这种根本的变化也反映在农民的抒情文学上面，就是说在旧的民歌之外，产生了新的民歌。这种民歌……主要是革命的战歌和对于新社会的生活的赞颂了。"① 这类革命歌谣在各个抗日根据地和解放区都在流传，但是存留下来较多的当属陕北地区，其原因一为陕北解放区的政权一直在中国共产党的手中，二为搜集工作较多。在音乐工作者和文学工作者大量的搜集工作中，新的革命歌谣被他们记录下来。如"荞麦花，红咚咚，咱二人为朋友为个甚，三哥哥当了八路军，呼嗨呀，一心去打日本。"② 这首《骑白马》用传统的"探家调"记录了当时陕北农民积极参加八路军抗击日本侵略。《刘志丹》《红军打屈县长》《有一个杨连长》等记载了陕甘宁抗日根据地红军与国民党的战争、红军发起的土地革命等历史事件，"正月里来是新春，陕北出了个刘志丹，刘志丹来是清官，他带上队伍上呀

---

① 何其芳：《论民歌（代序）》，载何其芳、张松如选辑：《陕北民歌选》，新文艺出版社，1951年，第29页。
② 何其芳、张松如选辑：《陕北民歌选》，新文艺出版社，1951年，第331页。

上横山,一心要共产。"① 这首歌用陕北流行的"打宁夏调"演述并传唱了刘志丹在陕北的事迹。"有一个杨连长,定心崖摆战场,红军呀来了山里往前跑,红军走了出乡去,捞的那好衣噢嗨裳"②,则是在革命歌谣中记载了曾经在陕北解放区所发生的战争故事,正如所创作的大量小说一样,都讲述了民众中流传的抗日以及红军抗击国民党围剿的故事。对于此类革命歌谣的搜集,正如弗拉基米尔·纳博科夫所言:"'像日常事物将在未来年代的善意之镜中呈现出来的那样,去描绘日常事物',就是说在将来的遥远时日里,'那时,我们平淡的日常生活中的每一件小事,都将让人觉得从一开始就是挑选出来的,而且像是节日里的事情一样'。"③ 因此搜集、记录反映红军在陕北的活动、陕北农民参加八路军,以及陕甘宁根据地抗击日本侵略军等内容的歌谣,只是以口头文学的形式记录与呈现了土地革命时期、抗日战争时期以及边区建设时期民众的社会记忆,而不是当下历史学家或文学创作者的历史重构。

三、革命歌谣的价值意涵

以延安为中心的陕甘宁边区地理环境闭塞,远离政权统治中心。自然条件恶劣,十年九灾,农作物产量低,没有任何工业,手工业也不发达,可以说它是"山高皇帝远,穷乡僻壤",统治者无暇顾及。红军最早抵达的吴起镇,人口稀少,仅有十几户人家,而且大多是农业人口,或以农为主,兼搞他业,城镇与农村融为一体。再加上这个地区自古就是多民族物质、文化交汇区,少数民族人口所占比重较大。早在先秦时期,今陕西一带除居住着华夏族群外,还有獯鬻、混夷、嵎夷、猃狁等部落。秦汉时期,今天的关中以北、陕西北部的广大地区则主要聚居着匈奴人,米脂、延长等县志中多次提到"南、北匈奴"入据。汉代末期军阀混战,少数族群大举南迁,鲜卑人、氐人、羌人等纷纷进入中原地区,并

---

① 何其芳、张松如选辑:《陕北民歌选》,新文艺出版社,1951年,第319页。
② 何其芳、张松如选辑:《陕北民歌选》,新文艺出版社,1951年,第325—326页。
③ [德]哈拉尔德·韦尔策:《社会记忆(代序)》,载[德]哈拉尔德·韦尔策编:《社会记忆:历史、回忆、传承》,季斌、王立君、白锡堃译,北京大学出版社,2007年,第9页。

且建立起政权，同汉人杂居、通婚，形成民族大融合的局面，促进了不同地区经济、文化的交流。唐朝关中成为全国政治、经济、文化的中心，长安（今西安）作为国际性的大都市，突厥、波斯、犹太等族群与唐通商、交往，当时他们居住在长安的人数就达万户。宋元以后，关中、陕北一带又居住了许多契丹人、女真人、波斯人、阿拉伯人等。这些造成了这一地区封建统治薄弱、封建意识淡漠的情形，而且融入了少数族群粗犷以及自由自在的文化气息，这样为封建统治者所憎恨、反感的民间文艺，尤其是反映农民生活的文化系统在这一地区文化中占比较大，因此信天游、秧歌、说书等民间文艺形式为民众喜闻乐见，也是他们理解和接受知识的主要来源。1944年，陕甘宁边区召开了边区文教工作者代表大会，会上毛泽东特别强调，要同旧秧歌戏"做朋友"，这次边区文教大会通过的《关于发展群众艺术的决议》则赫然写明："发展边区群众艺术运动，基本上就是发展与改造农民艺术。"

同时，士兵可以接受的文艺也是通俗文艺、民间文艺。对生活在20世纪20年代至30年代的红军来说，唱歌是他们继续前进、革命的动力之一。他们大多数不识字，传统的民歌形式和地方化的语言与革命精神结合成为支撑他们的强大力量。诚如呈送中央军委的一份报告中所讲："革命文艺不如革命口号，革命口号不如革命歌谣。"① 中国共产党非常重视民间文艺及民间艺人，毛泽东提出"我们的任务是联合一切可用的旧知识分子、旧艺人……帮助、感化和改造他们。"② 艺人生活在群众中，熟悉群众的生活、感情、艺术趣味，他们是民间文艺的保存者、传播者。在中国共产党和知识阶层的号召与积极实践中，从1942年之后，一批民间艺人登上了延安的文艺舞台，像民间诗人吴满有、汪庭有、练子嘴拓老汉、李卜等。在延安时期民间文学的发展中，中国共产党和知识人起了推波助澜

---

① 1927年黄麻起义后，中国共产党为了宣传和发动群众，把革命内容和思想与当地民间歌谣、民间小调结合起来，创作了丰富多彩的歌谣。当时呈送军委的报告提到麻城革命斗争时有这样一段话："从麻城革命斗争的发动情况来看，'革命文艺不如革命口号，革命口号不如革命歌谣'。"转引自林继富：《红色记忆中的悲壮历史——乘顺革命歌谣研究》，《民间文化论坛》2013年第6期。
②《毛泽东选集》第3卷，人民出版社，1991年，第1012页。

的作用。他们积极参与民间文学的搜集和研究,而且他们本人都在民众中从事实际的工作,这样就与体验生活有着质的差别。他们灵活运用民众喜闻乐见的"萌芽状态"的文学样式,写作"新"的民间文学作品,其中影响最大的当属《王贵与李香香》(以下简称"《王》")。

《王》原稿题目为《红旗插在死羊湾》,《解放日报》发表时改为《王贵与李香香——三边民间革命历史故事》。《解放日报》1946年9月22日至24日连续三天刊登完,同时附有解清(黎辛——引者注)的评论《从〈王贵与李香香〉谈起》,该文认为:"这是用民歌'顺天游'(即'信天游'——引者注)的形式写的三边民间革命和爱情的历史故事。用'顺天游'的形式描述如此丰富内容的作品,无论是口传的或文字记载的,我还是第一次看到。这诗,不仅题材新鲜,风格简明,而且极生动极有地方特色地为我们刻绘了一幅边区革命时的农民斗争图画。可以预测这将是广大读者所欢迎的作品。"① 这可以说是对这首诗最早的评论,紧接着陆定一的《读了一首诗》发表,这篇文章认为《讲话》后戏剧、木刻、小说、说书等领域出现了变化,而《王》是"新诗"的象征。新华社立即把《王贵与李香香》和陆定一的推荐文章向国内外广播,接着,李敦白把诗译为英文向外广播。"据所知,这是延安时期第一次用英语对外广播文艺作品。"② 它在解放区引起了轰动,成为文人、学者关注的对象。

仿作民谣,从中外各民族的文学史上看,都不能说是新鲜的事情。但是李季的创作具有一定的特殊性。1942年5月,毛泽东发表《讲话》之后,解放区对于民间文艺的学习与创作进入了一个新的发展阶段。延安鲁迅艺术学院开设了民间文学课,还专门成立了"中国民间音乐研究会"(原名"民歌研究会"),著名的音乐家吕骥、安波、马可等参加了采集工作,三年多时间他们共搜集民间歌曲两千余首,其中以陕甘宁边区的歌曲最多,达七百余首;此外还有内蒙古、山西、河北及江南各省份的民歌,数量不等。而且政府采取鼓励政策,边区政府文委特拨款两千元作为奖金,分别奖励给几年来采集成绩最优秀者张鲁、安波、马可、

---

① 解清(黎辛):《从〈王贵与李香香〉谈起》,《解放日报》1946年9月22日。
② 黎辛:《〈王贵与李香香〉发表的前前后后》,《纵横》1997年第9期。

鹤童、刘炽及战斗剧社彦萍、朋名等。①另外，当时解放区的文艺要创作"老百姓喜闻乐见的文艺形式"，"说—听"叙事成为新的文学样式的核心，即使小说创作也是以"讲故事"为主要方式。

民间文艺样式利于与民众沟通，另外便于宣传中国共产党的政治主张与革命政策等。民间歌谣的特殊性，使其可以用民众熟悉的曲调，通过改编歌词传播新的内容。民国初期亦如此，"音调虽仍其旧，而歌词务求其新"，使得少年儿童能"生共和之观念""振尚武之精神"。②《王》虽是集合了信天游的唱词，但其叙事情节以及核心精神则是三边革命历史故事的叙述，同时也宣传了土地革命以及阶级斗争。"收租—揽工—闹革命"以及王贵、李香香、崔二爷等情节与人物构成了"革命和爱情的历史故事"，比如"山丹丹开花红姣姣，香香人才长得好；一对大眼水汪汪，就像露水珠在草上淌。""十六岁的香香顶上牛一条，累死挣活吃不饱。""羊肚子手巾包冰糖，虽然人穷好心肠。"基本话语是三边地区特殊的生态环境中形成对青年男女审美的标准，但其核心则转向了"吃不饱"，人的好坏转向以阶级立场为判断标准。

《王》的创作在《讲话》之后，其被关注及广泛影响，更多是其产生的特殊时期与特殊环境，情节与内容更多是"读者与作家之间"存在的合力所致，即响应时代要求的作品。随着社会的发展、时间的流逝，革命的情境发生了改变，某些作品或许只能作为与时代"共名"之作来阐释与解读，但是作为革命时代的社会记忆——革命歌谣却永久地留存下来了，成为民众认同的共同文化符号，并转化为永久的革命记忆、社会的无形财富。

---

① 《民间音乐研究会搜集民歌两千首　边府文委发给奖金》，《解放日报》1943年1月21日。
② 华航琛：《〈共和国民唱歌集〉编辑缘起》，载张静蔚编：《中国近代音乐史料汇编：1840—1919》，人民音乐出版社，1998年，第161页。

第四节　民间文学与文人创作

文学有两种形态——民间文学和作家文学。它们共同处在民族文化的统一体中，是各民族文学现象的两种表现形态，存在着千丝万缕的联系。民间文学先于作家文学产生，是文人、作家创作出现以前唯一的创作形式。对作家而言，民间文学是他们艺术生命的源泉，作家借鉴吸收民间文学的营养进行创作，同时作家文学反作用于民间文学。作家对民间文学的吸收和借鉴表现在多个方面，要了解作家文学与民间文学的关系需要从具体作品入手。对流传于西北地区的民歌《马五哥与尕豆妹》[①]（以下简称"《马》"）和《王贵与李香香》[②]（以下简称"《王》"）进行分析就有助于对二者关系的梳理。

"花儿"是流传在中国甘肃、青海、宁夏部分地区以爱情为主要内容的民歌形式。《马》是一首在西北地区广为流传的花儿，《王》是李季仿陕北信天游形式创作的一首民歌。从产生的地域范围看二者非常接近，考察二者的关系无疑对我们理解民间文学与作家文学的关系有重要意义。本节从叙事模式、审美文化叙事、民俗事象三个角度对二者进行逐层深入的对比分析，以期从中梳理出民间文学与作家文学的内在关联。

一、《马五哥与尕豆妹》和《王贵与李香香》的叙事模式

在叙事作品中，"叙事模式"是指故事中故事传达者运用什么方法叙述他要讲的故事，可以分为第一人称主观参与模式、第三人称客观叙述模式等。[③]第三

[①] 本节所引《马五哥与尕豆妹》均出自马春晖编著：《张家川回族自治县花儿全集》，甘肃文化出版社，2013年，第173—179页。下文不再一一标注。
[②] 本节所引《王贵与李香香》均出自东北书店1946年出版的文本。下文不再一一标注。
[③] 谭君强：《叙事理论与审美文化》，中国社会科学出版社，2002年，第54页。

人称叙事模式中,叙述者不是行动的人,仅是故事的传达者。他不表明自己的主观态度、价值判断,只起到呈现作用。同时叙事作品还具有自身独特的交流过程。1978 年,美国学者查特曼(Seymour Chatman)就以符号学的交际模式来说明"叙述文本(narrative text)"的交流过程,他列出图表:

叙述文本
真实作者……【隐含作者→(叙述者)→
(受述者)→隐含读者】……真实读者

上图列出六个参与者,但是两个参与者是被放在"叙述文本"之外的,即真实作者与真实读者。① 在叙述文本内部的四个参与者中,隐含作者是布斯(Wayne Booth)在 1961 年《小说修辞学》中提出来的。② 布斯称隐含作者为作者的第二自我、作者的一个"隐含的替身",作者在写作时,不是在创造一个理想的、非个性的"一般人",而是一个"他自己"的隐含的替身。

按照这一理论,《马》是民众集体创作,它的作者是民众,因此作为第三人称客观叙述的声音所代表的是民众的"隐含叙述",它所传达的思想是"隐含作者"即作者的第二自我认同的价值观和道德观。而《王》是作家李季依照陕北信天游形式创作的诗歌,它所传达的"隐含作者"的思想既有作家对民众思想的吸收借鉴,又有作家自身的思维烙印。

在"叙述文本"中,隐含作者受隐含读者制约。隐含读者的审美品位、价值倾向、道德观念等在很大程度上影响了隐含作者的叙述,即真实作者的创作是受到读者制约的,作者在创作时既有自己的个性表现,又要考虑到读者的接受度。隐含读者对隐含作者的制约主要表现在三个方面,即叙事话语、叙事情节、人物刻画。下面我们就从话语风格对《马》和《王》做一对比分析。

---

① Seymour Chatman, Story and Discourse: Narrative Structure in Fiction and Film, Cornell University press, 1989, p.151.
② [美] 韦恩·布斯:《小说修辞学》,华明等译,北京大学出版社,1987 年,第 80—81 页。

A. 河州城里九道街，莫泥沟出了一对好人才，阳洼上山羊吃草，马五哥好像杨宗保，天上的星宿星对星，尕豆妹赛过穆桂英。大夏河水儿四季清，少年里马五哥是英雄……——《马五哥与尕豆妹·初恋》

　　B. 山丹丹开花红姣姣，香香人才长得好。一对大眼水汪汪，就像那露水珠在草上淌。二道糜子碾三次，香香自小就爱庄稼汉。地头上沙柳绿蓁蓁，王贵是个好后生！身高五尺浑身都是劲，庄稼地里顶两人。——《王贵与李香香·掏苦菜》

　　通过比较不难看出，李季在语言风格上力求接近民间。两段的开头都以比兴开头，无论是"河州城里九道街"还是"山丹丹开花"都是民众日常生活中常见的事物。《马》使用的"羊吃草""星对星""四季青"等都是民众口语化的语言。与之类似，《王》所使用的"红姣姣""长得好""水汪汪"等也都是民众在日常生活中的语言，没有文人作品用语所具有的"阻拒性"。通过两者的对比，我们可以看出在语言风格上李季的《王》虽然是作家个人创作，但是作品本身已经在很大程度上吸收了民间文学的营养，在语言风格上受到"隐含读者"即民众的制约，它的用语质朴、亲切，在语言风格上具有民间文学的痕迹。

　　所谓叙事结构是指讲述故事的叙述者先讲述什么，后讲述什么。①隐含读者对隐含作者的制约，主要体现在叙事情节和故事结局的处理和表现上。从叙事情节看《马》与《王》有共同的叙事线索，都有相恋、逼婚、反抗的情节，如《马》中"马五哥你站下，你的模样我看下""给尕西木娶亲是哄人的，马七五想霸占这一朵花""哪怕它钢刀拿来头割着去，要和马五哥成夫妻"。《王》中的"大路畔上灵芝草，谁也没有妹妹好""马里头挑马四银蹄，人里头挑人就数哥哥你""井绳断了桶掉到井里头，终久脱不过我的手""香香哭得像泪人，越想亲人越伤心""有朝一日遂了我心愿，小刀子扎你没深浅"。在故事结局的处理上，

---

① 王春林、赵新林：《赵树理小说的叙述模式》，《中国现代文学研究丛刊》1991年第3期。

《马》采取了悲剧式的结局,即"尕豆妹和马五哥实可怜,一搭儿杀在了华林山。马五和尕豆杀下了,两人的血水淌在一搭了";而《王》则采取了大团圆的结局,即"两人见面手拉着手,难说难笑难开口;一肚子话儿说不出来,好比一条手巾把嘴塞。挣扎半天才说了一句话:'咱们闹革命,革命也是为了咱!'"。这两种不同结局方式,从隐含读者对隐含作者的制约上看主要是因为《马》是民众集体创作,为自发产生的民间文学作品,它面对的读者群主要是民众,而民众面对这样的事件除了悲叹之外是找不到其他解决方法的。《王》是作家李季创作于《讲话》之后,它的读者群显然是《讲话》中所提到的工农兵,他们有自身朴素的一面,同时也有中国共产党政治文化影响下特殊的一面,因此就决定了《王》的结局是要通过革命来使个人——或者更确切地说——工农兵的问题得到彻底解决,进而推向这样一个命题——整个社会问题都要通过革命来解决。

在人物刻画上隐含读者对隐含作者的制约作用尤其大,从人物性格来看,《马》和《王》的主人公都有勇敢、爱憎分明、热爱劳动、感情专一等特点,如"川里的牡丹开不败,只有尕豆妹惹人爱""你把我疼来我把你爱,指甲连肉分不开!""对着胡大把咒发:'活不分手,死一搭!'"(《马五哥与尕豆妹·序曲》)"叫一声哥哥快来救救我,来得迟了命难活""我要死了你莫伤心,死活都是你的人""马高镫短扯首长,魂灵儿跟在你身旁"(《王贵与李香香·崔二爷回来了》),这些都是民众所推崇的优良品质。同时人物限定在穷苦人的范畴,无论男主人公马五哥、王贵还是女主人公尕豆妹、李香香,他们都出身贫苦,也只有这样,他们才会符合隐含读者的要求,才会具有和隐含读者同样的美好品质。而《王》由于设定的隐含读者是一般民众出身,同时又具有较高觉悟的工农兵,因此在人物出身的描写上就增加了一段崔二爷逼死王贵父亲的情节。这样也更能迎合工农兵这一新设定的"民众群体"的要求。

二、《马五哥与尕豆妹》和《王贵与李香香》的审美文化叙事

在叙事理论不断发展的过程中,人们逐渐认识到它所具有的某些理论已经成为它发展的桎梏。反思以前的理论,学人们开始强调叙事作品与外在于它的社

会、人际关系等的不可分性，实际上是要破除叙事学画地为牢地将自己的研究仅仅限制在文本之内的这种局限，将它的批评视野加以扩充。在这种理论趋向下，文学研究出现了某些转变，从强调对作品内在文本的研究转变为不仅仅关注对文本内在的研究，同时也关注文本的"外部"研究。这种研究转向，尤其是20世纪90年代以来的叙事学研究形成了所谓后经典叙事学。

与传统叙事学不同，这种研究力图使自己具有历史的观念和历史的意义，而不是仅仅局限于形式。学人越来越关注叙事与文化、审美的密切关系。在女性主义叙事学、社会叙事学、电子网络叙事学等新理论中，学人们在一个新的方向和范畴内提出一个叙事学分支的构想，即审美文化叙事学。从大范围说来，审美文化叙事学仍然属于叙事学框架之内，更确切地讲，它属于赫尔曼（David Herman）所说的在适应大量的方法之后，叙事理论所经历的"变形"。也就是说它不是叙事理论的重构，而是在此基础上的一种发展和适应性的变化。就研究范围而言，审美文化叙事学将超过传统纯粹意义上的叙事作品或叙述本文，而将其范围延伸至文化意义上的叙事作品，无论这种叙事作品的形式是什么。

在文学作品中涉及价值的、审美的、心理的这样一些文化因素，脱离这些因素，文学作品的魅力将会丧失，它也不再是文学作品。研究《马》与《王》时，就要避免对作品的片面、机械的分析，有意识地研究与探索叙事文本中存在的这种审美价值意义，即透过形式表现的诸如心理的、意识的、思想的、社会的多方面意义。《马》和《王》都产生在三边地区。安边、定边、靖边位于我国西北部，是多民族交汇、融合的地方。当时西北地区荒凉、贫苦，自然环境复杂多变，另外三边地区战争、民族流动、社会变迁等情况十分频繁，就在这片贫瘠的土地上，产生了花儿和信天游。黄土文化属于地域性文化，它有自己独特的文化精神，黄土地的民间文学、民间艺术更是有自己的特点。

历史上统治阶级对黄土地上的人民进行了异常残暴、野蛮的压迫，激起各族人民不断地反抗。沉痛的经历造就了三边人民对统治阶级异常仇恨、极富反抗精神的性格。在爱情描写中，也体现了当地人民的这种性格。

A. 马五哥豁出了五尺身，要救尕豆妹妹的身。"大老爷把我头割下，尕豆的身子你耍糟蹋。""你把尕豆放给着回，天大的死罪我一人背！""我俩一搭来了一搭回，死了是这辈子不后悔！""我和尕妹一搭里走，胡达的跟前诉冤走！"——《马五哥与尕豆妹·错断》

　　B. 唐僧取经过了七十二个洞，他们俩受的折磨数不清。千难万难心不变，患难夫妻实在甜。俊鸟投窝叫喳喳，香香进洞房泪如麻。清泉里淌水水不断，滴湿了王贵的新布衫。"半夜里就等着公鸡叫，为这个日子把人盼死了。"香香想哭又想笑，不知道怎么说着好。王贵哭得说不出来话，看着香香还想她！——《王贵与李香香·自由结婚》

从上文可以看到主人公都勇于追求爱情，敢于蔑视封建礼教，敢于与为富不仁的财主做斗争。主人公的思想是大胆而坚定不移的，在黄土地这种生态环境之下产生这种思想是十分自然的。李季就很好地抓住了民间文学审美叙事的特点，向民间文学的这种审美叙事特点学习，写出了黄土地人民的心声。但是作家在向民间汲取营养的同时也有自身的特点。

　　A. 华林山上草青青，可惜了一对干散人。这事编成曲儿了，各州府县里唱遍了。唱曲的人们泪不干，听下的人们心常酸。人人讲来个个论，恨只恨个世道太不平！——《马五哥与尕豆妹·尾声》

　　B. 两人对面拉着手，难说难笑难开口。一肚子话儿说不出来，好比那，一条手巾把嘴塞。挣扎半天，王贵才说了一句话："咱们闹革命，革命也是为了咱！"——《王贵与李香香·团圆》

再看作为民间文学的《马》和作为作家"创作"的书面文学《王》在审美叙事上的差异。首先，从创作内容反映的时间上来看，《马》反映的是清光绪七年（1881）的事情，而《王》则反映的是20世纪30年代的事情。其次，《马》反映了在清朝封建统治制度之下的社会政治状况，而《王》反映的则是中国共产党与反动统治者进行斗争的时期。基于以上两点，《马》整个是威武悲怆的基调，结尾是悲剧，展现一种面对现实既愤慨又无奈的悲剧美；而《王》由于反映的历史时期不同，再加上它是为响应《讲话》而作，它显示的是一种激昂的基调，最后的结尾也是在革命的指引下男女主人公幸福地生活在一起，它展示的是一种积极向上的光明的精神，是一种喜剧美。可见，作家文学在借鉴民间文学创作经验的同时也会加入自己的独特审美叙事，而且它在作品中非常重要。

三、《马五哥与尕豆妹》和《王贵与李香香》反映的民俗事象

从叙事学角度对《马》和《王》进行对比分析之后，有必要进一步从其本体，即民俗的角度对其进行对比分析。这两首民歌反映了丰富的民俗事象，既有日常生活中的民俗事象，也有民俗事件中的民俗事象，同时也反映了日常语言民俗和特殊用语民俗。对它们的这种分析在文化上而言更进一层，因此也更有利于对作家文学与民间文学关系的理解和把握。

首先从日常生活民俗来说，《马》和《王》都反映了日常生活民俗及其深层社会文化原因。对民俗事象的研究，实质上是在对《马》和《王》作深层次的文化研究，是探询作家文学和民间文学关系的一把金钥匙。

生产劳动民俗。这两首民歌里都反映了主人公生产劳动的场景和生产劳动的民俗事象，如黄土地上人们特有的劳动场面放羊等。《马》中是"马五哥放羊着高山坡"，《王》中则是"冬天王贵去放羊，身上没有好衣裳"；还有许多关于生产劳动民俗的描写，如挑水、收庄稼等。《王》中为了突出阶级压迫，在描写物质生产民俗时着重突出了人物受压迫的形象，如"秋天收庄稼一张镰，破了手心还说慢"。

物质生活民俗。作品中有许多反映当地起居饮食等生活民俗的描写。《王》中有"初一饺子下满锅，王贵还啃糠窝窝。""穿了冬衣没夏衣，六月天翻穿老羊皮。"《马》中"花花的枕头我两人枕，女婿娃枕给个木墩墩""花花的被儿我两人盖，女婿娃盖给个破口袋"都是反映生活民俗，但是二者的侧重点不同，作家在描写民俗事象的同时还要展示阶级和社会的不平等，唤起人们的斗争意识。而

民间文学作品则是要表现两个主人公的甜蜜爱情。

　　自然风貌描写。自然风貌是民众日常生活中现实存在的事象，因此也可以归为日常生活。《马》和《王》都反映了三边地区独特的自然生态环境，如《马》中"两个缘法就这么巧，清水的泉边里碰上了"，《王》中"掏完了苦菜上树梢，地上不见绿苗苗""三十里草地二十里沙，哪一群牛羊不属他家？"在民间文学作品中自然生态的描写是无意识的，仅仅起到说明地点和烘托气氛的作用；而在作家作品中自然风貌的描写却成为有意识的，其通过突出人物的生存环境，表现人物生活的困苦，揭示阶级压迫的残酷。

　　除了日常生活民俗，民俗事件中的民俗事象同样值得关注。民俗事件是民俗活动综合展演的舞台，最能突出民间文化的特色和内涵，因此有必要对《马》和《王》反映的民俗事件进行分析。由于它们都是反映爱情的作品，婚俗在其中占有很大分量。《马》中"三岁的马驹儿点个头，我和马五哥换记首。"《王》中"碟子八碗摆酒席，下的日子腊月二十一。"《马》中为了突出表现男女主人公的爱情，加入男女互送定情物的习俗。《王》中的婚俗描写主要是为了推动情节发展，顺延叙事。

　　文学作品中，语言是它的材料，因此分析作品的语言就显得非常重要，尤其是民间文学作品，它的语言来自民间，有自己独特之处。笔者通过《马》和《王》中的语言民俗及其特殊用语进行阐释。

　　《马》和《王》中使用的民众日常语言都非常有特色。《马》中"阳洼山上羊吃草，马五哥好像杨宗保。天上的星宿星对星，尕豆妹赛过穆桂英。""马五阿哥是麻子哥。麻是麻在皮外哩，心肠好着人爱哩。没换个记首没答个话，两个人心儿照洋蜡。"这几句话中提到的，杨宗保、穆桂英，还有麻子在皮外、心肠好等，不仅在用语上通俗易懂、源于生活，而且反映了民众不同于上层社会的审美观，强调健康的美，不注重外表，注重内心，这些都是民众在长期的生活斗争中总结的经验和形成的朴素审美观。这种语言的使用对表达作品的思想很重要。《王》中"民国十八年雨水少，庄稼就像炭火烤。瞎子摸黑路难上难，穷汉就怕过荒年。荒年怕尾不怕头，十九年的春荒人人愁。掏完了苦菜上树梢，遍地不见绿苗苗。坟地里挖骨磨面面。娘煮儿肉当好饭!"作家学习民间语言,使用的都是民间惯用语,他用民间语言生动形象地表现出民众的痛苦和生活的艰辛,从而彰显了民众需要革命。作家对于这种语言的使用不同于民众的无意识,他是有意识地模仿,希望通过模仿来使自己的作品能够顺利为民众接受,达到自己预期的效果。

在《马》和《王》中,除了使用民众日常口头用语之外,还有许多特殊的民间语言。对独特民俗事象展示的特殊用语:"大年初一饺子下满锅,王贵还啃糠窝窝。"(《王贵与李香香·王贵揽工》)"马五哥把尕豆妹看上了,打发的媒人来回跑。"(《马五哥与尕豆妹》)这些从衣食住行等各个方面用独特的民间语言进行故事叙事。"一朵花""麻子哥""水汪汪""糯米牙"等都是民众利用自己生活中常见的事物对人物特点进行的比喻,这些也是民众日常生活中经常出现的表达自己审美观的特殊语言。

通过对民歌《马》和作家创作的诗歌《王》进行的叙事学和民俗学对比,可明晰地看到民间文学和作家文学之间的关系,主要体现在作家文学对民间文学的借鉴、学习和吸收营养,同时这种借鉴和学习又不是完全照搬,在借鉴的同时也在对它进行改造,以达到自己创作的要求和实现自己创作的目的。

民间文学是作家文学的营养源泉。作家在创作作品时借鉴和利用民间文学,有时是显性的,有时则是隐性的。对于前者,这种借鉴主要体现在作家文学对民间文学语言风格、描写内容等的模仿上;后者则主要体现在作家文学对民间文学创作精神,对民间文学的文化内涵和文化品格上的继承。本节中所使用的《马》和《王》总体说来是既有对民间形式如语言、民俗描写等的承袭,也有对民间文学精神的沿承,如勇于反抗等。后者是作家向民间学习创作的典范。

作家在学习民间文学进行创作时,其内核发生了极大变化。作家在吸收借鉴的同时加入自己的思想和观念,这种添加有时候会有助于对民间文学在思想和其他方面进行提升,但有时却会损害民间文学本身的价值,扭曲民间文化的本意。我国历史上借鉴民间文学创作出来的作家作品很多,这些作品大部分是对民间文化的弘扬和继承,但是也有小部分却损害了民间文学的形象。对于这两者要进行区分，这也是探讨民间文学与作家文学关系的目的之一。本节所探讨的《马》和《王》，从这个角度看，作家是很好地吸收和提升了民间文学的文化价值，它对民间文学刚健质朴的创作风格进行了完美吸收，同时又在民间文学基础上提升了自己作品的思想价值，即展示了革命对民众的必要性，奏出了时代的强音。

作家文学对民间文学的借鉴除了作家个人因素之外，还受到时代、历史背景、政治环境等因素的影响和制约。往往在社会剧变的特殊时期，民间文学对作家文学的影响显得尤为深刻，如中国近现代的几次民间文学思潮，"五四时期""延安时期"等就明显体现出这个特征。究其原因只有归结到在社会变革的重大历史时期，作家更需要吸收民间文学的营养来表达自己对时代的看法，表述社会变革的需求，其本质上是对民间文学特殊社会功能的借鉴、利用。《王》就是在革命战争年代，响应中国共产党的文艺号召，为了唤起民众斗争而结合时代进行的创作。它既吸收了民间文学作品勇于反抗、蔑视统治者的文化精神，又对它进行提升，也就是结合时代和政治的要求为这种反抗提供了出路——革命。可以说在这一作家"创作"的民歌里有鲜明的时代烙印；同样，时代对它的要求也是我们在研究作家文学、民间文学关系时需要特别关注的。

民间文学的传播和扩布有它自身的特点，它一般要靠口耳相传，这一点是作家作品所不具备的，也是二者的一个重要区别。但是在这一点上现实情况有时候还是会发生变化的。比如，有的民间文学作品被收集、整理之后也可以进入书面传播的领域，而有些作家作品，借鉴民间文学之后也会为民众逐渐接受，进而在民众中口耳相传。《王》就是在作家创作之后由于内容贴近民众生活，风格接近民众语言，而在民众中也有较为广泛的流传。

第三章
延安文艺与民间文学的话语嬗变

　　民间文学在新中国成立后被纳入现代民族国家构建的进程，它与共和国文学建构紧密联系在一起，成为"人民文学"的核心与中坚，是文学接驳国家话语的重要场域。新中国成立初期的民间文学话语与学术位置发生了巨大变化，其根源学界一般都追踪到延安时期民间文学在革命中立下卓著功勋，在梳理中国民间文学学术史时，将何其芳、周文、吕骥、柯仲平等归纳为"延安学派"。① 而对"延安学派"或者新中国民间文学话语的源起——"民族形式"论争论及较少，当然这一论题在中国现代文学史的论述中已较为充分。②

第一节　"民族形式"论争与新中国民间文学话语的兴起

　　新中国民间文学话语与国家话语紧密关联，其意识形态特性极其鲜明。学界一般认为其源起于延安时期民间文学与革命的耦合，而很少触及"民族形式"论争对于新中国民间文学话语的直接影响及与其一脉相承的关系。

---

① 刘锡诚：《20世纪中国民间文学学术史》，河南大学出版社，2006年。
② 汪晖：《地方形式、方言土语与抗日战争时期的"民族形式"的论争》，《汪晖自选集》，广西师范大学出版社，1997年；石凤珍：《文艺"民族形式"论争研究》，中华书局，2007年；袁盛勇：《民族—现代性："民族形式"论争中延安文学观念的现代性呈现》，《文艺理论研究》2005年第4期等。

一、"民族形式"的讨论与反思

1939年在延安,中国共产党的宣传部门和文化界领导有意识地发起以"旧形式利用"为基础创造"民族形式"的文艺运动。这场文艺运动源起于毛泽东在中共中央六届六中全会上的报告《中国共产党在民族战争中的地位》[①],报告讨论的核心就是马克思主义在中国的具体化问题。这篇讲话在文艺界引起了关于文艺"民族形式"的讨论,内容涉及了文艺的民族形式、民间形式、大众化等问题,其背后隐含着对于"五四"新文化运动的重新审视以及"如何在语言和形式上具体理解地方、民族和世界的关系"等。[②]

"民族形式"命题来源于斯大林的"民族文化"理论,其核心就是"无产阶级的文化,并不取消民族的文化,而是以它为内容。反之,民族的文化,也不取消无产阶级的文化,而是以它为形式"。[③] 即主张通过"民族形式"来推行和发展无产阶级的文化。早在文艺"民族形式"论争之时,郑伯奇[④]、郭沫若[⑤]等对此即有论述,并阐述了毛泽东"民族形式"是对苏联民族文艺政策的理解与发挥,这一思想与现代民族国家的构建直接相关。"我们共产党人,多年以来,不但为中国的政治革命和经济革命而奋斗,而且为中国的文化革命而奋斗;一切这些目的,在于建设一个中华民族的新社会和新国家。在这个新社会和新国家中,不但有新政治、新经济,而且有新文化。这就是说,我们不但要把一个政治上受压迫,经济上受剥削的中国,变为一个政治上自由和经济上繁荣的中国,而且要把一个被旧文化统治因而愚昧落后的中国,变为一个被新文化统治而文明先进的中国。一句话,我们要建立一个新中国。建立中华民族的新文化,这就是我们在

---

① 这篇报告于1938年11月25日以《论新阶段》为题发表于延安《解放》周刊第57期。
② 此观点参见汪晖:《地方形式、方言土语与抗日战争时期的"民族形式"的论争》,《汪晖自选集》,广西师范大学出版社,1997年,第342页。
③ [苏联]斯大林:《论民族问题》,张仲实译,生活书店,1939年。
④ 郑伯奇:《关于民族形式的意见》,载徐迺翔编:《文学的"民族形式"讨论资料》,广西人民出版社,1986年,第486—487页。
⑤ 《中国新文学大系·文学理论卷二·1937—1949》第2集,上海文艺出版社,1990年,第168页。

文化领域中的目的。"① "中国文化应有自己的形式，这就是民族形式。民族的形式，新民主主义的内容——就是我们今天的新文化。"② 现代民族国家作为一种政治形式，作为社会化网络，更要依赖以法律、道德、伦理和信仰所构成的文化结构，在这个意义上，民族认同意味着对国家的认同。③ 而这一民族的含义，重视的是其政治含义。安德森（Benedict Anderson）将民族看作"一种想象的政治共同体——并且，它是被想象为本质上有限的，同时也享有主权的共同体"。④ 霍布斯鲍姆（Eric Hobsbawm）则认为："民族不但是特定时空下的产物，而且是一项相当晚的发明。'民族'的建立跟当代基于特定领土而创生的主权国家（modern territorial state）是息息相关的。若我们不将领土主权国家'民族'或'民族性'放在一起讨论，所谓的'民族国家'将会变得毫无意义。"⑤ 由此可知，现代民族国家的建构离不开"民族文化认同"，而新民主主义文化的提出、建构与新民主主义国家紧密相连，承载着新构建的现代民族国家的意识形态，它所蕴含的文化理念对新中国文艺产生了直接影响，尤其直接影响了中国民间文学的发展轨辙。

二、新中国民间文学的话语转换

民间文学兴起于清末近代民族国家建设的洪流中，关注民间、民众成为当时的社会思潮，进步的知识分子作为时代的先锋，处于民族革命倡导者的位置，他们关注民间，向民众讲述自己的思想，鼓动民众革命。为了达到这一目的，他们用民间文学的形式创作，将其作为一种工具，向民众宣扬革命，希望得到民众的响应。因此当时的学者虽然没有从学术意义上创建民间文学、关注民间，但是他们埋下了中国民间文学学术研究的一个传统，即自上而下地审视、想象"民间"。

20世纪初期，民间文学在新文化运动的语境中诞生，其兴起的标志性事件

---

① 毛泽东：《新民主主义论》，《毛泽东选集》第二卷，人民出版社，1991年，第663页。
② 毛泽东：《新民主主义论》，《毛泽东选集》第二卷，人民出版社，1991年，第707页。
③ 徐迅：《民族主义》，东方出版社，2014年，第37—38页。
④ [美]本尼迪克特·安德森：《想象的共同体：民族主义的起源与散布》（增订版），吴叡人译，上海人民出版社，2011年，第6页。
⑤ [英]埃里克·霍布斯鲍姆：《民族与民族主义》，李金梅译，上海人民出版社，2000年，第10页。

就是1918年2月1日《北京大学日刊》刊发《北京大学征集全国近世歌谣简章》。但在此之前，"民间文学"一词已经出现在梅光迪给胡适的信中，即"文学革命自当从'民间文学'（folklore, popular poetry, spoken language, etc）入手"。①从民间文学研究兴起至30年代，学人从不同视域对其进行阐述。"亚洲盛行民族主义和要求民主的情绪，威尔逊（Woodrow Wilson）的政治理想主义，诸如他所提倡的废止秘密外交、保障小国的政治独立以及民族自决等，对中国知识分子有着很大的吸引力。"②从对这一时期学术史的梳理来看，研究者关注的重点在于"民间""民众"。

首先，文学领域表现出了对"民间"的极大关注。1924年创刊的《民众文艺周刊》③中登载了关于民众文艺的理论文章以及各省的民间歌谣、民间故事等，他们的理念与"到民间去"相似。《妇女杂志》1921年第七卷第1号专门开辟了民间文学专栏，发表了胡愈之的经典之作《论民间文学》。《妇女杂志》后来改刊基本上是按照该文的理念，认为民间文学从创作者而言指"民族全体"。该刊关注妇女与儿童，注重登载各地的风俗以及民间歌谣、故事、谜语等，只是该刊没有引起民俗学研究者的重视。继胡适"活的文学"和"死的文学"之后，徐嘉瑞在《中古文学概论》中首次直接使用民间文学的名称，将中国文学划分为民间文学和正统文学两部分。④但在大多研究者中，无论用何称谓，民间所指的都是平民，也就是与贵族相对。

其次，从1919年开始，中国掀起了一个青年学生以及知识分子纷纷走向农村的潮流，其思想领袖是李大钊。他在《青年与农村》一文中指出中国是一个农民占劳动阶级人口绝大多数的国家，农民的境遇就是中国的境遇，唯有解放农民

---

① 胡适：《逼上梁山——文学革命的开始》，《东方杂志》第31卷第1号，1934年1月1日，第20页。
② 周策纵：《五四运动：现代中国的思想革命》，周子平译，江苏人民出版社，1996年，第9页。
③ 胡也频、项拙、荆有麟、江善明、陆士钮等编辑，后由荆有麟一人主编，为《京报》副刊之一，后曾用《民众文艺》《民众周刊》《民众》等名称，1925年11月停刊。
④ 徐嘉瑞：《中古文学概论》，亚东图书馆，1930年，第1页。

才能解放中国。① 这一号召首先在北京大学得到响应。北京大学的青年学生组织了"平民教育讲演团",其宗旨就是"增进平民智识,唤起平民之自觉心"②,很快这一活动逐渐变成了20世纪20年代中国知识分子的一个响亮口号——"到民间去"③,即到农村中,强调的是农民的生活空间,这一理念与中国的国情也有密切的关系。中国向来是一个农业大国,以农业为本业很自然地会将"民"与农民等同起来,而且在当时的历史环境中,苦闷的中国知识分子在民间文化也可以说是农民文化中找到了民族意识和民族文化之根。

另外,"五四"时期知识分子中兴起了一种浪漫主义的观点。社会改革家陶行知、梁漱溟等,在思想上最关心的都是"变革农村"。作家将乡村作为梦想的寄托地,"现今田园思想充斥了全国青年的头脑"。④ 贾植芳也提到了"我国现代文学传统历来重视农业文明,乡土文学是'五四'以后文学发展的主调"。⑤

最后,民间文学研究者则认为只有农民身上保存了人的善良本性。正如顾颉刚所说:"情歌只有在农村才能广泛流传,原因很明显,城市受过教育的人们碍于封建礼教的束缚,是不敢承认情歌的合法地位的。"⑥ 王显恩亦认为:"歌谣大都是农民的文学,是农民生活的反映"。⑦ 这样,民间文学研究者就将抢救民间文化看成是一项刻不容缓的任务。

从20世纪初期开始,民间成为各领域知识分子关注和讨论的焦点,尽管他们从各个视角出发所关注的侧重点以及层次不同,有的是关心"民"——农民或平民,但在他们眼里,"民"都是未开化、无知识之民众;有的则是强调民众生活的"空间"——农村或城市;有的重视民众的文化知识,但是他们都认为拯救和改造民间是中国的必由之路。因此他们是在启蒙的道路上意识到并研究民间文

---

① 《李大钊选集》,人民文学出版社,1978年,第146页。
② 《北京大学平民教育讲演团》,见《近代史资料》第2卷,科学出版社,1955年,第160页。
③ [美]洪长泰:《到民间去——中国知识分子与民间文学,1918—1937》(新译本),董晓萍译,中国人民大学出版社,2015年,第16—18页。
④ 《【备考】来信(白波)》,《鲁迅全集》第7卷,人民文学出版社,1973年,第705页。
⑤ 林祥主编:《世纪老人的话:贾植芳卷》,辽宁教育出版社,2003年,第215页。
⑥ 顾颉刚:《苏州的歌谣》,《民俗周刊》1928年第11—12期。
⑦ 王显恩:《中国民间文艺》,上海广益书局,1932年,第61页。

学的，他们的立场是民众的导师、民众的领路人，因此他们"提倡'平民文学'是为了启蒙，而不是为了俯就"。①也就是在民间文学的挖掘与研究中，核心理念是"化大众"，民间文学话语重在启蒙。

20世纪30年代开始，随着左翼文学运动的开展，"化大众"逐步走上了"大众化"的轨道。而"民族形式"论争则是左翼大众化思潮合乎逻辑的发展。在"民族形式"论争中，文学领域阐述了"中国作风和中国气派"，柯仲平指出"每一个民族，都有自己的气派。这是由那个民族的特殊经济、地理、人种、文化传统造成的"，"最浓厚的中国气派，正被保留、发展在中国多数的老百姓中"。②他们虽然没有明确运用民间文学话语，但是他们的阐述重点与"萌芽状态的文艺"（墙报、壁画、民歌、民间故事等）、"原始形态的文学""较低级的群众的文学和群众艺术""群众的言语""较低级的文艺"③等基本一致。另外，在他们的阐述中，还将"少数民族"与"地方性"对等，这表明了"民族形式"内含"顽强的、不可动摇的普遍主义"，而"这种普遍主义的语言逻辑不仅是民族主义的，而且是'国际主义'或'世界主义'的"。④1939年12月12日至13日，宗珏在《大公报·文艺副刊》上发表《文艺之民族形式问题的展开》，文中直接论述了"少数民族"的文艺问题，他主要指向西南和西北的少数民族文艺的问题，"这问题，在同一抗战中的今日，并且还有着特殊深刻的政治意义"，"我们必须要在一个大前提下，把他们的民族形式发展起来，使之成为抗战文学中的一支有力的民族部队"，"不论是全国性的民族文艺形式，或是地方性的，少数民族的文学，它都必然是以抗战为内容的。这和政治上的民族统一战线的要求，无疑地正相一致"。

由上可知，在20世纪30年代文艺与阶级性的问题被转换为"民族形式"与

---

① 陈平原：《"通俗小说"在中国》，《上海文化》1996年第2期。
② 柯仲平：《谈"中国气派"》，载徐迺翔编：《文学的"民族形式"讨论资料》，广西人民出版社，1986年，第4页。
③ 毛泽东：《在延安文艺座谈会上的讲话》，《解放日报》1943年10月19日，第1版。
④ 汪晖：《地方形式、方言土语与抗日战争时期的"民族形式"的论争》，《汪晖自选集》，广西师范大学出版社，1997年，第372页。

"地方形式"的关系,现代"民族—国家"的建立就是中国各民族和各地共同构建并完成文化的同一性,而文学及其形式成为形成"民族"认同和进行"民族"动员的重要方式。① 这一文学形式不是现成的,而是民间形式、地方形式、多数或少数民族形式等共同整合构建的"新形式"。所以,20 世纪初期至 30 年代兴起的民间文学学术轨辙到 40 年代发生了改变。而新中国成立后民间文学话语与其一脉相承,其话语中心落在了"人民性""多民族"等。

三、"民间文学源头论"的形成

"民间文学源头论"是 20 世纪 50 年代至 60 年代中期文学史的基本理论,在一定时期内出现了"民间文学主流论""民间文学正宗论"的偏至。新中国成立初期,新的民族国家需要新的文学——人民文学,学人的眼光首先就落在了民间文学。蒋祖怡《中国人民文学史》②就将"人民文学"等同为"民间文学"。钟敬文 1950 年在纪念开国周年所作的《口头文学:一宗重大的民族文化遗产》中已经开始用这一名词,1953 年北京师范大学民间文学课程改名为"人民口头创作"。民间文学研究者特别强调民间文学是人民的口头创作,突出它与"人民性"的契合,并努力诠释其内涵。克冰(连树声)《关于人民口头创作》的阐述最为详细。他将人民性表述为"人民口头创作跟广大劳动群众的生活和斗争是紧密而直接地结合着的,是它们的直接反映,是劳动人民的美丽的生活伴侣,是他们的有益的教科书和消除疲劳、增强健康精神的高尚娱乐品,是他们的锋利的斗争武器。所以人民口头创作表现着劳动人民的世界观,表现着他们的道德面貌、劳动和斗争,他们的'憧憬和期望'(列宁语),他们的美学趣味和观点。总之,它以独特的艺术方式反映着劳动人民的外在和内在的生活。这就是人民口头创作的人民性。"③他的思想一方面受到苏联的影响,另一方面也与国内文学艺术领域人民

---

① 汪晖:《地方形式、方言土语与抗日战争时期的"民族形式"的论争》,《汪晖自选集》,广西师范大学出版社,1997 年,第 343 页。
② 蒋祖怡:《中国人民文学史》,北新书局,1950 年。
③ 克冰(连树声):《关于"人民口头创作"》,《民间文学》1957 年第 5 期。

性的探讨直接相关。人民性在20世纪50—60年代是人文社会科学中的一个基础性概念。"我们说某某作品是富有人民性的,这应当是一个很高的评价。"① 人民性成为文学作品艺术性的标准。民间文学领域特别强调民间文学作品的直接人民性及其在人民性上的特殊优势,具体的民间文学作品审美与批评中也经常使用"人民性"一词。而在民间文学的搜集与整理中,搜集资料,从现代民间文学出现就成为它研究的一个主要步骤,但尚未正式成为民间文学的学术名词,也没有进入民间文学的研究领域。新中国成立后,"搜集整理"才正式进入民间文学的研究领域和学术范围,它最早出现在《中国民间文艺研究会章程》(以下简称"《章程》")中。《章程》规定:"本会宗旨,在搜集、整理和研究中国民间的文学、艺术,增进对人民的文学艺术遗产的尊重和了解,并吸取和发扬它的优秀部分,批判和抛弃它的落后部分,使有助于新民主主义文化的建设。"②1956年,全国人民代表大会民族事务委员会制定了"关于少数民族地区调查研究各民族社会历史情况的初步规划",同年8月相继组成了内蒙古、新疆、西藏、四川、云南、贵州、广东、广西等八个少数民族调查小组,于是各地的调查工作开始走上了正轨。

1956年8月,中国科学院文学研究所和中国民间文艺研究会共同组成联合调查采风组,由毛星带队,文学研究所有孙剑冰、青林,中国民间文艺研究会有李星华、陶阳和刘超参加,到云南少数民族地区进行调查,他们调查的宗旨是"摸索总结调查采录口头文学的经验,方法是要到从来没有人去调查采录过的地方去,既不与人重复,又可调查采录些独特的作品和摸索些新经验"。③ 在资料搜集中,民间文学领域注重各地的英雄传说,这些传说都是"具有战斗性和反抗性的故事",而且英雄大多出身于劳动人民。④《白族民歌集》⑤《纳西族的歌》⑥ 中搜集了大量阶级意识显著、反映民族压迫与阶级压迫、歌颂毛泽东的歌曲。可见,

---

① 记哲:《略谈文学的人民性问题》,《山东师范学院学报》1959年第3期。
② 《中国民间文艺研究会章程》,《民间文艺集刊》1950年第1集。
③ 王平凡、白鸿编:《毛星纪念文集》,学苑出版社,2004年,第92页。
④ 李星华记录整理:《白族民间故事传说集》,人民文学出版社,1959年,第146—147页。
⑤ 杨亮才、陶阳记录整理:《白族民歌集》,人民文学出版社,1959年。
⑥ 刘超记录整理:《纳西族的歌》,人民文学出版社,1959年。

调查采录中以民间文学的"人民性"为指向,同时兼顾不同地域与民族的民间文学搜集,为新中国多民族民间文学的发展奠定了基础。

总之,不像大部分学人所认为的,民间文学学术研究在新中国成立后,由于意识形态的变化而突然发生改变。新中国民间文学话语及其内涵的改辙或源起可以说是从"民族形式"的论争就已开始,民间文学开始由关注"民众""民间"走向了"人民文艺""群众文艺",开启了民间文学研究的文学范式,此时的民间文学研究关注的是"口头"文学或者"口头性"话语的阐释,对此笔者将另撰文论述。

第二节 从革命话语到人民话语

中国自古就有记录民间文学的传统,但现代意义的民间文学的兴起则与现代中国的转型直接相关。19世纪末,"现代性和民族主义的历史属性被翻译到中国",在中国知识阶层掀起了对民族与国家关系的新思考;他们意识到要推动中国进入现代国家行列,就要加强人民与国家的联系,重塑现代国民。① 在这一过程中,民间文学受到关注。民间文学不同于作家创作,它对社会生活中文学现象的阐述与观照有其特殊视角。一方面,知识分子"征集"民间文学作为重构现代民族文化的"资源"与"工具";另一方面,"到民间去""文艺大众化运动""通俗文艺运动"对民间文学从"形式"到"内容"的利用与改造,使其超越"地方性",在延安文艺及新中国人民文艺的建构中处于独特地位。②

---

① [美]瑞贝卡:《世界大舞台:十九、二十世纪之交中国的民族主义》,高瑾等译,生活·读书·新知三联书店,2008年,第17—18页。
② 陈思和:《民间的浮沉——对"抗战"到"文革"文学史的一个尝试性解释》,《上海文学》1994年第1期。

一、革命与民间文学的耦合

中国古代长期以来言文分离，书写与口语分野鲜明，在现代民族国家建构与国民重塑中，最难的就是面向民众的革命宣传与文化普及。19世纪、20世纪之交，民间文学引起持改良、革命观念的知识分子的关注，民间文学亦开始进入报刊等新式媒体。如《中国官音白话报》①《中国白话报》②《安徽俗话报》③《吉林白话报》④借鉴弹词、歌谣及地方曲艺等宣传新思想。除兴办各类白话报，清末知识分子还创立了阅报社、宣讲所、演说会，提出了各种汉字改良方案，并建立了半日学堂、半夜学堂、字母学堂、简易识字学堂等。⑤读报、宣讲与演说一定程度上弥补了书面与口头、精英与大众之间的裂痕。知识分子利用民众喜闻乐见的文艺样式进行时事报道、革命宣传。如孙寄沧的"时事新歌"《黄包车夫充革命军》，仿"小热昏调"讲述了黄包车夫在生活的重压下，"丢脱烟枪捏洋枪，就去当兵冲头阵"，哪里有"革命思想在脑筋"，他们的结局也不过是"解进城西炮台里枪毙受极刑"。⑥这就向听众生动地宣传了革命思想的重要性。这一时期虽然尚未出现现

---

① 1898年5月11日在无锡创刊，中国官音白话报馆发行。初名为《无锡白话报》，五日刊，第5期后改名为《中国官音白话报》（第5期和第6期合刊发行），1898年9月26日出版第26期后停刊。《中国官音白话报》属于清末时事政治刊物，是研究中国近现代历史、政治等的重要资料。其内容主要分为三类："一演古，曰经史，取其足以扶翼孔教者，取其与西事相发明者；二演今，取中外名撰述之已译已刻者，取泰西小说之有隽理者；三演报，取中外近事，取西政西艺，取外人论说之足以药石我者。"全国报刊索引网，https://www.cnbksy.com/literature/literature/d0ed2822cb05e09a8954403c386a36ec。
② 《中国白话报》于1903年12月创刊于上海，以宣传"爱国救亡"为宗旨，分论说、历史、传记、新闻、实业、科学、时事问答、小说、戏曲、谈苑、选录等栏目。它以劳动者和青少年为主要宣传对象，"以期达到'个个增进学问，增进识见'、'中国自强'之目的，以浅显易懂的革命道理和白话文辞，激发国民的民族主义和爱国主义思想"。全国报刊索引网，https://www.cnbksy.com/literature/literature/14faf242e64f94d0d3c1c08007e5ad0f。
③ 1904年陈独秀创办《安徽俗话报》，刊载民歌民谣、地方戏曲和故事等大量民间文艺作品，其宗旨为"开民智消隐患"，内容多以"伤国事、叹恶俗、兴民权"为主。全国报刊索引网，https://www.cnbksy.com/literature/literature/ad650f3aa95cc293e45de9c8bde6789a。
④ 《吉林白话报》于1907年8月创刊于吉林。其宗旨为："宣上德，通民隐，开通风气，改良社会，使一般人民成具普通之知识，以预备立宪国民之资格。"全国报刊索引网，https://www.cnbksy.com/literature/literature/b0a5de0110fa9fb3ca42cef8c92d33ad。
⑤ 李孝悌：《清末的下层社会启蒙运动：1901—1911》，河北教育出版社，2001年，第15页。
⑥ 孙寄沧：《黄包车夫充革命军（仿小热昏调）》，《余兴》第23期，1916年12月。

代意义的民间文学，但知识分子、政治精英对其所具有的革命功能、革命价值的关注，与20世纪民间文学思想可谓一脉相承。

歌谣运动是将民间文学纳入文学范畴的标志性事件。《北京大学征集全国近世歌谣简章》重在向全校师生、各县学校和教育团体征集民间文艺资料，"如有私人搜集寄示，不拘多少，均所欢迎。"①"征集"一词，既渗透着鲜明的国家意志，又与"采风传统"血脉相连。②民间文学已然超越了自身阈限，不仅打破了原有的讲述场域，还逐渐与思想解放、中国革命及民族—国家建构等相融合，构成了学界乃至大众对于"革命"的集体想象。受俄国早期民粹派"到民间去"的启发，李大钊也号召青年"到民间去"。③在李大钊的号召下，自我定位为"民众的导师，民众的领路人"④的知识分子及青年学生纷纷走向农村。1920年4月，北京大学平民教育讲演团⑤到京郊芦沟桥（即卢沟桥）、丰台、长辛店、赵辛店、海甸（即海淀）、罗道庄、通县（今通州区）等多地进行"讲演"。⑥讲演者以通俗的语言宣传革命思想，讲演内容大多源于民间文学，如《龟与兔竞走》《怎样教养儿童》⑦和《戒诳语》《尧舜》⑧等，他们希望在最短时间内使"大多数乡民得

---

①《本会征集全国近世歌谣简章》，《歌谣》周刊第1号，1922年12月17日。
②关于"采风传统"问题的探讨，参见拙文《采风与搜集的交融与变奏：以新中国初期"忠实记录、慎重整理"讨论为中心》（《民俗研究》2022年第5期）。
③从1918年的《法俄革命之比较观》到《庶民的胜利》《Bolshevism的胜利》，再到1919年的《劳动教育问题》，李大钊凸显与强调了一个历史主体——劳工群众。在文学上，李大钊提出"必须用开俗的文学"使劳工群众了解道理；"开俗"即"通俗"之意，提倡创造为"劳工群众"所喜闻乐见的文艺样式。
④毛巧晖、刘颖、陈勤建：《20世纪民俗学视野下"民间"的流变》，《华东师范大学学报（哲学社会科学版）》2004年第6期。
⑤1919年3月23日，北京大学平民教育讲演团正式成立，此社团"以增进平民智识"为目的，以"露天讲演"为方法。
⑥黄国华：《北京大学平民教育讲演团》，《历史教学》1979年第9期。
⑦《北京大学平民教育讲演团启事：本团讲演所于上星期二、三各晚讲演之题目及讲演者之姓名宣布于后》，《北京大学日刊》1921年10月25日。
⑧《北京大学平民教育讲演团启事：前星期三、五本团讲演所所讲之题目及各讲演者之姓名宣布于左》，《北京大学日刊》1921年11月7日。

受少许常识,并能助长其兴趣"①。《晨报》如是描述讲演的盛况:"当日北风凛冽,寒气逼人。工人等虽短褐不完,犹在草坪中直立数钟之久,细听演说,毫无倦容。"②这一活动引起较多进步报刊关注。《努力周刊》《批评》《上海报》等纷纷以"到民间去"为题发文,虽然他们的初始目标不甚相似,但都希冀"到民间去办理教育事业。如果不谋社会根本的改造,空想改良政治,一定劳而无功……努力到民间去谋社会的改造罢"。③

洪长泰从文化史的视角对"到民间去"运动及二十世纪二三十年代民俗学发展进行梳理时,就知识分子对民众的态度展开专门论述,他强调民俗学学者虽然还处于"理解"民众的阶段,但他们对民间文学的认知已然超越了文学或学术层面。④他的阐述尽管突破了以往对"到民间去"运动的批评,但忽略了当时左翼和国统区秉持不同政治信念者的差异。李大钊等中国共产党人意识到农村并非只是"表示臣服、接受他人赠予解放之处"⑤,民间文艺是了解农村、了解民众生活的重要路径。这一思想在后续中国共产党领导的革命运动中被承袭并广泛运用⑥,成为共产党人推动新文艺发展的重要战略。⑦如瞿秋白、恽代英、彭湃等,他们"用描述故事的态度为农民解说各种世界以及中国的大事……将政治上各种事实编成歌曲、弹词、剧本"。⑧各地农会、工会发挥民间文学的生活特性,结合工农

---

① 如朱务善在《北京大学平民教育讲演团缘起及组织大纲》中谈到他们曾赴北通州长辛店及各大村落演讲,其居民皆前拥后随得以听讲以为快。朱务善:《北京大学平民教育讲演团缘起及组织大纲》,《北京大学日刊》1921年9月29日;《平民教育讲演团纪事》,《北京大学日刊附张》1919年3月26日。
② 刘岳:《1919年3月:到俄国去到法国去到民间去》,《前线》2019年第3期。
③ 天农:《"到民间去"》,《努力周刊》第40期,1923年2月4日。
④ [美]洪长泰:《到民间去——中国知识分子与民间文学,1918—1937》(新译本),董晓萍译,中国人民大学出版社,2015年,第212—213页。
⑤ [美]格里德尔:《知识分子与现代中国》,单正平译,南开大学出版社,2002年,第379页。
⑥ 黄国华:《北京大学平民教育讲演团》,《历史教学》1979年第9期。
⑦ "'文化战略'可理解为一切在集体利益驱动下的文化创造和文化策略,其存在形式可以是一种文化,也可以是一种策略,但其基本要素是必须存在文化竞争,并具有实用性的功能。"周维东:《中国共产党的文化战略与延安时期的文学生产》,花城出版社,2014年,第5—6页。
⑧ 恽代英:《农民中的宣传组织工作》,《恽代英文集》下卷,人民出版社,1984年,第759页。

日常生活，编创了减租、抗租的曲艺和歌谣，如《二斗租》《十二月歌》等。在农民运动中，更是大量使用民间文学，如湖南农民运动讲习所，在课程设置中有"革命歌""革命画"等，同时还组织学员搜集民歌。[①] 当时即有学人著文阐述民间文学在抗日宣传中的作用，"歌谣有万有引力似的，能耸动民众的听闻，转移民众的情感，深入民众的脑海，成为万古的铁案"；又如，日俄战争时吉林流传的革命歌谣"东海里，日本人，借名进兵保珲春：装电话，设警兵，烧韩民，无理要求欺负人"在民间广泛传唱。[②] 经由上述具体实践，原本看似遥不可及的"革命"逐渐为广大民众所熟知，且"长期统治现代中国并渗透到百姓的日常生活"。[③] 这一文化现象并非纯文学意义的，而是由革命与民间文学耦合而成。

二、文学大众化与通俗化实践

20世纪30年代是中国民间文学发展史上有争论的一个时期。在"大众文艺"与"民族主义文艺"理念的影响下[④]，民间文学样态较之于前更为驳杂与丰富，民间文学不仅承载着这一时期的革命记忆，还是不同政治力量重塑认同和进行民众动员的重要场域。

1928年，郁达夫借用日本"大众小说"之名，提出"大众文艺"。但与日本"低级的迎合一般社会心理的通俗恋爱或武侠小说"不同，中国的"大众文艺"是"为大众的""关于大众的"文艺。[⑤]1928年9月，郁达夫和现代书局订立合同，创办了《大众文艺》[⑥]月刊，以此作为"大众文艺"问题讨论的阵地；但是其早期作品仍然保留了诸多旧式的言说习惯与言说姿态，如《大众文艺》1929年至1930年刊载的《孩子》《警察》《公共长凳》《劳动组织》《兵和兵》《河畔的女

---

① 《第六届农民运动讲习所办理经过》，《中国农民》1926年第9期。
② 陈雯登：《抗日宣传与民众歌谣》，《国民革命军遗族学校校刊》第2卷第14期，1931年。
③ 陈建华：《"革命"的现代性——中国革命话语考论》，上海古籍出版社，2000年，第1页。
④ 这两种理念代表着"共产党文艺政策与国民党文艺政策的二大分野之对立"，见池田孝：《一九三〇—三四年中国文学的动向》，林国材译，《华北月刊》第3卷第1期，1935年2月。
⑤ 达夫（郁达夫）：《大众文艺释名》，《大众文艺》第1卷第1期，1928年9月20日。
⑥ 《大众文艺》于1928年9月在上海创刊，由郁达夫、夏莱蒂等主编，至第1卷第6期后停刊，同年11月由陶晶孙接任主编，续出第2卷第1期，1930年6月停刊。

子》诸文，普通民众很难理解与接受。

1930年3月2日，在中国左翼作家联盟（以下简称"左联"）成立大会上，为统一"普罗文艺"运动，成立了"文艺大众化研究会"[1]，号召作家们通过学习民歌、小调、鼓词、评书等群众喜爱的传统艺术形式来创作有革命内容的新作品。[2] 国民党为了应对"左联"提出的"文艺大众化"，迅速发布《民族主义文艺运动宣言》（以下简称《宣言》）。《宣言》提出要树立"民族主义文艺的中心意识"，并认为"中国文艺底危机"是由于"多型的对于文艺底见解"。[3] 他们企图以民族主义复兴运动收揽人心。"左联"亦不甘示弱，于1931年11月发布《中国无产阶级革命文学的新任务》，强调中国无产阶级革命文学面临的第一个重大的问题，就是"文学的大众化"；具体工作开展计划为："组织工农兵贫民通信员运动、壁报运动，组织工农兵大众的文艺研究会读书班，等等。使广大工农劳苦群众成为无产阶级革命文学的主要读者和拥护者，并且从中产生无产阶级革命的作家及指导者。"[4] 此外，"实行作品和批评的大众化"及"文学者生活的大众化"也尤为重要，文学必须以"属于大众，为大众所理解，所爱好"（列宁语）为原则，且需要批判地采用"中国本有的大众文学、西欧的报告文学、宣传艺术、大众朗读诗"。[5] 1932年，"左联"重启了对"文艺大众化问题"的讨论。[6] 经过争论及具体的文学实践，学人们逐渐认识到民间传说、故事、地方戏曲等民间文艺恰恰是"大众文艺"中最能体现民众生活情调的承载物。[7] 凌鹤（石凌鹤）在《漫

---

[1] 徐重庆：《"左联"大会上通过成立的研究会》，《新文学史料》1979年第5期。
[2] 郑伯奇：《左联回忆散记》，《新文学史料》1982年第1期。
[3]《民族主义文艺运动宣言（未完）》，《前锋周报》1930年第2期；《民族主义文艺运动宣言（续）》，《前锋周报》1930年第3期。
[4]《中国无产阶级革命文学的新任务》，《文学导报》1931年第8期。
[5]《中国无产阶级革命文学的新任务》，《文学导报》1931年第8期。
[6] 如秋汛、耕寒：《对于"文艺大众化"的意见》，《绿天》1932年第1期；寒生：《文艺大众化与大众文艺》，《北斗》1932年第3—4期；容轩：《文艺大众化的两个前提》，《益文月刊》1933年第5期等。
[7] 如丙东：《梁山伯与祝英台的传说》，《苧江民众》1937年第1期；云：《大所张公（民间传说）》，《苧江民众》1937年第2期；非谷：《民间传说：古郡王公》，《苧江民众》1937年第5期等。

谈蹦蹦戏和四川戏》一文中谈道，虽然"流行"到上海的蹦蹦戏①已然减轻了它的"泼野"以适合绅士之流的口味，且增加了许多都市人所熟悉的庸俗的噱头，但它仍旧因其"民间"的表达而显得可爱。细查其流行之盛的原因，当在其取材能够以民众为中心，意识和形式上都能符合通俗化的原则。②

为了遏制"文艺大众化运动"的发展，国民党于1932年8月25日第四届中央执行委员会第三十五次常务会议通过了《通俗文艺运动计划》（以下简称《计划》）。③《计划》提出"通俗文艺"的概念，将它界定为中国流行的"民间之传奇演义歌谣曲调之类"。《计划》强调要通过"通俗文艺运动"使民众意识有一种正确的倾向，而不致被"左联"的"大众文艺"引诱到"他们的阶级斗争的路上"。《计划》从内容上将"通俗文艺"分为"都市通俗文艺"与"农村通俗文艺"；从形式上则分为"文学类"与"图画类"。其中"文学类"又包括"小说、话剧、剧词、书词、歌词、小曲、歌谣及其他新体等八种"。《计划》明确指出，"通俗文艺"的体裁，"除创造民众易于了解的新形式外，亦可采用旧形式之优点"。如《鲁南大胜》运用鼓词的形式宣传士兵的勇猛，以激发民众的爱国热情④；《八仙捉妖》将民间耳熟能详的八仙传说与抗击日寇的现实问题相互融合，全文由"劝人修仙"与"工作报告"两部分组成，读起来诙谐幽默，希冀其有激荡人心之功效。⑤出版物的样式也模仿旧式鼓词、唱本等，如通俗读物编刊社最初出版的十余种大鼓词《宋哲元大战喜峰口》《胡阿毛开车入黄浦》《义军女将姚瑞芳》《二十九军男儿汉》《李晓英爱国从军小段》《醒醒醒》《汉奸报》等的封皮、纸张、装订，"都是拟仿'打磨厂'……几家书店所印书籍的式样"。⑥除了体裁与式样，通俗文艺的语言也引起关注，何鹏认为语言"一方面是建设的问题，一方面也是'扬弃'

---

① 蹦蹦戏在上海历史并不悠久，但很轰动。全盛时期，爱好戏剧的人几乎都以蹦蹦戏为谈资，甚至有许多文人专事研讨，见《蹦蹦戏在上海的盛衰观》，《上海生活》1937年第5期。
② 凌鹤（石凌鹤）：《漫谈蹦蹦戏和四川戏》，《新认识》创刊号，1936年9月5日。
③《通俗文艺运动计划——二十一年八月二十五日第四届中央执行委员会第三十五次常务会议通过》，《中央党务月刊》第49期，1932年8月。
④ 老向：《鲁南大胜》，《宇宙风》第68期，1938年5月16日。
⑤ 何容：《八仙捉妖（通俗文艺）》，《抗战文艺》1940年第2期。
⑥ 郑振铎：《大众文学与为大众的文学》，《文学季刊》1934年第1期。

的工作"，提倡积极认识"语言的革命性"。① 向林冰在《通俗文艺的语汇问题》一文中提出了"编纂一部通俗文艺词典"的设想，其编纂标准如下：

> 第一，广搜各地方旧有与新生的歌谣、谚语、歇后语、乡土戏及民间读物，批判地提炼其语汇，评释其意思与音韵、类别其性质；在编排上依古书的十三道辑纂订其次序，以利韵文写作，书后附以分类表以便检查。第二，现阶段一般文盲大众所应有而可能理解的近代性的变革的新语汇，亦应依上述方法编入。第三，民间的封建性语汇、宗教迷信语汇等表现落后意识反动心理者，亦应一并编入，不可淘汰；以便在创作中铸造思想斗争的对象。②

从上述大众文艺和通俗文艺的表述中，我们看到双方都注重民间文学，希望利用民间文学形式发动大众，但对于"大众"的态度不同，其理论归属、历史意义更是截然不同，不可混同视之。左翼知识分子构建的"大众文学"的形态并未止步于"发现"民众抑或越俎代庖，反对用"民族主义"的立场代替阶级的立场，而是将民众作为历史主体。在这一文艺实践中，中国共产党进一步深化了"到民间去"运动中所提倡的文艺思想，同时将歌谣运动所提倡的民间文学"文艺的"和"学术的"目的融为一体，既注重民间文学对于文学的意义，也关注民间文学的民俗学价值。但我们也看到，这一时期的民间文学除了继续搜集在民众中流传的文本外，还涵括了作家基于民间文学的创作及作家指导下民间艺人结合传统文本的新创编。③ 民间文学被视为"普罗文学""无产阶级文学"，如李素英

---

① 何鹏：《建设通俗文艺的"技术武装"——通俗文艺诸问题之一》，《文化动员》1939 年第 1 期。
② 向林冰：《通俗文艺的语汇问题》，《学习》创刊号，1939 年 9 月 16 日。
③ 这有点类似于弗里（John Miles Foley）、航柯（Lauri Honko）所论述的民间文学文本，包括口头文本或口传文本、源于口头的文本、以传统为取向的文本。John Miles Foley, *How to Read an Oral Poem*, University of Illinois Press, 2002, pp.39—53; Lauri Honko, "Textualising the Siri Epic," in *FF Communications,* No. 264, Suomalainen Tiedeakatemia（Academia Scientiarum Fennica），1998, p.37. 相关研究朝戈金等已有较全面的论述。朝戈金：《口头诗学的文本观》，《文学评论》2022 年第 3 期。

在《中国近世歌谣研究》中所言：

> 现在的文坛正在盛倡无产阶级文学，一切皆以民众为出发点，整天嚷嚷的，好不热闹！但是现在的所谓"普罗文学"，是一般文人学士们坐在旋椅上、沙发上，在窗明几净的环境里写成的……若说这一类的作品就是大众文艺，认为真是民众的文学，就未免错误了。①

真正的"普罗文学"，应该是民间文学，它是了解民众生活的重要场域。当然这一文艺理念的实践经历了漫长的过程，可以说在新中国成立初期才真正落实。不过，无论是文学大众化还是通俗文艺运动，从其表述中都可以看到建构现代民族国家文艺样式的指向。②

三、延安文艺运动与"新的人民文艺"

20世纪30年代中后期，由于战争的影响与地域的区隔，"文化的中心地失去了，然而真正向上的文化却普遍地在全国生长起来"。③知识分子所面对的不再是大都市的以文字为传播媒介的群体，而是不识字的与西方文化基本隔绝的大后方民众，文艺发展的关键成为如何处理"大众"与"农村"的问题。从1936年中国左翼文坛爆发"两个口号"的论争到毛泽东提出"中国作风""中国气派"，提倡利用"民族形式"；"大众"这一飘浮不定的主体逐渐从"工农大众"向"人民大众"游移。④

在1938年"七一——七七 中共十七周年与抗战一周年的伟大纪念节"中，《流寇队长》《农村曲》和《松花江》连续公演了半个月，观众累计达四万余人。

---

① 李素英：《中国近世歌谣研究》，燕京大学硕士学位论文，1936年，第141—142页。
② 汪晖、贺桂梅、毛尖：《民族形式与革命的"文明"论》，《文艺理论与批评》2021年第2期。
③ 艾思奇：《抗战文艺的动向》，《文艺战线》创刊号，1939年2月16日。
④ 齐晓红：《20世纪30年代左翼文艺及其衍生性问题——以"大众"的讨论为中心》，《中国文学批评》2020年第4期。

其中,《松花江》由旧剧《打渔杀家》改编,内容是描写东北松花江上渔民因不甘受日寇汉奸的欺压而奋起反抗,"在形式上灵活地接受了旧剧传统而加以某些扬弃"。朱可夫分析延安文艺取得这种"进步"的原因,在于延安的"自由""民主""集体合作的精神和作风""大众"方向及鲁迅艺术学院的创办。① 周而复在《延安的文艺》一文中亦谈到延安文艺的"全民性",并提到边区的墙报和油印刊物"特别发达",如《挺进》《路》《西北文艺》《战歌》《战地》《动员》《山脉文学》《文艺突击》等刊物,"抗大三大队也有《民歌》墙报,已出了好几期,是抗大学员所组织的,由民歌社出版,此外还有临时出刊的特刊和边区中学等地方所出刊的更不可以计算和详述了"。② "墙头诗"作为延安文艺创作的"新形式"取得了初步成功,"它有时仿佛近似标语,然而不是标语,它比标语具体,文字比标语动人,因为它也还是诗",如高敏夫的《新山歌》、何有之的《抗战》、田间的《假使敌人来进攻边区》等。这些诗只要一上墙,就会吸引许多人去看去读,"还有些年老的靠近墙去眼巴巴地细看,细读"。③ "诗歌在延安已不是躲在象牙之塔里的诗人的专利品了,而深入到广大的群众中去:为民众而歌,为抗战而歌,为祖国而歌。"④ 这些为群众文艺活动的开展奠定了基础,"过剩的理论争论是看不见了,但我们却看见了实际的运动"。群众文艺活动,不只表现在作家走向群众,更重要的是"群众自己的创作活动的开展"。⑤ 如延安的群众文艺创作活动"二万五千里""五月在延安""我怎样来陕北""牢狱三千六百日"等。

从"五四"新文学运动到 20 世纪 30 年代的左翼文艺运动,"民族的""大众的""现实的"文学精神一脉相承,但如何走向大众,一直是关键与瓶颈。艾思奇在《抗战文艺的动向》一文中表示,今后的文艺是尽量走向大众的。这一个大众,不是一个抽象的名词,而是不同阶级的人民结合成的具体的大众。延安文艺恰是沿着大众文艺的路径发展,"这样的文艺,它在内容上是把'五四'时代文

---

① 可夫(朱可夫):《延安在文艺上的进步》,《解放》第 47 期,1938 年 8 月 1 日。
② 周而复:《延安的文艺》,《文艺阵地》1939 年第 9 期。
③ 周而复:《延安的文艺》,《文艺阵地》1939 年第 9 期。
④ 周而复:《延安的文艺》,《文艺阵地》1939 年第 9 期。
⑤ 艾思奇:《抗战文艺的动向》,《文艺战线》创刊号,1939 年 2 月 16 日。

学革命最初的重要任务继承下来……它同时又是经过了一个中间的发展阶段的继承",这个中间的发展阶段指的是左翼文艺运动。①延安文艺不能再是纯然地展现革命生活及战争的文艺,而应是逐渐走向大众而被大众所接受的文艺。同时,它在抗击日本侵略战争中不单是作为文艺,而且也是教育民众、推广政治思想的工具。

1938年10月,毛泽东在《中国共产党在民族战争中的地位》中谈到"中国老百姓所喜闻乐见的中国作风与中国气派",提倡利用"民族形式"。②1940年,他在陕甘宁边区文化协会第一次代表大会发表《论新民主主义的文化与新民主主义的政治》的讲演,提出"新民主主义文化"是"民族的科学的大众的文化",确立了新民主主义国家的文化蓝图。③1942年,《讲话》发表后,"文艺为人民"成为解放区权威性的文艺观念,民间文艺的文学特性也向"人民性"靠拢;并且只有充分运用民间的文学艺术形式,才能使新文艺扩布到工农群众。④最初对民间文艺的运用,更多停留在"旧瓶装新酒"的阶段,如柯仲平带领民众剧团在农村演出《小放牛》等,但毛泽东提出,注重"文学和艺术为群众服务",不能总停留在普及阶段,需要在普及基础上提高。⑤于是对于"旧瓶装新酒"的创作方式,延安的文艺工作者在既有基础上进行了拓展。一种是完全依照旧形式,一点不改动地把新内容填进去;另一种是对"旧瓶"进行修改,使其适合新内容;再一种是融合各种旧形式的新内容,而不呆板地利用任何形式,大体上算是创造一个"新的东西"。这个创造出来的"新的东西",就是利用旧形式,把握中国传统的精神和手法的"新文艺"。最后一种在延安文艺中逐步发展并兴盛起来,新年

---

① 艾思奇:《抗战文艺的动向》,《文艺战线》1939第1期。
② 毛泽东:《中国共产党在民族战争中的地位》,《毛泽东选集》第二卷,人民出版社,1991年,第534页。
③ 毛泽东:《新民主主义论》,《毛泽东选集》第二卷,人民出版社,1991年,第706—708页。
④ 杜埃:《人民文艺浅说》,中南新华书店,1950年,第27页。
⑤ 毛泽东:《在延安文艺座谈会上的讲话》,《解放日报》1943年10月19日。最初是1942年5月毛泽东在座谈会上口头发言时的速记稿,1943年在《解放日报》第一次公开发表;1953年毛泽东进行修订,编入《毛泽东选集》第三卷;1991年编选时做了修订,如此形成三个版本。参见尹奇岭:《〈在延安文艺座谈会上的讲话〉三个版本比较》,《毛泽东思想研究》2009年第2期。

画就是典型个案。创作者充分了解旧年画的创作特点,即"富于装饰趣味","色彩丰富明快,对照强烈","线条简练单纯化"等,旨在"取人之长化为己有",对题材、艺术风格进行改变,不过这种改变并不能完全遵照创作者的艺术想象,而是要考虑民众的审美与接受程度。如他们在进行了很多题材的尝试后,发现老百姓能接受的是最能引起"愉快和幸福的感情以及他们所向往的美好的生活"的题材,而一些革命题材如描绘抬伤兵的《拥军图》等并不受欢迎。这也使创作者意识到"年画虽然和一般宣传画一样",但"它张贴的场域(室内)和时间(年节)"在民众生活中有特殊意义。另外,新年画一改旧年画的风格,其"情节重于色彩",当然在内容上"尊重老百姓的风习",有"骚情"成分的一律不采用,如年画《兄妹开荒》就引发了民众"哥哥向妹妹骚情"的批评。新年画的创作者还意识到"神像"格式的利用,"仅在不引起迷信观念和多少能表达些新的内容的情形",否则会适得其反,像套用灶神的《全家福》,老百姓就很不满意,他们认为"政府可想扎了,把灶爷也围上白头巾要他参加生产"。《定生产计划》中的劳动英雄则被一些百姓错认作财神爷,引发了"是不是老百姓供奉吴满有"的议论。①新年画的艺术实践让我们看到:文艺创作者借用民间文艺形式,实现了将新文艺扩布到民众的理想,同时逐步形成了以"人民"为中心、"文艺为人民"的观念;民间文学在对"革命理念(共产主义设想)不断回应的过程"中②,成为文学接驳国家话语的重要场域,并影响着"1949年后中国的政治、经济和思想文化的发展"。③

1949年7月召开的中华全国文学艺术工作者第一次代表大会,是"新的人民的文艺"的预演④,开启了在文学领域重塑"社会主义新中国""社会主义人民"

---

① 鲁美:《年画的内容与形式》,《北方杂志》1946年第6期。
② 蔡翔:《革命/叙述:中国社会主义文学—文化想象(1949—1966)》(第2版),北京大学出版社,2010年,第12页。
③ 高华:《革命年代》,广东人民出版社,2010年,第206页。
④ 周扬:《新的人民的文艺——在中华全国文学艺术工作者代表大会上关于解放区文艺运动的报告》,《人民文学》1949年第1期。

的旅程。① 在大会通过的《中华全国文学艺术界联合会章程》中民间文学占据重要位置②，但"神话传说、民间故事、古典说部"等民间文学资源又"往往脐连着'封建''迷信'等旧文化标签，并非全然契合'人民文学'的要求，其所携带的忠孝节义的儒家伦理精神和智勇侠义的英雄想象是一种暧昧的质素"，都需要进行改造。③ 这就要求必须从政治体制与意识形态领域重构民间文学，突出其"人民性"。1950 年 3 月 29 日，中国民间文艺研究会成立，专事民间文艺的搜集、整理及研究。这一机构设置背后隐含了党和文艺界领导对于新中国文艺主体及内涵的定位，也彰显了他们对新的民族国家文艺样式的诠释。这一时期的民间文学的重构及其研究影响着社会主义国家新的文学样式及文学特性——人民性的凝铸。④

19 世纪、20 世纪之交，知识分子意识到民间文学天然蕴含着"革命性"因素，期冀在其中探寻重塑现代国民的文化资源。在"到民间去"运动中，民间文学的革命意蕴被激活，其价值超出文学阈限，而成为了解民众、动员民众的重要路径。在文艺大众化运动及通俗文艺运动中，民间文学进一步呈现出驳杂、丰富的特质。到了延安时期，民间文学经历了从文学革命到革命文学、从大众文学到人民文学的转变。

新中国成立初期，民间文学以其独特的"人民性"成为"新的人民文学"构建的重要领域，在社会主义国家文化建设中发挥了重要作用。这一时期，民间文学在抽象政治理念和具体现实处境之间起到"上下协调"的作用，其底层、边缘性亦被改变，开始进入公共领域，成为国家话语的文化资源；同时也形成了具有中国本土特色的民间文艺样态与文化特性，成为中国民间文学发展的重要思想资源。

---

① 李晓峰：《新中国七十年少数民族文学：在全面发展中走向辉煌》，《文艺报》2019 年 9 月 6 日。
② 在《中华全国文学艺术界联合会章程》中并未提及民间文学，所列为群众文艺活动，但相应工作及研究后来主要由中国民间文艺研究会（1986 年改称"中国民间文艺家协会"）和民间文艺研究者完成。
③ 布莉莉：《〈新民晚报〉"晚会"副刊与通俗文艺传统》，《当代文坛》2017 年第 5 期。
④ 毛巧晖：《从解放区文艺到人民文艺：1942 年—1966 年革命民间文艺对人民性的凝铸》，杨江浩主编：《华中学术》第 30 辑，华中师范大学出版社，2020 年，第 215—225 页。

第三节　人民性的凝铸

"革命话语曾经长期统治现代中国并渗透到百姓的日常生活"。①"革命"一词在中国古已有之，《说文解字》："兽皮治去其毛曰革"，命则谓"天命""生命""命运"等；革命合用则源自《易经》："天地革而四时成，汤武革命，顺乎天而应乎人，革之时大矣哉！"②但到了现代中国，"革命"一词由日语译入，其词源自英语 revolution。"日人今语及庆应、明治之交、无不指为革命时代；语及尊王讨幕、废藩置县诸举动，无不指为革命事业；语及藤田东湖、吉田松阴、西乡南洲诸先辈，无不指为革命人物。"③此处梁启超对于革命的使用，其意涵已经历了英语、日语、汉语之间的转换，带有强烈的"日本色彩"，希冀以"和平的方式完成政治现代化"。④之后，梁启超所提倡的"诗界革命"，则进一步将"革命"推向广义，脱离了中国传统的"改朝换代""政治暴力"之意。当然后来革命逐渐趋向于"暴力革命"之意，"革命是暴动，是一个阶级推翻另一个阶级的暴烈的行动"⑤，而且其政治色彩发生转换。在中国现代文学的发展中，亦经历了从文学革命到革命文学再到普罗大众文学的历程，直到20世纪30年代后期兴起"民族形式论争"，那一时期文艺界面临从都市到乡村流动后，如何面对"民众""农村"的问题。正如周扬所说："战争给予新文艺的重要影响之一，是使进步的文艺和落后的农村进一步地接触了，文艺人和广大民众，特别是和农民进一步地接触了……广大农村与无数小市镇几乎成了新文艺现在唯一的环境。"⑥这与

---

① 陈建华：《"革命"的现代性：中国革命话语考论》，上海古籍出版社，2000年，第1页。
② 王弼编著，韩康伯注，孔颖达正义：《周易正义》，中国致公出版社，2009年，第198页。
③ 中国之新民（梁启超）：《释革》，《新民丛报》第22号（1902年11月）。标点为引者所加。
④ 陈建华：《"革命"的现代性：中国革命话语考论》，上海古籍出版社，2000年，第9页。
⑤ 毛泽东：《湖南农民运动考察报告》，《毛泽东选集》第一卷，人民出版社，1991年，第17页。
⑥ 周扬：《对旧形式利用在文学上的一个看法专论》，《中国文化》创刊号，1940年2月15日。

文学革命"自当从'民间文学'（folklore, popular poetry, spoken language, etc）入手"①不同，也与1919年兴起的"到民间去"不同。文艺与阶级性的问题，转换为"民族形式"与"地方形式"的关系，现代"民族—国家"的建立就是中国各个民族和各地共同构建并完成文化的同一性，而文学及其形式成为形成"民族"认同和进行"民族"动员的重要方式。②但这一文学形式不是现成的，而是民间形式、地方形式、多数或少数民族形式等共同整合构建的"新形式"，即"新文艺"。1942年，《讲话》发表后，文艺、地域、民族在"革命民间文艺"领域逐渐交融。

一、"文艺为人民"话语与革命民间文艺

解放区文艺研究中，1942年延安文艺座谈会是重要分水岭，之后解放区掀起了革命文艺运动的高潮。

> 当时的革命文艺运动给人们留下的值得留恋和向往的记忆，是永久难忘的。在这些难以忘却的回忆中，谁也不能摆脱或无视民间文艺的强大魅力。无论是文艺评论家还是文学史家，都不应该忽视这段历史，也不能离开民间文艺而谈革命文艺的发展和产生。③

与20世纪初兴起的民间文艺研究不同，这一时期的民间文艺在"文艺为人民"的话语中呈现了新的样态。

《讲话》最初是1942年5月毛泽东在座谈会上口头发言时的速记稿，1943年10月在《解放日报》第一次公开发表，被称为"四三年版本"，1953年毛泽东进行了修订，将其编入《毛泽东选集》第三卷，在这个过程中，毛泽东对《讲

---

① 胡适：《逼上梁山——文学革命的开始》，《东方杂志》第31卷第1号，1934年1月1日。
② 汪晖：《地方形式、方言土语与抗日战争时期的"民族形式"的论争》，《汪晖自选集》，广西师范大学出版社，1997年，第343页。
③ 贾芝主编：《延安文艺丛书·第十五卷·民间文艺卷》，湖南文艺出版社，1988年，前言第1页。

话》的一些论点和文字，做了两次较大修改，形成了《讲话》的不同版本。《讲话》中，没有直接提到"民间文学"，但正如他在《讲话》中所说，"从实际出发，不是从定义出发。"①《讲话》中提到的"萌芽状态的文艺"（墙报、壁画、民歌、民间故事等）、"原始形态的文学""较低级的群众的文学和群众艺术"②"群众的言语""较低级的文艺"等，其所指都是民间文艺。但是这些又与之前的民间文艺不同。现代民间文学运动，主要"局限在少数知识分子精英中，对现实生活中的民众并没有发生多少实质性影响"。1937年，艾思奇就指出，"五四"新文化运动仅有片段零碎的成绩，也只是保存在少数人手里，没有达到普遍化、大众化的地步，旧启蒙运动没有努力在广泛的民众中建立新文化，也没有在政治经济方面获得稳定的基础，所以需要一个新启蒙运动。③1942年以后，"文艺为人民"话语确立为解放区具有权威性的文学观念，民间文艺被纳入新的话语体系，并且衔接顺畅。一来因为民间文艺与"民众""民间"的天然联结，只是这一时期"民众"和"民间"具体化为"工农兵"。二来则是民间文艺与革命的结合。从"到民间去"运动开始，中国共产党早期领导人李大钊、瞿秋白等就利用民间文艺发动群众，在苏区文艺中，民间文艺也表现出其独特的革命性以及在民众中的影响力。在农民运动讲习所，曾设置"革命歌"（黄焯华讲授）、"革命画"（李一纯讲授）等课程，在"实际的农民问题研究"部分，第35项列了"民歌"④，在讲习所中，"民歌"作为了解农民问题的主要内容。1942年以后，民间文艺的第一要义不是文学语言、文学形式，其首先成为政治呈现，即民间文艺与党建理论的结合，"我们的文学艺术都是为人民大众的，首先是为工农兵的，为工农兵而创作，为工农兵所利用的"，"我们的专门家，应该注意民间的歌唱"。⑤延安时期对于民间文艺，如民歌、秧歌、说书等的搜集、采录取得丰富成果，但其目的与

---

① 毛泽东：《在延安文艺座谈会上的讲话》，《解放日报》1943年10月19日。
② 毛泽东：《在延安文艺座谈会上的讲话》，《解放日报》1943年10月19日。
③ 艾思奇：《什么是新启蒙运动》，丁守和主编：《中国近代启蒙思潮》（下），社会科学文献出版社，1999年，第171—172页。
④《第六届农民运动讲习所办理经过》，《中国农民》1926年第9期。
⑤ 毛泽东：《在延安文艺座谈会上的讲话》，《解放日报》1943年10月19日。

歌谣运动所提倡的"学术的"和"文艺的"不同①，而是"我们并不把民间音乐当作我们的中心源泉，而是要使我们能够控制它发展它"。②《陕北民歌选》除传统民歌外，编选了"刘志丹"专辑，包括革命民歌24首，新内容的信天游46首，大多数是土地革命时期的新民歌；"骑白马"（共13首），主要是反映抗战和边区建设的，其中也有对于国民党反动派的揭露和诅咒。其编选目的为：

> 我们编辑这个选集，不是单纯为了提供一些民俗学和民间文学的研究资料，而且希望它同时可以作为一种文艺上的辅助读物。因此，入选的民歌，便要求在思想性和艺术性上都有可取之处，方为合格。③

1942年以后，秧歌成为向民众宣传革命的重要文艺形式，但它又与传统秧歌不同，不带有任何宗教意义，当时群众给新的秧歌取名叫"斗争秧歌"。在其他根据地也是如此，赵树理和靳典谟在《秧歌剧本评选小结》中对太行地区的275个剧本的总结为："从内容上看来，与实际结合是一个共同的优点，其中又分为反映战争的二十三题，生产四十七题，拥军、优抗、参军六十三题，文武学习、民主、减租、度荒、打蝗、提倡卫生、反对迷信的有七十六题，介绍时事、传达任务是三十九题，而歌颂自己所爱戴的英雄人物竟多至二十五题。"④新秧歌构建了一个新的"民间文艺"世界。正如迪尔凯姆（E. Durkheim）所言："深厚的社会凝聚感缘此而生，民族主义精英、知识分子和政治家，利用旗帜、游行、大会一类的仪式和符号，来解决把异己人口整合于社会的问题，培养他们的国民国家的认同感。"⑤秧歌一改以往对民间生活的"隐喻""象征"，成为解放区民

---

①《发刊词》，《歌谣》周刊第1号，1922年12月17日。
②1958年12月中国音协理论创作委员会编印吕骥在延安鲁艺讲课时学生的课堂笔记《新音乐运动》（油印稿）。转引自萧梅：《从"民歌研究会"到"中国民间音乐研究会"——延安民间音乐的采集、整理和研究》，《音乐研究》2004年第3期。
③《关于编辑"陕北民歌选"的几点说明》，鲁迅文艺学院编：《陕北民歌选》，光华书店，1948年，第1页。
④赵树理、靳典谟：《秧歌剧本评选小结》，董大中主编：《赵树理全集》第4卷，北岳文艺出版社，2018年，第180页。
⑤转引自纳日碧力戈：《现代背景下的族群建构》，云南教育出版社，2000年，第189页。

间生活的呈现与想象，其内容以"生产劳动""政治生活""家庭关系""军民关系"为主。此外就是文艺工作者与民间说书人合作对传统说书进行改造，同时也逐步将说书艺人塑造为人民艺术家。详细的论述在本书第二章第二节，在此不再赘述。

  从1942年以后解放区民歌、秧歌、说书的新发展以及赵树理、李季结合民间文艺所进行的文学创作，我们看到了在民间文艺领域嵌入"文艺为人民"话语后的新样态，其围绕"革命"的核心，渐趋汇聚为"革命民间文艺"，在其特性上，则逐步凸显了"人民性"，被整合为"人民文艺"的一部分，如杜埃撰写的《人民文艺浅说》一书就包含"群众语言的运用问题""民间艺术形式的运用""文学遗产的吸收问题""工农作家的培养问题"等，此著为新中国成立前夕新民主出版社所组织的丛书中的一本，丛书的编辑思想为："希望作者能写得通俗一些，因为这丛书的主要对象是工农干部和知识青年。"[①] 书后另附了"中央文艺奖金得奖作品"，一等奖7篇，包括剧本《白毛女》《血泪仇》《兄妹开荒》《逼上梁山》《把眼光放远点》，小说《李有才板话》，诗《王贵与李香香》。二等奖28篇，包括剧本《李国瑞》《三打祝家庄》《周子山》等9部，小说《晴天》等9篇，通讯《碉堡线上》等7篇，诗《死不着》，说书《张玉兰参加选举会》。从得奖作品亦可看出当时"人民文艺"的构架，而且民间文艺与作家文艺之间并无区隔，革命民间文艺成为人民文艺的重要部分。《人民文艺浅说》虽是一本通俗的小册子，但作者撰写完成后邵荃麟、林默涵、周钢鸣、廖沫沙、华嘉等进行了审阅、修订及补充，可见其具有一定的权威性，同时又是作为知识普及，从中可看到在"文艺为人民"话语架构下，革命民间文艺逐步成为人民文艺的重要组成部分，这一理念在1949年以后推广到全国范围。

二、人民口头创作：人民性与口头性的交融

  民间文学不仅是一种文学现象，还是民众生活本身，即由参与者的亲身经历

[①] 杜埃：《人民文艺浅说》，中南新华书店，1950年，第53页。

而表现出来的真实生活①，但是作家文学则不同。《讲话》对作家文学提出了新的要求，而作家也从这一层面积极响应。"在这里，我们强调地主张写作和生活统一的重要性……我们要求一个作家同时就是一个工人、一个农夫或一个战士，在可能的范围内，我们希望文学和劳动再统一起来，融合起来。我们反对把写作看成特殊工作的倾向，它应该和一切生产部门结合起来叫生产决定着创作，叫创作润泽着生产，一个作家除去他会运用笔杆以外，他还应该运用步枪、手榴弹、锄头或木做的锯斧。"②新中国成立后，首要任务就是使得全国范围内迅速认可新的社会主义国家政权，除了政治制度的推行外，文学艺术是一个重要推手。延安时期，文艺领域逐步形成了"文艺为人民"的新的话语体系，1949年以后革命民间文学成为社会主义新中国文学话语构建的接驳场域与动力源。

在中华全国文学艺术工作者第一次代表大会上，周扬代表解放区做了《新的人民的文艺》的发言，他指出"解放区的文艺是真正新的人民的文艺"③，在今后的文艺工作中必须坚持文艺为人民服务首先是为工农兵服务的精神以及新文艺的方向，就是《讲话》所规定的"人民的"方向。他对于文学的核心理念的表述很清晰，文学领域首先要树立与建构新的人民文学，延安时期的经验已经证明民间文艺在新话语体系中有其特殊性与优越性。什么是新的人民的文艺、民间文学与人民文艺的关系等成为讨论的重要话题。

1950年4月，上海北新书局率先出版了蒋祖怡《中国人民文学史》一书。该书认为：中国社会有两种对立着的文学——"人民的文学"与正统的"廊庙文学"④；其中"人民的文学"的特质为口语的、集体创作的、勇于接受新东西、新鲜活泼而又粗俗浑朴，这四性很显然来自郑振铎的《中国俗文学史》中关于俗文学六个特征的概括。郑振铎在《中国俗文学史》中指出俗文学的特征为：第一

---

① [英]维克多·特纳：《仪式过程：结构与反结构·序》，黄剑波、柳博赟译，中国人民大学出版社，2006年，第5页。
② 孙犁：《现实主义文学论》，胡采主编：《中国解放区文学书系：文学运动·理论编（二）》，重庆出版社，1992年，第1276页。
③ 周扬：《新的人民的文艺》，《周扬文集》第1卷，人民文学出版社，1984年，第513页。
④ 蒋祖怡：《中国人民文学史》，北新书局，1950年，第4页。

是"大众的";第二是"无名的集体的创作";第三是"口传的";第四是"新鲜的,但是粗鄙的";第五是"其想象力往往是很奔放的……但也有种种的坏处";第六是"勇于引进新的东西"。① 这样的阐释使得劳动人民的口语文学也就是民间文艺列入中国文学的主流或正宗。赵景深在该书"序言"中称赞它"是以辩证唯物的观点,来叙述中国人民文学源流的尝试","是以马列主义为观点,以经济制度和社会生活来解释若干文学史上的问题的",肯定了它"引用了马克思、恩格斯、高尔基、鲁迅、毛泽东、闻一多、郭沫若等人的说法,正是要打通古今文学的道路,鉴往知来,让我们知道今后应该走人民文学的方向……比较切合于人民性的"。② 赵景深认为应该"有一个'新的民间文学运动'。"他更重视"指导青年们写作民间文艺,所以特别注重民间文艺的内容和技巧(包括音韵)之谈论"。③但是他们的言论迅速遭到了文学界的批评。1951 年 6 月的《文艺报》,发表了于彤评论赵景深《民间文学概论》的文章,批评他对"由民间文学加工而成的作品的意义估计不足"。④ 8 月,《学习》杂志发表了蔡仪的《评〈中国人民文学史〉》一文,他认为《中国人民文学史》一书的著者和作序者虽在书里引用了马克思、恩格斯、列宁的话,却不真正懂得马克思主义,因此,作者也不懂得什么才真正叫作"人民文学"。蔡仪指出,蒋祖怡在书中总结的所谓人民文学的那四个特点,"既没有说到文学的思想内容,也没有表现出中国文学的优良传统的特色",只是表现了"一种极端庸俗的形式主义观点",是把一般所谓的"民间文学"当成了"人民文学"。由于这种形式主义的观点,所以连"杜甫这样的大诗人,在这本书中仅仅是偶然地提到了他的名字",这是"胡适的《白话文学史》一流的变种"。强调人民文学并不等于民间文学。从这个辩证的过程中,可以看到新中国成立后,文学领域的格局处于重构中。民间文学由于在革命时期的功勋使得其在新的格局构建中位置特殊。这时的民间文学思想沿承延安时期新民主主义文学思想,

---

① 郑振铎:《中国俗文学史》,商务印书馆,1938 年,第 4—6 页。
② 赵景深:《序》,蒋祖怡:《中国人民文学史》,北新书局,1950 年,第 1—3 页。
③ 赵景深:《民间文艺概论》,北新书局,1950 年,第 3—4 页。
④ 于彤:《评〈民间文学概论〉》,《文艺报》1951 年第 4 期。

现代民族国家需要用新的意识形态改造和整理民间文学（最典型的就是戏曲），引导大众的审美趣味，规范人们对历史、现实的想象方式，再造民众的社会生活秩序和伦理道德观念，从而塑造出新时代的主体，即人民。

国家文学领导机构的设置与变动也可看到这一情形。新中国成立之初，通俗文艺受到极大重视。1949 年 10 月 15 日，北京市大众文艺创作研究会成立，其主体精神承继了太行山根据地通俗文化研究会的理念与思想。赵树理在成立大会上指出："我们想组织起这样一个会来发动大家创作，利用或改造旧形式，来表达一些新内容也好，完全创作大众需要的新作品也好，把这些作品打入天桥去，就可以深入到群众中去。"他也认为这是新中国的文艺界的主流，正如他本人所说："如果说还用'文坛'两个字的话，将来的文坛在这里！"[1]1949 年 12 月 22 日，通俗文艺组的贾芝等向周扬请示，拟设民间文艺研究会专事各种形式的民间文艺的搜集整理。1950 年 3 月 29 日，中国民间文艺研究会成立。"已经有了中国文联，周扬同志又成立了中国民间文艺研究会，不是成立了第二文联了吗？"[2]但这一机构设置的背后隐含了文艺界以及领导阶层对于新中国文艺主体与内涵的理解，也彰显了他们对新的民族国家文艺样式的理解与诠释。这些问题的核心与关键就是新的人民文学与民间文学的关系。无论是作家文学领域还是民间文学领域对此都极为关注，经过学人的讨论[3]，理清了民间文学不能等同于人民文学，但是民间文学在一定意义上影响着社会主义国家新的文学样式以及文学特性——人民性的凝铸。以《民间文学》刊物为中心考察，可以看到民间文艺领域"人民性"话语构建的脉络。

民间文艺本身是劳动人民的创作，钟敬文在中华全国文学艺术工作者第一次代表大会上做了发言。之前，他在《文艺报》组织的学者座谈会上发表了《请多多地注意民间文艺》，他谈到"在这个难得的机会中，我要向诸位代表提出一

---

[1] 贾芝：《我是草根学者》，《新文学史料》2007 年第 2 期。
[2]《贾芝日记·1949 年 12 月 22 日》，毛巧晖：《涵化与归化——论延安时期解放区的"民间文学"》，上海辞书出版社，2006 年，第 144 页。
[3] 毛巧晖：《20 世纪下半叶中国民间文艺学思想史论》，上海文化出版社，2010 年，第 61—64 页。

个热忱的请求,请求大家多多地注意民间文艺(用毛泽东先生的话说,就是'萌芽状态的文艺')!"民众的"生活和心理也没有像压迫阶级所常有的那种空虚、荒唐和颓废。大体上它倒是比较正常,比较合理的。就因为这样,在文艺上反映出来的生活现象和思想感情趣味等,也往往显得真实,显得充沛和健康,不是一般文人创作能够相比……真正劳动人民(大多数是农民)的创作跟小资产阶级的或流氓的知识分子的创作(都市间流行的某些小调、说书、曲本和通俗小说等),在性质和意义上的差别,曾经有多少人注意到呢?"[1]可见民间文艺由于创作者、流传者与作家文艺的不同,契合了马克思主义文艺学"人民文艺"之要求,逐步形成了民间文艺学的显性与核心话语即"人民性"。

"民间文学源头论"是20世纪50—60年代中期文学史的基本理论,在一定时期内出现了"民间文学主流论""民间文学正宗论"的偏执。新中国成立初期,民间文学研究者也努力探析作为文学艺术共性的"人民性"。民间文学研究者特别强调民间文学是人民的口头创作,突出它与人民性的契合,并努力诠释其内涵。1955—1963年,《民间文学》杂志就这一问题刊发过苏联的人民口头创作理论与当时学界的相关研究,其中以克冰(连树声)《关于人民口头创作》的阐述较为详细。他将人民性表述为:"人民口头创作跟广大劳动群众的生活和斗争是紧密而直接地结合着的,是它们的直接反映,是劳动人民的美丽的生活伴侣,是他们的有益的教科书和消除疲劳、增强健康精神的高尚娱乐品,是他们的锋利的斗争武器。所以人民口头创作表现着劳动人民的世界观,表现着他们的道德面貌、劳动和斗争,他们的'憧憬和期望'(列宁语),他们的美学趣味和观点。总之,它以独特的艺术方式反映着劳动人民的外在和内在的生活。这就是人民口头创作的人民性。"[2]他的思想一方面受到苏联的影响,另一方面也与国内文学艺术领域对人民性的探讨直接相关。人民性在20世纪50年代至60年代是人文社会科学中的一个基础性概念。"我们说某某作品是富有人民性的,这应当是一个

---

[1] 钟敬文:《请多多地注意民间文艺》,《文艺报》1949年第13期。
[2] 克冰(连树声):《关于"人民口头创作"》,《民间文学》1957年第5期。

很高的评价。"①人民性成为文学作品艺术性的标准。革命民间文学在人民性上有其独特优势,在具体的民间文学作品审美与批评中也经常使用"人民性"一词。1957年甘肃人民出版社出版的匡扶《民间文学概论》中将人民性作为专章进行阐释,其思路是:从文学的人民性延伸出民间文学的人民性,指出民间文学的研究就是如何认识和发掘作品中的人民性。对这一基本问题的探讨与研究使得民间文学更强调与"人民性"联系密切的"口头性"。

民间文学最显著的特征就是口头性。从20世纪初,研究者就意识到它的这一特性,在学术史上有不同的表述——"口头文学""口语文学""口述的"等等。新中国成立初期蒋祖怡、赵景深以及周扬、郭沫若、老舍等都对此进行了论述,他们侧重不同,有的从语言的民族形式,有的从流动性,有的从"活态"进行阐释,但都是强调民间文学尤其是革命民间文学的独特"人民性"之表现。1954年出版的《苏联口头文学概论》,是当时唯一以口头文学命名的一本专著,它也是当时一本民间文学专业学习的重要参考书。由于这本书只是"苏联中学八年级用的俄罗斯文学教科书中'口头文学概论'部分的翻译",所以它对于口头文学的界定,主要从意义和所包含的内容来阐述,它认为口头文学,"意义就是:人民创作,人民智慧",内容包含"各种各样的故事、传说、勇士歌、童话、歌曲、谚语、俚语、谜语、歌谣"。②可见其也是基于"人民性"的拓展。总之,这一时期,革命民间文艺的特性在人民性与口头性的交融中进一步发展。

新中国成立初期,民间文学除了延安时期的文学经验支撑外,主要就是吸纳与引入苏联的文艺理论。"仅从1949年10月到1958年12月,我国翻译出版的苏联(包括俄国)文学艺术作品3526种,占这个时期翻译出版的外国文学艺术作品总数的65.8%之多;总印数8200.5万册,占整个外国文学译本总印数74.4%之多。"③而民间文学亦如此。新中国成立之初就翻译并引进了《苏联口头文学概

---

① 记哲:《略谈文学的人民性问题》,《山东师范学院学报》1959年第3期。
② [苏联]克拉耶夫斯基:《苏联口头文学概论》,连树声译,东方书店,1954年,第13—14页。
③ 卞之琳、叶水夫、袁可嘉等:《十年来的外国文学翻译和研究工作》,《文学评论》1959年第5期。

论》《苏联人民创作引论》①等大量相关著作与理论,大家普遍认为"苏联的学术界是今天世界学术界的一座灯塔。它用炫目的强光照射着前进的学者们的航路"②。民间文学领域根据苏联的口头文艺创作理论引入关键词与核心理念——"人民口头创作"③,这一时代性话语凸显了革命民间文艺的人民性与口头性。

三、革命民间文艺的多重价值及中华民族民间文学格局

1949年以后,民间文艺基本遵循《讲话》中的文艺理念,强调文艺从群众中来,到群众中去,为社会主义革命和建设事业服务。民间文艺的搜集、采录及整理,以文艺的"思想性"为第一位,"劳动人民的文艺创作首先应当看作群众宣传教育工作的有力武器"④。革命民间文艺自然处于民间文艺研究之主体位置,也是这一时期民间文学乃至文学研究取得重要成就的领域。

二十世纪五六十年代,中国民间文艺研究会及其各地分会、各级民间文艺研究机构注重对苏区红色歌谣、红军的传说、长白山抗日联军的传说、捻军的故事、太平天国的故事、义和团的故事的搜集,组织了关于革命故事讲述活动并在各地培养故事讲述人,鼓励民众开展文学活动,打破了艺术创作的神秘性与抽象化。同时在全国范围内进行了义和团故事、捻军故事搜集的讨论,其所涉及的问题,有"革命回忆录""革命传说"的区别等。陈建瑜《谈谈张士杰同志的义和团故事》就是在张士杰对义和团故事搜集整理的阐述、蔚钢《义和团故事的搜集与整理》回应基础上的推进⑤,他重点论述了张士杰义和团故事中"整理的""在

---

① [苏联] A.M. 阿丝塔霍娃等编:《苏联人民创作引论》,连树声译,东方书店,1954年。
② 见钟敬文为此书所作的序言。参见[苏联]克拉耶夫斯基:《苏联口头文学概论·序》,连树声译,东方书店,1954年,第5页。
③ 钟敬文:《七十年学术经历纪程——〈钟敬文学术论著自选集〉自序》,包莹编:《钟敬文集》,广东人民出版社,2018年,第436—445页;克冰(连树声):《关于人民口头创作》,《民间文学》1957年第5期。
④ 贾芝:《民间文学十年的新发展》,《文艺报》编辑部编:《文学十年》,作家出版社,1960年,第193页。
⑤ 参见张士杰:《我的体会和认识》,《民间文学》1958年第11期;张士杰:《我对搜集整理的看法》,《民间文学》第12期,1959年;张士杰:《搜集整理民间故事的一些体会》,《民间文学集刊》第7册,1959年;张士杰:《漫谈义和团故事的搜集整理与创作》,《民间文学》1963年第1期;蔚钢:《义和团故事的搜集和整理》,《民间文学》1962年第4期。

民间流传的义和团故事的基础上再创作的""完全再创作"三类①。这三者的甄别犹如约翰·弗里（John Miles Foley）和劳里·杭柯（Lauri Honko）对口头文学文本的三类区隔，即口头文本（oral text）、源于口头的文本（oral-derived text）和以传统为取向的文本（tradition-oriented text）。这一理论探讨后来中断，20 世纪 80 年代以后的民间文艺研究未在这一学术生长点上继续推进。此外，中国民间文艺研究会对民间文学的搜集研究还关注说唱文学，即民间戏曲、民间曲艺，它们除了有丰富的遗产，且自古就是民众汲取知识的重要渠道外，戏曲领域亦产生了大量新作，全国范围内也举办过多次民间戏曲会演，成为民众了解新社会和自我道德塑造的形象参照；只是后来，戏曲、说唱渐趋脱离了民间文艺范畴。

这些革命民间文艺既是"珍贵的革命文献"，又"深刻地反映了当地社会生活的历史变化"，同时也具有重要的宣传教育作用。"我们采录新作品和发掘劳动人民的文艺遗产的工作，是服从于革命斗争的需要的，是为了使人们从这些作品里认识新、旧社会的巨大变化，为了鼓舞人们的革命斗志和培养新的一代。"②革命民间文艺的文学价值、历史价值及教育价值被充分展示，同时还拓展到少数民族地区，重视少数民族民间文艺的搜集、整理。

新中国成立之后，现代民族国家用新的意识形态改造和整理民间文学，引导大众的审美趣味，规范人们对历史、现实的想象方式，再造民众的社会生活秩序和伦理道德观念③；并且因为重视少数民族文学的发展，少数民族民间文学研究得到长足发展。各民族文化被纳入"统一的多民族国家"的建构之中，对各民族民间文学的搜集整理，不仅仅是少数民族文化价值重构的过程，也推动了中国文学由传统的以汉族文学为主，转向中华多民族文学。

民间形式在被新型国家意识形态"占有"之后，民间文学成为革命的一

---

① 陈建瑜：《谈谈张士杰的义和团故事》，中国民间文艺研究会研究部编：《民间文学参考资料》第五辑，内部资料，1962 年，第 99—113 页。
② 贾芝：《民间文学十年的新发展》，《文艺报》编辑部：《文学十年》，作家出版社，1960 年，第 182—183 页。
③ 毛巧晖：《现代民族国家话语与民间文学的理论自觉（1949—1966）》，《江汉论坛》2014 年第 9 期。

部分，同时也成为构建"大众文艺"的重要基础。如流传于中国西南的刘三姐（妹）地域性传说重构与变迁过程，呈现了1949年至1966年新的人民文学构建过程中民间文艺、通俗文艺、精英文学互构熔铸的过程。① 云南彝族撒尼人的民间叙事诗《阿诗玛》，"在50年代的整理过程中，原来流传的长诗中民间的暧昧复杂的因素被有意识地遮盖，而将之改造、简化为一个符合50年代时代共鸣的阶级斗争故事"。② 在少数民族民间文学搜集整理的过程中，民间文学明朗活泼的叙事模式，巧妙地将阶级观念、革命叙事与民间淳朴信仰和传统伦理道德嫁接，潜移默化地影响着民众的集体无意识，化解了现实生活中的矛盾。③

这一时期，国家把搜集、整理和研究民间文艺纳入国家的建设计划④，少数民族民间文学的搜集整理和研究工作有了巨大的进展。1956年，老舍在中国作家协会第二次理事会会议（扩大）上所做的《关于兄弟民族文学工作的报告》中提出"配合着人民的需要，以马克思列宁主义的科学方法按照文学艺术本身的特点"从事搜集和整理我国兄弟民族的文学遗产。⑤1958年7月9日—17日召开的全国民间文学工作者大会，确定了"全面搜集、重点整理、大力推广、加强研究"的工作方针（简称"十六字方针"），特别是对少数民族民间文学的搜集整理，尤为注重地域性与人民性，多由政府或高校、研究机构组织并制订详细的调查计划，如内蒙古举办了"百万民歌展览歌唱月"，新疆召开了"阿肯"座谈会，各地举行赛诗会、民歌演唱会、说故事大会及各种民间艺术的会演。各民族的民间艺人、民间歌手在"党的培养教育下取得了无产阶级的世界观，由旧艺人以至宗教职业者变成了社会主义、共产主义的红色歌手和诗人"⑥，如韩起祥、琶杰、毛依

---

① 毛巧晖：《20世纪60年代刘三姐（妹）传说的重构考察》，《民俗研究》2015年第5期。
② 陈思和主编：《中国当代文学史教程》，复旦大学出版社，2018年，第130页。
③ 布莉莉：《〈新民晚报〉"晚会"副刊与通俗文艺传统》，《当代文坛》2017年第5期。
④ 国务院科学规划委员会办公室印：《一九五六——九六七哲学社会科学规划纲要（修正草案）》，内部文件，1958年。
⑤ 老舍：《关于兄弟民族文学工作的报告——在中国作家协会第二次理事会会议（扩大）上的报告》，中国社会科学院少数民族文学所编印：《中国少数民族文学史编写参考资料》，内部资料，1984年，第500页。
⑥ 贾芝：《民间文学十年的新发展》，《文艺报》编辑部编：《文学十年》，作家出版社，1960年，第177页。

罕、司马古勒、康郎甩、康朗英等。他们的创作主题，从唱自己的痛苦经历转向歌颂新社会、社会主义建设和共产主义理想。

  在新中国文化建设的总体布局中，各地不仅有计划、有步骤地进行少数民族民间文学的搜集整理工作，而且开始着手开展少数民族民间文学的研究。1958年7月17日，中共中央宣传部组织的座谈会即提出："书中各少数民族文学史的部分，决定由各民族自治区和少数民族聚居的省份负责编写，或由有关省、区协作完成。各省、自治区党委应指定专人，组织当地力量分头编写，最后由文学研究所汇编定稿。"① 中国科学院文学研究所于1961年制定《〈中国各少数民族文学资料汇编〉编辑出版计划（草案）》，要求"科学地记录我国各民族的大量的口头文学，搜集民间流传的各种文学刻本、手抄本、寺庙经典、文人著作，以及有关的各种史料，并且系统地加以编纂"②。各民族文学史的编写体现了国家构建多民族文学格局的思想导向，其中民间文学部分对于神话、史诗、民间传说、民间故事、民间歌谣、民间长诗、民间说唱、民间小戏、谚语等类别的编选，是在"现代民族国家"意识形态的指导之下，试图建构并完善中华民族文学史观。这一时期多民族民间文学格局的构建，对于丰富革命民间文艺的多样性，促进其发展、继承与革新，起到了积极的推动作用。革命民间文艺的产生与发展体现了现代民族国家的思想意识形态，也推动了多民族文学的共同繁荣与发展，从而形成了新中国多民族文学的新格局。

---

① 《中共中央宣传部关于少数民族文学史编写工作座谈会纪要》，中国社会科学院少数民族文学所编印：《中国少数民族文学史编写参考资料》，内部资料，1984年，第1页。
② 《〈中国各民族文学资料汇编〉编辑出版计划（草案）》，中国社会科学院少数民族文学所编印：《中国少数民族文学史编写参考资料》，内部资料，1984年，第15页。

第四章
新中国初期民间文学的新格局

新中国成立后第一个成立的人民团体——中国民间文艺研究会，在民间文学理论与学术组织工作中具有重大影响；在培养民间文艺研究者、民间文艺搜集者及创作者等方面都具有积极意义，在中国民间文学学术史、思想史上产生了深远的影响。

第一节　中国民间文艺研究会与民间文学格局的构建

1949年7月中华全国文学艺术工作者代表大会召开后，解放区的"为人民大众"的文艺成为新中国文艺的发展方向，民间文艺研究引起高度关注。延安时期的民间文艺实践及其多样化的文艺样式承担起人民文艺建构以及巩固国家、彰显国力的使命。中华全国文学艺术工作者代表大会后，首先成立了民间文艺领域全国性的领导机构"中国民间文艺研究会"（以下简称"民研会"）。民研会是全国各民族民间文艺工作者自愿结合成的群众性文艺学术团体，全国各省、市、自治区设有分会，1987年5月更名为"中国民间文艺家协会"（简称"中国民协"）。其首任主席为郭沫若，周扬、钟敬文、冯元蔚、冯骥才、潘鲁生为历任主席。作为民间文艺发展与研究的专门机构，它"对整个民间文艺事业起着组织、计划和推动等巨大作用"。①

一、民研会的成立

对于民研会的成立与发展，钟敬文、贾芝等都撰写过相关回忆文章。钟敬文在《悼念周扬同志》一文中提及"建立一个专门搞民间文艺工作的机构，虽然是我个人的夙愿（解放前我在广州、杭州等地都参与创办了这类学术活动机构），但是，这时具有这种愿望的人却不只限于我一个。例如在延安曾经帮助过说书艺人韩起祥的诗人林山同志，就是很热心的一人（可惜因为工作关系，在次年这种机构成立时，他已经不在北京了）。"②贾芝撰写了《民间文学事业在春天中萌发——祝贺建会四十周年和创刊三十五周年》③，文中提到了民研会筹备与成立的经过。后他又刊发《我是草根学者》一文，进一步翔实叙述了他参与民研会筹划的历史。④贾芝1949年5月跟随柯仲平率领西北代表团回到北平（今北京）；7月参加了中华全国文学艺术工作者代表大会；10月到文化部编审处工作，并负责通俗文艺组。同时他还参加了老舍和赵树理创办的《说说唱唱》工作。他向赵树理汇报通俗文艺工作计划时，赵树理提道："这是我们自己这么说哩，如果说还用'文坛'两个字的话，将来的文坛在这里！"⑤从这一叙述中，可以看到新中国成立后文坛的变化⑥，而赵树理所述正是"崭新的文学"⑦实践的开端。上文钟敬文也说到，成立民间文艺研究机构的愿望应是当时文艺界，尤其是通俗文艺与民间文艺工作者的共同愿望。根据贾芝日记记述，"1949年12月22日，向文化

---

① 钟敬文：《新中国学术史上富有意义的一页——纪念中国民间文艺家协会创立40周年》，《群言》1990年第8期。
② 钟敬文：《悼念周扬同志》，《民间文学》1989年第11期。
③ 贾芝：《民间文学事业在春天中萌发——祝贺建会四十周年和创刊三十五周年》，《民间文学》1990年第4期。
④ 贾芝：《我是草根学者》，《新文学史料》2007年第2期。
⑤ 贾芝：《我是草根学者》，《新文学史料》2007年第2期。
⑥ 1963年所出版的《十年来的新中国文学》总结了新中国文学的四个"崭新"："崭新的文学""崭新的理论""崭新的道路""崭新的创造"。参见中国科学院文学研究所编：《十年来的新中国文学》，作家出版社，1963年，第16页。
⑦ 中国科学院文学研究所编：《十年来的新中国文学》，作家出版社，1963年，第16页。

部副部长周扬同志请示，工作方向大体明确了，任务是编审全国说唱演义一类的模范性的文艺作品以及各种形式的民间文艺，同时拟专设一民间文艺研究会专事后者的搜集整理"。在周扬的支持下，民研会筹备工作迅速展开。1950年初，民研会成立大会在筹备中，"周扬同志突然来到编审处，蒋天佐和我（指贾芝）都在。他随便地一歪身坐在我们的办公桌上跷着腿闲谈起来。他说到要我到未来的民研会工作，要我向《良友》的赵家璧学习"，"赵家璧只有一个皮包就编出一套丛书，只要组稿就可以了"。协会的筹备，周扬指导协会日常工作的点滴细节，生动呈现了民研会成立的情形。蒋天佐在其中做了大量工作，他没有相关的回忆记述。同样参与大量工作的孙剑冰2002年撰写了《回忆演乐胡同74号》，"我是1950年国庆前到达文化部艺术局编审处的。它是文学出版社的前身。编审处的主要负责人是曹靖华（处长）与蒋天佐；曹先生不来上班，蒋天佐还有老同志王淑明与贾芝（支部书记）都算负责人……当时，民研会的实际负责人是贾芝。"①

从后世而言，民研会成立的历史情境以及它在新中国民间文艺研究中所起的作用与意义更为重要。本书之所以罗列如此多的史料，旨在论述民研会成立的契机与文艺界的"新"变化。民研会成立之时，发布了研究会章程与资料征集办法②，并以自由提名方式推选了47名理事。郭沫若被选为理事长，周扬、老舍、钟敬文为副理事长；贾芝任秘书组组长；第一次理事会除了相关人员的选举与确定，还决定出版一套中国民间文学丛书，并确定了丛书的选题。此外，发掘民族文艺遗产被列入新中国建设社会主义的第一个五年计划。

二、民研会与民间文学研究

民研会提出，"搜集、整理和研究中国民间的文学、艺术，增进对人民的文学艺术遗产的尊重和了解，并吸取和发扬它的优秀部分，批判和抛弃它的落后

---

① 孙剑冰：《回忆演乐胡同74号》，中国民间文艺家协会编：《真情呼唤 共铸辉煌——庆贺贾芝百岁文集》，中国文联出版社，2016年，第293页。
② 中国民间文艺研究会成立之时发布了《中国民间文艺研究会章程》和《征集民间文艺资料办法》。

部分，使之有助于新民主主义文化的建设"①，并阐述了搜集民间文艺资料的范围（包括民间流传的歌谣、民间曲艺、剪纸艺术等以及民间文艺资料集、研究著述），资料搜集细则（资料来源、流传、出处等），资料搜集报酬，各地民间文艺搜集应互助联络等。具体而言其细则为：

一、本会欢迎下列各项民间文艺资料。

1. 全国各地区流行于人民大众中间的民谣、民歌、平话、弹词、鼓词、地方戏脚本、民间故事、神话、传说、谚语、谜语、年画、门神、剪纸、花样玩具等等，无论新旧，无论长短大小，也无论是语言文字的，演唱的，或绘塑的，只要真正是民间所作所传，不是伪造或仿制的各种文学艺术创作。

2. 前人搜集整理出版的各项民间文艺资料。

3. 研究民间文艺的著述及刊物。

二、搜集资料者请注意以下各点：

1. 应记明资料来源、地点、流传时期，及流传的情况等。

2. 如系口头传授的唱词或故事等，应记明唱讲者的姓名、籍贯、经历、唱讲的环境等。

3. 某一作品应尽量搜集完整；仅有片段者，应加以声明。

4. 切勿删改，要保持原样。

5. 资料中的方言土语及地方性的风俗习惯等，须加以注释。

6. 美术品最好是寄原作，唯摄影图片或精确的复制品亦可。

7. 搜集资料时，倘有何种重大困难，个人难以解决者，可向本会提出，本会当在可能范围内尽力帮助解决。

三、资料一经采用，当依其价值之大小，奉以相当报酬。如有特别珍贵者，可经与本会函洽或商谈，另议报酬及处理办法。

---

① 《中国民间文艺研究会章程》，《民间文艺集刊》1950 年第一册。

四、各地文艺团体或机构，有民间文艺资料之搜集者，望与本会取得联络，相互协助，关于资料的转移、交流、借用等，请径函北京东四牌楼头条胡同八十号院内本会接洽。①

自成立以来，民研会一直致力于组织全国民间文艺及研究活动，开展有益于中国各民族民间文化发展的搜集与整理工作。它的成立与"人民政府""人民政权"息息相关，也意味着中国文学局面的变革。尽管民间文学研究从20世纪初就开始兴起，但民研会的成立，进一步确定了民间文学在中国文学格局中的地位。最初在民研会成立之时，吕骥也向周扬申请成立音乐研究会，后被纳入民研会。②这是解放区"民间文艺"理念的承继，强调文艺对于民众生活的意义，重视创作民众喜欢与欣赏的文艺，比如当时的新秧歌、说书等文艺活动。这种文化氛围从20世纪30年代陕甘宁边区就已形成，"无论是文艺评论家还是文学史家，都不应该忽视这段历史，也不能离开民间文艺而谈革命文艺的发展和产生。"③

1937年，丁玲得到毛泽东指示，"宣传要大众化，新瓶新酒也好，旧瓶新酒也好，都应该短小精悍，适合战争环境，为老百姓所喜欢。要向群众、向友军宣传我党的抗日主张，宣传抗日救国的十大纲领，扩大我们党和军队的政治影响。"④在这一思想号召下，柯仲平、马健翎领导的民众剧团创作与演出了大量民

---

① 《中国民间文艺研究会征集民间文艺资料办法》，《人民美术》1950年第4期；其他刊物亦有刊载，如《人民文学》1950年第4期亦刊发《中国民间文艺研究会征集民间文艺资料》等。
② 起初民研会的活动范围包括了民间文学、民间音乐、民间舞蹈、民间戏剧、民间美术等一切艺术门类，实际上除民间文学外，其他艺术门类的研究，由后来成立的中国音乐家协会、中国舞蹈家协会、中国戏剧家协会、中国美术家协会接管。
③ 贾芝主编：《延安文艺丛书·第十五卷·民间文艺卷》，湖南文艺出版社，1988年，第1页。
④ 丁玲：《延安文艺座谈会的前前后后》，载朱鸿召编选：《众说纷纭话延安》，广东人民出版社，2001年，第248页。1937年丁玲任西北战地服务团（简称"西战团"）主任，她将这一思想在西战团和"文协"进行了宣传，西战团出发前赶排了一些话剧、歌剧、大鼓、相声，还把秧歌改成《打倒日本生平舞》，搬上舞台。"文协"下属民众剧团、西北文工团、边区群众报等单位亦编排了大量民众喜欢的剧目。

众喜闻乐见的剧目①,在陕北引起轰动,经历过这段历史的民众极其怀念柯仲平、马健翎和演员李卜等。②

解放区重视民间文艺,提倡以大众喜闻乐见的文艺形式为创作导向的思想,触动了国统区与国外的来访者。国统区的黄炎培在《延安归来》中赞美了秧歌剧《兄妹开荒》的艺术性及其向民众学习的精神。③当时延安与大后方思想文化有隔膜,对外交流甚少,正如赵超构所言,延安的作家主要谈论毛泽东《在延安文艺座谈会上的讲话》,很少论及国外某一流派或作家,甚至以此为耻。④"艺校校长对我们⑤说,他们的努力基于以下三个原则:第一,把艺术和当前的抗战联系起来;第二,他们的目的在于普及,即尽可能使老百姓明白;第三,他们正在学习用老的形式赋予全新内容和技巧。"⑥布劳德、彼得·弗拉基米洛夫、尼姆·威尔斯等来自国外的到访者则描述了边区的宣传队、戏剧等演出活动以及它们对于中国共产党领导的革命的功能与意义。⑦当时的民间文学非常繁荣,"从民间文艺的

---

① 他们一直在农村演出,几乎走遍了陕北的山山峁峁,用秦腔,用陕北的民歌小调,用眉户(迷胡)曲调创造了不少好节目。如最早的《查路条》《十二把镰刀》等,都表现了共产党领导下陕北人民的新生活。这些节目在舞台上演,没有舞台的地方就在广场演,深为陕北人民所喜爱。参见丁玲:《延安文艺座谈会的前前后后》,载朱鸿召编选:《众说纷纭话延安》,广东人民出版社,2001年,第254页。
② 在会上演出的节目什么都有,当然不好的节目除外,而且谁有天分谁有兴趣,都可自由上台表演,不受约束,不遭干扰。武将军边章武登台唱过《苏三起解》,文小姐丁玲唱过昆曲,上海青年们唱过"卖梨膏糖"和"莲花落"。
③ "使我(指黄炎培)最欣赏赞美的是一出《兄妹开荒》的秧歌剧,表演得特别绵密而生动。据说表演的不是北方人,而方言、音调和姿态,十足道地地写出北方农村,这真是'向老百姓学习'了。我是读过王大化关于演出《兄妹开荒》经过的报告的。他说:要表现出边区人民活跃而愉快的民主自由生活,要表现出他们对生产的热情。事后,我怀疑这位主角就是王大化,可惜当时没有问。"黄炎培:《延安归来》,国讯书店,1945年,第41页。
④ "据我所知,其中有几位作家的文艺修养是可以在任何讲坛上立足的,可是在我们和他们的文艺性的交谈中,他们都深自掩藏,决不提到外国某作家或某一派的文艺理论。他们所谈的,只是毛泽东先生在文艺座谈会上所谈的一番话。有一位作家说:'我们觉得,动不动就掮出外国名字来吓人,是可耻的。'"赵超构:《延安一月》,中国国际广播出版社,2013年,第76页。
⑤ 指江文汉、梁小初和费无生(George Fitch)三人组成的团体。
⑥ 江文汉:《参拜延安圣地》,朱鸿召编选:《众说纷纭话延安》,广东人民出版社,2001年,第336页。
⑦ [德]奥托·布劳恩:《延安纪事》,李逵六等译,东方出版社,2004年,第423页;[苏联]彼得·弗拉基米洛夫:《延安日记》,吕文镜等译,东方出版社,2004年,第223—236页;[美]威尔斯:《续西行漫记》,陶宜、徐复译,解放军文艺出版社,2002年,第48—49页。

发掘和继承人民文化遗产来说,当年在革命文艺运动中最受注意的首先是民歌;二是新秧歌的产生和演出;三是改造说书……"①

新中国成立后,随着学术研究的进一步专门化以及学科分类的发展,"艺术"部分渐趋从中剥离,由各个专门研究会("协会")负责。民研会成立之前,民间文艺的相关研究已经集中刊出②,所发文章主要阐释民间文学具有的特殊思想性与社会历史价值。③它们为民研会《章程》的草拟以及《征集民间文艺资料办法》提供了一定的学术支持。

民研会成立后,首先主办了《民间文艺集刊》。该刊1950年至1951年不定期出了三集,1951年9月停刊。这是新中国第一个民间文艺刊物,所刊文章兼顾民间文学理论与民间文学作品。

表一 《民间文艺集刊》第一册目录

篇名	作者
《我们研究民间文艺的目的》(讲话)	郭沫若
《老百姓的创造力是惊人的》(讲话)	老舍
《口头文学:一宗重大的民族文化遗产》	钟敬文
《谈蒙古民歌》	安波
《论民间美术的风格》	胡蛮
《论〈孔雀东南飞〉的思想性及其他》	游国恩
《民间的词》	俞平伯
《民间艺术中的梁山伯和祝英台》	王亚平
《老苏区的民歌》	贾芝
《谈谚语》	李敷仁

---

① 贾芝主编:《延安文艺丛书·第十五卷·民间文艺卷》,湖南文艺出版社,1988年,第12页。
② 如《光明日报》从1950年3月1日开办了"民间文艺"专栏,到同年9月20日停止,共出27期。
③ 毛巧晖:《20世纪下半叶中国民间文艺学思想史论》,上海文化出版社,2010年,第22—23页。

（续表）

篇名	作者
《普希金与民间文艺》	［美］布洛茨基
《谈谈采录少数民族音乐》（通信）	马可
《关于广东的民间文艺》（通信）	李松涛
《民歌选》	贾芝辑
《陕北土地革命时期的民歌》	严辰辑
《毛主席改造二流子》	辛景月记
《朱总司令来了》	戈枫记
《关于红军的传说》	吴群、岑凤记
《李闯王的传说》	夏秋冬记
《金马驹和火龙衣》	马烽记
《见鸡而捉》	发掘记
《挖金子》	发掘记
北京谚语录	
剪纸	陈志农
《剪纸艺术家陈志农先生》	徐悲鸿
编后记	
专载 一、本会成立经过纪要　二、本会理事会及各组负责人名单　三、本会章程 四、本会征集资料办法　五、本会年度预定出版丛书目录　六、本会收到资料目录	

　　从上述目录内容可看到所刊载的民间文学作品以土地革命时期的民歌、传说、故事为主，理论部分则是围绕民研会成立以及新中国民间文艺的特性展开。第一册封三还登载了《稿约》，第一条就是"本刊欢迎有关民间文学艺术的研究、译述和记录（资料）等文字"。封底上半部分是"苏联文学名著的改写本、改编本"（《铁流》《钢铁是怎样炼成的》《保尔·柯察金》《日日夜夜》《一个生产竞赛的故事》）名录，下栏则是苏联文学作品《学校》《草原的太阳》《少年日记》《在

一个居民点里》《只不过是爱情》的名录。一则说明当时苏联文学作品的影响，另一层面则反映了民间文艺当时新的学术定位。

表二 《民间文艺集刊》第二册目录

篇名	作者
《民间歌谣中的反美帝意识》	钟敬文
《关于梁山伯祝英台故事》	何其芳
《马头琴及其他》	马可
《寒亭的年画》	程砚秋、杜颖陶
《越剧的生长和变革》	钟琴
《贵州苗族的民歌》	钟华
《云南的山歌》	赵沨
《我采集蒙古民歌的经过和收获》	许直
《收集民歌的一点体会》	孙绍
《唱新闻》	全一毛
《凤阳的大花鼓》	皖北文艺干校
《关于民间文艺的通信》（二篇）	亚马、锡金
《鲁迅和民间文艺》	邱朝曙、陈毓黑辑
《苏联民间文学理论的一般问题（上）》	［苏联］开也夫著，刘辽逸译
《人参的故事》	阿启改写
《爱穷苦人的女人》	流金改写
《国王的耳朵》	马超群、李启烈译
《没后帮的鞋》	库切梁温科记，周彤译
《大同江水为什么是绿的》	库切梁温科记，周春辉译
《兔子的眼珠》《猴子的裁判》《三兄弟》	秋帆（陈秋帆）译
朝鲜童谣、民歌选（十四首）	式钧、林凯译
《朝鲜谚语录》	陈秋帆译

(续表)

篇名	作者
《毛主席万岁——关于井的传说》	康濯记
《金日成将军的故事》	公陶记
《我们的战友》	徐放周原记，沛之改写
《许县长的故事》	邵子南原记，李方立改写
《雪枫堤》	陈雨门记
《太平军的故事》	陈锡洛记
《洋人盗金牛》	邱影记
《朱元璋的故事》	阿启记
《赤水河的传说》	向人红记
《雨样的天老爷》	董均伦记
《谁的本事大》	宛延记
歌谣选（十三首）	明沛之
谚语选	贾原
剪纸（二幅）	古元辑
少数民族舞蹈照片（六幅）	
本会收到资料目录	
编后记	

第二册 1951 年 5 月 15 日出版，当时中国正处于抗美援朝时期。从目录可知这期作品以"朝鲜民间文艺特辑"为主；理论文章则突出了民间文艺的政治意识与国家意识。

表三 《民间文艺集刊》第三册目录

篇名	作者
《继承民族文学艺术的优良传统》	周扬
《藏族歌谣选》（二十七首）	

（续表）

篇名	作者
《茶与盐的故事》	汪今觉译，任家麟改写
《兔杀狮》	胡仲持译
《白鸟王子》	远生编译
《藏族谚语录》	陈秋帆、胡仲持译
《西康藏民的音乐生活》	乔谷
歌谣选（一百三十首）	
江西革命山歌	
《从口头文学看武训与人民的距离》	钟敬文
《歌谣——劳动人民宣传教育的武器》	严辰
《在宣传工作中的广西山歌》	万农
《进劳动大学》	柯蓝记
《朱总司令和营长》	若冰采录，阿启改写
《折楼》	李新奎记
《何年何月再见"面"》	于老汉讲，马龙文记
《扑凉风》	王守华记
《饿死鬼》	陈锡洛记
《几个条件》	梅花笑记
《虎的故事》	薄宗孟记
《换女婿》	董均伦记
《三个女婿》	王敬东、孙凤礼记
《大刮地皮》	任彦芳、苑纪玖记
《苏联民间文学理论的一般问题》（续）	［苏联］开也夫著，刘辽逸译
《鲁迅和民间文艺》（续）	邱朝曙、陈毓黑辑
《苗家的跳舞与音乐》	波浪
《皖北的花鼓歌》	李逸生

（续表）

篇名	作者
《介绍十七首"对花"》	郭乃安
《关于民间文艺的通信》（二篇）	钟华
《民歌征集工作简报》	
《纤夫》《猎野牛》（敦煌壁画二幅）	史苇湘、段文杰临摹
舞蹈照片（三幅）	
对花（西北民间歌曲十七首）	袁维训收集
本会收到的资料目录	
编后记	

第三集以西藏的和平解放为主题，从目录可知主要刊发了"西藏民间文艺特辑"与民族文艺抢救与承继的理论文章。封二则是"文艺建设丛书六种"（《跨到新的时代来》《为了幸福的明天》《欧行散记》《活人塘》《平原烈火》《仅仅是开始》）。从目录到封面、封底、插页都可以看到民研会以及当时民间文艺兼顾文学、艺术的大视野。

《民间文艺集刊》所载民间文学作品具有显著的时代特征，理论文章则突出民间文艺新的特性，对新中国初期民间文艺的研究工作具有一定的引领意义。这在当时已有相关评论，据孙剑冰回忆，当时学者"对集刊的反映很不错。第二期出版以后，赵树理同志对研究会的人说：'那十三首歌谣，篇篇都值得背。'艾青对我说：'游国恩的文章（《论〈孔雀东南飞〉的思想性及其他》，载第一期）写得蛮好！'"[①]游国恩等相关文章注重对民间文学特殊文学性的论述，强调其在文学上的特殊价值。总体而言，《民间文艺集刊》所刊发文章注重对民间文艺作品思想内涵与民族文化价值的剖析，其成为新中国成立后民间文学研究方向的导引。

民研会1955年主办《民间文学》，从创刊号到1966年停刊，共出108期，

---

① 孙剑冰：《回忆演乐胡同74号》，载中国民间文艺家协会编：《真情呼唤 共铸辉煌——庆贺贾芝百岁文集》，中国文联出版社，2016年，第294页。

它与民间文学的"文艺学"转型、多民族民间文学格局的建构以及这一时期民间文学人民性特性的形成有着直接关系,笔者对于《民间文学》与民间文艺学的关系已有专述。①

从1951年开始,民研会主编出版"民间文学丛书"②、《中国各地歌谣集》《中国各地民间故事集》及"中国民间叙事诗丛书"等;1958年,参与并组织"新民歌"搜集,各地分会配合出版"大跃进"民歌集。1966年以后,民研会日常工作停止。1949—1966年,民研会除主办刊物、编辑丛书外,还配合国家多民族文化建设,与中国科学院文学研究所联合在少数民族地区进行调研工作③,"摸索总结调查采录口头文学的经验、方法是要到从来没有人去调查采录过的地方去,既不与人重复,又可调查采录些独特的作品和摸索些新经验"。④在采录中他们注重经验的总结,并关注口传叙事与其流传语境、文本与生活的关系等。采录工作除遵守民研会刊布的《中国民间文艺研究会征集资料办法》中的采录细则(如标明采录地点、流传地、讲述人,涉及方言土语都一一标注)外⑤,对于故事佚文的记录也极为重视。⑥此次民间文学采录不同于北大歌谣运动时期的资料征集,他们开新中国民间文艺"采风""记录"风气之先,亦成为口头文学采录的新范式。此外,调查组在采录资料中,关注与强调所采集文本的思想性,注重对其历史文化

---

① 毛巧晖:《〈民间文学〉与新中国民间文艺学——基于1955年至1966年〈民间文学〉的考察》,《民族文学研究》2013年第4期。
② 此套丛书封面由古元设计,取材于印花布的图案。第一批出版了《中国出了个毛泽东》《陕北民歌选》《爬山歌选》《信天游选》《东蒙民歌选》《阿诗玛》等。
③ 1956年全国人民代表大会民族事务委员会制定了"关于少数民族地区调查研究各民族社会历史情况的初步规划",同年8月中国科学院文学研究所和民研会共同组成联合调查采风组到云南少数民族地区进行调查。
④ 陶阳:《跟随毛星同志大理采风》,载王平凡、白鸿编:《毛星纪念文集》,学苑出版社,2004年,第92页。
⑤ 李星华记录整理:《白族民间传说故事集》,人民文学出版社,1959年,第1—2页。
⑥ "多记同一故事的不同讲法,不仅对故事会有全面的了解,便于研究和整理,同时也可以看出群众是怎样依照自己的生活经验和看法来修改一个故事;也可以了解到民间文学跟群众生活是怎样密切地结合在一起。"此记述见于李星华记录整理:《白族民间传说故事集》,人民文学出版社,1959年,第2页。相关论述亦见于杨亮才、陶阳记录整理的《白族民歌集》(人民文学出版社,1959年)以及刘超记录整理的《纳西族的歌》(人民文学出版社,1959年)等。毛星也对当时的搜集办法、搜集标准、佚文的整理等进行了论述,见于刘锡诚所著《对中国文学模式的颠覆——纪念毛星先生》(《民族文学研究》2004年第4期)一文。

价值的阐释，这符合当时社会情境的需求，与"思想性""人民性"等文艺批评话语的形成息息相关。

民间文学领域成为多民族文学体系建设的阵地，亦展示了文学的国际交流。民间文学全面呈现了新中国多民族文学文本与理论研究，也关注苏联、东欧、巴西、古巴以及非洲的民间故事与民间文学理论。《民间文学》从创刊号开始就注重对少数民族作品的刊登，创刊号所载《一幅僮锦》[1]在国际、国内掀起广泛影响。[2]对于少数民族文学的关注，既是当时中国少数民族识别工作的一部分，也是新中国民间文艺独特性之建构。中国多民族文化在文学上最丰富的呈现就是民间文学，阿凡提故事、巴拉根仓故事、苗族古歌、梅葛、娥并与桑洛等引起极大反响。《民间文学》所刊发的各民族故事、民歌、谚语、俗语等，不仅在国内文学、艺术界产生极大影响，而且也引起国外学界的关注。日本二十世纪五六十年代出版了彝族《阿诗玛》的四个译本；君岛久子、加藤千代等认为《民间文学》刊物是世界上少有的民间文学专门刊物，有很强的学术价值。加藤千代编了一本《民间文学》分类目录，由日本中国民艺之会编印，目前保存在北京大学图书馆"民间文化阅览室"中。对于这一时期民间文学作品的采录，有学者提到其采录内容以思想性为标准[3]，忽略了文学与历史情境，尤其是民间文艺与历史的互构关系，以及民间文艺"变异性"与民间的"文化调适"能力。总之，民研会在这一时期的工作主导着民间文学的学术转型以及新的人民文学的建构，同时也关涉民间文学调查这一奠定民间文学资料体系建设的研究工作。

三、民研会与民间文学工作者

20世纪初期，北京大学开启了歌谣搜集运动，这也成为中国民间文艺学兴

---

[1] 萧甘牛：《一幅僮锦》，《民间文学》1955年4月号。
[2] 创刊号刊载出萧甘牛搜集整理的广西僮（壮）族民间故事《一幅僮锦》，此文后又被改编为剧本，获得全国电影优秀剧本奖，据该剧本拍摄的影片获1965年卡罗兹·发利第十二届国际电影节荣誉奖，影响颇大。引文按照原文，不予修订，括号中标出当下通用的民族称谓。
[3] 其表现主要为：所搜集的民间文学作品以阶级意识显著，反映民族压迫与阶级压迫，歌颂中国共产党的歌谣、民间故事、传说等为主。

起之端。"据《北大日刊》记载，简章发出的3个月内便收到校内外来稿80余起，歌谣1100余首。"①之后就是民间文学学术史经常提及的"歌谣研究会"成立，后这一研究会隶属于"北京大学研究所国学门"，并于1922年12月17日起刊印《歌谣》周刊，后其两度停刊，截至1937年6月27日共出53期。除《歌谣》周刊刊载歌谣，歌谣研究会成员顾颉刚、董作宾、刘半农、刘经庵、朱自清等出版了歌谣相关的研究著作。从搜集方式而言，主要是书面征集，而能参与这一征集活动的以知识阶层为主，研究者并未深入到民众去搜集。这与其初起之时的旨趣一致，当时的歌谣搜集与西方社会不同，并不是因工业社会或现代机械化生产，人们对乡村产生一种浪漫情怀与美好想象。对于当时的知识人而言，更多期冀通过新的文艺启蒙社会，启蒙民众。到二十世纪三四十年代，延安时期解放区的民间文艺搜集之时，知识分子开始走向民间，进入民众生活。延安时期的文艺经验成为新中国民间文艺发展的重要基石。

新中国成立后，民研会以及所办刊物《民间文艺集刊》《民间文学》等都发出过征集民间文艺资料的简章（前文已有详述）。这可说与北京大学的征集方式一脉相承，同时开始吸纳解放区的民间文艺搜集与研究经验。周扬《在中国民间文艺研究会成立大会上的开幕词》②中谈到民间文艺的研究自"五四"以来已经取得极大成绩，尤其新中国成立后，更是成绩卓著，但应注意其搜集及理论研究，"不仅让对民间文艺有素养的文艺工作者来参加，还让那些只爱好民间文艺但并非文艺工作者的人来参加。我们的民间文艺专家要和广大的民间文艺采集者紧密结合。"③

早在1939年，周扬撰写了《对旧形式利用在文学上的一个看法》，此文刊发于《中国文化》"创刊号"（1940年2月15日），后收入《周扬文集》第1卷。

---

① 曹成竹：《"民歌"与"歌谣"之间的词语政治——对北大"歌谣运动"的细节思考》，《民族艺术》2012年第1期。
② 周扬：《在中国民间文艺研究会成立大会上的开幕词》，《周扬文集》（第二卷），人民文学出版社，1985年，第10页。
③ 引文中的着重号为笔者所加。

此文写好后,周扬送请毛泽东审阅,毛泽东于 11 月 7 日回复①,并对文章提出了修改意见,此回复信件直到 2002 年才公开发表。②在回复信件中,毛泽东强调:"就经济因素说,农村比都市为旧,就政治因素说,就反过来了,就文化说亦然……所以不必说农村社会都是老中国。在当前,新中国恰恰只剩下了农村。"③可知周扬对于民间文艺(延安时期他更多用"旧形式"等话语)的思想与理念来自解放区以及毛泽东文艺思想。民研会成立后沿承这一理念,重视民间文艺爱好者,后来很多人转化为重要的民间文艺搜集者。正如郑土有所说:"搜集整理者长期生活、工作在基层,他们虽然大多没有受过民间文学的学术专业训练,但他们钟爱、痴迷民间文学事业,又非常熟悉当地的文化,熟悉当地的人脉,所以能够搜集到大量流传于当地的民间文学作品。"④而这些搜集者很多都是从民研会当时的招募兴起,特别是少数民族有一批参与民间文艺的搜集者,后来有的成为各民族各地域的知名作家。民研会一直都很重视民间文艺搜集者,而不仅仅是民间文艺研究者,这也是民研会与其他研究团体的区别之处。1958 年民研会主办"民歌座谈会",在《民歌座谈会发言记录》(油印本)中发言人有郭沫若、郑振铎、臧克家、老舍、赵树理、顾颉刚、阳翰笙、林山、江樱、贾芝等文艺界人士与民间文艺研究者,此外还有一位特殊人员,即湖北红安宣传部部长童杰。他主要向大家介绍了湖北红安用诗歌发动群众劳动,用诗歌作为口号向民众宣传等。⑤而《民歌作者谈民歌创作》中更是将民间艺人与学者同视为文艺研究者。⑥2015 年,习近平总书记在文艺工作座谈会上也指出:"优秀文艺作品反映着一个国家、一个民族的文化创造能力和水平……优秀作品并不拘于一格、不形于一态、不定于一尊,既要有阳春白雪、也要有下里巴人,既要顶天立地、也要铺天盖地。"⑦

---

① 周扬撰写《对旧形式利用在文学上的一个看法》一文,毛泽东回复,此事件经过见刘锡诚《双重的文学——民间文学+作家文学》(百花洲文艺出版社,2016 年)。
② 刘锡诚:《双重的文学——民间文学+作家文学》,百花洲文艺出版社,2016 年,第 54 页。
③ 龚育之:《首次发表的毛泽东致周扬的一封信》,《学习时报》2002 年 6 月 10 日。
④ 郑土有:《刻不容缓:搜集整理者的研究》,《中国艺术报》2012 年 11 月 12 日。
⑤ 毛巧晖:《越界:1958 年新民歌运动的大众化之路》,《民族艺术》2017 年第 4 期。
⑥ 中国民间文艺研究会研究部编:《民歌作者谈民歌创作》,作家出版社,1960 年。
⑦ 习近平:《在文艺工作座谈会上的讲话》,《人民日报》2015 年 10 月 15 日。

第二节 少数民族文学的兴起

少数民族文学是在新中国成立后逐步发展、繁荣起来的,为社会主义人民文学的重要组成部分。[1]学界一般认为,少数民族文学概念的提出是在1949年《人民文学》"发刊词"中。学科名称是学科开端的重要标志,所以近年来研究者也较关注对少数民族文学话语的学术史梳理,在梳理中有的学者发现在1949年7月14日通过的《中华全国文学艺术界联合会章程》中已经提及少数民族文学艺术[2];但相关研究大多以新中国成立为开端,较少注意少数民族文学的兴起与中国革命、中国共产党文艺思想的密切关联,亦未关注到它与20世纪初期至50年代开展的民间文艺搜集的关系。笔者着眼于此,从现代民族主义思想的引入展开论述,主要梳理从20世纪初期至50年代少数民族文学在中国共产党革命思想和文学理念指导下,尤其是《讲话》精神的指引下,与当时民间文艺的搜集相结合逐步兴起与发展的脉络。

一、革命取向与苏联经验:"少数民族文学"相关话语的出现

据学者考证,具有现代意涵的"民族"一词最早出现于1837年德国传教士、汉学家郭实腊(Karl Friedrich August Gützlaff)所编《东西洋考每月统计传》之道光丁酉年(1837)九月号《约书亚降迦南国》一文中的"昔以色列民族如行陆路渡约耳但河也"。[3]但具有现代意涵的"民族"一词当是中国知识人从日语引入

---

[1] 参见刘大先《中国少数民族文学研究七十年》,《东吴学术》2019年第5期;李晓峰:《新中国70年少数民族文学:在全面发展中走向辉煌》,《文艺报》2019年9月6日;常海波:《延安文艺传统与少数民族文学话语》,《民族文学研究》2020年第1期。
[2] 李琴:《中国"少数民族文学"概念溯源》,《民族文学研究》2022年第3期。
[3] 《约书亚降迦南国》,《东西洋考每月统计传》道光丁酉年(1837)九月,第271页。这一观点借鉴了黄兴涛《"民族"一词究竟何时在中文里出现》(《浙江学刊》2002年第1期)、方维规《论近代思想史上的"民族""Nation"与"中国"》(《二十一世纪》2002年4月号)、郝时远《中文"民族"一词源流考辨》(《民族研究》2004年第6期)。

的。①梁启超在《东籍月旦》②及《中国史叙论》中一改中国古代华夷秩序观,阐述了"民族"之内涵、历史等,强调"团结其合群之力,以应今日之时势而立于万国"③,依照西方民族主义思想梳理中国境内各民族,强调"民族之各自尊其国,今世界之通义耳"④,同时也意识到中国自古以来就是多民族国家,在中国历史的论述中关照到汉族以外的满、藏、蒙、苗等民族。在民族主义思想的影响下,少数民族文化引起学人关注。鲁迅也很早就关注到少数民族文化,在《破恶声论》中就提出民族之间应该互相学习。1918年,歌谣运动已经注意到中国文艺的地域和民族多样性及其留存样态,如《歌谣》周刊刊载了西南地区(包括云南、贵州、四川)的歌谣2798首,占歌谣总数的20%。⑤朱自清在其《中国歌谣》课程讲稿中,专设"西南民族的歌谣"一节。⑥

从20世纪20年代开始,政治精英、知识分子、民众之间的互动形成了新的社会文化样态。⑦社会各派政治力量开始关注到"民族"文艺的重要地位。北京蒙藏学校⑧在这种关注中日益成为新旧势力争夺的场所,李大钊敏锐地意识到了蒙藏学校对培养少数民族学生和干部的重要意义,先后发展了荣耀先、乌兰夫、奎壁、赵诚、吉雅泰、多松年、李裕智等人加入中国共产党。其中,多松年担任了北京西城区党组织宣传员,并参加了内蒙古工农兵大联盟,担任联盟刊物《工农兵》的编辑,随后党组织派多松年负责创办《蒙古农民》,他接受任务后,认真研究《向导》《新青年》等革命刊物,并到察哈尔、绥远一带进行社会调查。

---

① 详见毛巧晖:《盘瓠神话研究学术史》,学苑出版社,2020年,第135—136页。
② 梁启超以"饮冰室主人"为笔名发表此文,刊载于《新民丛报》1902年第9期、第11期及1904年汇编。
③ 梁启超:《新史学》,《饮冰室合集》文集之九,第1册,中华书局,1989年,第6页。
④ 梁启超:《中国史叙论》,《饮冰室合集》文集之六,第1册,中华书局,1989年,第3页。
⑤ 杜国景:《在歌谣中与主流相遇——民国贵州民族文学话语发生的一种考察》,载汤晓青主编:《全球语境与本土话语:中国多民族文学论坛十年精选集》,社会科学文献出版社,2014年,第115页。
⑥ 朱自清:《中国歌谣》,复旦大学出版社,2004年,第96—101页。
⑦ 参见[美]洪长泰:《自序:新文化史探索》,《新文化史与中国政治》,台北一方出版有限公司,2003年,第1—2页。
⑧ 北京蒙藏学校"1913年2月正式成立,招收蒙藏满汉各族学生。1916年一度停办,11月重建迁校址于西单北石虎胡同前毓王府旧址"。参见李铁虎编著《民国北京大中学校沿革》,北京燕山出版社,2007年,第50页。

1925年4月28日,《蒙古农民》①出版,这是第一本中国少数民族马列主义刊物,刊物在栏目设置上,除"政论""好主意"以外,还设有"诉苦""醒人录""蒙古曲"等文艺栏目,以富有民族特色的歌谣辅之形象生动的配图。如《蒙古农民》第二期"蒙古曲"刊载歌谣:

> 张才去,吴又来,街上死人无人埋!张才来,吴又去,前后唱的一台戏!盼星星,盼月儿,盼人不如盼自己!
>
> "穷蛮子,富达子。"现在穷成一家子,蒙古蛮子一家人,亲亲热热好兄弟!来!来!来!蒙古蛮子成一气,共同打倒大军阀!共同打倒帝国主义!共同打倒王公们,平平安安过日子。②

20世纪30年代,"边疆"日益受到学人们的关注,"到边疆去""到西北去""到西南去"的呼声此起彼伏,对少数民族及其文化的关注日益高涨。从西方民族主义思潮进入开始,已有学者意识到西方的民族国家并不适合中国,中国自古就是多民族国家,因此这一时期除了对西欧民族政策的译介外,捷克、印度、波兰、苏联等国家的民族理论也引入中国③,尤其是苏联的少数民族文学、兄弟民族文学的理念。1934年8月17日,高尔基在苏联作家协会大会上致开幕词,其中提到了"苏维埃文学不只是俄国语文的文学:在这会场中到有苏维埃共和国各联邦的代表,所以可以听到大多数民族的语言的讲演。除了欧洲服装之外,

---

① 《蒙古农民》为64开小本刊物,携带、散发颇为方便,此刊物被定为蒙藏学校党组织的内部刊物。之后,《蒙古农民》随《向导》《新青年》《工人之路》等革命刊物一同散发至热河、察哈尔和绥远,对蒙古族群众起到宣传鼓动作用。关于《蒙古农民》材料来自内蒙古自治区呼和浩特市多松年烈士纪念馆展陈图片,特此说明。
② 这首歌谣的名称是"巴音尔",刊发于《蒙古农民》第二期,民国十四年(1925)五月五日出版。此引文由张歆于2020年9月27日在内蒙古自治区呼和浩特市多松年烈士纪念馆中拍摄。
③ 如育干:《国际联盟与少数民族问题》,《东方杂志》第26卷第11期,1929年6月10日;《欧洲少数民族问题》,《中央周报》第123期,1930年10月13日;《欧少数民族问题概况》,《湖北宣传周报》1930年第11期;卢瀛洲:《英印圆桌会议中之印度少数民族问题》,《时事月报》1932年第2期;郭家英:《苏俄的少数民族问题》,《边铎》1934年第4期;《波兰对于少数民族之态度》,《力报》1938年5月19日。

在会场内可以看到乌司贝克人（Usbeken）的民族服装，以及高加索人的民族服装。"①

其后，高尔基在会议中做了题为《论苏联的文学》②的报告，在"苏联的文学——语言虽多但观念则一"一节中，高尔基重申了在开幕词中表达的观点，并进一步提出"我们万不可轻视少数民族的文学创作"③。张仲实译文中对"少数民族文学"这一术语的翻译及使用当与这一时期中国学人对"少数民族"问题④的讨论密切相关。现场聆听大会报告的中国作家萧三也曾试图翻译高尔基的报告，但由于种种原因，未能如愿。⑤通过萧三对高尔基文学创作及其文学理念的诸多译介⑥来看，以萧三为代表的中国共产党文艺研究者对高尔基的文艺思想较为推崇。此次苏联作家协会讨论并通过了《苏联作家协会章程》，第四项明确提出"促进各兄弟民族的文学之发展"⑦，这里的"各兄弟民族的文学"与上述高尔基开幕词中所表达的观点相近，指苏联境内除俄罗斯以外的其他民族的文学。苏联作家协会相关政策及章程甫一提出，便受到中国学人的广泛关注。⑧

1938年4月，黎明书局出版陈廉贞、黄操良的《抗战中的中国民族问题》

---

① 《高尔基在苏联作家协会大会致的开幕词》，《世界论坛》第17期，1934年。
② 译自《苏联文艺新闻》1934年8月19日。参见高尔基：《论苏联的文学》，张仲实译，《时事类编》第2卷，第25、26、27期，1934年。
③ [苏联]高尔基：《论苏联的文学（续完）》，张仲实译，《时事类编》第2卷第27期，1934年。
④ 如百川：《少数民族问题研究》，《前锋月刊》1930年第2期；《中国工农兵苏维埃第一次全国代表大会关于中国境内少数民族问题的决议草案》，《红旗周报》1931年第15期；鸿：《弱小民族与少数民族》，《三民半月刊》1931年第9—10期；胡愈文：《少数民族问题》，《世界知识》1934年第2期。
⑤ 萧三将报告译为《苏联的文学》，文末注明"下期续完"，刊于《散文》1936年第1期。但《散文》仅出版一期就停刊了，未能刊全文。
⑥ 萧三：《高尔基底社会主义的美学观》，《中国文化》1940年第1、2期；《关于高尔基的二三事：为纪念高尔基去世五周年作》，《中国文化》1941年第1期；《高尔基和我们：我怎能忘记？》，《时代杂志》第6卷第31期，1946年8月10日；《高尔基底社会主义的美学观》，《时代杂志》第37、40、48期，1946年9月21日、10月12日、12月7日。
⑦ 周扬将《苏联作家协会章程》翻译为《苏联作家同盟规约》，收录于1944年5月延安解放社出版的《马克思主义与文艺》一书。
⑧ 如《时事类编》1935年第1期刊《苏联作家协会的出版计划》，《苏俄评论》1937年第3期刊《最近苏联文坛剪影：苏联作家协会闭幕》，《中苏文化杂志》1941年第1期刊《苏联作家协会国外联络委员会副主席亚布莱丁先生致"中苏文化"杂志编辑同人书》等。

一书，其中将少数民族的救亡分为两类：被占领区域的，"应积极地保存该区域内民族的自己的语言和文化，使在意识上不被敌人征服而以此对敌人做不断的反抗；这应该鼓起该民族中人民的反对敌人的奴化教育，反对敌人的生活同化，而以自己的语言文化来做救亡复兴的宣传"；未被占领区域的，"文化上发展各民族特有语言和文化，宣传抗战意义：用各民族自己的言语和文字以及各种形式的各民族间原有的会集和集合人民的方法来告知他们日本帝国的阴谋，和屠杀我中华人民的实况，使他们了解这次抗战的真义"。①这一时期，对少数民族语言及文化的关注与抗战宣传密不可分，正如《艺术到少数民族》《西南边疆种族艺术研究之意义》《中国边疆艺术之探究》等所提到的，对"边疆艺术"及"少数民族的艺术品"的重视，其他学人也认为其是"今日整个抗战文化的要求"。②

从歌谣运动开始，"民族"文艺中关于"语言""文化"诸问题已经为当时学人所注目；20世纪20年代，在以李大钊为代表的中国共产党人的具体实践中，"民族"文艺以革命的面貌在民众中流传；20世纪30年代，中国对苏联文学中关于"少数民族文学"话语的翻译及迅速接受有外因，即中国因来自外部的压力，边疆问题愈益严重，但更重要的是苏联有关民族文艺的经验与我国少数民族文艺自身发展有着某种相似性及内在一致性。这种"内在关联"在延安文艺中更加凸显，《讲话》发表后，抗日根据地、解放区尊重边区少数民族文化，注重对少数民族民间文艺的搜集、培养少数民族文艺人才等。

二、延安时期对"少数民族文艺"的关注及实践

从中国共产党建党初期对少数民族优秀分子的"引领"与"吸纳"，到1937年7月中共中央创办陕北公学，各族人民在"少数民族干部和人才的培养工作"③

---

① 陈廉贞、黄操良：《抗战中的中国民族问题》，黎明书局，1938年，第55—60页。
② 干因：《艺术到少数民族》，《文艺月刊》1940年第1期；岑家梧：《西南边疆种族艺术研究之意义》，《责善半月刊》1941年第3期；岑家梧：《中国边疆艺术之探究》，《边政公论》1947年第3期。
③ 陆继锋、吴明海、张晓蕾：《陕北公学与中国共产党早期民族高等教育探索》，《民族教育研究》2012年第4期。

中开启了文艺实践。1938年11月6日，中国共产党六届六中全会的政治决议中提出"中华民族当前最紧急的任务之一是团结中华各民族（汉、满、蒙、回、藏、苗、瑶、夷、番等）为统一的力量，共同抗日图存"①。基于这一理念创办的陕北公学尤为注重少数民族语言的教授及文艺活动的开展。

据舒湮在《边区实录》"陕北公学"中回忆，"陕公最初的计划规定学生名额五百人，训练期六个月，课程有中国革命问题、辩证法、社会科学、游击战术、民族统一战线和日本问题"，其后，由于战争的影响及流亡学生的"源源不绝"，课程减为最基本的三种：

> 民族统一战线与民众运动（统一战线的历史，抗战的经验与教训，日本侵略中国问题，青运、妇运、工运、民运工作的技术……）；（二）社会科学概论（社会发展史，民族问题，民族革命，战后帝国主义，苏联社会主义建设等）；（三）游击战术（游击战的人物，任务，组织，战术及政治工作）。②

除课程设置之外，对于"民族问题"的重视亦体现在"蒙古青年队"和"少数民族文化工作队"的成立。1939年12月，陕北公学成立蒙古青年队（第55队），王铎任指导员，除了生活上的特殊照顾③之外，该队十分重视学员对蒙古文的学习，并将其作为贯彻党的民族政策、提高学员文化水平的一个重要方面。

1940年2月29日，边区文化协会在文化俱乐部召开蒙古文化促进会首次筹备会，会议讨论了简章、工作纲领及大量吸收会员的问题。同年8月，陕北公学成立专门的少数民族文化工作队，以文艺开路，发动各民族共同抗日。工作队成

---

① 《中共扩大的六届六中全会政治决议案》（1938年11月6日），中共中央党史和文献研究院、中共重庆市委编：《中国共产党关于抗战大后方工作文献选编》第1册，重庆出版社，2019年，第14页。
② 舒湮：《边区实录》，《抗战》第59期，1938年4月3日。
③ 如中共西北工作委员会专门给每个学院加发了一块毡子和一条棉被，大青山党组织还给学员们一些补助等。

立后，先后排练了《抽水马桶》《圣诞节》《真假夫妻》《人约黄昏后》等文艺节目。① 同年12月4日，陕北公学文工队、鲁迅艺术文学院（以下简称"鲁艺"）、蒙古文化促进会联合组成蒙古文化考察团，分文艺通讯组、音乐戏剧组、木刻漫画组，赴内蒙古乌审旗考察蒙古族文艺、风俗、生活等，创作漫画五百幅、照片五十余张，收集民间画、宗教画、佛像、刺绣数十种，搜集内蒙古民歌一百多首，喇嘛经、太平经以及蒙古乐器多件。还有蒙古民族英雄史迹、蒙古青年生活、蒙古婚姻制度等人文资料多件。此次考察后，陕北公学文艺工作团与鲁艺联合演出由考察团的王亚平编导、刘炽作曲，以蒙汉团结为主题的蒙古歌剧《塞北黄昏》。该剧描写抗战初期内蒙古伊盟某旗一位美丽的姑娘阿他花同桑结扎相爱，并与破坏他们幸福生活的日本侵略者英勇斗争的故事。②

1941年秋，中共中央根据抗日战争的形势发展，并为了进一步开展少数民族地区工作，全面调动各族人民的抗日力量，决定在陕北公学民族部的基础上，成立延安民族学院。"蒙、回、藏、苗、汉等族的优秀青年"相聚于此，据海燕回忆，时任民族学院副校长的高克林介绍民族学院中"蒙占百分之四十，回占百分之二十，藏占百分之四，苗占百分之一，夷占百分之四……"课程内容亦与各民族实际生活、社会发展紧密联系。③

除了兴办陕北公学及延安民族学院外，中共中央还从理论层面引入了斯大林对民族的定义，"所谓民族，不但是历史范畴，而且是一定时代的历史范畴，即向上发展的资本主义时代的历史范畴。它的特征，是包含着一定的经济联系与领土、语言、文字、文化生活等的共通性。"④ 同时，也从历史发展中梳理中国各民族的状况，强调中国民族问题的特殊性。另外，1941年10月26日—31日，在延安举行的"东方各民族反法西斯代表大会"进一步宣传了中国共产党的民族

---

① 孙国林：《"中国不会亡，因为有陕公"——陕北公学掠影》，《党史文汇》2005年第11期。
② 孙国林编著，王佳钰、王增辉校订：《延安文艺大事编年》，陕西师范大学出版社，2016年，第255—274页。
③ 海燕：《记民族学院（1941年10月5日）》，马骥主编：《陕甘宁边区三边分区史料选编》（上），内部资料，2007年，第191—193页。
④ 陈廉贞、黄操良：《抗战中的中国民族问题》，黎明书局，1938年，第3页。

政策。此次大会参会的除了印度、日本、马来西亚、缅甸等国家外，国内的蒙、回、藏、苗、汉等民族都派代表参加，藏民代表桑吉悦喜、蒙古族代表乌兰夫、回民代表马寅、东北代表于炳然分别做了报告。会议强调要消除民族偏见，注重民族团结，并将"这次大会的一切文件编译成各种民族的文字"推广宣传。①

我们可以看到从陕北公学到延安民族学院都注重对少数民族语言、少数民族文艺的学习与推广，而且从理论与会议层面推广党的民族政策。在延安文艺座谈会召开后，党的民族政策及在民族问题上的一些思考通过文艺在更大范围内推广。

1942年，《讲话》强调"五四"以来的文化战线上，文艺是一个重要的有成绩的部门。"革命的文艺运动，在内战时期有了很大的发展，这个运动和当时的红军战争在总的方向上是一致的，但在实际工作上却没有互相结合起来……"《讲话》中对文艺工作者提出了"要使文艺很好地成为整个革命机器的一个组成部分，作为团结人民、教育人民、打击敌人、消灭敌人的有力武器，帮助人民同心同德地和敌人做斗争"②的要求。《讲话》的文艺观"内在于'革命机器'的政治逻辑和战争逻辑，提供了政治自律性内部对文艺的规定，同时也为日后国家—社会关系中重建文艺的一般关系提供了契机"。③在《讲话》精神的引领下，文学艺术领域出现了新的创作思潮及大量反映党的文艺思想的作品。在这些文艺作品中，无论是搜集研究还是创作都有少数民族的声音。这个图景最早出现在音乐领域。1942年11月，吕骥在《民间音乐研究》第1期发表《中国民间音乐研究提纲》，该文第四部分谈到"应该研究的问题"包括：

>一般理论问题：民间音乐所反映的各族人民的社会生活、思想感情、欣赏习惯，外国音乐对我国民族音乐的影响，民间音乐的分布状况

---

① 本次大会的参会国及国内参会民族均参照当时会议报道，不按照当下相应名称修订。
② 毛泽东：《在延安文艺座谈会上的讲话》，《解放日报》1943年10月19日。
③ 张旭东：《"革命机器"与"普遍的启蒙"——〈在延安文艺座谈会上的讲话〉的历史语境及政治哲学内涵再思考》，《中国现代文学研究丛刊》2018年第4期。

和演变；专门的技术科学问题：各民族音乐的音阶、调式、音律及曲调构成、记谱法等。①

1943年4月11日，诗人萧三在《解放日报》上发表《可喜的转变》，总结自延安文艺座谈会以来，文艺界的转变和新气象。其中专门谈到鲁迅艺术文学院音乐部的《好日子》（大合唱）、《七月里在边区》（民歌合唱）及《抗战五周年进行曲》《毛泽东同志进行曲》《追悼左权同志》和部艺的《治病》，多采自民族民间音调，鲁艺和星期音乐社的《三绣英雄》，完全是民歌形式。② 这一时期文艺创作者关注到了"少数民族文艺"，而且从文艺实践而言，更倾向于借助视觉及听觉的形式完成民族文化形态的建构，代表作品有焦心河在"1941年美术展览会"上的木刻作品《蒙古女人和羊》《蒙古的夜》和碧野的小说《乌兰不浪的夜祭》等。

1944年，延安民族学院蒙古族学生自编、自导、自演了新编蒙古歌剧《上延安》《赶骡马会》《找八路军去》《反抗》，"少数民族文艺"开始进入民族主体内部"发声"的时期。陈叔亮在《解放日报》上发表《蒙古新歌剧的演出》，其中谈到"四个新编蒙古歌剧"的三个特点：

> 在人力配备方面：从剧作、排练直到演员、乐队，都由蒙古同志自己动手；内容方面：通过各种具体事实或人物，反映了今天处在日本法西斯侵略者与中国大汉族主义双重压迫之下的蒙古人民的苦难生活，以及蒙古民族唯一救星的中国共产党、八路军，如何帮助他们寻求解放道路；形式方面：运用了蒙古语言、歌曲、服装、动作、风尚，采取了正

---

① 孙国林编著，王佳钰、王增辉校订：《延安文艺大事编年》，陕西师范大学出版总社，2016年，第512页。
② 孙国林编著，王佳钰、王增辉校订：《延安文艺大事编年》，陕西师范大学出版总社，2016年，第543页。

在边区广泛流传的各种新兴广场剧或秧歌剧的形式。①

抗击日本侵略战争胜利后，中国共产党在冀察热辽一带开展土地改革及革命文艺工作，特别是由安波和洛文提议并得以批准建立的冀察热辽鲁迅艺术文学院（简称"冀察热辽鲁艺"），推动了少数民族文艺的进一步发展。冀察热辽鲁艺初创于赤峰六道街一个骡马大车店，即现在赤峰市戏曲剧团团址，后因革命形势的发展与鼠疫蔓延，先后迁到赤峰南面的新邱及那拉碧流。冀察热辽鲁艺时期，以安波为代表的文艺工作者搜集整理了大量蒙古族民歌，如安波除了深入民间采风之外，还在冀察热辽鲁艺举办了内蒙古东部草原军队和地方的文艺骨干培训班，并请来自各地的蒙古族学员演唱民歌，由于不懂蒙古语，安波便让教师许直协助记录曲谱，文学系的学员胡尔查从事蒙译汉的文字翻译，最终记录下202首蒙古族民歌，在此基础上形成了《蒙古民歌集》②和《东蒙民歌选》③。安波在《蒙古民歌集》"出版感言"中谈到他进行东蒙民歌搜集整理工作的"起点"：1938年，他在延安看到吕骥从绥远一带记录的蒙古民歌原稿，那种高远、雄浑的旋律使他深受感动，他带着这份感动投入到了东蒙民歌的搜集整理工作中。安波在冀察热辽鲁艺讲授《讲话》及"马克思主义与文艺""聂耳的道路"等课程，积极培养少数民族地区艺术人才，鼓励少数民族文艺家参与本民族文艺的创作。这一思想在他的回忆中，很明确地说，是对毛泽东《讲话》精神的学习与实践。④

延安鲁艺、冀察热辽鲁艺等培养的少数民族学生中的一些人开始了文艺创

---

① 参见艾克恩编纂：《延安文艺运动纪盛（1937年1月—1948年3月）》，文化艺术出版社，1987年，第544页。
② 《蒙古民歌集》于1949年由内蒙古日报社用蒙汉两种文字对照（并标着新蒙文）出版，此书将选录的156首民歌分为五类——"革命类""生活类""爱情类""宗教类""杂类"。
③ 《东蒙民歌选》以汉文形式于1952年由上海新文艺出版社出版，《东蒙民歌选》中的《牧歌》最先产生于巴尔虎蒙古人中，是一位牧民对因火灾而失去草原的咏叹调，而经安波整理创新后，变成了对草原由衷的赞美。后又由作曲家翟希贤改编成无伴奏合唱，以其动人心魄的美感及独特的韵律成为20世纪世界音乐经典之一。参见李宝祥：《革命的音乐家安波》，李宝祥编著：《烽火草原鲁艺人》，内蒙古人民出版社，2013年，第21页。
④ 参见李宝祥：《音乐家安波在昭乌达草原的岁月》，载李宝祥编著：《烽火草原鲁艺人》，内蒙古人民出版社，2013年，第26—27页。

作。壮族作家陆地、侗族作家苗延秀和彝族作家李纳曾先后在鲁艺文学系读书，在此期间，他们深受延安文艺精神影响，早期文学创作也多运用现实主义创作方法，书写"新生活"与"新文艺"。① 如陆地的小说《乡间》②即是一篇"揭露和鞭挞广西农村乡绅鱼肉乡民、欺诈舞弊的罪恶行径"③的作品，其后，陆地又发表了短篇小说《落伍者》④；苗延秀也于鲁艺学习期间发表了短篇小说《红色的布包》⑤及其续篇《共产党又要来了》⑥，小说中现实主义创作方法以及人物描写、情节处理等皆吸收和择取了延安文艺的丰富养料；李纳发表于《东北日报》上的短篇小说《煤》（1948）与《出路》（1949）中的主人公在新政权的感召与教育下，成为新社会的主人，充满了对新社会的期待。此外，还有解放战争时期在冀察热辽鲁艺学习过的蒙古族作家巴·布林贝赫及敖德斯尔、在佳木斯东北大学鲁迅艺术系就读过的特·达木林。这些少数民族青年后来都成长为优秀的少数民族作家。

除了上述鲁艺培养出的少数民族作家之外，从1938年开始，陈潭秋、毛泽民、林基路等共产党员到新疆展开工作。随后一些文学艺术工作者也到新疆工作或讲学，如茅盾、萨空了、赵丹、于村、白大方等。他们以新疆学院、高级中学和新疆文化促进会及中国共产党主办的文化干部培训班为阵地，广泛宣传革命文艺。茅盾、白大方、李云扬在迪化（今乌鲁木齐）举办的"鲁迅讲座"，听众中有维吾尔族、乌孜别克族、柯尔克孜族、锡伯族、蒙古族和回族青年。其中一些人后来成为新疆少数民族文艺的中坚力量，如现代维吾尔族戏剧与小说的奠基人祖农·哈迪尔，当时就读于迪化的畜牧专科学校，他时常参加"鲁迅讲座"等文学活动，据他自己回忆，其杂文《进攻》和《向鬼子进攻》等的写作正是受到鲁迅杂文的战斗精神鼓舞。后来，他又陆续创作了话剧剧本《愚昧之苦》（1938）、

---

① 参见丁子人：《鲁迅文学传统与中国少数民族文学》，《鲁迅研究月刊》1997年第12期。
② 陆地：《乡间》，《大公报·文艺》（桂林版）1942年11月6日。
③ 丁子人：《鲁迅文学传统与中国少数民族文学》，《鲁迅研究月刊》1997年第12期。
④ 陆地：《落伍者》，《谷雨》1942年第4期。
⑤ 苗延秀：《红色的布包》，《内蒙古周报》1946年第2期。
⑥ 苗延秀：《共产党又要来了》，《文学战线》1949年第5期。苗延秀的《红色的布包》《共产党又要来了》《小八路》等作品后被收录于《当代侗族短篇小说选》（民族出版社，1988年）、《广西侗族文学史料》（漓江出版社，1991年）、《广西当代少数民族作家丛书·苗延秀卷》（漓江出版社，2001年）等作品集。

《麦斯伍德的忠诚》（1939）、《蕴倩姆》（1940）及短篇小说《精疲力尽的时候》（1947）等。这一时期新疆的文学活动还影响到锡伯族文学的发展。曾经在新疆文化促进会及其所主办的文化干部培训班学习并参加过"鲁迅讲座"的锡伯族作家郭基南认为：以鲁迅为代表的延安文艺是锡伯族新文学诞生的"火光"与"灯火"。① 茅盾后来回忆这一段难忘的经历，曾经谈到"在少数民族中，文学并不是一片荒漠，它埋藏着瑰宝"。②

综上所述，我们看到在早期中国共产党人革命实践及 20 世纪 30 年代对苏联民族理论及文艺经验接受的基础上，通过陕北公学、延安民族学院及鲁艺、冀察热辽鲁艺等对少数民族学生的培养，尤其在《讲话》精神的影响下，抗日革命根据地、解放区逐步形成了多民族文艺的图景。这一情形在新中国成立后，嵌入社会主义文化建设的各个领域，特别是在国家文化建设工程中，少数民族文学进一步凸显。③

三、社会主义国家文化建设与少数民族文学的兴起

1949 年 7 月 2 日—19 日召开的中华全国文学艺术工作者代表大会（以下简称"第一次文代会"）是解放区和国统区文艺力量的会师，同时也奠定了新中国初期文艺机制形成的基础。④《中华全国文学艺术界联合会章程》（以下简称"《章程》"）第二章第七条第四项提到："开展国内各少数民族的文学艺术运动，使新民主主义的内容与各少数民族的文学艺术形式相结合。各民族间互相交换经验，以促进新中国文学艺术的多方面的发展。"⑤ 在《章程》中虽提及少数民族文学艺术，并未用精准的概念，但自此少数民族文学进入了人民文学版图。之后，《中

---

① 参见郭基南：《鲁迅精神和锡伯族文化》，载李振坤、黄川编：《鲁迅与少数民族文化》，新疆美术摄影出版社，1994 年，第 31—37 页。
② 茅盾：《新疆风雨》（上），《茅盾全集》第 36 卷，黄山书社，2012 年，第 317 页。
③ 参见穆昭阳：《国家意识形态下的现代记忆工程——以少数民族民间文学为例》，《赣南师范学院学报》2016 年第 1 期。
④ 斯炎伟：《全国第一次文代会与新中国文学体制的建构》，人民文学出版社，2008 年，第 1—2 页。
⑤ 中华全国文学艺术工作者代表大会宣传处编：《中华全国文学艺术工作者代表大会纪念文集》，新华书店，1950 年，第 573 页。

华全国文学工作者协会章程》《人民文学》"发刊词"都提及"少数民族文学"。①这一概念的提出,固然与前文所言《苏联作家协会章程》《论苏联的文学》《论文学》等有着密不可分的关系,但更与延安时期文艺思想与文艺实践,尤其是对少数民族民间文艺的搜集整理、少数民族文艺人才的培养及文艺创作息息相关。

在新中国成立前夕,解放区的文艺工作者就着手编纂代表新的文艺方向的丛书或作品集。其中最有代表性的就是周而复编辑的"北方文丛"和周扬主持的"中国人民文艺丛书"。这两套丛书的编纂与发行不仅昭示了"延安文艺及其艺术传统的建构与历史叙述"的完成,同时又规定了"新中国的文艺的方向"及其国家美学规范与文类秩序。②这两套丛书从文类而言,包括了小说、诗歌、散文、说书、平剧、秧歌、话剧等,兼顾了精英文学与群众文艺(或民间文艺)。虽然其中没有列入与少数民族文艺相关的内容,但当时在陕甘宁边区有很多少数民族文艺工作者参与秧歌剧的创作与传播等,而且很多少数民族有语言无文字,他们的文艺更多呈现为口头传承。因此1950年成立的民研会虽然在章程中没有明确提及少数民族文学,但在《民间文艺集刊》1950年第1—3期公布的《本会收到资料目录》中提到了艾治平"黎歌"等两篇、项士元《满洲之谣谚》、袁杂训《大西北民歌选集》、程景汉《湘西民歌》、侯雪英《粤东农谚苗族情歌》、张锦乡《云南民歌集》、刘泮溪《云南山歌西南歌谣三百篇序》、高光强《南疆农村的新民歌》、李云《西康歌谣》、陈志良《广西特种民族歌谣集》、寄吾《边地风情谚》和《察省风土谚》、石寅《藏民情歌》、韩燕如《爬山歌》、曹伯卿《苗家歌谣》、陈锦《辛笛尔亚(蒙古故事)》(法文)、甄经《苗族古歌》、孙云程《记苗舞》等。③在《民间文艺集刊》中也刊发了马可对哈萨克族民歌的搜集、藏族民歌专辑等。由此可看出无论在资料搜集还是文章刊发中,民研会都注重少数民族民

---

① 学界一般认为"少数民族文学"的概念源自茅盾为《人民文学》撰写的"发刊词"。参见李鸿然:《少数民族文学:概念的提出与确定》,《民族文学研究》1999年第2期。
② 王荣:《宣示与规定:1949年前后延安文艺丛书的编纂刊行——以"北方文丛"与"中国人民文艺丛书"的编辑出版为例》,《陕西师范大学学报(哲学社会科学版)》2012年第3期。
③ 以上为笔者在民研会1950年不定期出版的三期《民间文艺集刊》公布的所征集的民间文艺资料中根据名称查找到的资料,可能会有遗漏或不准确之处。

间文学,并将其纳入"人民的文学艺术遗产"。①1955年民研会主办的《民间文学》创刊号《发刊词》指出:

> 中国是一个多民族的国家。汉族和各兄弟民族的人民,过去在艰苦的条件下,创造了民族赖以生存的物质财富,同时也创造了各种精神财富。他们创造了自己的艺术、自己的伦理观念,创造了自己的哲学和科学。人民口头创作,就是各族人民创造的文化的一部分……中国共产党所领导的新民主主义革命运动的伟大胜利,给全国各族人民的生活和精神带来了春天……人民的口头创作,在非常有利的条件下,进入了一个繁荣的时期。这是我们进步的人民文化的一种新胜利和新成就。②

创刊号的《稿约》中也明确提出刊发"我国各族人民的民间文学作品"。③20世纪50年代初期,民研会组织采录、刊发了《江格尔的故事》《阿细人的歌》《梅葛》《一幅壮锦》《阿诗玛》《洪古尔》及"格斯尔""格萨尔"等少数民族史诗、神话、故事。民研会及《民间文学》所沿袭、践行的正是延安文艺理念。这在《民间文艺集刊》《民间文学》刊发的文章中亦有呈现。④

中国作协从成立之时起就将少数民族文学的发展纳入其章程,但是正如老舍在《关于兄弟民族文学工作的报告——1956年2月27日在中国作家协会第二次理事会扩大会议上》(以下简称《报告》)中所言,"作家协会知道兄弟民族文学工作如何的重要,可是不了解情况,也就无从晓得其中的困难与问题。"⑤所以中国作协在召开兄弟民族文学工作情况座谈会时,邀请了民研会、《民间文学》

---

① 《中国民间文艺研究会章程》,《民间文艺集刊》1950年第1册。
② 《发刊词》,《民间文学》1955年创刊号。
③ 《稿约》,《民间文学》1955年创刊号。
④ 具体论述参见拙文《从解放区文艺到人民文艺:1942年—1966年革命民间文艺对人民性的凝铸》,杨江浩主编《华中学术》第30辑,华中师范大学出版社,2020年,第215—225页。
⑤ 老舍:《关于兄弟民族文学工作的报告——1956年2月27日在中国作家协会第二次理事会扩大会议上》,《民间文学》1956年3月号。

编辑部等相关单位参加。在《报告》中老舍提出少数民族文学工作包括：民族文学遗产和新文学的兴起，搜集、整理、研究工作，翻译，创作等；在论述中，也以民间文学为主，尤其是史诗，并且他的论述都是将其置于世界研究范围中，比如关于"格斯尔""江格尔"及新疆史诗"库塔提·扣贝里克"等，除了本国的搜集情况外，还提到苏联及欧美国家的研究，对于"格萨尔"则进一步提到其在戏曲、壁画等不同艺术形式中的传播。少数民族文学从名词术语（或者说片言只语）逐渐落实到文艺、研究实践。

从《章程》提到少数民族文学艺术，到民研会及其所创办的刊物《民间文艺集刊》《民间文学》等进行的民间文艺搜集整理研究，再到《报告》拟定的少数民族文学的研究范围、内容、方法等，我们看到少数民族文学逐步确立的过程，同时也看到少数民族文学创作及研究是对延安文艺理念的沿袭、践行，其宗旨就是建构新中国人民文艺。1949 年以后，文学成为塑造社会主义新人和形成社会主义多民族国家认同的重要方式，少数民族文学在社会主义国家文化建设中逐渐兴起、发展。

20 世纪 50 年代的民族识别与各民族历史调查及各民族文学史的编纂①为"少数民族文艺"的发展提供了契机和重要前提。《中华人民共和国发展国民经济的第一个五年计划 1953—1957》（以下简称"第一个五年计划"）确定了 1953—1957 年"少数民族地区的文化建设"：

> 发展用各民族文字编印的报刊、图书的出版事业。一九五七年，用少数民族文字出版的报纸为 2.2 万份；图书为 1.25 万册（份），比一九五二年增长一倍以上。注意改进对少数民族地区报刊图书的发行工作……

---

① 1958 年 7 月 17 日，中共中央宣传部在北京召开"少数民族文学史编写座谈会"，提出"编写我国少数民族文学史或文学概况"的问题。截至 1961 年"第二次少数民族文学史编写工作座谈会"召开前夕，共有白族、纳西族、苗族、壮族、蒙古族、藏族、彝族、傣族、土家族、布依族、侗族、哈尼族、土族、赫哲族、畲族等 15 个少数民族完成文学史或文学概况的编纂。

注意复制以少数民族语言配音的电影片，建立和发展少数民族地区的电影放映网，注意对少数民族地区发行的电影的选片工作，使之更加适合于对少数民族宣传教育的要求。

发展少数民族地区的文艺活动。积极地充实和提高少数民族的文艺工作团和歌舞团，有计划地组织它们巡回演出。发掘和研究民族地区的各种优秀的民间文艺，保持其民族形式，加以推广和发扬。①

这些举措将"少数民族文艺"纳入国家文艺建设的规划。在第一个五年计划的指引下，各少数民族文艺事业蓬勃发展，如新疆历史上第一本维吾尔文版文艺杂志《新疆文艺》于1951年创刊，后又于1953年增设哈萨克文版，主要刊载"鲁迅的一些小说，郭沫若的一些诗，周立波、赵树理、马烽等人的小说，柯仲平、艾青、萧三、田间等人的诗及贺敬之和丁毅的'白毛女'等等"。②西双版纳傣族自治州和德宏傣族景颇族自治州历史上第一次出版了民族文字报纸，其中"1955年创刊的德宏自治州的'团结报'以傣、景颇、傈僳、汉四种民族文字发行"。③

《1956—1967哲学社会科学规划纲要（修正草案）》中关于新中国少数民族文艺发展问题的规划④使少数民族文艺的发展及研究上升为一种"国家文化行为"。1956年，《文艺报》刊登了漫画《万象更新图》⑤，图中的近百名作家中，有

---

①《中华人民共和国发展国民经济的第一个五年计划1953—1957》，人民出版社，1955年，第143—144页。
②孜亚：《新疆各民族文学艺术事业的新发展》，《人民日报》1955年9月25日。
③《云南少数民族出版事业发展很快　从手抄本到建立民族文学的印刷厂》，《人民日报》1957年9月2日。
④如"文学"学科的重要问题第二条"从鸦片战争到解放前的中国文学的研究"第七点"各少数民族现代创作的成就"、第八点"中国现代文学与民族传统的关系"；第三条"中国古典文学遗产及民间文学的研究"第七点"各少数民族文学遗产研究"、第八点"民间文学的研究"等。参见国务院科学规划委员会办公室编：《1956—1967哲学社会科学规划纲要（修正草案）》，内部资料，1958年，第28—29页。
⑤《文艺报》1956年第1期（1月15日出版）刊登漫画《万象更新图》，该画由丁聪、方成、叶浅予、米谷、华君武等创作，共4个16开版面，将当时文坛的95位文艺工作者按地位、创作题材类型等进行排列。参见向贵云：《新中国少数民族文学发展史上的1956年》，《中国当代文学研究》2021年第2期。

老舍（满族）、李准（蒙古族）、玛拉沁夫（蒙古族）、舒群（满族）、马加（满族）、韦其麟（壮族）、铁依甫江（维吾尔族）、纳·赛音朝克图（蒙古族）、孜牙（维吾尔族）九位少数民族作家，漫画配以袁鹰、马铁丁、袁水拍所作的解说诗《作家们，掀起一个创作的高潮》，其中希望"兄弟民族的作家们"从各民族的艺术的深山里挖掘矿藏，去书写"从天山脚下到海南岛，从呼伦贝尔到珠穆朗玛"的秀美风光。同年召开的中国作家协会第二次理事会（扩大）会议和老舍的《报告》进一步推动了少数民族文艺的发展。

"少数民族文艺"从相关话语的出现，到延安时期的少数民族民间文艺的搜集、文艺作品创作，再到新中国成立初期学术概念的确立及在国家文化建设中初步形成少数民族文学研究规模，可以说"少数民族文艺"是在苏联民族文学理论[①]与延安文艺传统的共同影响下发展起来的，尤其是后者，前者只是打破了西方民族主义或者说单一民族国家理念的影响，是中国少数民族文学话语形成的外因与来源借鉴，延安文艺思想才是内源性因素。可以说不同时期的"少数民族文艺"的发展都褪不去"延安"的底色。在"自在的中华民族共同体"向"自觉、自为的现代中华民族共同体"[②]转变的过程中，延安文艺传统直接影响了新中国文艺对于阶级、国家、民族、大众等概念的设定。"从天山脚下到海南岛，从呼伦贝尔到珠穆朗玛"，各民族文艺在"国家层面有意识的建构"中逐渐克服语言、地域、宗教等因素的影响，感受着"中华民族多元一体"的凝聚力。

[①] 关于这一问题，李琴通过对一些俄文文献及新中国初期文献资料的梳理得出中国少数民族文学概念的提出受到了苏联少数民族文学概念的影响。参见李琴：《中国"少数民族文学"概念溯源》，《民族文学研究》2022年第3期。
[②] 邹诗鹏：《从国家民族及其认同建构看现代中华民族共同体之建构》，《中央民族大学学报（哲学社会科学版）》2022年第1期。

第三节 少数民族民间文学发展述论

学界一般认为民间文学这一学术名词最早出现在梅光迪给胡适的信中[①]，因只是出现在私人信件，影响具有一定的局限性。学界关于民间文艺学的发展相关研究论述较多，但鲜有提及少数民族民间文学。

一、从"歌谣运动"到"少数民族"概念的演进

从北京大学歌谣运动开始，少数民族的民歌、民间故事、传说就被关注，只是主要集中于南方的民族。《歌谣》周刊上已经刊载了顾颉刚与胡怀琛讨论壮族民歌的文章。1926年，钟敬文标点并注释了《粤风》，寄给厦门大学的顾颉刚，顾颉刚于1927年4月3日撰写了序言，随后为之联系在北京朴社出版。1927年至1930年，中山大学创办了《民俗》周刊，上面刊登了很多壮、瑶、苗、毛男、彝等各族民歌。1930年至1937年抗战前夕，闽、浙、苏等省民俗学会或分会纷纷成立，会刊刊载了大量民间故事、传说和民歌，其中有一些少数民族作品。顾颉刚、钟敬文、王鞠侯、容肇祖、乐嗣炳、叶德均、黄芝冈等先后发表关于《粤风》的文章，掀起了一次《粤风》研究的高潮。由此带动了对粤歌、客家歌及苗歌等少数民族民歌的研究，专门研究文章日益增多，逐渐引起人们对少数民族民歌的关注。同期民族学、人类学相关调查逐步兴起，1930年凌纯声到赫哲族生活的地区进行实地考察，撰写了《松花江下游的赫哲族》，该书当时被吴文藻评价为"中国民族学家所编著的第一部具有规模的民族志专刊"，书中有19篇赫哲族民间故事。他采用民族学、比较语言学的方法，对"故事的翻译和记录；故事的分类和排列；赫哲族故事与邻族故事的比较；赫哲族故事中的中国文化；赫哲族故事中的本土色彩；那翁巴尔故事与约瑟故事；赫哲族故事中的赫哲语注音"[②]等

[①] 罗岗、陈春艳编：《梅光迪文录》，辽宁教育出版社，2001年，第162页。
[②] 汪立珍：《20世纪中国少数民族民间文学资料建设回顾》，《西北民族大学学报（哲学社会科学版）》2010年第4期。

论题进行论证和分析。1938年，闻一多与"湘黔滇旅行团"徒步经湘西前往西南联大，马学良作为他的助手。一路采风问俗，收集少数民族山歌、民谣和民间传说。"湘西是少数民族聚居的地区。这里各兄弟民族的习俗、语言、服装，以至于他们的山歌、民谣、民间传说都使闻先生兴致盎然。每到一处山寨，他顾不得安顿住处，也顾不得旅途的疲劳，一到宿营地就带着我们几个年轻人走家串户，采风问俗。"① "在《伏羲考》一文中，闻一多先生引用25条洪水神话传说资料，其中20条是苗、瑶、彝等民族民间文学作品。文后附表列出了苗、瑶、侗、彝、傈僳、高山、壮（侬）等众多民族49个作品。"② 此外，凌纯声、芮逸夫在湘西调查所得23篇神话、12则传说、15则寓言、11个趣事（故事）、44首歌谣等③少数民族民间文学作品。1940年9月，商务印书馆出版李方桂《龙州土语》，该书分导论、故事与民歌、词汇，作者用国际音标记录了一共16段壮族民间故事及民歌，逐字注汉字，又译为汉文和英文，开创了用壮族民间文学做语言学研究之先河。1970年秋，台北又出版了1935年他对广西收集到的天保（今德保一带）壮族民歌分析的论文《天保土歌——附音系》。总之，20世纪20—40年代，西南、东北的少数民族的民间文学已经被广泛关注，学人从文学、民俗学、人类学、民族学等不同视角对其进行研究，只是当时学界"少数民族"的概念尚不清晰。1903年，梁启超引入"民族"（nation）一词，而"少数民族"一词较早出现于1924年孙中山的相关著述。1924年1月23日《中国国民党第一次全国代表大会宣言》、1924年1—8月的《三民主义》都曾使用"少数民族"的概念。南京国民政府基本继承了孙中山的民族主义思想，并在此基础上对蒙藏等边疆地区的民族政策有所发展，设立管理少数民族的中央机构——蒙藏委员会。确定民族平等、民族自治和少数民族参政的法律依据，开展民族地方建设等。但当时的少数

---

① 马学良：《记闻一多先生和西采风二三事》，中央民族大学中国少数民族语言文学学院编：《马学良文集》（下卷），中央民族大学出版社，2009年，第269页。
② 汪立珍：《20世纪中国少数民族民间文学资料建设回顾》，《西北民族大学学报（哲学社会科学版）》2010年第4期。
③ 凌纯声、芮逸夫：《湘西苗族调查报告》，民族出版社，2003年。

民族重点指向蒙藏，同时民族政策与边疆政策混合。①中国共产党早期民族政策基本照搬苏联和共产国际关于民族问题及其政策的基本模式。1923—1927年，国民革命时期，中国共产党的民族政策在某种意义上争取与国民党一致，但并未放弃自己民族政策的主要观点，中共三大通过的《中国共产党党纲草案》，继续表述了中国共产党坚持马克思列宁主义民族自决权的主张。1927年国共分裂之后，中共退到西南等少数民族地区，民族政策对于中共的存在与发展至关重要，这一时期很多重要文件中都体现了这一思想。中共六大通过的《中国共产党第六次全国代表大会关于民族问题的决议案》(1928年7月9日)②中可以看到，中国共产党除了对蒙、藏、回等人口较多少数民族关注外，也开始注重国内其他民族如苗、壮、黎等，并进一步强调民族问题对于中国革命的重要意义。对中国共产党这一时期民族政策最为全面系统阐述的是1931年11月7日中华苏维埃第一次全国代表大会通过的《中华苏维埃共和国宪法大纲》。③从《中华苏维埃共和国宪法大纲》中可以看到20世纪30年代民族政策出现了激进化的倾向，最为突出的是将民族分立纳入民族自决的范围之内，从其本质意义上而言，只是一种与国民党统治进行斗争的策略性考虑。这一时期，特别是红军长征过程中，中共进行了民族政策的实践，使其对中国的民族问题有了更深刻的认识，为今后民族政策的正确制定与发展奠定了基础。

　　1937年日本侵华战争全面爆发，造成了中国国内政治形势的剧变，在中华民族"亡国灭种"的紧要关头，中共必须与国民党合作，同时也需要重新认识中国民族问题的本质，努力为马克思列宁主义的民族原理与中国的具体国情相结合提供新的条件，并最终使得中共民族政策发生了根本的转变。在使用一些字眼上，如"反蒋"等被去掉，开始使用"中华民族"等词语，在民族自决观念的

---

①严昌洪、李安辉、吴守彬：《论民国时期的民族政策》，《兰州大学学报（社会科学版）》，2012年第1期。
②《中国共产党第六次全国代表大会关于民族问题的决议案》(1928年7月9日)，中央档案馆编：《中共中央文件选集》第4卷，中共中央党校出版社，1983年，第388页。
③《中华苏维埃共和国宪法大纲（摘录）》，载全炳镐主编：《民族纲领政策文献选编》（第一编），中央民族大学出版社，2006年，第89—90页。

使用上具有越来越明显的策略性特征,同时重新审视民族自决权原则。刘少奇在《抗日游击战争中的若干基本问题》(1937年10月16日)一文中指出:"日本帝国主义反用赞助各少数民族的独立自治去欺骗,这是很危险的","只有承认少数民族有独立自治之权——才能取得各少数民族诚意地与中国联合起来去抗日。不承认民族的自决权,就不能有平等的民族联合。"[①]到中共中央六届六中全会上,毛泽东《论新阶段》(1938年10月12—14日)中第一次讲道:"允许蒙、回、藏、苗、瑶、夷、番各民族与汉族有平等权利,在共同对日原则之下,有自己管理自己事物之权,同时与汉族联合建立统一的国家。"[②]政治话语的转变蕴含了民族与国家二元本位的理念。[③]抗战胜利后,中共倡导在民族地区建立民族自治,以1947年4月27日内蒙古自治区的成立为里程碑。在这一历史历程中,中共一直就很尊重少数民族的民间文化。

新中国文学的研究一般要从第一次文代会谈起。少数民族民间文学的研究亦是如此。从延安时期开始,文学会议具有独特的理论切入价值和突出的方法论意义。新中国成立前夕召开的第一次文代会,以其全局性的整合、规范与指引功能,成为1949—1966年文学体制建构的行动纲领,对于民间文艺学也不例外。第一次文代会确立了延安文学的主导地位,民间文艺学积极参与新的文学格局的酝酿与建设。

二、民间文艺的新转向

第一次文代会的闭幕式由冯雪峰主持,郭沫若致闭幕词,大会在"毛主席万岁"的口号声中结束。会后,中国文联正式成立,郭沫若任主席,茅盾、周扬任副主席,全国委员87人,候补委员26人,常委21人,常驻机构部门负责人15

---

① 刘少奇:《抗日游击战争中的若干基本问题》(1937年10月16日),载全炳镐主编:《民族纲领政策文献选编》(第一编),中央民族大学出版社,2006年,第208页。
② 毛泽东:《论新阶段》(1938年10月12—14日),中共中央统战部编:《民族问题文献汇编》,中共中央党校出版社,1991年,第595页。
③ 王怀强:《走向民族区域自治——1921—1949年中国共产党民族政策变迁的历史新探》,《广西民族研究》2011年第1期。

人，有沙可夫、丁玲、萧三、郑振铎、何其芳、叶浅予等。

在第一次文代会上，周恩来做了《在中华全国文学艺术工作者代表大会上的政治报告》的主题报告，此外郭沫若关于文艺工作的总报告、茅盾关于国统区文艺的报告、周扬关于解放区文艺的报告、萧三关于苏联文学界清算"世界主义"的专题报告、傅钟关于部队文艺的报告也为主题报告。参加此次大会的民间文学领域代表是钟敬文。他在文代会中发言的时间是1949年7月11日，当时由洪深主持，曹禺、陈学昭、杨晦、钟敬文发言。

在抗日战争时期，钟敬文的民间文艺学研究有了新的转向。1940年夏，他与杨晦、黄药眠等到粤北战区考察[①]，在调查与搜集资料的基础上，他完成了《抗日的民间老英雄》《到温泉去》等报告文学。1939—1940年间写成了《民间艺术探究的新展开》，该文主要阐述了民间文学、艺术在战争中的宣传教育作用。抗战后期，他在广州、香港任教期间，有机会读到《讲话》，从此逐步转向马克思主义，并努力运用马克思主义的观点思考民间文学与民间艺术问题。之后他主编了《方言文学》文集，并写作了《民间讽刺诗》《从民谣角度看〈王贵与李香香〉》等文章，在这些文章中，他运用马克思主义观点对民间讽刺诗进行阐释，从民谣的角度对李季的《王贵与李香香》进行了全面深入的解读。1949年5月，他应召到北京，筹备并参加第一次文代会，并被选为文联全国候补委员及文学工作者协会常委。周恩来曾在其纪念册上题词"为建设人民文艺而努力 敬文先生 周恩来"予以勉励。1950年3月29日，中国民间文艺研究会成立，钟敬文作为民间文艺学代表，积极适应新的社会政治环境。他这一时期较为活跃，可以说在民间文艺学转型期他站在学术的前台。但是他的研究在民间文艺学领域并没有成为显性话语，相反，在中国文联、中国民间文艺研究会的领导下，在进一步推动鲁迅对"阶级"的论述和毛泽东《新民主主义论》及《讲话》进程中，民间文艺学领域逐步形成了以人民性、民族性为核心的话语体系。少数民族民间文学的研究围绕"民族性"与"人民性"核心展开。

---

① 他们此次活动是受战区政治部的委托。

1950—1951年不定期出了《民间文艺集刊》三册。第一册是由中国民间文艺研究会编辑，新华书店发行。其内容包括三个方面：民间文艺的研究和讨论文章，民间歌谣、传说、故事、谚语选录，中国民间文艺研究会章程、资料收集办法等文件。中国民间文艺研究会正式确定了民间文学在中国文学中的地位，郭沫若为理事长，老舍、钟敬文为副理事长，起初的活动范围包括了民间文学、民间音乐、民间舞蹈、民间戏剧、民间美术等一切艺术门类，实际上除民间文学外，其他艺术门类的研究，由后来成立的中国音乐家协会、中国舞蹈家协会、中国戏剧家协会、中国美术家协会负责。该期集刊的撰文者都是文艺界的"大腕"——郭沫若、老舍、钟敬文、游国恩、俞平伯……其中钟敬文的《口头文学：一宗重大的民族文化遗产》对民间文学做出了全面系统的评价，具有方法论意义：该文强调民间文学的历史性和价值；口头文学的内容价值在于反映社会真相、表现人民思想见解、艺术审美；利用和发展口头文学。《民间文艺集刊》第二册是1951年5月中国民间文艺研究会编辑，人民文学出版社出版，新华书店发行。其内容有四块：一是民间文艺理论探讨，注重地域文化知识。有钟敬文《民间歌谣中的反美帝意识》、何其芳《关于梁山伯祝英台故事》等文。二是调查笔记，关于民间文学资料搜集方法的讨论。三是朝鲜民间文学特辑，应"抗美援朝"时代背景而生。四是中国新旧民间文学作品选。为了庆祝西藏的和平解放，《民间文艺集刊》第三册刊出了"藏族民间文艺特辑"，理论性文章主要发表了周扬的《继承民族文学艺术优良传统》一文。

《民间文艺集刊》比较注重民间文艺作品的艺术和学术价值，所刊作品大多遵循忠实记录的原则，而理论文章则采用新的科学的观点、方法。总之，《民间文艺集刊》的创刊具有开拓性的意义。

《民间文学》的《发刊词》[①]强调民间文学对于社会历史以及民众生活的记录。该杂志不仅推动了民间文学作品的搜集、推广和研究，而且对于作家学习与利用民间文学，起到了推波助澜的作用。为了深入贯彻中共中央提出的贯彻文艺

---

① 《发刊词》，《民间文学》1955年创刊号。

为工农兵、人民大众服务的思想，全国的广大文艺工作者积极搜集与调查民间文学作品。随着国家民族识别与民族社会历史调查工作的展开，文学领域非常重视对少数民族民间文学的搜集与调查，相继组成了到西北、西南少数民族边疆地区的八个调查小组。1956年8月，中国科学院文学研究所和中国民间文艺研究会共同组成联合调查采风组到云南少数民族地区进行调查。①1958年开始，在"大跃进"运动以及中共中央的号召下，全国掀起了搜集新民歌的运动，同时群众创作蓬勃发展，这些都推动并促进了全国范围内的民间文学工作。1958年4月14日，《人民日报》发表社论《大规模收集全国民歌》。同日，郭沫若发表《关于大规模收集民歌问题答本刊编辑部问》②等。同年在全国民间文学工作者代表大会上提出了进行"全面搜集、重点整理、大力推广、加强研究"的任务和"古今并重"的原则③，强调要将整理工作与个人创作、改编、再创作区别开来，并提出科学资料本与文学读物本的理念。

新中国成立初期，少数民族民间文学的发展跟少数民族文学研究也是密切相关的。新中国成立后，"编写一部包括各兄弟民族文学成果、文学经验、文学发展史，因而名实相符的中国文学史，是全国各族人民的共同需要和要求"。④1961年3月25日至4月2日，中国科学院文学研究所在北京召开少数民族文学史编写工作座谈会。会议由何其芳、毛星、贾芝主持，制订了《中国各少数民族文学史和文学概论编写出版计划》《中国各少数民族文学作品、翻译、编选和出版计划》和《中国各少数民族文学资料汇编编辑计划》。虽然这个工作后来由于"文革"被打断了，但是当时注重少数民族文学，并且认为文学史不能缺失少数民族这一板块的思路与学术理念在20世纪80年代进一步发展与深化。

---

① 王平凡、白鸿编：《毛星纪念文集》，学苑出版社，2004年，第92页。
② 郭沫若：《关于大规模收集民歌问题答本刊编辑部问》，《民间文学》1958年5月号。
③《让万里山河开遍民间文艺之花》，《人民日报》1958年8月2日。2006年8月14日，笔者在访谈刘超时，他多次提到民间文学搜集整理的方针、原则。
④ 毛星：《〈中国少数民族文学〉序》，《民间文学论坛》1982年第2期。

三、少数民族民间文学的搜集整理

通过对少数民族民间文学研究的兴起及其在新中国成立初期发展的综述与分析，可以看到少数民族文学的出现以及发展有着一定历史契机以及社会政治情境。很多学人因为新中国成立初期特殊的政治化情境以及文学的政治化，对这一时期的学术研究颇有微词，但是通过对 1949—1966 年少数民族民间文学学术史的梳理，可以看出这段时期它本身的学术特性以及对当下民间文学、少数民族文学等不同学科的影响。

首先，少数民族民间文学被系统搜集与整理。从 20 世纪初开始，少数民族民间文学的搜集就已经开始，但是鲜有对其系统的研究。新中国成立后，文学思想经过第一次文代会逐步形成较为一致的方向，即《讲话》所形成的工农兵方向，后来逐步形成了主流学术关键词"人民文学"。文学领域注重民间文学的研究，少数民族由于其特殊性，他们的大量文学都是世代口传，因此少数民族文化逐步成为新中国成立后民间文艺学关注的重要部分。加之新中国成立后，文学研究逐步体制化，民间文学纳入了国家机构的管理体系——中国民间文艺研究会，这实际上为少数民族民间文学的发掘与研究提供了重要而有利的条件。例如在云南，以毛星为组长的调查组就对白族、纳西族等进行实地调查，并出版了白族、纳西族的民间故事。这就与新中国成立前的西南采风完全不同。学人出了一系列的调查成果，并且当时的调查理念以及学术原则都符合民间文学搜集与调查的基本要求。它对今后进一步的研究具有重要的帮助与意义。当时相关资料出版后，也得到了世界其他国家如日本、韩国的关注与认可。

其次，少数民族文学的影响迅速扩大。由于传统文学史对于民间文学以及少数民族文学的忽略，少数民族文学的可见度以及影响范围极其有限。但是随着民间文学的搜集，少数民族的民间文学作品在全国范围内影响迅速扩大。例如《阿诗玛》[①]，随着《阿诗玛》文学读本的刊印、《阿诗玛》电影的公映，彝族的阿诗

---

① 彝族撒尼人的民间叙事长诗。1953 年 5 月，云南省人民文工团深入路南县圭山区历时 3 个月，搜集到《阿诗玛》的异文 20 种，后由公刘、黄铁、刘知勇、刘绮等进行整理出版。

玛传说在全国范围内传播，虽然当时文学作品的阶级性非常鲜明，文学读本、电影与传说本身有着一定的差异，但阿诗玛变得家喻户晓。还有壮族《一幅壮锦》《刘三姐传说》等皆是如此。

最后，少数民族民间文学搜集与整理重视其社会历史价值。1949—1966年民间文艺首次进入国家意识形态主流，国家话语不仅仅是影响着少数民族民间文学的研究，它本身也成为其研究的一部分，对于这一领域的研究具有建构性意义。同时，1956年开始，在全国范围内展开的民族识别与各民族社会历史调查也为少数民族民间文艺搜集提供了极好的契机。在特定的历史情境中，各个民族的民间故事、传说、民歌等结集成册，大量成果都是首次面世，但为了适应国家话语要求以及当时的文艺学研究模式，大量的传说、故事的选择标准都以社会历史价值为核心，这样少数民族大量的其他民间文学样式以及作品被遮蔽，这对全面研究少数民族文学以及建立完整的资料体系产生了一定的影响，使得少数民族民间文学研究的丰富性与多样性被破坏。这对于当下的民间文学以及少数民族文学的研究依然具有一定的警示意义。

四、少数民族民间文艺研究与多民族文学格局的建构（1949—1966）

晚清民初以来，在"西学东渐"及本土变革的推动下，文学被逐渐视为唤起人心、改造国民乃至塑建国家的利器。[①]"五四"时期，随着对现代启蒙及人之个性的强调，民间文学"以其被上之化以有言，而言又足以感人"[②]渐为知识人所重视，尤其是1919年兴起的"到民间去"运动，参与者意识到民间文艺在鼓动民众革命意识中的特殊作用。1927—1936年的民间文学运动[③]除了理论探索外，还

---

① 徐新建：《"文学"词变：现代中国的新文学创建》，《文艺理论研究》2019年第3期。
② 郑泗水：《民间文艺：民间文艺征集例言》，《教育旬刊》1934年第1期。
③ 指的是从1927年中山大学出版《民间文艺》周刊、《民俗》周刊，成立民俗学会始，至抗日前夕，即1927至1937年国统区的民间文学研究。当时在国统区，以鲁迅为代表的左翼作家反对文化"围剿"的斗争异常尖锐和复杂，文化战线上日趋分野，各阶级、各阶层因参与斗争的需要，纷纷创办刊物，成立社团。民间文学运动也以新的姿态、进步的面目出现在文化界。参见蔡铁民：《对1927—1936年民间文学运动的考察》，《民间文学论坛》1983年第1期。

注重民间文艺的社会价值，尤其是民间文艺在革命运动中的独特意义；另外就是这一时期对瑶、苗、黎等民族的历史生活、文化进行了调查，还辑录出版了藏族民间故事、壮族谜语等。[①]1942年，《讲话》发表后，民间文艺在"文艺为人民"这一权威话语架构下呈现出新的革命样态[②]；现代民族国家体系所包含的民族、语言、传统与时代的"文化同一性"正在被创制。[③]1949年以后，文学与多民族国家的建构紧密联系在一起，但我国很多少数民族没有文字，其文艺以口传为主，这样新中国初期的多民族文学格局的构建首先从民间文艺领域兴起。

（一）"民族"与"民间"：少数民族民间文艺研究之滥觞

现代意义的"民族"一词出现在19世纪30年代。[④]日文中"民族"一词受汉学影响出现，在日译西方著作中对应了"volk""ethnos""nation"等，这些著作中"nation"等词的定义及其相关研究，对19世纪末20世纪初的中国民族主义思潮产生了直接影响。1899年，梁启超在《东籍月旦》[⑤]一文中，称当时有影响的世界史著作"于民族之变迁，社会之情状，政治之异同得失……乃能言之详尽焉"。1901年，梁启超在《中国史叙论》[⑥]中提出"中国民族"的概念；1902年，他在横滨创办《新民丛报》（半月刊），《论中国学术思想变迁之大势》一文陆续在该刊"学术栏"发表，所用笔名为"中国之新民"，暗合其办刊宗旨"取《大学》'新民'之义，以为欲维新吾国，当先维新吾民"。[⑦]此文在"中国民族"概

---

① 如20世纪30年代对我国西南、东南少数民族聚居地区进行的实地调查。
② 革命民间文艺成为人民文艺的重要组成部分，其文学特性逐渐向"人民性"靠拢。参见毛巧晖：《从解放区文艺到人民文艺：1942年—1966年革命民间文艺对人民性的凝铸》，杨江浩主编：《华中学术》第30辑，华中师范大学出版社，2020年，第215页。
③ 如1946年9月22日至24日《解放日报》上刊载的《王贵与李香香——三边民间革命历史故事》（原名《红旗插到死羊湾》），运用民歌"顺天游"（信天游）的形式写三边民间革命故事。
④ 参见黄兴涛："民族"一词究竟何时在中文里出现》，《浙江学刊》2002年第1期；方维规：《论近代思想史上的"民族""Nation"与中国》，《二十一世纪》（香港）网络版2002年6月号；郝时远：《中文"民族"一词源流考辨》，《民族研究》2004年第6期。
⑤ 梁启超以"饮冰室主人"为笔名发表于《新民丛报》1902年第9期、第11期。
⑥ 梁启超：《饮冰室文集·辛丑集》（上），广智书局，1902年。
⑦《新民丛报》1902年创刊号上发表告白，阐述其办报宗旨："本报取《大学》'新民'之义，以为欲维新吾国，当先维新吾民。中国所以不振，由于国民公德缺乏，智慧不开，故本报专对此病而药治之。务采合中西道德，以为德育之方针，广罗政学理论，以为德育之本原。"

念的基础上首次使用"中华民族"①一词。1905年,他在《历史上中国民族之观察》一文中从历史演变的角度提出中国民族的"混成"。②1907年,杨度在《金铁主义说》③中沿袭了梁启超提出的"中华民族"之概念,且较为清晰地说明了"中华"作为民族名称的由来和特征。同年,章太炎在《民报》发表《中华民国解》④一文,在梁、杨思想基础之上,进一步提出了"中华民族之空模"之论。1912年1月5日,孙中山在《对外宣言书》第一次使用"中华民族",并将其运用于政治领域。

20世纪初期,随着"中华民族"意识的不断加强,围绕着"中华民族史"产生了大量的研究成果。如夏曾佑的《最新中学中国历史教科书》(1904—1906)⑤、《共和国教科书新历史》(1912)⑥,王桐龄的《中国民族史》(1928)⑦,傅绍曾的《中国民族性之研究》(1929)⑧,吕思勉的《中国民族史》(1934)⑨,郭维屏的《中华民族发展史》(1936)⑩以及林惠祥的《中国民族史》(1936)⑪等。20世纪30年代,随着中国西南边疆民族危机日益深重,"滇缅界务,日久未决,片马

---

① "齐,海国也。上古时代,我中华民族之有海权思想者厥惟齐。故于其间产出两种观念焉,一曰国家观,二曰世界观。"梁启超:《论中国学术思想变迁之大势》,上海古籍出版社,2019年,第31页。
② 梁启超:《国史研究六篇》,中华书局,1936年,第2页。
③ 杨度:《金铁主义说》,载刘晴波主编:《杨度集》,湖南人民出版社,2008年,第212—396页。
④ 章太炎:《中华民国解》,《民报》第15号,1907年7月5日。
⑤ 《最新中学中国历史教科书》一问世,便引起了整个社会的普遍关注与高度评价,自1904年第一版刊行至1906年先后发行六版。1933年商务印书馆将该书加以句读,易名为《中国古代史》,并列为《大学丛书》(教本)之一,重新出版。1955年生活·读书·新知三联书店又根据商务印书馆1935年第三版校订整理,重新刊行于世。参见徐松巍:《夏曾佑与〈最新中学中国历史教科书〉》,《历史教学》1997年第3期。顾颉刚回忆自己十五六岁的时候,"读了这部书仿佛把我的脑筋清洗了一下",他开始感到传统的中国古代史里有许多不可靠的地方,并萌生了搜集民间传说与神话的想法。顾颉刚:《我在民间文艺的园地里》,《民间文学》1962年第3期。
⑥ 傅运森著,高凤谦、张元济校订:《共和国教科书·新历史》(第1册),商务印书馆,1912年。
⑦ 任邱、王桐龄:《中国民族史》,文化学社,1928年。
⑧ 傅绍曾:《中国民族性之研究》,文化学社,1929年。
⑨ 吕思勉:《中国民族史》,世界书局,1934年。
⑩ 郭维屏:《中华民族发展史》,成都球新印刷厂,1936年。
⑪ 林惠祥《中国民族史》,商务印书馆,1936年。

江心坡,已非我有;界碑内移,人民外徙","西教会已深入普及","外洋商品,充塞边市,印洋法币,横行垄断"。①为了救亡图存,"到边疆去""到西北去""到西南去"的呼声此起彼伏,民族思想亦随着研究的深入发生重要转变。如顾颉刚在甘肃、青海进行实地考察之后②,主张废除使用"中国本部""民族"等带有分裂性意味的词汇,提出"中华民族是一个"理论③,这也引发了学界对"中华民族"概念的大讨论。④其中,费孝通《关于民族问题的讨论》⑤对"中华民族是一个"提出疑问,亦为他日后提出"中华民族多元一体格局"的思想奠定了基础。⑥

随着抗日战争的深入发展,"中华民族是一个"和主张中国"多民族"发展的观点并存。⑦1939年,毛泽东发表《中国革命与中国共产党》,其中第一章"中国社会"第一节即为"中华民族",明确提出中国有"许多少数民族",且都拥有"长久的历史"。⑧1942年,《讲话》发表之后,开启了少数民族民间文艺发展

---

① 陈玉科:《云南边地问题研究·弁言》,载云南省立昆华民众教育馆编:《云南边地问题研究》,云南省昆华民众教育馆,1933年,第2页。
② 1937年9月至1938年9月,顾颉刚应中英庚款董事会之邀前往甘肃、青海进行实地考察,辗转于洮、岷、河、湟等地。
③ 顾颉刚:《中华民族是一个》,连载于《前线日报》1939年3月15—16日、3月18—19日;顾颉刚还发表了《我为什么要写"中华民族是一个"?》(《西北通讯》1947年第2期)。
④ 如张维华的《读了顾颉刚先生的"中华民族是一个"之后》、白寿彝的来函(后附顾颉刚的按语)、费孝通的《关于民族问题的讨论》、马毅的《坚强"中华民族是一个"的信念》、鲁格夫尔的来函(后附顾颉刚的按语)、翦伯赞的《论中华民族与民族主义——读顾颉刚续论"中华民族是一个"以后》、何轩举的《中华民族发展的规律性》、黄举安的《中华民族是整个的》等。
⑤ 费孝通:《关于民族问题的讨论》,《益世报·边疆周刊》1939年5月1日。
⑥ 这一时期的论争一方面涉及东西方两套不同的话语体系的对接问题,另一方面则是对"民族国家"理论体系能否解释中华大地上族群凝聚的历史持不同意见。参见李大龙:《对中华民族(国民)凝聚轨迹的理论解读——从梁启超、顾颉刚到费孝通》,《思想战线》2017年第3期。
⑦ 如1941年张大东在《中华民族发展大纲》一书中提到"中华民族"之说,"一派主张,中华民族内若干支,自古实同一祖先",另一派主张中华民族"系由有史以来,若干不同之民族,互相接触之结果"。原文载于张大东《中华民族发展史大纲》,军训部西南游击干训班,1941年,第21—22页;笔者转引自周文玖:《从"一个"到"多元一体"——关于中国民族理论发展的史学史考察》,《北京大学学报(哲学社会科学版)》2007年第4期。
⑧ 毛泽东:《中国革命与中国共产党》,渤海新华书店,1948年,第1—2页。

的新阶段。①鲁迅艺术文学院创立②之后，搜集整理了大量的民歌曲调、民间戏曲、民间木刻等少数民族民间文艺，培养了一批从事少数民族民间文艺研究的优秀人才。③如：1939年3月，鲁艺成立了民歌研究会，研究会的师生在陕西、甘肃和绥远一带展开调查，搜集了大量的民歌。延安是各民族进步青年的"集散之地"。民歌研究会的师生还展开了对蒙、回、藏等少数民族歌谣的搜集。④据统计，至1942年底，他们搜集整理陕甘宁边区各县民间歌曲已达七百余首，还收集了一批蒙古、绥远、山西、河北及江南各省的民歌，各有数十首至一二百首不等。⑤这一时期其他投身抗日的进步人士，也积极致力于搜集民歌，包括内蒙古、绥远一带的少数民族民歌，希冀建立中华民族的新音乐，如《蒙古歌曲集》《绥远民歌集》等。⑥延安时期的文艺可以说是中国多民族文学格局新版图的初步描绘。1945年陕甘宁边区政府办公厅编写的《文教工作的新方向》中刊载了《蒙古民族文化座谈会》，此文谈到蒙古族同学在学习之余，开始学习秧歌的形式和表演技巧，采用蒙古民歌编出了蒙古戏剧《赶会》，其后又陆续编出了《找八路军去》《到好地方去》和《反抗》等蒙古歌剧，在"三段地、盐池、定边等地的骏马会上表演"；另外，延安还设有成吉思汗纪念堂，成立了蒙古文化促进会。⑦

1949年7月，在第一次文代会上，周扬做了《新的人民的文艺》⑧的报告，

---

① 如搜集过近千首中国西北部的信天游民歌的诗人李季曾经谈到，毛泽东《讲话》推动了他去做这个工作。李季：《我是怎样学习民歌的》，钟敬文编：《民间文艺新论集（初编）》，中外出版社，1950年，第128—129页。
② 鲁迅艺术文学院《成立宣言》提到"培养抗战艺术工作干部，提高抗战艺术的技术水平，加强这方面的工作，使得艺术这武器在抗战中发挥它最大的效能"。参见王巨才主编：《延安文艺档案·延安美术》第50册，太白文艺出版社，2015年，第1页。
③ 如胡奇（回族）、穆青（回族）、陆地（壮族）、华山（壮族）、李纳（彝族）、思基（土家族）、苗延秀（侗族）等。
④ 冼星海：《我学习音乐的经过》，载《冼星海全集》编辑委员会编：《冼星海全集》（第1卷），广东高等教育出版社，1989年，第106页。
⑤ 孙国林、曹桂芳：《毛泽东文艺思想指引下的延安文艺》，花山文艺出版社，1992年，第437页。
⑥ 陶今也译：《蒙古歌曲集》，新中国文化出版社，1940年；李凌编：《绥远民歌集》，立体出版社，1943年。
⑦ 陕甘宁边区政府办公厅编：《文教工作的新方向》，冀鲁豫书店，1945年，第37页。
⑧ 周扬：《新的人民的文艺》，《人民文学》1949年第1期。

该报告阐明了中国共产党对于民间创作的政策，并强调艺术作品与民族传统、民间创作之间的联系。第一次文代会后成立了"中国民间文艺研究会"。民研会主办的《民间文艺集刊》①发表了大量关于少数民族民间文艺搜集整理的作品及相关研究论文，如安波的《谈蒙古语民歌》、马可的《谈谈采录少数民族音乐（通信）》与《马头琴及其他》、赵沨的《云南的山歌》、许直的《我采集蒙古民歌的经过和收获》、乔谷的《西康藏民的音乐生活》、波浪的《苗家的跳舞与音乐》等;《民间文艺集刊》第二集中专设"朝鲜民间文艺选辑"栏目，收录《人参的故事》《爱穷苦人的女人》《国王的耳朵》《大同江水为什么是绿的》等作品。《民间文艺集刊》第三集亦设"藏族民间文艺特辑"，收录《藏族歌谣选》（27首）、《藏族故事选》《藏族谚语录》等藏族民间文艺作品。

从20世纪初期"民族"概念的讨论到1942年《讲话》发表，中国多民族文学研究初现；新中国成立后，少数民族民间文艺被纳入到"一个现代方案的历史框架中重新予以定位和解说"②，围绕搜集、整理及各少数民族文学史的书写，成为"在国家学术行为中的现代民族国家方案"③。

（二）"以文入史"：少数民族民间文艺研究之特征

1949年之后，在借鉴苏联民族理论的基础上，中国共产党积极推进20世纪40年代就已确立的民族自治政策。新中国文艺政策在制定和实施的过程中，除了延安时期的文学经验支撑外，亦广泛吸纳苏联的文艺理论。④这一时期，《苏联文艺问题》《论文学、艺术与哲学诸问题》《苏联文艺界的批评与自我批评》《苏

---

① "民研会"成立后，创办了《民间文艺集刊》。该刊1950年至1951年不定期出了三集。这是新中国第一个民间文艺刊物，所刊文章兼顾民间文学理论与民间文学作品。参见拙文《民研会：1949—1966年民间文艺学重构的导引与规范》(《中央民族大学学报（哲学社会科学版）》2019年第1期）。
② 吕微：《中国少数民族文学史编写中的学科问题与现代性意识形态》，《民族文学研究》2001年第1期。
③ 吕微：《中国少数民族文学史研究：国家学术与现代民族国家方案》，《民族文学研究》2000年第4期。
④ 仅从1949年10月到1958年12月，我国翻译出版的苏联（包括俄国）文学艺术作品3526种，占这一时期翻译出版的外国文学艺术作品总数的65.8%之多；总印数8200.5万册，占整个外国文学译本总印数74.4%之多。参见卞之琳、叶水夫、袁可嘉、陈燊：《十年来的外国文学翻译和研究工作》，《文学评论》1959年第5期。

联文学与艺术的方向》《苏联文学史》《苏联文学思想斗争史》《苏联文学小史》《苏联民间文艺学四十年》等译著陆续出版。①

我国很多民族有语言无文字,他们的文学以口传为主,因此,少数民族民间文艺在政治与文学等因素的共同建构中迅速发展②,逐渐成为"统一的多民族国家一体化中重要的结构性因素"。③1951年,建业书局出版张寿康编《少数民族文艺论集》④,收录了费孝通、严立、孜牙萨买提、钟华、力文、李耀先、辛弘、杨放等人的文章⑤,并将《阿那尔汉》(故事诗)作为书后附录,在篇目编排上呈现了中国多民族文学版图。⑥张寿康在《论研究少数民族文艺的方向(代序)》中提出"少数民族的文艺,是中国文艺中不可少的一部分"。其后,他以苏联多民族文学的论述为理论依据,通过1950年民族事务委员会举办的"少数民族文物展览会"的"题词册",以及1951年5月20日《人民日报》"人民文艺副刊"读者来信栏刊出的两封"希望出版界、文艺刊物注意介绍少数民族的文艺"的来信,进一步阐述了"我们的文学史家们,没有看见群众的要求,没有认识到少数民族

---

① 新华书店编辑:《苏联文艺问题》,新华书店,1949年;[苏联]日丹诺夫:《论文学、艺术与哲学诸问题》,葆荃、梁香译,时代出版社,1949年;[苏联] A. 法捷耶夫等:《苏联文艺界的批评与自我批评》,王子野译,新华书店,1950年;金人辑译:《苏联文学与艺术的方向》,东北新华书店,1950年;[苏联]伊凡诺夫:《苏联文学思想斗争史(1917—1932)》,曹葆华、徐云生译,作家出版社,1957年;[苏联]季莫菲耶夫:《苏联文学史》,水夫译,作家出版社,1957年;江树峰编著:《苏联文学小史》,江苏文艺出版社,1958年;[苏联]索柯洛娃等:《苏联民间文艺学四十年》,刘锡诚、马昌仪译,科学出版社,1959年。
② 毛巧晖:《民间文学:在政治与文艺之间多面向重构》,《社会科学报》2018年8月16日。
③ 李晓峰、刘大先:《中华多民族文学史观及相关问题研究》,中国社会科学出版社,2012年,第167页。
④ 张寿康编:《少数民族文艺论集》(全一册),建业书局,1951年。
⑤ 费孝通《发展为少数民族服务的文艺工作》、严立《开展少数民族的文艺工作》、孜牙萨买提《新疆各民族的文艺》、钟华《贵州苗族的民歌》、力文《藏民歌唱毛主席》、辛弘《黎族的文艺》、杨放《圭山撒尼族底叙事诗〈阿诗玛〉》及郭基成、李耀先整理的《锡伯族的文艺活动》等。
⑥ 李晓峰:《1950—1970年代少数民族文学研究的几个关捩》,《辽宁师范大学学报(社会科学版)》2017年第6期。

文学是中国文学中不可分的一部分"。① 如当时出版的研究新文学史的著作②，依旧没有关注到少数民族文艺。这说明，在新中国成立初期即有学者关注到各民族文学史的编纂问题。

在《1956—1967哲学社会科学规划纲要（修正草案）》"说明"中明确提出当前研究工作的总任务是，"运用正确方法，研究我国社会主义革命和建设中的重大问题，总结我国革命和建设的历史经验，研究各社会主义国家革命和建设及国际共产主义运动的经验，整理我国的科学文化遗产"。③ 其中，"文学"学科的重要问题第二条"从鸦片战争到解放前的中国文学的研究"第七点"各少数民族现代创作的成就"、第八点"中国现代文学与民族传统的关系"，第三条"中国古典文学遗产及民间文学的研究"第七点"各少数民族文学遗产研究"、第八点"民间文学的研究"的提出，使少数民族民间文艺的搜集、整理及研究上升为一种"国家文化行为"。④1953年开始的全国范围内的民族识别工作与各民族历史调查亦为多民族文学格局的建构提供了契机。⑤1956年2月，老舍在中国作家协会第二次理事扩大会上发表的《关于兄弟民族文学工作的报告》强调，"在还没有文字的民族里，目前我们应着重帮助的对象是歌手与艺人。他们保存了世代相传的民族文学遗产，同时也是创作者。如何帮助他们，还须详为计划。"⑥此报告中提出的收集、整理、翻译、研究、出版"兄弟民族文学"之计划实为进行少数民族文学史编纂之先声。1956年3月云南文学艺术工作者第一次代表大会在

---

① 张寿康：《论研究少数民族文艺的方向（代序）》，载张寿康编：《少数民族文艺论集》，建业书局，1951年。
② 如李何林等：《中国新文学史研究》，新建设杂志社，1951年；蔡仪：《中国新文学史讲话》，新文艺出版社，1952年；刘绶松：《中国新文学史初稿》，作家出版社，1957年。
③ 国务院科学规划委员会办公室：《1956—1967哲学社会科学规划纲要（修正草案）》，内部资料，1958年，第1页。
④ 老舍：《关于兄弟民族文学工作的报告——在中国作家协会第二次理事会会议（扩大）上的报告（摘要）》，《人民日报》1956年3月25日。
⑤ 全国性的采风运动迅速展开，在民研会的主导下，各地民间文艺研究会及高校研究者搜集整理了彝族著名史诗、叙事诗《勒俄特依》《玛木特依》《妈妈的女儿》，壮族《刘三姐》《百鸟衣》等。其中影响最大的当属贾芝、孙剑冰编《中国民间故事选》（第一、二集），第一集中收入30个民族121篇故事，第二集中收入31个民族的125篇故事。
⑥ 老舍：《关于兄弟民族文学工作的报告——在中国作家协会第二次理事会会议（扩大）上的报告（摘要）》，《人民日报》1956年3月25日。

昆明召开，会上讨论了"发展民族民间文艺问题"。①1956 年 4 月，全国人民代表大会民族事务委员会制定了《关于少数民族地区调查研究各民族社会历史情况的初步规划》，同年 8 月，中国科学院文学研究所和民研会共同组成联合调查采风组到云南少数民族地区进行调查②，此外，另有内蒙古、新疆、西藏、四川、云南、贵州、广东、广西等 8 个少数民族调查小组分赴各地调查。从 1956 年 8 月到 1964 年 6 月，少数民族社会历史调查队整理资料 340 多种，2900 多万字，档案及文献摘录 100 多种，1500 多万字。③在调查中，少数民族民间文艺由于"保留了大量的有关民族的起源与发展、民族战争与迁徙、民族社会与文化等方面"的内容④，它们作为少数民族历史文献的补充，以"民间信史"的面貌出现。

  1958 年，在中共中央的大力号召下，全国掀起了抢救、搜集、发掘、整理各少数民族民间文艺的高潮。同年 7 月 17 日，中共中央宣传部在北京召开"少数民族文学史编写座谈会"，提出"编写我国少数民族文学史或文学概况"。座谈会"纪要"中提到：准备先编写"中国文学简史"，后出版"详史"。书中各少数民族文学史的部分，主要由"各民族自治区和有少数民族聚居"省份负责编写。其中特别注明：凡是不能写出文学发展史的民族，均写"文学概况"。⑤编写少数民族文学史的任务由中共中央直接提出，这就将少数民族文学史的编纂纳入社会主义意识形态的话语体系，赋予其"社会主义少数民族文学"新内涵。⑥各民族文学史的编纂既是一次对已整合、写定的少数民族民间文艺进行新的"历史的、科学的、系统的、纵与横的评介"，又是对少数民族发展历程的"理性的认定"。⑦经过几年的努力，截至 1961 年"第二次少数民族文学史编写工作座谈会"召开

---

① 转引自张多：《从民间文学调查到民族志书写——百年云南民间文学范式转换的启示》，《赣南师范大学学报》2020 年第 4 期。
② 毛星带队，文学研究所孙剑冰、青林，民研会李星华、陶阳和刘超参加。
③ 梁庭望主编：《中国民族文学研究 60 年》，中央民族大学出版社，2010 年，第 124 页。
④ 武文主编：《中国民间文学古典文献辑论》，民族出版社，2006 年，第 113 页。
⑤《中共中央宣传部关于少数民族文学史编写工作座谈会纪要》，中国社会科学院少数民族文学研究所编印：《中国少数民族文学史编写参考资料》，内部资料，1984 年，第 1 页。
⑥ 苏珊：《中国少数民族文学史编撰历程的回顾与思考》，《民族文学研究》2019 年第 6 期。
⑦ 蓝怀昌主编：《世纪的跨越：广西文学艺术十三年现象研究》（下卷），广西人民出版社，2007 年，第 386 页。

前夕，共有白族、纳西族、苗族、壮族、蒙古族、藏族、彝族、傣族、土家族、布依族、侗族、哈尼族、土族、赫哲族、畲族等15个少数民族完成了文学史或文学概况的编纂。①

（三）"多元交融"：少数民族民间文艺研究之范式

从新中国成立初期对苏联民族理论的借鉴到1956年开启的全国范围内的民族识别工作与各民族历史调查，再到1958年"少数民族文学史编写座谈会"的召开，少数民族民间文艺逐步转换为本土现代社会、多民族国家和社会主义文化的建构力量，并成为构建中国少数民族文学学科的重要支撑，同时也是新中国成立后少数民族参与国家文化建设工程的具体体现。②

1951年，何愈在其著作《西南少数民族及其神话》一书中提到莫洛托夫在纪念十月社会主义革命二十二周年的报告中所提到的："所有各民族文化实际上的成果，不问它们是多么古老，在社会主义国家中是非常珍贵它们的。这些成果现在在其本民族及苏联一切民族之前，已经成了一种再生的东西，表现出实际的思想的光芒。"此书根据语言将西南少数民族分为南亚语系与汉藏语系，后者又分为"藏缅、侗台、苗瑶"3个语族。书内介绍的13个民族，便是根据3个语族分别排列。③

新中国成立后，北京师范大学即开设民间文学课程"民间文艺研究"，其后改称为"人民口头创作"。④为满足教学需要，1950年钟敬文编选的《民间文艺新论集（初编）》出版⑤，收录《原始文学的意义》《口头文学底基本形式》《对于

---

① 《第二次少数民族文学史编写工作座谈会纪要》，中国社会科学院少数民族文学研究所编印：《中国少数民族文学史编写参考资料》，内部资料，1984年，第4—5页。已出版的少数民族文学史有云南省民族民间文学丽江调查队编著：《纳西族文学史（初稿）》，云南人民出版社，1959年；云南省民族民间文学大理调查队编著：《白族文学史（初稿）》，云南人民出版社，1960年；青海民族学院中文专科编：《藏族文学史简编（初稿）》，青海人民出版社，1960年等。
② 穆昭阳：《国家意识形态下的现代记忆工程——以少数民族民间文学为例》，《赣南师范学院学报》2016年第1期。
③ 何愈：《西南少数民族及其神话》，新世纪出版社，1951年，第6页。
④ 教育部高校文科教学计划中所定的名称。
⑤ 钟敬文编：《民间文艺新论集（初编）》，中外出版社，1950年。

民间文艺一些基本的认识》《论中国民歌》《从音乐观点上来看民歌》等十数篇论文,并将闻一多的《西南采风录序》、曹靖华的《魔戒指序》、周立波的《民间故事小引》作为附录。1952年前后,钟敬文在北京师范大学成立了人民口头创作教研室,在学生中组织成立了"人民口头创作学习会"。1959年谭达先在其著作《民间文学散论》"序言"[①]中自述,书末所附的一些例子,有一部分即出自北京师范大学人民口头创作教研室的油印参考资料。[②]1954年东方书店出版了"人民口头创作丛书",其中《苏联口头文学概论》[③]《苏联人民创作引论》[④],成为他们及当时学术界民间文艺理论研究的重要参考著作。《苏联口头文学概论》是当时唯一以口头文学命名的著作,同时也是学界重要的理论参考书籍。[⑤]钟敬文在1953年11月为此书所写的"序言"中谈道:新中国成立以后,"搜集、发扬人民固有的优秀艺术,已经成了政府的文化政策的一部分,全国高等学校里中文系的学生大都在修习着人民口头创作的功课"。各类文艺刊物或文学研究的学术期刊也经常刊发"劳动人民的口头创作"及其相关研究。[⑥]"有些著名的民族口头文学(像牛郎织女、白蛇故事等)更被反复地讨论着。"[⑦]"口头文学"的意义被界定为"人民创作""人民智慧",内容包含"各种各样的故事、传说、勇士歌、童话、歌

---

① 谭达先:《民间文学散论》,广东人民出版社,1959年,第5页。
② 据许钰《北师大民间文学教研室的昨天与今天》文中回忆:从1953年招收第一批研究生到1958年期间,不断有兄弟院校教师前来进修,在这些进修教师中,汪玢玲和第一批研究生一起学习了两年,其他进修同志在北京师范大学的时间有长有短,来的时间也不一律,这些先后到来的同志有:谭达先、申文凯、何奇雄、梁宗亨、崔玉蓉、晓星、马名超、邵海青、陈国珩等。参见钟敬文主编:《民间文艺学文丛》,北京师范大学出版社,1982年,第336—348页。
③ [苏联]克拉耶夫斯基:《苏联口头文学概论》,连树声译,东方书店,1954年。
④ [苏联]A.M.阿丝塔赫娃等:《苏联人民创作引论》,连树声译,东方书店,1954年。
⑤ 毛巧晖:《从解放区文艺到人民文艺:1942年—1966年革命民间文艺对人民性的凝铸》,载杨江浩主编:《华中学术》第30辑,华中师范大学出版社,2020年,第221页。
⑥ 当时除《民间文学》外,《人民文学》《诗刊》等也时有刊发少数民族文学作品。相关研究则有云南省民族民间文学楚雄调查队:《论彝族史诗梅葛》,《文学评论》1959年第6期;中国科学院内蒙古分院语言文学研究所:《蒙族史诗〈格斯尔传〉简论》,《文学评论》1960年第6期;贾芝:《谈各民族民间文学搜集整理问题》,《文学评论》1961年第4期;袁家骅:《少数民族人民口头创作中的语言问题(在少数民族文学史讨论会上的发言)》,《民间文学》1961年第5期等。
⑦ 谭达先:《民间文学散论》,广东人民出版社,1959年,第3页。

曲、谚语、俚语、谜语、歌谣"等。①

"人民口头创作"理论对少数民族民间文艺研究产生了巨大影响,《兰州大学学报(社会科学版)》1958年第2期发表了中文系四年级民间文学小组编写的《"中国民间文学概论"教学大纲(初稿)》。该大纲第十一章"兄弟民族民间文学专业的崭新面貌"中着重介绍了搜集整理兄弟民族民间文学的辉煌成就。如阿细人(云南彝族的一个支系)讲述世界起源的民歌集《阿细人之歌》的搜集整理②,1954年云南省文化局工作人员共同整理的撒尼人叙事传说《阿诗玛》,西藏、内蒙古搜集整理的史诗《格萨尔》及在苗、壮、白、维吾尔等民族所搜集到的叙事长诗。此外,各少数民族调查组依照"全面搜集、重点整理、大力推广、加强研究"的方针,推动了少数民族民间文艺资料体系与理论研究的完善与发展。如傣族调查队记录了将近100篇传说、叙事歌和情歌;哈尼族调查队研究了各种创世传说,以及在云南各少数民族广泛流传的有关1917年农民运动的传说和歌谣;白族调查队搜集到几十篇长篇传说和500多首歌谣。尤其是1958年少数民族文学史的编纂工作开展之后,少数民族民间文艺的搜集、整理与研究进入了文化史的视野,正式参与了这一时期国家文化工程的建设。在对各少数民族民间文艺的价值发现和重构中,"新型民族国家民族平等政策的体现、国家意识形态一体化的建构、对全体国民特别是经济文化比较落后的少数民族的社会主义和共产主义思想启蒙、以国家认同为目的的爱国主义教育等"③多重目的的交融,赋予了少数民族民间文艺参与"新中国文学秩序"建构的"合法性身份"。如1952年《兄弟民族的赞歌》"引论"部分谈到参加1950年国庆典礼的各族代表见到毛泽东的激动之情:西康巴安县咱中村的一位老人,将自己珍藏了15年的红军北上抗日路过西康时所颁发的"保护喇嘛寺"的布告,请当地人民政府转献给毛主席留作纪念。此书收录的200首赞歌也是兄弟民族在翻身之后唱出的"切身感受",是

---

① [苏联]克拉耶夫斯基:《苏联口头文学概论》,连树声译,东方书店,1954年,第13—14页。
② 光未然:《阿细人的歌》,人民文学出版社,1953年。
③ 李晓峰、刘大先:《中华多民族文学史观及相关问题研究》,中国社会科学出版社,2012年,第176页。

他们感谢中国共产党和领袖毛泽东的"心声"。他们在歌曲中用了"太阳""明星""高山""大河"等"崇高和美丽的词汇",以及"祖父""父亲""菩萨""救星"等"尊贵和亲切的称呼",借以表达出自己纯真的情感。①

围绕着各地域少数民族民间文艺的搜集、整理与研究,高校、研究机构及地方文艺工作者多采用合作的方式展开调查,并出版了大量作品集和理论译作。②如1960年5月到9月间,青海民族学院、青海师范学校、青海省民间文学研究会和群众艺术馆的人员共同组成的青海省民族民间文学调查团到全省藏族自治州和循化撒拉族自治县、互助土族自治县调查,调查范围包括39个县、135个公社,涉及汉、藏、回、土、撒拉、蒙古、哈萨克等7个民族,共搜集到的新、旧民歌17.7万多首,民间故事、传说1500多个,戏曲500多部以及长篇叙事诗、谚语、谜语和其他文学资料、史料6000多件。③

这一时期的《人民日报》对于"少数民族民间文艺"的相关报道亦体现了其作为构建多民族国家文化基础组成部分的重要意义。如《人民日报》对1964年11月26日在民族文化宫礼堂开幕的"全国少数民族群众业余艺术观摩演出会"进行了多次报道④,特别提到了青海循化县城关公社撒拉族色乙卜演唱的《新循

---

① 钟琴:《兄弟民族的赞歌》,新文化书社,1952年,第9—10页。
② 楚奇、艺军:《湘西民族兄弟的山歌》,中南人民出版社,1951年;樊圃:《西北的少数民族》第一分册,新知识出版社,1955年;如卓编著:《新中国的少数民族》,通俗读物出版社,1955年;华恩编:《青海民间歌曲集》,青海人民出版社,1957年;诗刊社编:《云南兄弟民族民歌百首》,百花文艺出版社,1959年;中国作家协会云南分会编:《云南民族民间故事选》,云南人民出版社,1981年。中央民族学院研究部编辑:《民族问题译丛》,民族出版社,1956年;[苏联]查米扬等:《民族问题、部族、民族、少数民族》,严信民等译,民族出版社,1956年;[苏联]克鲁宾斯卡娅、[苏联]希捷里尼可夫:《民间文学工作者必读》,马昌仪译,陈大维校,作家出版社,1958年。
③ 新华社讯:《深入调查研究 认真搜集编写 青海整理少数民族民间文学》,《人民日报》1961年6月27日。
④ 如新华社讯:《五十多个民族的业余演员在颐和园联欢 歌颂各民族伟大领袖毛主席》,《人民日报》1964年12月4日;姜德明:《在兴无灭资的阵地上——记坚持革命文艺活动的张明兴和禹先梅》,《人民日报》1964年12月6日;郭汾祥:《唱起民族团结的"花儿"》,《人民日报》1964年12月8日;彦克:《革命的文艺革命的人——看广东、青海业余演员演出》,《人民日报》1964年12月11日;张紫晨、吴超、陈建瑜:《在革命斗争中发展各族新民歌》,《人民月报》1965年6月28日;高庆琪:《撒播社会主义的文化种子——记土族姑娘刁斯让索和祁兴兰从北京回村后》,《人民日报》1965年7月8日。

化》①。在这场演出中,各少数民族共同描绘和赞颂了新中国成立后各民族、各地域翻天覆地的变化。这些歌曲在意涵上有着"同一性",但它们在曲调及演唱形式上或多或少都与各自的"传统"之间有话语上的衔接。可以说它们是对"从前的文本和习俗在文本生产中的表达方式"②的再造或改变,同时又赋予少数民族民间文学资源以全新的社会功能。

19世纪末20世纪初,随着中国现代化历史进程的转型发展及其与世界体系的互动,"民族""民间"在五四运动及延安文艺运动影响下被赋予全新的现代性意涵。新中国成立后,少数民族民间文艺延续了延安时期"为人民大众服务"的文艺思想,并以积极主动的姿态参与到新中国多民族文学格局的建构之中。

综上所述,可以说1942年的《讲话》奠定了少数民族民间文艺发展的基础,并进一步激发了民间文艺的政治文化功能。20世纪50年代开始的全国范围内的民族识别工作与各民族社会历史调查为少数民族民间文艺之发展提供了契机和重要前提。1958年开启的少数民族文学史的编纂工作使得少数民族民间文艺研究在人民文学话语中逐步形成独立的学术体系,同时也为多民族文化格局的构建提供了重要的情感与精神纽带。

第四节　民间文学批评体系的构拟与消解

一苇的《中国故事》③出版后,各种评论接踵而至,认为此著作是"真正具有现代性"的中国故事集,并将一苇视为"中国的卡尔维诺",但也有不同声音。在《中国故事》的讨论中,全面、集中的评述当属刘守华《关于民间故事的改

---

① 依据民间说唱"巴西古流流"曲调填写而成。
② [英]诺曼·费尔克拉夫:《话语与社会变迁》,殷晓蓉译,华夏出版社,2003年,第86页。
③ 一苇述:《中国故事》,中信出版社,2017年。

写——为一苇〈中国故事〉作序》以及涂涂《中国故事的湮没与重生》。①前者，可以说是一位从20世纪60年代走来的老一代学人对于民间文学领域长期以来的"实证主义"研究的学术反思，"民间故事虽是集体创作和传承的口头文学，可是我们见到的故事文本，都是有口述人和记录整理人的……现在通行的做法是在故事末尾注明口述人、采录人，这是科学性的体现。你把原作进行适当加工写出来，我赞成用'整理编写'来标明。"②"搜集""整理""改编"这些现在看来陌生的词，曾是1949—1966年民间文艺学的显性话语，反映了民间文学领域建立新的社会主义文艺批评的尝试。但是，从20世纪80年代开始，这些话语在民俗学实证主义③研究语境中逐渐被遮蔽。

一、口头叙事和书面叙事的"分野"

口头叙事和书面叙事的差别主要表现在形式上。就文学形式而言，口头叙事没有固定的文本，"即便是最低程度地诉诸书写，它们所获得的固定性（fixity）也会超越真正口头创作的程式化语汇"。④因此，从现代意义上的民间文学兴起之时开始，搜集资料就是民间文学研究的第一步。1918年2月1日，北京大学发布了《北京大学征集全国近世歌谣简章》，简章提出所搜集歌谣应是"有关一地方，一社会，或一时代之人情风俗，政教沿革"，"寓意深远有关格言"，"不涉淫亵，而自然成趣者"等，这既是将民间文学文本"固定化"的第一步，也呈现了对于民间文学赏鉴与批评的标准。胡适、董作宾也表述了民间文学的文学赏鉴意义。胡适认为对于民间"风诗"，"用文学的眼光来选择一番"，使得它们"特别显出来，供大家的赏玩，供诗人的吟咏取材"⑤；董作宾则强调民间文艺与平民文

---

① 参见刘守华：《论民间故事的"改写"》，《民俗研究》2017年第1期。
② 刘守华：《关于改写民间故事的讨论——刘守华和黄俏燕的三次通信》，《贵州民族大学学报（哲学社会科学版）》2016年第1期。
③ 刘宗迪：《超越语境，回归文学——对民间文学研究中实证主义倾向的反思》，《民族艺术》2016年第2期。
④ [美]罗伯特·斯科尔斯、[美]詹姆斯·费伦、[美]罗伯特·凯洛格:《叙事的本质》，于雷译，南京大学出版社，2015年，第57页。
⑤ 胡适：《北京的平民文学》，《读书杂志》1922年第2期。

化、民众心理的关系。①

　　《歌谣》周刊《发刊词》所强调的歌谣搜集之学术与文艺的目的成了民间文艺研究的民俗与文学的分野，但无论哪种目的，民间文学搜集都有"标准"，只是前者注重寻求民间文学存在状态之"真"，后者则倾向于"发现新诗"，所搜集文本都是"过滤"后的民间文艺。鉴于所讨论的问题，对于民俗学之民间文学搜集暂不加以阐述。20世纪初民间文学伴随新文学运动兴起，20—30年代民间文学与"到民间去"、工人运动、左翼文学等紧密相连，40年代延安时期对民间文学的大力发掘与积极利用，都关涉民间文学的搜集，只是"搜集"的标准以及对其"文本"的美学判断不同。延安时期李季在陕北三边一带搜集民间文学，并于1944年7月20日在《解放日报》发表《救命墙——三边民间传说》。这则传说主要讲述王老汉勤俭持家的智慧，经过李季整理，转换成"固定文本"，文本没有提及讲述者。通过后来将其纳入《王贵与李香香》创作②可知，李季对其整理突出了"穷汉"等新的阶级划分标准和文艺标准。

　　北京大学征集歌谣，其办法为"嘱托各省官厅转嘱各县学校或教育团体代为搜集"。③这一搜集既是中国采风思想之延续，也蕴藏了建立民间文学资料总藏的思想。1937年，胡适提议在全国范围内进行歌谣调查，希望同仁在现有基础上，用二三十年时间"完成全国各省县的歌谣收集和调查"。④在这一学术承袭中，民间文学的搜集与取舍，其实也是构拟文学批评与评论系统的成果，正如周作人所说——"反对用赏鉴眼光批评民歌的态度"⑤，打破古典文学"僵化"的文艺价值

---

① 董作宾在《为〈民间文艺〉敬告读者》一文中写道："民间文艺，是平民文化的结晶品：我们要了解我们中国的民众心理、生活、语言、思想、风俗、习惯等，不能不研究民间文艺；我们要欣赏活泼泼赤裸裸有生命的文学，不能不研究民间文艺；我们要改良社会，纠正民众的谬误的观念，指导民众以行为的标准，不能不研究民间文艺。"董作宾:《为〈民间文艺〉敬告读者》,《民间文艺》1927年第1期。
② "一九二九年雨水少,/庄稼就像炭火烤。/瞎子摸黑路难上难,/穷汉就怕闹荒年……/掏完了苦菜上树梢,/遍地不见绿苗苗。/二三月饿死人装棺材,/五六月饿死没人埋!"李季:《王贵与李香香》,人民文学出版社,1978年,第1—2页。
③《北京大学征集全国近世歌谣简章》,《北京大学日刊》1918年2月1日。
④ 胡适:《全国歌谣调查的建议》,《歌谣》周刊第3卷第1期,1937年4月3日。
⑤ 周作人:《中国民歌的价值》,《学艺》第2卷第1号,1920年4月30日。

观和批评体系。① 这一理念到延安时期得以进一步发展。延安时期解放区对于民间文学资料的搜集是中国民间文艺学史上的第二次浪潮,这一时期的主导思想与中国传统采风完全一致。《陕北民歌选》"凡例"中详述了编选标准与目的。②1949年新中国成立后,延安时期解放区的民间文艺理念在全国范围内推广,在国家文艺政策与文艺方针的指导下,民间文学编选搜集开始在全国各地域、各民族范围内展开,当然只是到了80年代三套集成才全面完成。新时期民间文学的搜集以及理论成就与1949—1966年民间文学的搜集整理息息相关。

1949—1966年期间,"搜集"不再仅仅限于网罗材料,它与"整理""改编"等成为民间文学话语系统的重要概念,也成为民间文学研究领域的基本问题。如果从本质主义的视角来看,民间文学具有永恒不变的一个本质,所有的研究都是要探寻它。民间文学搜集整理原初被视为与社会历史情境和一般文学相关的问题,认为其无法触及和追寻民间文学的文学性本质③,但恰是在这非本质主义的探讨中,关注到"知识应用的情境性,认为知识不可能放之四海而皆准,不可能适用于所有的情境"。④因此爬梳民间文学的搜集整理问题,就需要在当时的历史情境中展开,在情境中探寻问题背后学术思想的脉络。

二、民间文学搜集整理问题的讨论

与新文化运动相伴生的民间文艺学,从思想上接纳了西方文化进化论,正如费边在《时间与非我:人类学如何建构其对象》中所说,民俗学、人类学往往将

---

① 2017年7月10日参加刘俐俐教授"2015年度教育部哲学社会科学研究重大攻关项目'文艺评论价值体系的力量建设与实践研究'"中期检查讨论时,宁稼雨、刘俐俐、汤晓青诸教授围绕民间故事讲述以及故事文本是否可纳入文学批评,民间文学中哪些属于文本,哪些属于"文本批评"进行了讨论。在讨论中,汤晓青教授和我一致认为民间文学的搜集与整理,就是民间文艺的"文本批评"。本节的写作受此会议相关学者观点的启迪,特此致谢!
② "我们编辑这个选集,不是单纯为了提供一些民俗学和民间文学的研究资料,而是希望它同时可以作为一种文艺性质的读物。我们选择的标准是要求在思想性和艺术性上或多或少有一些可取之处。因此,从一千余首陕北民歌中,我们只选了这样一册。"何其芳、张松如选辑:《陕北民歌选》"凡例",上海文艺出版社,1962年,第1页。
③ 笔者曾经也持有这样的看法。
④ 桑新民:《建构主义的历史、哲学、文化与教育解读》,《全球教育展望》2005年第4期。

"他者"置于时间的另一端,并将这种时间进化转化为空间存在,研究者关注他们作为我们过去历史的影子以及史料意义。① 在这一理念的统合下,中国汉族文化取得了对少数民族文化的"文化优势权"以及主导权,少数民族地区和各方言区被视为"原始"的一端。在 20 世纪 20 年代民间歌谣的搜集中,知识分子希望通过民众能接受的语言改造"民间"。只是从 30 年代瞿秋白开始到 40 年代毛泽东《讲话》,民间文艺背后的思想观念发生了转换,民间文艺被视为大众的文艺,民族形式问题的论争、大众语言问题的讨论,其目的都是希望民间文艺能成为民众享用的文艺。1949 年,文学进一步介入生活,以塑造社会主义新人、社会主义新中国为其目标,正如刘禾所说:"文学介入生活,那时候文学的野心很大,目标不是成就大作家,而是创造新社会。怎样创造新社会?那就是要创造新人。"② 资料搜集是民间文艺研究的重要内容,关于资料搜集的讨论,首先接驳并回应了这一新的变化。本节希冀通过 1949—1966 年民间文学思想史上从学术话语到理论建构都有显著影响的学术事件,即钟敬文编纂、出版《民间文艺新论集(初编)》与刘魁立和董均伦、江源就民间文学搜集工作所展开的讨论,来呈现民间文艺构建新体系的尝试,以及构建社会主义新型文学的努力。

(一)钟敬文《民间文艺新论集(初编)》的编纂与出版

《民间文艺新论集(初编)》(以下简称"《新论》")编选的最初目的是提供教学参考,在"付印题记"中,编者明确提到:"民间文学方面的参考材料还是感到相当缺乏,特别是理论方面。(过去出版的一些成本头的书,大都在观点方法上是陈旧的,不很适宜于现在同学们的研习。)"③ 可见,其目的就是为了在新的历史语境中用新的观点和理论培养民间文艺研究者,"我们的民间文艺学运动,到底跟整个国家和人民一起走上新的道路了"。④《新论》除了"付印题记"与"校

---

① 转引自刘禾:《语际书写:现代思想史写作批判纲要》,广西师范大学出版社,2017 年,第 151—153 页。
② 刘禾:《突破中情局文化冷战封锁:一场被遗忘的亚非文学翻译运动》,发表日期:2017 年 8 月 2 日,http://weibo.com/5041898236/Fffrcewyv?type = comment #_rnd1502350477441,浏览日期:2017 年 8 月 7 日。
③ 钟敬文编:《民间文艺新论集(初编)》,中外出版社,1950 年,付印题记第 2 页。
④ 钟敬文编:《民间文艺新论集(初编)》,中外出版社,1950 年,付印题记第 12 页。

后记"外，共有八部分，每部分用星号间隔。有关口头文学的意义、作家学者论民间文学等都集中选取了苏联和解放区的文章与个案，但是主题并不集中，这就如编者所说，最初只是油印，为了授课，后来直接出版，编纂体系并不是非常完善，但是有一组文章论题集中，这就是"关于民间文学搜集"。这一辑共有四篇文章：何其芳《从搜集到写定》、李束为《民间故事的搜集与整理》、王亚平《民间歌曲的收集与研究》、钟敬文《谈口头文学的搜集》。总体而言，这四篇与全书的主旋律一致，主要以解放区的民间文艺为主，最后附加了一篇编者本人的文章。前三篇的理论要点就是"付印题记"所述民间文艺的新观点以及民间文艺的新道路。它们的共同点就是强调民间文艺的文学性与艺术性，正如何其芳所说，北大搜集的歌谣的艺术性要比鲁艺所搜集歌谣略差，"这原因何在呢？我想，在于是否直接从老百姓去搜集。"①李束为则提到：晋绥边区的故事"有它的积极的传播者和广大的听众。""他们以自己创造的文学形式，来传达他们的心声。""对于这种为广大群众所喜闻乐道的民间文学，采集起来，加以整理推广，不但能够配合工作发挥它的积极作用；而且对于文学工作者学习广大劳动群众所喜爱的文学形式，也许是有益的……这些经过采集与整理出来的民间故事（或说略加提高的故事），比起原来在群众中流传的未经整理的故事所起的影响大得多了。因为那些未经整理的故事是在一种自然状态中流传，想起什么故事就讲什么故事，并不一定根据当前工作与群众的目前思想情况加以选择，同时所讲的故事也不一定都是有教育意义的……忠实的记录，文艺工作者带头并发动广大区村干部去采集，这就是晋绥文艺工作者在采集民间故事中得到的一点经验。整理民间故事应以正确的观点加以分析，作为取舍或修改的根据。"他还提出：必须"做一个忠实的记录员，讲故事的人怎样讲，就要怎样记。忠实的记录，就是为要保持民间故事的形象的、生动活泼的、精练的语言。这种语言是被广大群众的唇舌千百遍

---

① 正如何其芳所说："民谣儿歌居多。真正艺术性高的民歌还是较少。对于研究老百姓的生活、思想，民谣儿歌当然也有用处。但要新文艺去从民间文学吸取优点，则艺术性较高的民间作品尤可珍贵。""延安鲁艺所搜集的民歌，我觉得在这点上是似乎超过北京大学当时的成绩的。"何其芳：《从搜集到写定》，载钟敬文编：《民间文艺新论集（初编）》，中外出版社，1950年，第175—176页。

地洗练过的语言，是群众语言的精华，是接近文学语言的语言。它能够生动地表现故事的内容。如果舍弃这种有生命的语言，而用知识分子的语言写出来的民间故事，已失去了民间故事的光彩，只剩了一个干巴巴的故事了。即使这个故事是有益的，是值得推广的，那也不大为群众所欢迎。此外，一个故事可以找几个人讲，都忠实的记录，作为整理研究时的参考"①。王亚平提出："我们在收集、研究时，必须本着'去其糟粕，取其精华'的精神，严格地加以审查，批判地接受。"②钟敬文的文章则围绕"搜集工作的过去与今后""新的观点、立场""一些基本的了解""必备的知识和技能""工作的态度""应该注意的许多事情"六部分展开，文章更多的是搜集技巧和态度的教诲，观念性的就是第二部分"新的观点、立场"。但由于对于解放区民间文艺没有直接感受，作者主要在总结学术史的基础上进行了理论论述，没有特别系统地阐述自己的观点。但钟敬文也是紧紧扣合新的解放区民间文艺话语："集团又可以做出许多在个人办不到的事情，好像共同解决材料上的某些疑难等。这对于搜集的工作很有利的。我希望许多文工团的青年朋友能够联合起来试一试。"③总之，这四篇文章在新的文艺话语建构中，接驳了"新的人民的文学"，并且突出了搜集者对民间文学的选择与审美，即文学性与艺术性，而这一文学性与艺术性是为"教育"新人即塑造新人服务的。这一思想与后来的民间文艺搜集整理工作一脉相承。

（二）刘魁立与董均伦、江源就民间文学搜集工作所展开的讨论

1957年，刘魁立于当年《民间文学》6月号发表《谈民间文学的搜集工作——记什么？如何记？如何编辑民间文学作品》。他根据在苏联的学习，认为："凡是民间文学作品一律需要记录。"④此表述主要针对董均伦、江源所说："在每

---

① 李束为：《民间故事的搜集与整理》，载钟敬文编：《民间文艺新论集（初编）》，中外出版社，1950年，第179—183页。
② 王亚平：《民间歌曲的收集与研究》，载钟敬文编：《民间文艺新论集（初编）》，中外出版社，1950年，第185—186页。
③ 钟敬文：《谈口头文学的搜集》，载钟敬文编：《民间文艺新论集（初编）》，中外出版社，1950年，第208页。
④ 自然学、人类学、民俗学爱好者协会民俗学分会民间文学委员会所制《民间文学作品搜集工作纲要》（俄文版）。参见刘魁立：《谈民间文学搜集工作——记什么？如何记？如何编辑民间文学作品》，《民间文学》1957年6月号。

一个庄里,都有几个善于说故事的人,即使你和他不太熟悉,他也能讲给你听。可是你得跟他说明你愿意听什么样的,或是自己先说给他听。要不的话,他会尽对你说那号中状元、考举人、清官断案,那一类封建迷信的故事。"①董均伦、江源则做了回应:"整理民间故事的目的,是给广大读者看的,应该有选择的自由,如果刘先生把什么样的故事都记下来研究,那是刘先生个人的事情,不能强制别人也这样做。"②在此后的两年,《民间文学》编辑部组织了相关的系列讨论,并将讨论结果结集成书。③

其实在这些争论中,核心就是如何看待董均伦、江源的选择与批评的标准。董均伦、江源搜集民间文艺的目的是:民间文艺是社会主义中国文学/文化叙述的一部分,希冀其在民众中传播,从而成为塑造社会主义新人、新中国的重要方式。另外我们可以看到他们的选择标准与李束为一脉相承。因此在当时的历史语境中,它与国家话语相契合,属于显性话语系统,只是后来对于他们的争议,学界一般归纳为目的的分野,类似于书面文学的研究与鉴赏的区别。④下文对此将进一步论述。

三、民间文学批评话语的构建

1949—1966年文学深度介入生活,民间文学与生活天然紧密的关系,使得它迅速成为"现代民族国家构建以及新的文学话语的接驳场域与动力源"⑤,相应

---

① 董均伦、江源:《搜集、整理民间故事的一点体会》,《民间文学》1955年9月号。
② 董均伦、江源:《关于刘魁立先生的批评》,《民间文学》1957年8月号。
③ 朱宜初、陈玮君、巫瑞书、陶阳、张士杰、李星华等从事搜集和研究工作的人员,以及1959年云南省、广西壮族自治区参加搜集整理叙事长诗、民间故事、传说的一些同志也都参与其中。参见《民间文学》编辑部:《关于搜集整理工作的各种不同意见》,《民间文学》1959年7月号。后来结集而成《民间文学搜集整理问题》第一集(上海文艺出版社,1962年)和中国民间文艺研究会编《民间文学参考资料》第三辑(内部资料,1963年),主要探讨搜集过程中记录的问题与搜集成果的整理(含改编)问题。
④ 他们之间的不同也是显著的,其主要原因是研究的角度不同,当时研究主要有两个角度:"科学研究"和"群众读物"上的某些疑难等。参见陈子艾:《民间文学搜集工作四十年》,钟敬文编《中国民间文艺学新时代》,敦煌文艺出版社,1991年,第139页。
⑤ 毛巧晖:《现代民族国家话语与民间文学的理论自觉(1949—1966)》,《江汉论坛》2014年第9期。

地也就要求民间文学生发出新的文学批评话语。在搜集整理问题探讨的背后，另一重要思想就是民间文学批评话语的构建。

（一）对入选中学课本的《牛郎织女》传说文本的艺术性之争论

新中国成立后，《牛郎织女》成为戏曲改革的对象。①基于牛郎织女传说创编的《天河配》，曾经每年都会在七夕时节演出，其内容重点突出牛郎、织女的性别冲突。在戏曲改革中，要植入新的国家话语，出现过不同学人的争执，争执的中心就是彻底改变牛郎织女传说的情节链，还是在原有框架中加入反封建思想。②在戏曲改革的同时，《牛郎织女》传说被选入初级中学课本《文学》第一册。其文本由叶圣陶改编。与戏曲改革的争论不同，对这一民间传说改编的争论，不是改编者之间的争论，而是此文本研究者之间的讨论。此次争论的焦点不是"改编"，而是对于"改编本"艺术风格的争执。李岳南肯定、赞赏整理编写的成功，刘守华则批评故事中对人物心理的细致入微的刻画，以及对幻想色彩的去除，不符合民间作品的艺术风格。③可见《牛郎织女》故事情节的改编以及"王母"这一破坏牛郎与织女婚姻的封建形象被双方认可。对于民间传说而言，它本身并不是一成不变的，它在民众中传播，重点是要讲起来好听，写下来好看。这一改编

---

① "旧有戏曲大部分取材于历史故事和民间传说；在民间传说中，包含有一部分优秀的神话，它们以丰富的想象和美丽的形象表现了人民对压迫者的反抗斗争与对于理想生活的追求。《白蛇传》《梁山伯祝英台》《天河配》《孙悟空大闹天宫》等，就是这一类优秀的传说与神话，应当与提倡迷信的剧本区别开来，加以保存与珍视。对旧有戏曲中一切好的剧目均应作为民族传统剧加以肯定，并继续发挥其中一切积极的因素。当然旧戏曲有许多地方颠倒或歪曲了历史的真实，侮辱了劳动人民，也就是侮辱了自己的民族，这些地方必须坚决地加以修改。"《重视戏曲改革工作》，《人民日报》1951年5月7日。
② 争端两方分别以杨绍萱和艾青为代表。杨绍萱主张将牛郎织女传说的传统内容和形式完全抛弃，将其改造为"黄牛唱鲁迅的诗'横眉冷对千夫指，俯首甘为孺子牛'；贯穿了和平鸽和鸱鸮之争，用以影射国际关系，最后以'牛郎放牛在山坡，织女手巧能穿梭，织就天罗和地网，捉住鸱鸮得平和'为结尾"。艾青则主张"传说的改造应保留原有传说的重要母题及角色体系，同时要树立劳动、爱情、反封建的主题思想，这样就需要将原有传说中的反映性别矛盾的主题剥离出来，确立反封建的主题。"参见杨绍萱《新天河配》，载张学正等主编：《文学争鸣档案：中国当代文学作品争鸣实录（1949—1999）》，南开大学出版社，2002年，第528—529页；漆凌云：《性别冲突与话语权力——论建国前后牛郎织女传说的嬗变》，《民俗研究》2014年第5期。
③ 李岳南：《由"牛郎织女"来看民间故事的思想性和艺术性——就初中"文学"课本的一篇谈起》，《北京文艺》1956年8月号；刘守华：《慎重地对待民间故事的整理编写工作——从人民教育出版社整理的〈牛郎织女〉和李岳南同志的评论谈起》，《民间文学》1956年11月号。

在当时的历史语境中来看，适合留存与传播。其中自然也包含了改编者、研究者的文学批评与审美选择，同时他们也试图建构民间文艺批评的话语与价值体系，即"风格""艺术性""思想性"等。后来贾芝《谈各民族民间文学搜集整理问题》、毛星《从调查研究说起》对此进行了更加全面的阐述，可称这一时期的典范之作。[①] 他们关于调查研究的思想和观念影响了当时年轻的民间文学工作者，如孙剑冰、刘超、陶阳、杨亮才等。笔者对李子贤进行访谈时，他说自己在20世纪60年代的调查很受孙剑冰的启迪。当时李子贤尚在大学读书，可见当时他们的观念在学术领域的传播力。这两篇文章主要论述了民间文学是一项重要的艺术工作，记录与文本呈现不同，呈现为文本，则要求其艺术性。在这一理论的导向中，虽然民间文艺批评话语没有被凸显，但研究者都试图提炼适用于民间文艺批评的话语。

长期以来，研究1949—1966年文艺的学者都提到了有关"文艺标准思想性与艺术性"的讨论，但是正如前文何其芳所言，"艺术性较高则尤为珍贵"。所以这一争论的核心在于口头文本转换为书面文本或以书面文学形式呈现的民间文学（现在我们一般称为"写定本"）的艺术性问题，这就涉及今后民间文艺的批评问题。这一争论焦点后来逐步消解在民间文学研究与鉴赏，或前文所述科学研究和群众读物两个不同研究路径之中，但至今我们也不能否认其对民众生活的影响。1958年新民歌运动中有大量的民歌创作，及60年代兴起的新故事创作与讲述等，在文学史上影响颇大，也是文艺介入生活、塑造社会主义新人的呈现。正如《叙事的本质》所述："当口头表演……进入一种准文学传统，真正的口头传统并不会受影响。然而，最终可能对其形成挑战的乃是从新建立的文本传统中所

[①] 文章的主要观点为：忠实记录；搜集整理工作是一种复杂艰苦的思想、艺术工作，搜集整理工作者记录的技能不是唯一修养，更为重要的修养，应该是思想作风上的党性锻炼，马克思列宁主义的思想理论、民间文学的专门知识和对文艺作品欣赏与写作能力的修养等；记录必须一字不动，而写成为书面的文学，则必须进行或大或小的整理加工，而整理加工应该有一个原则，即必须力求保持这个故事的民间原貌，其目的是要呈现"民间的这一个故事"。参见贾芝：《谈各民族民间文学搜集整理问题》，《文学评论》1961年第4期；毛星：《从调查研究说起》，《民间文学》1961年第4期。

衍生出的伪'口头传统'。"①作者给口头传统一词加了引号,恰说明了书面文本对于民众生活和民间文艺的影响,也是我们日常所论的民间文学回流现象。所以在1949—1966年,民间文学领域试图构建一套适合于中国的文学话语批评体系,但是只能在时断时续的讨论中看到此思想的火花。

（二）民间文学搜集"十六字方针"的形成

新中国成立之初,通俗文艺、民间文艺受到极大重视。1949年10月15日,北京市大众文艺创作研究会成立,其主体精神继承了太行山根据地通俗文化研究会的理念与思想。1950年3月29日,中国民间文艺研究会成立,开始采集全国一切新的和旧的民间文学作品。②在民研会的组织和倡导下,新中国初期的民间文艺搜集全面展开。对民间文艺的搜集与新中国文艺的建构紧密相连。这一时期"文学民间源头论"成为文艺领域的主流思想,新编纂的文学史都以它为方向指导,民间文学在中国文学史中的作用被夸大,这引发了文学领域民间文学与作家文学重要性之争论,一度流行"文学民间正统论""文学民间主流论"等论调。

1958年7月,民研会召开了全国民间文学工作者大会。大会对新中国成立后的民间文学工作进行了回顾与总结③,同时就民间文学搜集与研究提出了指导性的工作方针,即"全面搜集、重点整理、大力推广、加强研究"（简称"十六字方针"）,曾经的争论至此尘埃落定,民间文学研究被区隔为以搜集科学资料为目的与以文学普及为目的两类,这也就是说在民间文艺理论中将民间文学"鉴赏"及文学批评与科学研究分割。这种分割不利于对民间文学整体性、系统性的

---

① [美]罗伯特·斯科尔斯、[美]詹姆斯·费伦、[美]罗伯特·凯洛格:《叙事的本质》,于雷译,南京大学出版社,2015年,第29页。
② 具体搜集的要求是:"一是应记明资料来源,地点,流传时期,及流传情况等。二是如系口头传授的唱词或故事等,应记明唱讲者的姓名、籍贯、经历、唱讲的环境等。三是某一作品应尽量搜集完整;仅有片段者,应加以声明。四是切勿删改,要保持原样。五是资料中的方言土语及地方性的风俗习惯等,须加以注释。"《征集民间文艺资料办法》,《民间文艺集刊》1950年第一册。
③ 会议强调要将整理工作与属于个人创作的改编与再创作区别开来,并提出科学资料本与文学读物本,以适应不同读者的不同需要。

研究。①更为关键的一点在于，80年代以后，科学实证主义占了绝对优势，鉴赏或批评逐步淡出了民间文艺学。这本是民间文学很重要的组成部分，是民间文学与民众及其日常生活紧密相连之处，同时也是生发民间文艺学自主话语的重要土壤。当然民间文学的批评也并非荡然无存，在研究者与民俗精英中依然有其痕迹：在研究者民间文学经典选本的编纂（其中包含研究者的文本选择与审美标准）中，哪些通俗文化被选择，哪些被提升，都是批评家或者研究者具有自主性，同时也是他们的文艺批评运作以及权力话语的影响。另外就是民俗精英（或非物质文化遗产传承人）的自我文艺、理论规范，他们希望形成自我的文艺理论。②但是学界越来越忽略它的存在，系统梳理极少。

总之，随着科学实证主义的全面推广，民间文艺的研究与民众日常生活渐趋隔离，它逐渐变成学者、政府、民间艺人的文化资源或文化资本，与其拥有者——民众越来越远，正如本节开端所述一苇搜集整理《中国故事》的缘起与初衷。

---

① 正如韦勒克所言："这种将'研究'和'鉴赏'分割开来的两分法，对于既是'文学性'的，又是'系统性'的真正文学研究来说，是毫无助益的。"［美］勒内·韦勒克、［美］奥斯汀·沃伦：《文学理论》，刘象愚等译，江苏教育出版社，2005年，第4页。
② 如山西洪洞"三月三"活动中，当地民俗精英对"娥皇女英争大小"传说的看法与改动："作为古典圣贤，以仁爱为本心，应该礼让，姐妹俩不礼让，后人是什么榜样？再从历史的角度讲，在原始社会末期，中国的婚姻制度好多是群婚制，就没有大小这回事，没有这个意识，后人为什么硬给安插上争大小的意识？"陈泳超：《写传说——以"接姑姑迎娘娘"传说为例》，《民族文学研究》2014年第6期。

第五章
新中国初期民间文艺的新样态

"本格的、农村的民间文艺"[①]由于其在延安时期对于革命的重要意义,在新中国成立后被纳入"革命中国"的构建中,不同阶层的知识分子作为革命力量被吸纳到共产党的体制中,成为"无产阶级自己的'有机知识分子'"[②],原先被视为"萌芽状态的文艺""原始形态的文学""群众的言语"等通俗文艺在政策的"外部性"与文艺的"内部性"的合力下,达到了"雅俗兼容"的艺术审美层次。

民间文学明朗活泼的叙事模式,巧妙地将阶级观念、革命叙事与民间淳朴信仰和传统伦理道德嫁接,潜移默化地影响着民众的集体无意识,化解了现实生活中的矛盾、暧昧与混乱。[③]新中国初期民间文艺的新样态有着复杂的历史语境,其背后连接着不同的文化生产模式、价值认同及文学想象,不可将其单一化、同质化,更不应简单否定。

第一节 民间童话的多向度重构

"童话"一词在中国古籍文献中较少出现,目前看到这一词在古籍中出现,

[①] 向林冰:《关于民族形式问题敬质郭沫若先生》,载徐廼翔编:《文学的"民族形式"讨论资料》,知识产权出版社,2010年,第337页。
[②] 刘卓:《"群众的位置"——谈延安时期文艺体制的"非制度性"基础》,《陕西师范大学学报(哲学社会科学版)》2019年第1期。
[③] 布莉莉:《〈新民晚报〉"晚会"副刊与通俗文艺传统》,《当代文坛》2017年第5期。

就是元刻本《元至元辨伪录》中的"童话有云：十七换头至是验矣"①，此处意为"童谣"。"十七换头"根据元曲里联套时换用词牌数的说法，是附会全真教"十七个道士"改头换面、落发为僧的事件。现代学术意义上的"童话"②是外来语汇。

一、"民间"面向与"童话"的发现

中文出版物中第一次使用"童话"一词，应是1908年孙毓修为商务印书馆编辑的《童话》杂志，他在《东方杂志》上刊发了《童话序》一文，认为："儿童之爱听故事，自天性而然。诚知言哉。欧美人之研究此事者，知理想过高，卷帙过繁之说部书，不尽合儿童之程度也……与欧美诸国之所流行者，成童话若干集。集分若干编。意欲假此以为群学之先导、后生之良友，不仅小道可观而已。书中所述，以寓言、述事、科学三类颇多。"③孙毓修关注童话对于儿童的教育意义，其所创办的《童话》杂志并不区分神话、传说、故事等，即使是科技故事，只要是讲给儿童听的，他就将其纳入"童话"之列。《童话》杂志在20世纪头十年影响极大，从其所撰写的"序言"以及编撰思想可以看出：孙毓修将童话纳入当时欧美建构的世界知识秩序，与当时社会的"现代性""民族性"诉求紧密相连。20世纪20年代，随着对现代启蒙以及人的个性之重视，学界也掀起了何为"童话"以及童话概念的讨论，主要参与的学者有周作人、赵景深、张梓生等。周作人在1922年与赵景深通信讨论童话时曾说："童话这个名称，据我知道，是从日本来。中国唐朝的《诺皋记》里虽然记录着很好的童话，却没有什么特别的名称。18世纪日本小说家山东京传在《骨董集》里才用童话这两个字，曲亭马琴在《燕石杂志》及《玄同放言》中又发表许多童话的考证，于是这名词可以说已完全确定了。"④后来周作人在《神话与传说》一文中专门论及了童话的概

---

① 释祥迈：《大元至元辨伪录》，国家图书馆出版社，2003年，第46页。
② 本节对于"童话"的论述，不详细区分文人童话与民间童话，而只是从总体上论述1949—1966年童话的特性。
③ 孙毓修：《童话序》，《东方杂志》第12期，光绪三十四年（1908）12月25日。
④ 参见周作人：《通信：童话讨论三》，《晨报副刊》1922年3月29日。

念,他指出:"童话的性质是文学的,与上边三种(笔者按:指神话、传说、故事)之由别方面转入文学者不同,但这不过是它们原来性质上的区别,至于其中的成分别无什么大差,在我们现在拿来鉴赏,又原是一样的文艺作品,分不出轻重来了。"① 周作人还阐述说:"天然童话亦称民族童话,其对则有人为童话,亦言艺术童话也。天然童话者,自然而成,具种人之特色,人为童话则由文人著作,具其个人之特色,适于年长之儿童,故各国多有之。"② 从周作人的论述中我们知道童话故事在我国古已有之,"在对中国近代的若干文献资料进行了涉猎与勘察之后,我发现了一个令人惊异的世界——晚清时期的儿童文学如同繁星璀璨的夜空,呈现了一片绚烂多彩的景象"。③ 可见,从晚清时期童话故事已经开始兴盛,只是"童话"一词的出现是在 20 世纪初。鲁迅曾言,"十来年前,叶绍均先生的《稻草人》是给中国的童话开了一条自己创作的路的"④,很多学人因此认为中国儿童文学始于《稻草人》,这恰恰说明了另外一个问题,即童话与儿童文学的区隔与归属问题;抑或童话到底属于民间文学还是文人创作。童话与民间文学的其他文类相较而言,它的归属界限不明晰,恰好说明它是"文人"与"民众"、"作家文学"与"民间文学"共同拥有的文本。童话和儿童文学被新文化学人引入中国,其背后是西方知识体系以及现代儿童观的引入。即使在西方,童话的发展也与"发现儿童"⑤息息相关。

从晚清到民国时期,除《一千零一夜》《格林童话》《安徒生童话》以及日本相关童话文本的翻译引入外,林兰女士搜集整理的《民间童话集》则是民间童话编撰本土化的首次实践;叶圣陶、郑振铎、丰子恺等的童话创作亦是纷纷兴起;从学理上周作人、赵景深等进行了概念阐释、内涵辨析等;此外孙毓修主办的

---

① 周作人:《自己的园地》,北新书局,1927 年,第 37 页。
② 周作人:《周作人民俗学论集》,上海文艺出版社,1999 年,第 44 页。
③ 胡从经:《晚清儿童文学钩沉》,少年儿童出版社,1982 年,第 2 页。
④ 鲁迅:《〈表〉译者的话》,《鲁迅全集》第 10 卷,人民文学出版社,2005 年,第 437 页。
⑤ 根据菲利普·阿利埃斯所述,从 14 世纪开始,"在新的'圣母圣迹'民间故事中,儿童形象变得越来越多",他将这一时期视为开始"发现儿童"。见[法]菲利普·阿利埃斯:《儿童的世纪:旧制度下的儿童和家庭生活》,沈坚、朱晓罕译,北京大学出版社,2013 年,第 13—14 页。

《童话》、郑振铎创办的《儿童世界》等杂志引起了社会广泛关注。到新中国成立初期,无论是民间童话还是文人创作之童话,都在社会上形成了一定影响,这是20世纪50年代童话"黄金时代"出现的必要条件。

从20世纪30年代开始,文学领域掀起了有关"民族形式"的论争,"中国作风与中国气派"成为延安解放区文人阐释的核心。柯仲平、陈伯达分别从"民族"与"地方"进行了论述,他们在秉承《讲话》之"萌芽状态文艺"的基础上,将"民族"与"地域"置于同一层面,将"文艺与阶级性"的问题转换为文学的"民族形式与地方形式"①;而文学也成为"'民族'认同和进行'民族'动员的重要方式"。②1949年后,这一理念成为文学话语建构的依据。20世纪头十年间民间文学开始兴起,它与民族复兴及现代性话语相伴相生,尤其从40年代解放区大规模搜集"萌芽状态的文艺"开始,它成为中国共产党文艺实践的重要场域。"新中国成立后,民间文学处于新型意识形态的前列,其地位得到前所未有的重视。"③少数民族文学也是现代中国转型之文学的重要组成部分,同时为讨论"'西方''中国''汉族'文类和形式提供了一种方法和维度"。④"民间文学"和"少数民族文学"在新的社会主义文学体系中除了获得话语身份外,还进一步成为构成社会主义文学话语的重要部分。童话之跨越"民间"与"文人"两个领域的独特性,以及各民族兼有的共性,使得它在新中国初期社会主义文学话语的构建中拓展了新的发展空间。

简言之,童话既有鲜明的"民间性",同时又兼容"文人创作";1949年后中国重视少数民族文学,致力于构建中华多民族文学话语,而在少数民族文学中,口头文学又是其优秀文学传统的重要组成部分,尤其各民族童话更是丰富多彩。1949—1966年,在"民间"与"多民族"文学话语的构建中,童话得以迅速发展,但是它的"重构"色彩亦很显著。

---

① 宗珏:《文艺之民族形式问题的展开》,《大公报》(香港版)1939年12月12日。
② 参见汪晖:《汪晖自选集》,广西师范大学出版社,1997年,第343页。
③ 毛巧晖:《"民族形式"论争与新中国民间文学话语的源起》,《沈阳师范大学学报(社会科学版)》2014年第4期。
④ 刘大先:《现代中国与少数民族文学》,中国社会科学出版社,2013年,第27页。

二、新中国的"儿童相"

新中国初期童话成为教育儿童、塑造社会主义"新儿童"的重要方式。从其出现之时起,童话对于儿童的教育意义就受到关注。1898年,梁启超翻译了凡尔纳的《十五小豪杰》,这一翻译体现了梁启超对"少年新国民"的期待,他将其视为开发"志趣智识"之手段。① 童话概念引进中国之初,就与"智识""德性"的教育联系在一起。从孙毓修创办的《童话》杂志到周作人、赵景深对于童话概念的阐释,都关注到了童话的教育功能。赵景深在《研究童话的途径》中指出:

> 倘若我们留意数年来我国在书报上新发表的童话,便能看出它们各有各的特色,并且是各有各的途径,分析起来,约有三个方向,可以将它们定为三个名称:
> 一民间的童话 Folk Tales;
> 二教育的童话 Home Tales;
> 三文学的童话 Literary Fairy-Tales。②

周作人和赵景深都特别强调"教育的童话",但是此教育只是童话的一个范畴,而且他们所指的更多是童话之"文学教育"意义,而不仅仅是道德教育意义。到了20世纪50年代,教育从童话的功能转化为其价值,即教育价值(亦称为"伦理价值")。"'价值'是对主客体相互关系的一种主体性描述,它代表着客体主体化过程的性质和程度。"③ 价值论关注的是"存在对于人意义如何"。这

---

① 参见刘先飞:《少年新国民:论梁启超的儿童观》,《学术探索》2011年第6期。其文中提到,梁启超阐述翻译这部小说的缘起为:"各国莫不有了这本十五小豪杰的译本,只是东洋有一老大帝国,从来还没有把他那本书译出来……社主见这本书可以开发本国学生的志趣智识,因此也就把它从头译出。"见披发生(罗普):《十五小豪杰》,《新民丛报》第24期,光绪二十八年(1902)12月15日。
② 赵景深《研究童话的途径》(第3版)一文最初刊于《童话连丛》1924年2月,后收入赵景深《童话论集》(开明书店,1927年),此引文见于该著作第1页。
③ 李德顺:《价值论——一种主体性的研究》(第3版),中国人民大学出版社,2013年,第53页。

一转换从外在层面而言，主要是受到苏联童话与儿童文学思想的影响。"十月革命后诞生的苏联文学，在许多方面都是较为独特的……历来为人们普遍关注。"①19 世纪末至 20 世纪 40 年代，对中国童话以及儿童文学的看法主要来自欧美等西方世界，当然有一部分是间接由日语翻译而来。在欧美，童话以及儿童文学大多被视为人类童年时期的文学样式，后文会专门论述，在此暂不赘言。但是苏联对于童话的看法，正如 B. 别加克、格罗莫夫在《论童话片》中所言：

> 自古以来，童话样式就与儿童的兴趣发生联系。人们讲童话故事给孩子们听，孩子们热心地一次又一次地读着童话，人们关切地为孩子们写童话。这就使一些不求甚解的成年人对童话有了一种不正确的概念，认为童话是儿童专有的样式。但是，无论是阿范纳斯耶夫的著名的俄罗斯童话集，无论是古典的《天方夜谭》这一鲜明多彩的童话集，或者是许多其他具有世界意义的民间故事和童话集，都并没有考虑到儿童的感受力，没有考虑到儿童的智力上和道德上的需要以及儿童的教育者的任务。②

凯洛夫等在《关于苏维埃儿童文学问题——俄罗斯联邦教育科学院和教育部联席会议上的发言》中提道："儿童文学的任务正如同教育学的任务一样，就是给孩子以帮助。"③由此可知，教育成为童话（含儿童文学）的重要价值，既是国家塑造社会主义"新儿童"的重要方式，也是儿童伦理观形成的重要路径。"但最艰巨和最重大的，也许是我们那些为少年读者写作的人的工作。在我们的时代，这项工作的责任大大提高了，因为现代的少年读者将在共产主义的新社会里过他们成年人的生活。这种情况使现代少年儿童文学和存在于我们今天以前的

---

① 刘鸿武、苏洁：《论苏联文学的泛政治化发展倾向》，《俄罗斯文艺》1996 年第 3 期。
② [苏联] B. 别加克、格罗莫夫：《论童话片》，周传基译，《电影艺术译丛》1955 年第 12 号。
③ [苏联] 凯洛夫、杜伯洛维娜：《关于苏维埃儿童文学问题——俄罗斯联邦教育科学院和教育部联席会议上的发言》，《人民教育》1952 年第 4 期。

那种少年儿童文学大为不同……通过文学帮助青年一代理解我们所服务的雄伟事业……使自己的心理、自己的伦理道德、自己的日常行动服从这项建设新社会的伟大事业。"① 苏联关注童话与儿童文学特殊的教育功能,极大影响了新中国成立初期各民族童话搜集与文人童话创作。《人民日报》1955年9月16日发表了《大量创作、出版、发行少年儿童读物》的社论,强调"优良的少年儿童读物是向少年儿童进行共产主义教育的有力工具"。1955年10月24日《人民日报》再次发表新华社讯《在北京的作家们积极为儿童创作》一文,称"到二十一日为止,中国作家协会收到了沙汀、周立波、赵树理、张天翼等四十七位作家创作儿童文学作品的计划。他们准备创作诗歌、小说、喜剧、童话、科学童话和幻想故事……儿童文学作家陈伯吹完成了童话《一只想飞的猫》和小说《毛主席派来的人》的初稿,管桦还根据维吾尔族故事撰写了《木什塔克山的传说》"。20世纪30年代开始童话创作的陈伯吹,在1949年以后新的历史语境中对童话的教育价值也发表了自己的看法。他认为童话不归属于教育学,但是"它要担负起教育的任务,贯彻党所决定的、指示的教育方针,经常地密切配合国家教育机关和学校、家庭对这基础阶段的教育所提出来的要求——培养社会主义新人"。② 这一时期文人创作的童话,根据苏联童话与儿童文学思想的指导,再加上文艺理论思潮的导引,主要突出了童话的教育价值。葛翠琳的《野葡萄》源自民间童话《白鹅女》,通篇文字优美,同时也在表述中突出了婶娘的狠毒与白鹅女对于孤寡老人及穷苦民众的牵挂;白鹅女放弃山神的邀请,执意回到家乡,帮助穷人治好眼睛。老舍的儿童剧《宝船》和《青蛙骑手》则是根据汉藏民间故事创作,丰富了故事中的情感线索,在沿袭民间故事惩恶扬善主题的同时,又将"皇帝"刻画为反面角色,献宝也被变成了"宝物被骗"等。《神笔马良》借用了"得宝型"故事,但又突出了主人公马良的主动性,将"意外得宝"变为了"有准备地获得宝贝"。在这一思想的引领下,1949—1966年出现了童话的一个新题材,即普及科学知识的

---

① 张高泽:《为了共产主义的新人——俄罗斯作家协会召开联合理事会讨论少年儿童文学的情况》,《世界文学》1961年1月号。
② 陈伯吹:《儿童文学简论》,长江文艺出版社,1982年,第23页。

"科学童话",如李伯钊打算创作"关于五年计划的小故事。科学家高士其也要在一年内写一本科学童话诗或科学故事"。①

民间童话也与文人童话一样,在保持原有故事线索与情感的基础上,进一步突出了社会主义中国的伦理观。刘肖芜搜集整理的维吾尔族童话《英雄艾里·库尔班》,突出了艾里·库尔班的聪明伶俐、勤劳勇敢、立场鲜明等个性。"别人拿斧头劈不动的柴,他用手一掰就掰开了。可就是不能让他出门,一出门就惹祸。因为他看不惯人的行为,人有时欺软怕硬,打女人,打孩子,这些事可都不能让他看见,一看见就要管,一管还非依着他不可。"②还突出了库尔班和国王以及恶魔间的斗争与反抗。杨柳、杜皋翰搜集整理的羌族童话《一碗水》则凸显了羌族阳雀为给开火地的乡亲带水,被土官打伤、伤害的情节,以及后来智斗龙王、为羌族找回水的故事。阳雀在回答山神的要求时,提到"我只爱羌族勤劳朴实的姑娘,我永远要和寨上的穷人在一起,这个条件办不到"。③彝族童话《阿果斗智》④在延续机智人物故事的基础上,丰富了穷人与富人(娃子和黑彝)的阶级对立。其他如保安族《三邻舍》、朝鲜族《千两黄金买了个老人》等童话,亦在邻里团结、爱老敬老等民间故事主题基础上,丰富和突出了地主或头人对穷人的压榨以及穷人的阶级立场等。

这些童话文本中有大量的人物对话与书面文学中的描述性词汇,同时大量文本中都有"地主与农民""压迫者与被压迫者"等对立阶层的形象,其"民间性"遭到质疑;但根据麦克斯·吕蒂的推测,童话最初可能源于个人的创作,后在众人的参与中共同完成与塑造。⑤而且故事活动本身就是一个在交流中保存并不断

---

① 新华社讯:《在北京的作家们积极为少年儿童创作》,《人民日报》1955年10月24日。
② 贾芝:《中国新文艺大系(1949—1966):民间文学集》(下集),中国文联出版公司,1991年,第286页。
③ 贾芝:《中国新文艺大系(1949—1966):民间文学集》(下集),中国文联出版公司,1991年,第324页。
④ 冯元蔚、方赫整理,加拉俄助惹讲述:《阿果斗智》,《民间文学》1962年第4期。
⑤ 吕蒂推测:"童话的最初源头是来自于个人,但这并不构成对童话界定的本质性要素。真正构成要素的是,众人都参与:讲述人、有才华的诗人、传承者、有要求的听众等共同参与童话的塑造。"见魏李萍、户晓辉等:《〈麦克斯·吕蒂的童话现象学〉问答、评议与讨论》,《民族艺术》2014年第4期。

发展的"开放性的结构系统",故事文本的形成本身也是故事活动的一部分,故事活动具有超越时空的特性,同时又可分为"自然发生"与"组织发生"两种方式。①1949—1966年的童话文本可视为"组织发生"的文本。这些"组织发生"的文本可看出教育价值论的意义,即通过童话将新的社会主义伦理价值扩散到全国各地域、各民族,加速了社会主义"新儿童"的塑造。

三、新中国童话的话语重构

新中国成立初期,除了从教育价值(伦理价值)层面(向度)对童话文本及"本文"②进行重构外,这一时期童话的理论话语也进行了重构。③晚清仁人志士已经较为关注童话的翻译与创作,但是最初对于童话,学者并未有准确界定,而只是将其视为"儿童的故事","寓言、述事、科学"皆涵括于其中。鲁迅翻译了一些俄国的童话,如《表》《俄罗斯的童话》,他认为童话是对国民生活相的描述,蕴含了方言土话的历史,即强调童话是相对于作家或"文言"的另一种生活相与历史表述。但是,他这一将童话视为民族生活与历史书写的思想在当时并未引起学界共鸣。童话的理论话语建构主要以周作人、赵景深等为中心。

1922年,周作人、赵景深在《晨报》副刊对童话概念进行了讨论。周作人对于童话的界定,主要基于民俗学视野的新阐释,他认为童话所表述的世界就是"上古,野蛮民族,文明国的乡民与儿童社会"④,"神话者元人之宗教,世说者其历史,而童话则其文学也"⑤。他的文化观借鉴了西方的文化进化论,将童话视为"野蛮""远古""乡民"的文学样式,其对童话的阐释遵循了西方所建立的"秩序观"。张梓生与赵景深也对童话的内涵进行了讨论,明确表明了他们概念界定

---

① 张琼洁:《当代民间故事活动的价值发生研究》,《民族文学研究》2018年第1期。
② 按照刘俐俐的论述,故事本文就是指"口头故事或者书面故事的话语系统"。见刘俐俐:《人类学大视野中的故事变异与永恒问题——基于张爱玲与俄国作家尼古拉·列斯科夫的比较》,《文艺理论研究》2014年第1期。
③ 参见黎亮:《童话理论百年:现代个体觉醒与文学价值重估》,《中国社会科学报》2015年6月5日。
④ 赵景深、周作人:《童话讨论(一)》,赵景深《童话评论》,新文化书社,1934年,第68页。
⑤ 周作人:《童话略论》,《教育部编纂处月刊》第1卷第8册,1913年9月。

的人类学立场。① 总之,从20世纪初至40年代,童话的话语表述是民俗学和文化人类学理论视域下的阐释,它与"野蛮""原始"等之间画等号,野蛮人、原始人就像处在人类的童年时期,他们的文学就是"人类童年的文学"。

1949年以后,西方文化秩序论被抛弃,"文化的他者"思想发生了改变,作为"想象的共同体",其文学艺术样式有了新的规划。在新的文学话语体系中,民间文艺不仅获得一席之地,并且成为"新的文学话语的接驳场域与动力源"。② "人民的文学""人民口头创作""口头文学"等理论话语的变迁,恰是民间文学被纳入文学体系的过程。在这一学术语境中,童话以及民间故事也渐趋脱离人类学、民俗学视域的意义阐释。

《人民日报》1954年9月16日发表《大量创作、出版、发行少年儿童读物》社论后,各大报刊与文学读物都开始关注童话(儿童文学),将其列为国家文学创作与研究的重要内容。《读书月报》1955年第2期重新刊发了《人民日报》社论,并紧接着开设了"给孩子们更多的好书"专栏,叶圣陶、严文井、高士其、冰心、陈伯吹、秦兆阳等参与讨论,他们探讨的核心就是"推陈出新",创作适应中国儿童的作品,创作中的关注点除了前文中提到的"教育价值"外,就是对儿童文学艺术特性的探讨。无论是作家还是评论家,都关注到了儿童读物艺术表现的特殊性,在众人的讨论中,"幻想"逐渐凝铸为"核心话语"。

20世纪初至40年代,童话的"原始性"与"童心"等为其艺术性之根本。50年代初期,外在受到苏联童话观及其儿童文学思想的影响,内在则是国家新的文艺体制的建构,童话面临理论话语的转向。1954年9月底,钟敬文在中国作家协会儿童文学组做了《略谈民间故事》的报告,在报告中,他在新的语境下,结合苏联口头文学理论,对民间故事进行了阐释与分类,其中"幻想"成为分类

---

① 张梓生与赵景深在《妇女杂志》讨论童话时说:"我所说的童话定义是人类学研究上的定义。其中只能包括儿童及和儿童智识程度相等的野蛮人乡下人所说的含有娱乐性质的故事,不能包括一切。"转引自常立:《论五四时期童话理论的"个性"话语》,《文艺争鸣》2013年第11期。
② 毛巧晖:《现代民族国家话语与民间文学的理论自觉(1949—1966)》,《江汉论坛》2014年第9期。

的标准:"苏联的口头文学研究家,大都从内容出发,把它分做两大类:(一)幻想占绝对优势的;(二)幻想的因素较少的",①童话(文中称为"魔法故事")就属于前者。陈伯吹认为"如果也把童话看作一种精神的'物质构造',那么,童话也可能有一个'核'。这个核就是幻想"②。在创作中,作家对童话的"幻想"也进行了阐释,如严文井在《中国的未来在要求我们》一文中专门提及对童话创作中"幻想"的看法,他虽然是从批判的角度谈论,但从中亦可看到当时"幻想"话语对于童话的意义。他认为:"有一种错误的看法,认为少年儿童文学作品可以容许较多的幻想成分存在,因而从事少年儿童文学,特别是童话的写作,就无需乎去体验生活。"③在 20 世纪 50 年代童话创作的黄金时期,这一艺术特性得到各民族作家及民间文学研究、搜集者的普遍认可,逐渐成为童话的"核心话语"。如袁丁整理的维吾尔族童话《太子爱赫山》中的"会飞的毯子""大鹏鸟""魔王",刁孝忠和刁世德整理、童玮翻译的傣族童话《双头凤》中的"双头凤凰",以及张天翼创作的《神秘的宝葫芦》中的"宝葫芦"魔法等。但是,随着 60 年代童话研究及创作的消沉,这一看法也开始受到责难。这一批评更多是非学理化的,但当时其实也给这一话语辨析提供了学术发展的空间,只是到了 1966 年,这一反思被中断。到了 80 年代,"幻想"的艺术特色依然是童话研究的重要话题,但是这种单一维度的建构与阐释忽略了童话中所蕴含的文化、仪式内涵以及"地方性知识"。另一方面,这种阐释标准也将童话简单化与单一化,而走向极端后就是童话的艺术性渐趋降低。

总之,1949—1966 年童话经历了黄金时期,"从整个童话领域看,50 年代童话注意不同体裁、不同风格的童话并存和竞争,大致做到童话创作自身的生态平衡"④,只是到了 60 年代中期开始消沉。对于这一时期童话的教育价值以及它在"政治与传统"之间的重构已有学者关注,但是对于其理论建构过程以及它在

---

① 钟敬文:《略谈民间故事》,《钟敬文民俗学论集》,上海文艺出版社,1998 年,第 129 页。
② 陈伯吹:《儿童文学简论》,长江文艺出版社,1982 年,第 163 页。
③ 严文井:《中国的未来在要求我们》,《读书杂志》1955 年第 4 期。
④ 吴其南:《中国童话史》,河北少年儿童出版社,1992 年,第 253 页。

中国文学史、民间故事学术史上的独特意义，反思者甚少；对童话在特殊的历史语境中所形成的讲述"中国故事"之经验，总结与阐释者更是鲜见。希冀在今后学术史、思想史的研究中，学者们能从民间故事价值论、文学性特质等层面予以阐释。

第二节　神话资源现代转换的话语实践

自20世纪初期开始，神话等民间文学资源的现代价值就引起了关注，其经由文学"发酵"，逐渐转化为现代民族国家文化形态的重要组成部分；儿童文学在"幻想性"与"民间性"的交叠中，成为实现神话等民间文学资源现代转化的关键路径之一。本节通过梳理葛翠琳1949—1966年的儿童文学作品，探讨神话如何在与主流话语的"耦合"中象征性地转换为社会主义多民族国家及本土现代性的建构力量。另外，这一时期葛翠琳的儿童文学创作不仅体现了对人民文艺精神内核的承继和审美理想的不懈追求，亦彰显出中华民族强大的凝聚力与向心力。

一、神话资源与"教育童话"

20世纪初期，对现代启蒙及人之个性的重视，引发了文学观念及文学研究格局的变革。从1918年北京大学发布《征集近世歌谣简章》开始，对"有关一地方、一社会或一时代之人情风俗，政教沿革"[1]的自觉认识激发了对神话资源进行再发掘与再阐释。神话资源在儿童教育方面的价值问题引发了许多讨论。如周作人在《儿童的文学》中重提他于1913年至1914年所写的《童话略论》《童话研究》《古童话释义》和《儿歌之研究》等文章中表达的"儿童本位思想"。他

---

[1]《北京大学征集全国近世歌谣简章》，《北京大学日刊》1918年2月1日。

认为"儿童应该读文学的作品,不可单读那些商人杜撰的读本",其中的"文学"指的是"儿童的文学"——如诗歌、寓言、童话、传说等。① 这一时期,梁启超、包天笑、林纾等人翻译的儿童文学作品② 被重译,而围绕童话中"神话与传说材料"的定义、"幻想性"及其与儿童心理契合与否的讨论陆续展开。③ 其中,赵景深认为童话中的神仙妖怪的故事,由于不含有"宗教的教训",有别于"说教的神话"④,因此他主张把童话的内容,合于教育原则的传说物话等划为"教育童话":

> 凡童话都是文学:民间的童话是原始的文学,文学的童话自然是文学的正宗;而教育的童话又是从二者中取出的……⑤

所谓"合于教育原则",即对原先"不符合儿童身心"的部分做了"汰洗",但是依旧保留"神仙故事和物话的神秘性"。赵景深强调:童话这件东西,"实是一种快乐儿童的人生叙述,含有神秘的而不恐怖的分子的文学,质料依旧是神话和传说的材料,不过严肃和敬畏的分子是没有了"。⑥

1931年,国民政府湖南省主席何键下令禁止"鸟言兽语"的童话书刊发

---

① 周作人:《儿童的文学》,载钟叔河编:《周作人文类编·上下身》,湖南文艺出版社,1998年,第683页。
② 如梁启超翻译的凡尔纳的"科学小说"《十五小豪杰》;包天笑翻译的《馨儿就学记》《苦儿流浪记》《孤雏感遇记》等;林纾翻译的《撒克逊劫后英雄略》《美洲童子万里寻亲记》《希腊名士伊索寓言》等。
③ 如陈人粹:《低年级儿童读物"用神话"与"不用神话"的比较实验报告》,《教育周刊》第175期,1933年10月9日;程颂文:《神话在儿童教育上的价值问题》,《广西教育研究》第3卷第2期,1945年2月25日。
④ 按照赵景深在《神话与民间故事》所下的定义,神话只限于宗教故事,其余含有神话的童话、物语都不在内。参见赵景深《神话与民间故事》,《童话论集》,开明书店,1927年,第7—40页。
⑤ 赵景深:《研究童话的途径》,《童话论集》,开明书店,1927年,第4页。
⑥ 赵景深:《童话的讨论》,《童话论集》,开明书店,1927年,第56页。

行,并呈请南京教育部通令全国查禁。①1931年,尚仲衣发表《关于"鸟言兽语"的讨论:选择儿童读物的标准》和《儿童读物与鸟言兽语的讨论:再论儿童读物》②,掀起了关于"鸟言兽语"问题的讨论。③时任中华儿童教育社④社长的陈鹤琴在《"鸟言兽语的读物"应当打破吗?》中认为"年幼的小孩子是很喜欢听鸟言兽语的故事","他看的时候,只觉得他们好玩而并不是真的相信的"。他基本沿袭了周作人对待神话的态度⑤,肯定了"鸟言兽语"的存在价值。1936年,叶圣陶发表童话《"鸟言兽语"》⑥,用"鸟言兽语"的童话形式来探讨"鸟言兽语"这一问题,具有一定的反讽意味。

随着中国境内全面抗日战争的爆发,民族危机日益加重,"儿童"必然要被纳入到民族国家共同体中。"儿童本位教育"被"民族国家本位教育"所取代,童话中"神话和传说的材料"对儿童的教育意义逐渐凸显,其成为同时在儿童与社会建立联系的桥梁,满足国家与社会现实需要的同时,也照顾到儿童心理与生理的发展。⑦1949年以后,随着新的文艺体制的建构,围绕神话资源现代转换

---

①《申报》1931年3月5日"教育消息栏"以《何键咨请教育部改良学校课程》为题发布如下"通讯":"近日课本,每每'狗说''猪说''鸭子说',以及'猫小姐''狗大哥''牛公公'之词,充溢行间,禽兽能作人言,尊称加诸兽类,鄙俚怪诞,莫可言状"。
②尚仲衣:《儿童读物与鸟言兽语的讨论:选择儿童读物的标准》,《儿童教育》第3卷第8期,1931年4月15日;尚仲衣:《儿童读物与鸟言兽语的讨论:再论儿童读物》,《儿童教育》第3卷第8期,1931年4月15日。其文章重在论述选择儿童故事的标准,即"内容价值""文学价值""兴趣价值"。
③吴研因:《致儿童教育社社员讨论儿童读物的一封信——应否用鸟言兽语的故事》,《儿童教育》第3卷第8期,1931年4月15日;陈鹤琴:《"鸟言兽语的读物"应当打破吗?》,《儿童教育》第3卷第8期,1931年4月15日。
④中华儿童教育社是民国时期重要的教育学术团体,1929年7月成立,其宗旨为"纯粹学术研究机关,以研究小学教育、幼稚教育、家庭教育,注重实际问题,供给具体教材。"参见杨卫明:《中华儿童教育社与近代中国的儿童教育研究》,《教育史研究》2015年第1期。
⑤1920年12月周作人在《新青年》上发表《儿童的文学》,文章指出,"儿童相信猫狗能说话的时候,我们便同他们讲猫狗说话的故事,不但要使得他们喜悦,也因为知道这过程是跳不过的……等到儿童要知道猫狗是什么东西的时候到来,我们再可以将生物学的知识供给他们。"参见周作人:《儿童的文学》,载赵景深:《童话评论》,新文化书社,1934年,第104—105页。
⑥圣陶(叶圣陶):《鸟言兽语》,《新少年》创刊号,1936年1月10日。
⑦程颂文:《神话在儿童教育上的价值问题》,《广西教育研究》第3卷第2期,1942年2月25日。

的话语实践成为儿童文学①创作的坚实基础。另外,新中国初期的文艺研究抛弃了西方文明论,将神话等民间文学资源作为"新的文学话语的接驳场域与动力源"②;同时这一时期也是作家主体成长的过程,"群众"这一角色作为作家"自我"认知和转变的"他者"在这一过程中起着重要作用。③

二、神话资源的创造性转化

自"五四"新文化运动开始,学人就关注对神话等民间文学资源"现代性"的探讨;他们通过对那些来自历史的,逐渐被遗忘的、零散的神话等民间文学资源进行变形、裁剪、转换,使其在新的历史语境中拥有新的意义,焕发新的生机。

1949年7月,第一次文代会召开,预演和实践了"新的人民的文艺"。④1952年年底,时任中宣部副部长的周扬应约在苏联的《旗帜》上发表《社会主义现实主义——中国文学前进的道路》⑤一文,强调社会主义现实主义的"真实性""历史性"及"批判性"。1958年5月,中国共产党第八次全国代表大会二次会议上,毛泽东根据中国社会主义文艺自身的发展规律提出了"革命的现实主义"与"革命的浪漫主义"相结合的创作方法,将"凝聚着中华民族自强不息的精神追求和历久弥新的精神财富"⑥的神话资源由简单的"汲取"和"引用"向"创造性转化"发展。

葛翠琳的儿童文学创作正是在这一历史语境下展开。葛翠琳是我国著名的儿

---

① 在这一学术语境中,童话以及民间故事也渐趋脱离人类学、民俗学视域的意义阐释。1954年9月16日《人民日报》发表社论《大量创作、出版、发行少年儿童读物》,各大报刊与文学读物都开始关注童话(儿童文学),将其列为国家文学创作与研究的重要内容。参见毛巧晖:《1949—1966童话的多向度重构》,《上海师范大学学报(哲学社会科学版)》2017年第5期。
② 毛巧晖:《现代民族国家话语与民间文学的理论自觉(1949—1966)》,《江汉论坛》2014年第9期。
③ 刘卓:《"群众的位置"——谈延安时期文艺体制的"非制度性"基础》,《陕西师范大学学报(哲学社会科学版)》2019年第1期。
④ 周扬:《新的人民的文艺(专论)》,《人民文学》1949年第1期。
⑤ 周扬:《社会主义现实主义——中国文学前进的道路》,《人民日报》1953年1月11日。
⑥ 龙新民:《毛泽东文艺思想对当代文艺工作的指导意义》,《党史纵横》2013年第12期。

童文学作家，1930年2月她出生于河北省乐亭县前葛庄村，自1949年开始进行儿童文学创作，先后出版《野葡萄》《巧媳妇》《采药姑娘》《金花路》等童话集。葛翠琳于1948年进入燕京大学社会学系学习，同年加入中国共产党领导的民主青年先锋队，在校期间，她主修社会服务科①，与当时在燕京大学社会学系讲课的雷洁琼建立了较为亲密的师生关系。葛翠琳在访谈中回忆起那段时光总说：

> 那时候师生关系很密切。学生可以随时去教授家里请教问题……那时候师生关系很自然，很亲切的，没有那种市侩的东西。②

在葛翠琳未入学之前，雷洁琼就对"儿童福利"这一社会服务问题极为关注。1947年，雷洁琼受联合国善后救济总署委托，开设"儿童福利"课程，并组织社会系、家政系、教育系、心理系学生在海淀成立儿童福利站，为海淀镇附近儿童提供救济、福利等服务工作。③燕京大学迁往成都后，其社会学系把重点放在少数民族、边疆、宗教、农村和城市社会服务等的研究上，使社会学中国化进入新阶段。④

葛翠琳也多次提及自己在"渤海边一个偏僻的小村庄"度过的童年：

> 从学习讲话开始，就听着祖母摇着纺车讲述动人的传说——狐仙、狼外婆的故事，喜鹊、布谷鸟的传说；人参、何首乌的故事，花仙、槐树精的传说；花木兰从军、昭君出塞、杨门女将、十二寡妇征西；牛郎

---

① 燕京大学社会学系分设八个科：社会学本科和研究科、社会服务科、研究科及专修科、宗教社会服务专修科、函授科及速成科，并成立暑期学校。参见张玮瑛、王百强、钱辛波主编：《燕京大学史稿（1919—1952）》，人民中国出版社，1999年，第339页。
② 根据笔者访谈记录整理。访谈对象：葛翠琳，91岁；访谈时间：2020年5月5日；访谈方式：电话。
③ 张玮瑛、王百强、钱辛波主编：《燕京大学史稿（1919—1952）》，人民中国出版社，1999年，第346页。
④ 张玮瑛、王百强、钱辛波主编：《燕京大学史稿（1919—1952）》，人民中国出版社，1999年，第342页。

> 织女七月七鹊桥相会,梁祝化蝶,孟姜女哭倒长城……①

上述的学习与成长经历,为她在新中国成立后进行儿童文学创作奠定了坚实的基础。1949年毕业后,葛翠琳被分配到北京市委文艺工作委员会,参与筹办第一次文代会。1949年10月1日,她参加新中国成立庆典时,遇到北京市委宣传部第一任部长李乐光,他对葛翠琳表示:希望她能用手中之笔"为孩子们写书"。1950年,她在北京市文联任老舍业务秘书兼北京市文联儿童文学组组长。其后,她在与老舍、冰心等人的交往中深受感染,决心"寻找新的起点",创作"内心深处流淌真情的作品"。②

这一时期国家对儿童教育问题极为重视③,1955年9月16日《人民日报》发表社论《大量创作、出版、发行少年儿童读物》,强调"优良的少年儿童读物"在进行共产主义教育方面的重要作用。同年,下达《中国作协关于发展少年儿童文学的指示》④,叶圣陶发表《响应号召》⑤、冰心发表《"一人一篇"》⑥。郭沫若、魏金枝、靳以、周而复、周波、马烽、康濯、臧克家、田间、李季、阮章竞、袁水拍、贺敬之、袁静、刘知侠等也都制定规划为少年儿童创作,对"培养社会主义新人"——这一需要儿童文学密切配合基础阶段教育的要求表示理解与支持。⑦

以老舍创作的儿童剧《青蛙骑手》⑧为例,从附在文后的《〈青蛙骑手〉的一些说明》可知,此剧系根据萧崇素整理的《青蛙骑手》改编而成,作品传达的基本文化信息和核心主题与以"青蛙""蟾蜍""癞蛤蟆"为母题的英雄神话极为相似;如流传在白马藏人中的《月月》《白马少爷》《阿尼泽搜毕记》等;流传于西

---

① 葛翠琳:《野葡萄》,天地出版社,2015年,第3—4页。
② 葛翠琳:《与冰心月下漫谈》,《文学教育》第24期,2009年8月。
③ 1950年召开了第一次全国少年儿童工作会议;1952年举办了第一次全国少年儿童文艺创作评奖;1955年在北京成立少年儿童出版社等。
④ 《中国作家协会关于发展少年儿童文学的指示》,吕漠野、任明耀、蒋风编:《儿童文学参考资料》,浙江师范学院,1957年,第42—43页。
⑤ 叶圣陶:《响应号召》,《人民文学》1955年第11期。
⑥ 冰心:《"一人一篇"》,《人民文学》1955年第11期。
⑦ 陈伯吹:《儿童文学简论》,长江文艺出版社,1982年,第23页。
⑧ 老舍:《青蛙骑手(儿童歌剧)》,《人民文学》1960年第6期。

南一带黎、壮、苗、羌、彝等少数民族中的《蛙郎的故事》《青蛙女婿》《蟾蜍儿》《蟾蜍皇帝》《蛤蟆驸马》等①,流传于四川凉山的《司惹巴洪》《天神的哑水》《勒俄特依》等。②老舍的创作,保留了神话的重要母题及角色设置,同时树立起惩恶扬善、反抗压迫的主题,加深了作品的思想性与现实性。"头人"象征封建统治阶级,他对于"青蛙"的忌惮与迫害说明了在统治者残酷压迫下绝不允许"异端"的出现,"头人"与"青蛙"之间存在着不可调和的阶级矛盾。头人畏惧于青蛙,"遇见耕田的老夫妇,或是山中放牛的小娃娃"时,"世人不应分贫富,百姓不受官欺压""修一条大道通北京,来来往往,汉藏成一家"的言论;对青蛙能使得"天旋地转""淹没宫殿"震塌房屋的哭笑、跳动无可奈何;在"撕碎蛙皮冻死青蛙"的计谋落空之后,头人只能默默退入院中,留下狂欢的"群众"。老舍作品中对神话的"改编"侧重的是"对现实的重新认识",从而"唤起面对现实的革命主义态度,唤起一种能够改变世界的态度"。③为了用新的意识形态来"整理和改造"神话等民间文学资源,"规范人们对历史、现实的想象方式,再造民众的社会生活秩序和伦理道德观念"④,老舍不仅将"三姐"的身份改为"头人的义女",而且将"三姐烧蛙皮"改为"蛙皮被头人劫走",增强其阶级冲突。但当时的学人已经注意到,倘若否定和忽视民间文学"幻想性"的基本特征,将会造成文学传统与话语实践的深层断裂,如李岳南、刘守华围绕《牛郎织女》改编的讨论以及当时杨绍萱与艾青对《牛郎织女》戏曲改编的争论等。

三、神话资源的话语重塑

葛翠琳在创作中注重对民间文艺话语的运用,并尽力发挥这一优势。在《野葡萄》《少女与蛇郎》《片片红叶是凭证》《悲苦的钟声》《沉默的证人》《蝎子尾巴》《金䅟䅟》《秀才和鞋匠》等作品中,她运用"宇宙起源""人类起源""文

---

① 丘振声:《壮族蛙图腾神话》,《民族艺术》1992年第4期。
② 杨甫旺:《彝族蛙崇拜与生殖文化初探》,《民族艺术研究》1997年第6期。
③ 李玥阳:《重访"小灵通"的时代》,《读书》2020年第5期。
④ 张炼红:《从民间性到"人民性":戏曲改编的政治意识形态化》,《当代作家评论》2002年第1期。

化起源""动植物起源"等神话母题①,象征性地再现了民族文化的发展历程及其演变轨迹。文本中由神话意象、神话思维等连缀而成的超越现实的叙述,消弭了阶级观念、革命叙事与民间信仰在话语实践中"先在"的距离感,在葆有神话"神圣性"的基础上,"潜移默化地影响民众的集体无意识,化解现实生活中的矛盾、暧昧与混乱"②。葛翠琳将童年记忆中关于"狐仙""狼外婆""花仙""槐树精""牛郎织女"的美丽幻想与现实世界相结合,沉淀为她1949—1966年儿童文学作品的特殊印迹。她将具有"时代性"的、对现实的思考熔铸到个人的写作实践中,对富于想象力和诗性智慧的神话资源的"创造性转换",在一定意义上消解了"工匠式镶嵌"③的儿童文学创作对现实生活的遮蔽。1953年发表在《少年文艺》上的《少女与蛇郎》④开启了葛翠琳儿童文学创作之路。此后她又陆续创作了《雪梨树》《巧媳妇》《爱作诗的长工》《野葡萄》《采药女》《种花老人》《雪娘》《泪潭》《悲苦的钟声》《金花路》等脍炙人口的作品。⑤除此之外,她还创作过小说、散文、诗歌、电影剧本等。⑥

这些受到"民间口头文学的乳汁滋养"⑦的作品,通过对神话等民间文学资源的"复现"与"重构",以"儿童"之名将其象征性地转换为社会主义多民族国家及本土现代性的建构力量;而由"人民和他们的口头创作"所抚育的儿童文学作品就顺理成章地成为与"主流话语的宣传诉求密切耦合"的在地化知识表达。

以《少女与蛇郎》为例,这一文本中所包含的兽婚、变形、继女胜利等情

---

① 杨利慧、张成福编著:《中国神话母题索引》,陕西师范大学出版总社,2018年。
② 布莉莉:《〈新民晚报〉"晚会"副刊与通俗文艺传统》,《当代文坛》2017年第5期。
③ 如把儿童语言作为出货的标记,作为廉价的装饰;点缀一下,自以为真地写了"儿童文学"。参见陈汝惠:《论儿童文学的专门特点》,《厦门大学学报(文史版)》1954年第5期。
④ 葛翠琳:《少女与蛇郎》,《少年文艺》1953年第12期;另见葛翠琳:《少女与蛇郎(维意插图)》,《新教育》1953年第6期。
⑤ 葛翠琳:《葛翠琳童话》(典藏本),浙江少年儿童出版社,2009年,第545—584页。
⑥ 如小说《永不消逝的声音》和《蓝翅鸟》,剧本《草原小姐妹》《任性的小白母鸡》《小羊羔的心事》《摘星星的孩子》《勇敢的朋友》等。
⑦ 在访谈中,葛翠琳表示民间文学语言形式及其节奏感对儿童文学的发展很有帮助,自己在创作中对民间文学亦有所借鉴。根据笔者访谈记录整理。访谈对象:葛翠琳,91岁;访谈时间:2020年5月5日;访谈方式:电话。

节，早在20世纪20年代，署名为"林兰"（或作"林兰女士"）①者出版的《渔夫的情人》②（民间童话集之二）中《菜瓜蛇的故事》就有类似情节，并且在文末还附有林兰与周作人《关于菜花蛇的通信》，其间忆及童年时母亲在"雨窗灯影"之下，怯弱的身影，和缓的声调，在叙述这些故事时，心中充满了"说不出的甜蜜和神秘的感想"。③但葛翠琳写作的童话《少女与蛇郎》中对"从前的文本和习俗在文本生产中的表达方式"④的再造或改变，"反映了实际，表现了各种社会关系、社会斗争的观念，反映了人民的思想和期望"⑤，赋予神话资源全新的社会功能。比如蛇郎和少女成婚后，依旧需要从事整理花木的工作，正是因为他们勤劳肯干，才能过上美满富足的生活，由此引发了少女后娘的嫉恨。林兰女士的《菜花蛇的故事》保留了这一神话传说⑥在中国现代社会历史时期的流传形态；葛翠琳的《少女与蛇郎》则对原先神话中意义芜杂、稍显暧昧的部分做了"选择"，冲淡其中的"爱情"表达，而着重突出"劳动""反封建""善恶有报"等主题。在这里，民间文艺与主流意识形态实现了一定意义上的话语整合，神话资源被注入了"全新的革命意涵"。《野葡萄》中的"白鹅女"也一样，她苦苦找寻的"果皮像珍珠一样透明，叶子像翡翠一样闪耀"的野葡萄，具有治愈眼疾的神异功能。在找到野葡萄后，她拒绝了山神"石头老人"提出的为其看守宝石，"舒舒服服地吃、玩"的诱惑，一心想将光明带给以"磨坊做工的瞎老头""吹笛子的盲艺人"为代表的"劳苦大众"。

此外，这些作品反映了大众集体诉求，无论《采药女》中"巧姑娘"因不堪忍受国王的奴役，与国王、法师代表的封建势力抗争，用自己高超的医术和神力

---

① "林兰女士"即李小峰（1897—1971），江苏江阴人，1923年北京大学哲学系毕业，出版近40种民间传说故事集。
② 林兰编：《渔夫的情人》，北新书局，1930年，第51—52页。
③ 林兰编：《渔夫的情人》，北新书局，1930年，第51页。
④ [英]费尔克拉夫：《话语与社会变迁》，殷晓蓉译，华夏出版社，2003年，第89页。
⑤ 陈汝惠：《论儿童文学的专门特点》，《厦门大学学报（文史版）》1954年第5期。
⑥ 林兰编《民间故事》，其名称概念不断发生变化，诸如"民间故事""民间传说""民间童话与传说""民间趣事""民间童话集"等，实际上涵盖了神话、传说、故事等多种民间文学样态。参见高有鹏：《中国现代民间文学史上的"林兰女士"与〈民间故事〉》，《文化遗产》2013年第3期。

帮助人们过上幸福的生活；还是《雪娘》中"雪娘"出于对"人类温暖的心"的向往，不惜违抗天地间的秩序制造者——"神娘"（与《牛郎织女》中王母娘娘的角色类似）的命令，跌落凡间，历经人世间的艰难困苦；这些皆隐喻了反封建的政治指向。以《雪娘》为例，在"雪娘"由神到人的身份转变中，她对人世间的向往体现了传统农业社会中"男耕女织"的社会理想和"五四"时期"追求自由平等，提倡个性解放"的启蒙精神。在神话等民间文学资源的现代转化及话语重塑中，原初的诸多象征意义被层层剥离，被置换为与时代"共名"的表述与文化蕴涵。在这个"仙女凡夫"的故事中，"丈夫"这一角色是缺席的，承诺"儿子诞生就会回来"的丈夫在出门寻找幸福生活之后，始终没有再回来。"雪娘"一人独自承担起生活的重担。这种情节上的设置与1949年之后中国妇女在政治、经济、文化、婚姻家庭诸方面地位的变化密切相关。需要指出的是，虽然"阶级话语"常常在文本中占主导，但是民间话语依旧凭借自身鲜活的"幻想"溢出主流话语的边界。比如故事中的"天地秩序制造者"——"神娘"与"雪娘"之间的关系虽然渗透着阶级话语，但并不像"反封建主题"确立后的《牛郎织女》故事中王母和织女之间尖锐的阶级矛盾。[①] 随着"白雪仙女"凭借自身努力克服一道道难关，"神娘"由一个冷酷残忍的迫害者（神——统治者）逐渐变为温和善良的慈母（人——普通女性）。

神话等民间文学资源充满"幻想性"的话语表述及审美趣味，为20世纪50年代的儿童文学创作建构了灵活、弹性的话语空间；而正是由于社会观念和意识形态的参与，将"时代感"注入了童话之中，其现实精神和价值状态才得以强化。1951年7月，《新湖南报》发起的关于"李四喜思想"的讨论以及20世纪50年代在农村进行的扫盲运动、识字运动等[②]，其中所涉及的农民自身的思想教育和身份变迁问题在葛翠琳的儿童文学创作中均有所体现。如《我比她还强》中

[①] 当《牛郎织女》剧本的反封建主题被确定后，牛郎和织女的底层劳动者身份自然被固化，此前传说中划天河解救织女的王母娘娘不可避免被对立化为冷酷无情的迫害者形象了，这样原有的性别矛盾就自然转移为阶级对立矛盾。参见漆凌云：《性别冲突与话语权力——论建国前后牛郎织女传说的嬗变》，《民俗研究》2014年第5期。
[②] 张明霞：《新中国成立以来农民身份变迁论析》，《求实》2012年第10期。

喜欢逞能的李贵媳妇学"巧媳妇"招待朋友反而弄巧成拙的趣事;《巧嘴儿》中的"眼里眯不进灰尘,手里溜不掉绣花针"的大媳妇被老师傅捉弄,五年没有张嘴说话,最后感受到劳动的快乐——"自己烧的饭特别好吃,自己烧的炕特别暖"。①《秀才和鞋匠》中的老婆婆和补鞋匠对只知道"皇帝"和"墨水"的秀才的嘲讽:

最穷穷不过只有一张口,最富富不过一双万能手,最黑黑不过大官财主的心,最白白不过庄稼汉里的明白人。②

在葆有民间文学"幻想性"的基础上,葛翠琳的儿童文学创作摆脱了民间文学资源"言说状态"的当下性限制,在现代转换的话语实践中凸显其"人民性"与"时代性"。"从原初自发的民间的口头文化或炉边文化形态推进到近代自觉的、经典的印刷文化形态"③,呈现出时代"共名"之下作家主观价值体系的重构。如葛翠琳创作中的主人公作为利用传统民间文学资源塑造出的"新民",而大官、王爷、皇帝均为封建势力的代表,天、地、人之间的斗争反映的是劳动人民对封建势力的反抗以及对美好生活的追求。经过"现代"阐释的神话等民间文学资源,"对于儿童个性的全面发展,使儿童更好地理解各种生活现象和人的关系,对于巩固儿童的创造力和主动性,对于儿童道德的高尚化,有着头等重要意义……"④葛翠琳在其童话作品中所构建的神话世界,既是对现实语境下人类的生存状况的神话构拟;也是在真实与想象的互动中对人类"生活世界"的神话类比和象征。其历史发生机制和现实生成逻辑之间的张力关系传递出特殊的文化意蕴与政治喻示,反映了新中国成立后在儿童文学领域中关于社会、思想、文化变革

---

① 葛翠琳:《葛翠琳童话》(典藏本),浙江少年儿童出版社,2009年,第64页。
② 葛翠琳:《葛翠琳童话》(典藏本),浙江少年儿童出版社,2009年,第72页。
③ 方卫平:《论童话及其当代价值》,《文艺评论》1998年第3期。
④ 1952年2月4日至2月6日,苏俄教育科学院和苏俄教育部,在莫斯科举行了联合召开的科学会议上谈到对苏联儿童文学的教育要求。参见陈汝惠:《论儿童文学的专门特点》,《厦门大学学报(文史版)》1954年第5期。

的话语实践。神话等民间文学资源为葛翠琳的儿童文学创作提供了稳定的叙事话语,她在保留基本情节、叙事脉络的前提下,对人物、地域、风俗进行了置换与删减,赋予神话、传说、民间故事等全新的意蕴;这也就更适应新中国儿童文学的教育要求。

总之,这一时期葛翠琳的儿童文学创作,在兼顾民间文学的"幻想性"与"民间性"的同时,又将其置于"开放性"的结构体系中。[①] 与民间文学母题、意象及思维相关的"话语实践"逐步成为创作的核心,"选择性改编"后的神话等民间文学资源在一个又一个语境中被重复,其文化内涵处于不断被修改和再生产的动态过程。

第三节 现代民族国家话语与《刘三姐》的创编

二十世纪五六十年代,刘三姐成为家喻户晓的人物。《刘三姐》的故事来源于两广一带《歌仙刘三姐(妹)》传说。刘三姐(妹)传说是"我国南部著名传说之一"[②],广泛流传于中国西南一带,尤其在壮族民众中广为流传。在故事流传地该人物也被称为刘三姑、刘三娘、刘娘、刘仙娘、刘三婆、刘三、刘仙、刘王、刘山妹、农梅花等。[③] 刘三姐这一人物或形象进入戏曲并非从新中国成立开始,清末蒋士铨《雪中人》中就有涉及,这恐怕是刘三姐最早进入戏曲的例证。戏曲中刘三姐"饱读诗书""美丽动人""对歌""成仙",这一过程呈现了中原王朝的官员文人对处于封建王朝辖内的边缘区域"相异"之物种风俗的表述与想象。19世纪末20世纪初,现代民族国家兴建过程中,民众文化受到重视,以北

[①] 毛巧晖:《1949—1966年童话的多向度重构》,《上海师范大学学报(哲学社会科学版)》2017年第5期。
[②] 钟敬文:《刘三姐乃歌圩风俗之"女儿"》,钟敬文著,巴莫曲布嫫、康丽编:《谣俗蠡测》,上海文艺出版社,2001年。
[③] 覃桂清:《刘三姐纵横》,广西民族出版社,1992年,第21—22页。

京大学歌谣运动为开端，文化秩序开始重构，刘三姐作为民间歌谣与传说受到来自文学、民俗学、人类学等学者的重视，20世纪20年代欧阳予倩创作歌剧《刘三姐》，两广一带民间也流传正字戏《刘三妹》等。不过无论明清还是民国时期，刘三姐的影响主要局限于两广一带，以及通过文本流传于文人官员之中，民国时期虽然传统文学秩序被打破，刘三姐为戏剧、歌谣、传说等不同文类共享，但是其影响依然局限于两广之地，依然是知识人对于岭南文化的想象、叙事与阐释，其享有者与传承者并未参与其中，刘三姐（妹）的形象依然是汉族知识人想象中边缘区域"知书达礼""遵从礼教"的"善歌"女性。刘三姐的推广与1949—1966年戏曲改革以及电影《刘三姐》在全国范围播映直接相关。

一、戏曲改革思想的延续

元代的胡祗遹曾经指出："（杂剧——引者注）上则朝廷君臣，政治之得失，下则闾里市井，父子、兄弟、夫妇、朋友之厚薄，以至医药、卜筮、释道、商贾之人情物理殊方，异域风俗语言之不同，无一物不得其情，不穷其态。"[①]可见戏曲的功能已超出审美艺术的范畴。有研究者认为，"地方戏曲演戏作为农村公共生活的文化仪典……可能是农村生活中规模最大、范围最广的社群公共生活方式"，在由地方戏曲构建的村落公共空间内，"因具有为大家所认同的习惯、风俗、价值观和行为规范而发展着连带关系"[②]，从而有助于村落社会保持自己的文化主体性。这说明包括地方戏在内的中国传统戏曲作为民间生活和民俗文化的"镜像"，能够促成民众对于生活知识、经验的认知以及文化身份的认同，从生活实体与文化主体两个方面为民间社会的稳定和延续提供了保障。自晚清开始，文人志士着眼于文艺对于社会的功效，力倡文艺要发挥教化与宣传作用，其目的是唤醒民众，振兴与改造国家。20世纪初梁启超等人认为"以曲本为巨擘"，因为

[①] 胡祗遹：《赠宋氏序》，载俞为民、孙蓉蓉主编：《历代曲话汇编：新编中国古典戏曲论著集成·唐宋元编》，黄山书社，2006年，第217页。
[②] 白勇华：《地方戏曲演出与村落公共空间的建构》，《戏曲研究》第73辑，文化艺术出版社，2007年，第118—119页。

"曲本之诗"有四长,"优于他体之诗"。①戏曲"可感动全社会,虽聋得见,虽盲可闻"②,其功用超出了经史和诗文,"实为六教之大本"。③可见,戏曲在传播与接受方面有着独特的优势。当时戏曲改良从完善演剧组织、构建剧场、改造优人到戏曲创作和舞台艺术等方面着手④,主要受到西方舞台艺术的影响,即"欧化",因此二十世纪二三十年代出现了话剧与戏曲的形式问题之论争。后来在中国共产党领导的解放区,尤其是延安,兴起了新的戏曲改革方式,即重视思想性、题材内容具有现实针对性以及集体创作等,这一改革及其主导思想延续到1966年。

新中国成立以后,戏曲有了新的使命与功能,它继续发挥上传下达的功效,尤其是传播新的意识形态。戏曲是传播新的社会主义国家话语以及社会主义意识形态的重要载体。正如潘光旦所言:"一般民众所有的一些历史智识,以及此种智识所维持着的一些民族的意识,是全部从说书先生、大鼓师、游方的戏剧班子得来的,而戏班子的贡献尤其是来得大。"⑤《讲话》之后,民歌、秧歌、花鼓、地方戏、新编历史剧等民间文艺形式渐趋受到作家重视,知识分子与民间艺人相结合,掀起了具有全国影响的新秧歌运动、新说书运动等。新中国成立后,戏曲创作与表演沿袭延安时期的文艺政策,戏曲内容与表演者都要适应新的社会语境,同时现代民族国家话语也改造了戏曲本身,在全国范围内掀起戏曲改革。

戏曲改革是一个"有步骤、有意识的国家意识形态实践过程"。⑥早在1948年11月23日,《人民日报》社论《有计划有步骤地进行旧剧改革工作》就提出全面进行戏曲改革的立场、态度和方针。新中国成立后,戏曲改进局、戏曲改进委员会、中国戏曲研究院等相关执行机构相继成立,"最终形成了一个从中央

---

① 梁启超:《小说丛话》,载阿英编:《晚清文学丛钞》(小说戏曲研究卷),中华书局,1960年,第312页。
② 三爱:《论戏曲》,载阿英编:《晚清文学丛钞》(小说戏曲研究卷),中华书局,1960年,第55页。
③ 康有为:《康有为全集》第3集,上海古籍出版社,1992年,第1013页。
④ 杨惠玲、赵春宁:《民族主义、实用主义和"欧化主义"——晚清戏曲改良理论的三个关键词》,《戏曲艺术》2010年第3期。
⑤ 潘光旦:《中国伶人血缘之研究》,上海书店,1941年,第10页。
⑥ 张莉:《红色神话演绎之路——17年(1949—1966)戏曲改革研究》,浙江大学博士学位论文,2009年,第8页。

到地方，从政府到民间的门类齐全的完整的组织系统"。①1951年5月5日，周恩来签发了《关于戏曲改革工作的指示》，首次以中央政府的名义对戏曲进行了意识形态的命名和赋予意义——"人民戏曲是以民主精神与爱国精神教育广大人民的重要武器"，指出"目前戏曲改革工作应以主要力量审定流行最广的旧有剧目"，"地方戏尤其是民间小戏……应特别加以重视。今后各地戏曲改进工作应以对当地群众影响最大的剧种为主要改革与发展对象"。②

1956年9月，中国共产党第八次全国代表大会提出"努力创造社会主义的民族的新文化"③。戏曲界贯彻"百花齐放，百家争鸣"的方针，连续召开了两次全国戏曲剧目工作会议。1958年2月2日，《人民日报》发表社论强调："我们国家现在正面临着一个全国大跃进的新形势，工业建设和工业生产要大跃进，农业生产要大跃进，文教卫生事业也要大跃进。"④随之，文化界形成了"厚今薄古"之风。在戏曲领域，演现代戏成为主流。1958年2月17日，文化部发布了《号召全国国营艺术表演团体全面大跃进的通知》，全国演出团体纷纷组织剧团演员创作与表演现代戏。同年3月5日，文化部又发出《文化部关于大力繁荣创作的通知》，全国范围内现代戏的创作达到高潮。接着，6月13日至7月15日，文化部在北京举办了"现代戏题材戏曲联合公演"，并召开了"戏曲表现现代生活座谈会"，会上提出"以现代剧为纲"的戏曲工作方针，中心议题就是创造社会主义的民族新戏曲问题。同时，会上还特别强调了现代戏的政治意义："现代戏能反映社会主义生活，有力地用社会主义精神教育人民"，"现代戏能更有力地为社会主义建设服务"。⑤周扬在会议发言中提出：通过现代戏创作，"完成戏曲工作的第二次革新。这样，戏曲艺术的革新才算是彻底完成"。⑥刘芝明在大会总结发言中强调："我们的方针是：在戏曲工作中，大力贯彻建设社会主义的总路

---

① 高义龙、李晓主编：《中国戏曲现代戏史》，上海文化出版社，1999年，第128页。
② 中国人民政府政务院：《关于戏曲改革工作的指示》，《人民音乐》1951年第4期。
③ 《中国共产党第八次全国代表大会关于政治报告的决议》，载中共中央文献研究室编：《建国以来重要文献选编》第9册，中央文献出版社，1994年，第348页。
④ 社论《我们的行动口号——反对浪费，勤俭建国！》，《人民日报》1958年2月2日。
⑤ 田汉、马少波等：《用两条腿迈向戏剧的新阶段》，《中国戏剧》1958年第10期。
⑥ 本刊记者：《周扬同志谈戏曲表现现代生活问题》，《中国戏剧》1958年第15期。

线……在充分发扬优秀的传统艺术的基础上……有力地为工农兵服务,为社会主义革命和社会主义建设服务……我们的口号是:鼓足干劲,破除迷信,苦战三年,争取在大多数的剧种和剧团上演剧目中,现代剧目的比例分别达到20%到50%。"①

之后虽然有"传统与现代"两条腿走路、"三并举"的方针,但是均淹没在现代戏突起的热潮中。1962年11月,毛泽东对《戏剧报》和文化部先后进行批评。他说,一个时期,《戏剧报》尽宣传牛鬼蛇神。文化部不管文化,封建的、帝王将相的、才子佳人的东西很多,文化部不管。文化工作方面,特别是戏曲,大量的是封建落后的东西,社会主义的东西很少。1963年12月12日,毛泽东又在中宣部文艺处编印的一份关于上海举行故事会活动后的《情况汇报》上做了措辞严厉的批示:"许多部门至今还是'死人'统治着……许多共产党人热心提倡封建主义和资本主义的艺术,却不热心提倡社会主义的艺术,岂非咄咄怪事。"②随着毛泽东决定抓文化界、艺术界、思想界的阶级斗争问题,戏曲创作题材选择又一次变成重要的意识形态问题。1964年,全国京剧现代戏观摩演出大会召开,周恩来等中央领导明确将现代戏编演与政治立场直接挂钩。

诸如此类的方针政策通过各种会议指示、会演等推动与进行。彩调剧《刘三姐》就是在这一历史语境中出现,它的创编,从形式到内容均受到戏曲改革的影响,也是新的民族国家话语在戏曲领域的实验与建构的新作品。

二、彩调剧《刘三姐》的重塑与演绎

从19世纪70年代到第一次世界大战期间,"公共仪式及纪念日、建筑物、广场、纪念碑等'传统'被大规模地创造出来"③,人们通过"参加仪式或庆祝来

---

① 刘芝明:《为创造社会主义的民族的新戏曲而努力——1958年7月14日在戏曲表现现代生活座谈会上的总结发言》,载中国戏曲志编辑委员会、《中国戏曲志·北京卷》编辑委员会编:《中国戏曲志·北京卷》(下),中国ISBN中心,1999年,第1453—1454页。
② 毛泽东:《关于文学艺术的两个批示》,《人民日报》1967年5月28日。
③ Eric Hobsbawm and Tevnce Ranger(eds.), *The Invention of Tradition*, Cambridge: Cambridge University Press, 1983. 转引自[日]小野寺史郎:《国旗·国歌·国庆——近代中国的国族主义与国家象征》,周俊宇译,社会科学文献出版社,2014年,第4页。

体现国民统一性"。① 新中国成立后,节庆成为新的意识形态推广的重要场域。

彩调剧《刘三姐》是广西柳州市国庆十周年献礼的剧目之一。1959年3月彩调剧《刘三姐》在广西柳州演出,当时一起公演的有桂剧、粤剧、彩调三个剧种,九场戏,其中粤剧《李文茂威震柳州》、桂剧《蓝山翠》和彩调《刘三姐》是由中共柳州市委宣传部和市文化局在"向国庆十周年献礼"讨论会上确定的剧目。柳州市《刘三姐》创作组回忆:1958年冬,为了参加广西壮族自治区"向国庆十周年献礼"的会演,柳州市召开了筹备会演剧目的座谈会。会上,受邀而来的地方长者们提供了众多民间传说故事,如蓝山翠抗税反满、李文茂柳州称王、侬智高大败杨文广、张翀弹劾严嵩,及歌仙刘三姐、柳宗元、刘古香、陆阿苟等传说故事,最后从中择定了三个题材的剧目。② 每个族群或地域的文化记忆均有自己的"固定点",它的视野不随时间的推移而发生变动。"这些固定点乃是过去的命运性的事件,人们通过文化造型(文字材料、礼仪仪式、文物)和制度化的沟通(朗诵、庆祝、观看)依然保持着对这种过去的回忆。"③ 相比较而言,刘三姐并不是广西一带唯一突出的"回忆形象",但它从新中国成立后渐趋闻名全国。不同历史阶段,其中人物的"形象"与《刘三姐》主题都有不同,直到当下依然是广西的文化名片。在新中国成立后至今,《刘三姐》的发展恰切地体现了国家话语对于民间文学创作与传播的影响。

中华人民共和国成立十周年会演中对《刘三姐》并无特殊青睐,但是彩调剧《刘三姐》在南宁"广西壮族自治区为国庆十周年献礼戏剧汇报演出"中获得大量好评,并"换新装迎国庆",跻身于国庆献礼行列。这与上文所言戏曲改革的历史语境直接相关,即刘三姐的形象符合新社会的要求。

新中国成立后,戏曲成为新的国家宣传意识形态与重构文学样式的重要场域。除了延续中国共产党在解放区所推行的重视戏曲以及戏曲改革的思想与方

---

① [日]小野寺史郎:《国旗·国歌·国庆——近代中国的国族主义与国家象征》,周俊宇译,社会科学文献出版社,2014年,第4页。
② 邓凡平选编:《刘三姐评论集》,广西民族出版社,1996年,第482页。
③ [德]安格拉·开普勒:《个人回忆的社会形式》,载[德]韦尔策编:《社会记忆:历史、回忆、传承》,季斌、王立君、白锡堃译,北京大学出版社,2007年,第102页。

针，同时又推出了一系列新的"戏改"思想与政策。1949—1966年现代戏的发展虽然经历了不同阶段，但是它作为展示现代生活与新的意识形态的最佳体裁与载体是不争的事实。1958年恰逢现代戏创作掀起高潮，同时重视民族特色的题材。彩调剧《刘三姐》的创编正是源于此，它既有地方性，同时也具有浓厚的壮族民族色彩。《刘三姐》的创编由彩调剧团发起，地方文化馆干部参加，当地民歌歌手提供材料。该剧一改从前的"搭桥戏"，而是推行了导演制。搭桥戏①，即过去戏曲演员在学艺时，学会固定的表演技术程式之后，不需要导演就能演出任何一出戏的角色，一般认为"其不利于发掘传统，酿成新的剧目"②，"没有细致科学的导演工作，不仅在形式上粗糙松懈，在政治上也常出毛病"③。可见导演制的推行，逐步将戏曲纳入新的国家话语体系，同时改变了传统戏曲的艺术形式。彩调剧《刘三姐》之所以在柳州地市文艺会演中胜出，与其实行导演制直接相关。相关人员的回忆中提到，"该剧目（桂剧《刘三姐》——笔者按）乃搭桥戏，缺乏加工提炼，故而思想性艺术性逊于彩调剧《刘三姐》"④。会演大会评委会一致认为"两个《刘三姐》不仅剧种不同，主题各异，而且有文野之分"⑤。可见彩调剧由于其导演制已经纳入"文人创作"，成为符合戏曲改革要求的剧目。因此，彩调剧《刘三姐》改变了过去无剧本无导演的演出和编排方式，而实行了新型导演制，并根据新的内容与艺术要求，形成了新的现代戏剧目。

另一方面，彩调剧《刘三姐》将"彩调"这一民间小戏形式完全纳入新的文化秩序，用统一的文化符号交流与共享。这就给了民间小戏发展与成长的契机，另外正如傅瑾所说：它使得"中国戏剧整体更趋多元"。⑥新中国成立后，戏曲改革重视"民间小戏"的发掘与创编。1951年5月5日，《中央人民政府政务院关于戏曲改革工作的指示》发布，要求"改戏、改人、改制"，梅兰芳就戏曲改

---

① 各地名称不同，有的称为"打桥戏"。
② 小龙：《打桥戏的优缺点》，《柳州日报》1957年5月19日。
③ 马少波：《关于戏曲导演》，《戏曲改革论集》，新文艺出版社，1953年，第76页。
④ 邓凡平选编：《刘三姐评论集》，广西民族出版社，1996年，第483页。
⑤ 邓凡平选编：《刘三姐评论集》，广西民族出版社，1996年，第483页。
⑥ 傅瑾：《沧海桑田：二十世纪中国戏剧版图巨变》，《文艺研究》2006年第9期。

革撰写了《戏曲大发展的十年》，文中将戏曲种类分为"古老的剧种""年轻的剧种""小戏"三大类，其中重视对"民间小戏的搜集、记录、刊行"，"小戏"的蓬勃发展是新中国成立初期的一大特色。正如周扬所说：民间小戏自由活泼，可以创造更符合当代意识形态的题材。恰是缘于戏曲改革重视民间小戏的背景，彩调剧《刘三姐》才有机会在中国戏剧版图中崛起，但这一过程依然充满了波折。1959年4月，彩调剧《刘三姐》在南宁参加全区献礼剧目汇报演出后，当时虽然《广西日报》等推出相关评论，并编撰了《彩调"刘三姐"讨论集》等，但有些戏曲界人士持不同见解，他们认为其艺术形式类似之前戏曲改革中出现过的"四不像"；还有些戏剧专家认为《刘三姐》"大量运用民歌曲调使《刘三姐》山歌不山歌，彩调不彩调，风格不统一"，"戏剧需要动作性的语言，而山歌是形象性语言，用山歌写戏，缺乏动作性"等；正在戏剧专家与普通评议者争论之际，中国戏曲研究院副院长张庚和戏剧家贺敬之赶到南宁观看汇报演出，他们肯定了这一"彩调结合民歌"的新形式。他们认为"这个戏地方色彩和民族特点都非常浓郁，内容新，形式美，整理一下可以拿到北京去"，"足以迷住北京观众"。[①] 彩调剧《刘三姐》灵活运用民间小戏的形式，得到了代表"中央"及新中国主流文学思想——来自延安的剧作家的首肯与褒奖。另外，它的这种结合民歌的新的艺术表现形式，也适应1958年在全国掀起的"新民歌运动"，所以它可以迅速发展起来，进而赢得全国声誉，被称为"大跃进形势下出现的全广西人民的艺术瑰宝"[②]。

可见，在艺术形式上，导演制与民间小戏的灵活运用，使得彩调剧《刘三姐》进入"国庆十周年献礼"。从此，《刘三姐》的推广与传播都与国家话语密切相连，直至今天"刘三姐"依然是壮族以及广西最有影响力的文化形象，尽管《刘三姐》主题几经变化。

---

① 邓凡平选编：《刘三姐评论集》，广西民族出版社，1996年，第484页。
② 邓凡平选编：《刘三姐评论集》，广西民族出版社，1996年，第3页。

三、彩调剧《刘三姐》的经典化历程

要做好戏曲改革工作，内容上的改造是重要环节，"我们对于旧文艺的改造和重视是不够的。凡在群众中有基础的旧文艺，都应当重视它的改造。这种改造首先和主要的是内容的改造"①。

早期戏曲改革中对于现代戏权威话语并未过于强调，比如评剧《刘巧儿》、吕剧《李二嫂改嫁》、眉户《梁秋燕》、沪剧《罗汉钱》等，也只是结合现实社会中的人与事，进行新的《婚姻法》、男女平等政策以及新的意识形态的宣传。但是到了1958年以后，现代戏开始异军突起，注重与强调内容的改革。另外，《刘三姐》还是在1958年"大跃进"和群众创作运动的形势中，特别是在中国共产党"关于创作更新更美的文艺作品向国庆十周年献礼"的号召下创编，因此，它的内容与主题就遵循与扣合这一情境。决定彩调剧《刘三姐》可以参加国庆献礼会演的方案，后来被称为"第一方案"。"第一方案"从1958年冬开始筹备创作，到次年元旦完稿，其主题突出财主阴谋纳刘三姐为妾来扼杀山歌，全戏的场次包括洗衣、定计、歌圩、说媒、对歌、砍藤、遇救、带信、成仙，相比桂剧《刘三姐》的兄妹矛盾线索则与当时的历史语境及国家话语更为契合，其主题思想符合意识形态的宣扬以及新中国对于文学秩序的重新建构。这一主题与内容得到了会演评委的肯定。新中国成立后，文学被纳入"革命中国"构建的进程，民间文学、俗文学成为文学接驳国家话语的重要场域。彩调剧《刘三姐》在"第一方案"的基础上，内容与艺术表现形式进一步修正与完善，它的创编过程以及主题、思想都进一步契合主流意识形态。与此同时，《刘三姐》演什么、如何演都在政府和文化部门的导引下发展。在赴广西壮族自治区汇报演出前，邓凡平代表市委对《刘三姐》做最后一次审查，发表了："第一，刘二是疼爱妹妹的，虽胆小怕事，但不是迫害刘三姐的帮凶，我们要为刘二平反；第二，莫怀仁与刘三姐

---

① 周恩来：《在中华全国文学艺术工作者代表大会上的政治报告》，中华全国文学艺术工作者代表大会宣传处编：《中华全国文学艺术工作者代表大会纪念文集》，新华书店，1950年，第29页。

的关系,是压迫与反压迫的关系,要加强阶级斗争的意识。"① 这成为贯穿《刘三姐》的中心思想,亦被称为"第三方案",刘三姐成为反抗阶级压迫的"斗争女性形象"。参加完全区献礼会演后,代表中央与主流文学经验的贺敬之约见编导,进一步提出"《白毛女》的主题'旧社会把人变成鬼,新社会把鬼变成人'是在党的领导与关怀下升华出来的,你们要依靠党的领导关怀,向民间学习,进一步挖掘主题的社会意义,一定可以改好这个戏"。② 在从地方政府到主流文学经验与意识形态的引导与启迪下,彩调剧《刘三姐》的内容在修改与完善中,将阶级斗争贯穿全剧,哥哥刘二形象也被进行了修正。

南宁会演后,柳州宣传部领导成立了曾昭文、龚邦榕、邓凡平、牛秀、黄勇刹五人小组集体创编。在创编中,他们吸取各方建议——下乡采风,收集民歌、民歌曲调以及刘三姐各种传说,为修改剧本储备丰富的素材。创作小组及相关辅助人员,前往阳朔、桂林、宜山、罗城等地搜集资料,他们积极向歌手搜集刘三姐传说的各种情节,在刘三姐兄妹关系异文中,选取了哥哥带着刘三姐颠沛流离、躲避财主,转换了"第一方案"中刘二形象;并将宜山民国初年的一次禁歌纳入《刘三姐》剧本内容。不同异文、不同地域情节拼接组合,在此基础上确定"必须把三姐写成既是智慧的化身,也是斗争的女性",内容上则要保留歌圩、说媒、对歌、禁歌、成仙等情节,语言创作上则是学习写山歌,但独辟蹊径,"别人用过的山歌、唱词,我们统统不用"③,所有干扰"压迫与被压迫"主题的小角色都予以删节。在《刘三姐》"第三方案"中,莫怀仁与刘三姐的压迫与被压迫的关系成为中心,即使剧中秀才与刘三姐的语言方式也要形成阶级对比,专门创造了"秀才腔",这一艺术创造后来被移植与挪用到对后世影响深远的电影《刘三姐》中。虽然这些改写与编撰在当下常被诟病,但是恰因如此改动,《刘三姐》才得以在全国推广与传播,这是当下对民间文学传播机制研究中涉及较少的一个层面,也是重新审视国家话语与民间文学创作及传播研究的一个重要视点。

---

① 邓凡平选编:《刘三姐评论集》,广西民族出版社,1996年,第483页。
② 邓凡平选编:《刘三姐评论集》,广西民族出版社,1996年,第484页。
③ 邓凡平选编:《刘三姐评论集》,广西民族出版社,1996年,第488页。

在参加正式的会演前，创作组携带"第三方案"剧本前往北京，向张庚、贺敬之征求意见，后来剧本转送至田汉手中。相关专家专门召开了座谈会，他们对剧本充分肯定，北京的刊物准备刊发"第三方案"的剧本，但是自治区党委宣传部指定由广西先发。可见从内容、形式，甚至到刊发，彩调剧《刘三姐》都是在一定的政治规约中完成。这并不是孤立现象，按照詹姆逊关于"形式的意识形态"的观点，"每一种'形式'，每一种文类—叙事模式，就其存在使个体文本继续发生作用而言，都负荷着自己的意识形态内容"。[①]1959年8月14日，依照"第三方案"创编的《刘三姐》在柳州首演，之后到南宁、桂林等广西各地演出。1959年8月29日至9月14日，《柳州日报》全文连载《刘三姐》"第三方案"的剧本，接着《广西日报》全文转载，同年12月广西人民出版社出版单行本，一个月的时间内印了三次，印行27万册。《刘三姐》"标志着广西戏剧事业攀登了一个新的高峰"[②]，在全国范围内广泛流传。被电影、歌舞剧《刘三姐》等其他艺术形式借鉴的都是《刘三姐》"第三方案"，这一剧本堪称"刘三姐"文本中的经典。

总之，新中国成立后，文学成为现代民族国家构建和推广政治文化意识形态的场域。各类文学样式，除了书面文学中的小说、诗歌、散文等，民间文学和曲艺等通俗文艺也逐步处于政治文化的规约之下，"政治文化是一个民族在特定时期流行的一套政治态度、信仰和感情。这个政治文化是由本民族的历史和现在社会、经济、政治活动进程所形成。人们在过去的经历中形成的态度类型对未来的政治行为有着重要的强制作用。政治文化影响各个担任政治角色者的行为、他们的政治要求内容和对法律的反应"[③]。曲艺由于其与大众的天然联系，在大众意识得以实现，并在体制上得到保障的语境中，它在开始承担特殊的角色与功能。同时，国家话语又对它的创作与传播有着建构意义。

---

① 王逢振：《政治无意识和文化阐释》，载刘纲纪主编：《马克思主义美学研究》第3辑，广西师范大学出版社，2000年，第345页。
② 邓凡平选编：《刘三姐评论集》，广西民族出版社，1996年，第3页。
③ [美]加布里埃尔·阿尔蒙德、[美]鲍威尔：《比较政治学——体系、过程和政策》，曹沛霖等译，东方出版社，2007年，第26页。

第四节 民间文学的通俗化实践

18世纪后期,资产阶级革命席卷欧洲大陆。这一时期的文学亦深受其影响,尽管仍然是文人精英在掌控着文艺舞台,但文学已经开始把自己的目光"从王公贵族身上移开",转向"民间的平凡大众"。①

一、通俗化:肖甘牛搜集整理民间文学的追求

受到西方"民""民间"以及"民族主义"思想的影响,晚清第一批放眼看世界的人士将其作为中国文化近代化的一个重点。但是他们在引进和吸纳时,也受到内在的中国传统文化的影响和规范。中国自古就有"重民"思想,清朝末期中国学者在引进西方文化时,表现出了对"民""民间"的关注,除了受到西方人文主义的影响外,还有内源性因素;他们在引进和接纳西学过程中亦受到中国传统的"民本"思想和"采诗"的影响和规范,在政治思想上表现出了平民意识,文学上则开始重视、推崇"白话文学""平民文学"。

"口头传统是被书籍遗漏了的历史"②,黄遵宪、刘师培、李伯元、梁启超、刘光汉等都关注民间文学的辑录、仿作。19世纪与20世纪之交传教士输出西学之余,也向西方人介绍中国的社会状况、风土人情及儒家哲理。从某种程度上来看,传教士与中国近代社会的互动也是中西文化交流的体现,无论是矛盾、冲突还是适应、融合,这都是不同文化互相交流的结果。传教士在平时与民众交流的

---

① 佘振华:《文学与人类学双重视域下19世纪法国的民间文学研究》,载徐新建主编:《文学人类学研究》第2辑,社会科学文献出版社,2018年,第134页。
② Georges Lubin, Préface de la Promenade dans le Berry: Moeurs, Coutumes, légendes, Bruxelles: Editions Complexe, 1992, p.17. 转引自佘振华:《文学与人类学双重视域下19世纪法国的民间文学研究》,载徐新建主编:《文学人类学研究》第2辑,社会科学文献出版社,2018年,第135页。

过程中会搜集一些民间故事，包括名人轶事、名胜古迹的传说等，同时他们还留意民众常用的俗语谚语，并将其整理刊载。如美国传教士维尔（J. Vale）在《华西教会新闻》中翻译介绍了大量的民间传说，像薛涛的"井梧颂""王吉与司马相如""蚕神马头娘""武担山""化宝堂""飞来殿""乾溪河""鱼洞潭""杜甫草堂""三苏祠"等。①法国耶稣会士戴遂良（Léon Wieger）的《近世中国民间故事集》则是依据中国历代文献编译而成，"汇集中国民间奇异故事，展现中国百姓的生活知识和鬼神观念，让西方人看到多元文化影响下的中国民间信仰现状。该著是西方学者编纂的第一本中国民间故事集，采取主题与关键字双重索引，可视为民间故事母题索引的先声"。②此外，还有英国传教士乔治·克拉克（George Clarke）翻译了苗族的《洪水滔天》和《开天辟地》，斯坦因（Marc Aurel Stein）、阿列克谢耶夫（Vasiliy Mihaylovich Aleksyev）等搜集了大量少数民族民间文学。总之，19世纪与20世纪之交中国的民间文艺引起中外学者的关注。

（一）民间文学搜集整理脉络中的"通俗文艺"

李陀在《1985》中提到"通俗文艺"的概念，并指出"'民间'形式在被新型国家意识形态占有之后，经由大众视听媒体派生出一个大陆官方的通俗文艺"。③其实，从晚清开始民间文艺就与中国革命紧密联结在一起。晚清革命派重视民间文艺的宣传与动员作用。邹容、陈天华、章太炎、孙中山等就用民众熟悉的歌谣、曲艺传播革命；1919年兴起的"到民间去"运动中，中国共产党早期领导人李大钊更是注重用民间文艺发动工人、农民、士兵，如李大钊在《青年与农村》中进一步强调青年要了解农村、农村的文艺。后来，瞿秋白撰写了《论大众文艺》、恽代英撰写了《文学与革命》，彭湃根据海陆丰一带民间文艺改编的《田仔骂田公》在老百姓中广泛传播，且20世纪20年代出现了运用民间文学形式进行创作的高潮；上海"五卅"运动时期就产生了《十二月革命歌》《五卅小调》

---

① 张宝宝：《清末民初基督新教传教士与四川民众的生活文化——以〈华西教会新闻〉为中心的考察》，载陶飞亚主编：《宗教与历史》第11辑，社会科学文献出版社，2019年，第160页。
② 卢梦雅、刘宗迪：《戴遂良与中国故事学》，《民族文学研究》2017年第2期。
③ 刘禾：《语际书写——现代思想史写作批判纲要》，上海三联书店，1999年，第162页。

《国民团结歌》《吊刘华》等利用民间小调编唱的歌谣。这些歌谣大多革命意识明确,对帝国主义、军阀统治同仇敌忾。湖南举办的农民运动讲习所,除曾设置"革命歌""革命画"等课程外,还引导学员进行民歌调查。

中国共产党率领的中国工农红军,从1928年创立井冈山革命根据地开始,就注意利用民间说唱形式来鼓舞群众斗志。苏维埃时期的说唱艺术,在采用民间歌谣曲调的时候,由于内容的需要,在填词演唱时,或加以扩充发展,或重叠反复,或加以缀合串联,突破了旧形式,成为新的说唱,如利用四川调写成的《革命伤心记》。延安时期,中国共产党从文化政策上号召研究者向"民众"学习,站在"民众"立场上进行文艺创作,强调文学作品要反映民众的生活。这一时期,民间文学是革命的一部分,同时也成为革命文艺的重要基础。当时已有革命通俗文艺实践,如《王贵与李香香》,就是李季汲取陕北一带回族叙事诗《马五哥与尕豆妹》的民俗事象、叙事模式、审美意象等创作而成。到了1949年以后,这一实践在全国范围推广,并且被纳入社会主义人民文艺。民间文艺(受苏联影响,曾一度称为"人民口头创作")被纳入高等教育、初高中教育和小学教育体系。

> 各综合大学和师范专科以上的学校都设立了"民间文学"或"人民口头创作"这样的课程。初中文学课本第一、二册最前面的几课也都是民间文学的作品和理论。最近"文学研究"也想用大量的篇幅来刊载民间文学和少数民族文学的论文,这一切都说明在解放以后,也是按照着毛主席讲话的精神去做的。大家正在继续开展文学运动。[①]

从历史脉络勾勒中我们可以看到民间文艺与通俗化实践、民间文艺与革命结合从民间文艺在西方社会兴起、中国现代民俗学发展之始就已开启,并非20世纪50年代的独创。反之,新中国成立后迅速接纳并适应这一发展语境的恰是

---

① 赵景深:《开展民间文学运动》,《民间文学集刊》第1册,上海文化出版社,1957年,第2页。

二十世纪三四十年代已参与民间文艺或大众文化运动者,肖甘牛[①]即是其中一位。肖甘牛,原名肖钟棠,出生于1905年,1932年到上海大学文学院中文系学习,那一时期上海开始兴起"大众语运动"。"白话文运动不够彻底,因为我们所写的白话文,还只是士大夫阶层所能接受,和一般大众无关,也不是大众所能接受。同时,我们所写的,和大众口语也差了一大截;我们只是大众的代言人,并不是由大众自己来动手写的。"曹聚仁为了《社会月报》刊行"大众语讨论特辑"向国内语文专家征求建设性的意见。鲁迅、吴稚晖、赵元任、陆依言诸先生都有详细的答复。鲁迅在回复信中提到方言土语与文学创作。[②]肖甘牛在上海期间跟鲁迅学习过,他虽然没有专门写过相关文章,亦无其他资料可证,但至少他当时知道学界有关"大众文学"的讨论。另外,肖甘牛的父亲对少数民族民间文艺极为关注,他自己也从20世纪40年代就开始搜集少数民族民间文艺,还曾去台湾调查与搜集当地少数民族民间文学,并"打算用《聊斋》笔调写民族民间故事"[③]。这些为他在新中国成立后迅速加入民间文学搜集整理奠定了基础,同时也是必然。他选择到壮、瑶、苗等少数民族杂居的大瑶山村寨落户,他个人也曾提到这只因特别热爱民间文学。[④]他的民间文学搜集中,清晰地标出了"搜集""整理""编著""著"等。20世纪80年代已有学者对此进行了阐述,如刘江《略论肖甘牛民间故事之"著"》[⑤]、郭燕晖《肖甘牛对民间文学的搜集、整理和再创作》[⑥]等,他们着重于肖甘牛对民间文学的整理改编之独特性的论述,而对其所发生的语境、历史脉络无涉及,另外就是对肖甘牛民间文学的理念及其形成没有深入分

[①] 肖甘牛,有的文章、论著发表时用了"萧甘牛",具体都以当时所用名字为准,不予统一。
[②] 曹聚仁:《文坛五十年(正编 续编)》,生活·读书·新知三联书店,2011年,第271—273页。
[③] 吴重阳、陶立璠编:《中国少数民族现代作家传略》,青海人民出版社,1980年,第170—171页。
[④] "我太热爱民族民间文学了。它优美、粗犷、朴实,饱含着山林泥土的芳香。我沉醉在它浓郁的香味里。"参见吴重阳、陶立璠编:《中国少数民族现代作家传略》,青海人民出版社,1980年,第171页。
[⑤] 刘江:《略论肖甘牛民间故事之"著"》,《河池师专学报(文科版)》1987年第2期。
[⑥] 郭燕晖:《肖甘牛对民间文学的搜集、整理和再创作》,《中南民族学院学报(哲学社会科学版)》1985年第1期。

析。肖甘牛的民间文学搜集整理理念应与20世纪30年代在上海大学兴起的"大众语"运动有一定联系。同时又与其父亲在少数民族地区开展教育、搜集民间文学的活动息息相关。这些与1949年以后国家话语对民间文艺的规范、重构较为契合。"少数民族地区，崇山峻岭，地广人稀，而且语言不通。而搜集得的故事又多半是不完整的，这个地区一个讲法，那个地区一个讲法。你得把各地区的不同的讲法综合起来，做一个细致的比较和研究。你还要耐心地剪裁，如何保留其人民性的精华，剔除其封建性的糟粕。"[①] 他还在多处提到，"剔除糟粕"后须修补、修订民间故事内容等。他的很多民间故事都是来源于儿时所听，很多记不全。他最早出版的一本民间故事集为《铜鼓老爹》，内有11篇民间故事，封面署名为"编著"。"封底"所刊内容提要则明确写道：

> 本书所收集的都是流传在僮族间的民间故事。这些故事写出僮族的英雄人物，是怎样反抗侵略，反抗压迫的；也写出僮族劳动人民的智慧和才能；反映了他们的生活和愿望。[②]

从这些我们看到，他的民间文学搜集整理无法用当下的民间文学科学的田野作业法去框定或反思，而是从《歌谣》周刊《创刊词》就开始强调的民间文学另一脉，即"文艺的"。20世纪初至40年代，有大量对民间故事编撰、改编、刊发的学人和著作，如林兰女士编纂的童话[③]，上海国光书店印行的《民间故事》，在"前言"中也提到：

> 本书广搜中国的民间故事，去芜存菁，力求精美，以供一般民众阅读，并可供关心民族文学者的参考。

---

① 萧甘牛：《我怎样搜集和整理少数民族文艺》，《长江文艺》1956年第1期。
② 肖甘牛编著，陈云昌等画：《铜鼓老爹》，少年儿童出版社，1955年，版权页。
③ 黎亮：《中国人的幻想与心灵：林兰童话的结构与意义》，商务印书馆，2018年，第5—22页。

> 本书内容丰富，采选谨严，每篇均含教育意味，且富有趣味性，可作茶余饭后清谈之资料，并适合儿童阅读。①

从肖甘牛所搜集的民间故事中可看到他们的影子。另外肖甘牛对民间文学的搜集及所整理、编创的作品孕育于新中国成立后的民间文艺发展之语境。我们从肖甘牛的很多论述中，可以看到与中国民间文艺研究会成立大会上周扬、郭沫若等致辞、讲话相一致。如周扬提道："今后通过对中国民间文艺的采集、整理、分析、批判、研究，为新中国新文化创作出更优秀的更丰富的民间文艺作品来。"②郭沫若则在发言中提到民间文艺研究家钟敬文、民间文艺写作家老舍等，并提出民间文化研究的目的有五个，其中最后一个就是"我们不仅要收集、保存、研究和学习民间文艺，而且要给以改进和加工，使之发展成新民主主义的新文艺"③。但对肖甘牛所记录、整理、创编的民间文学在当时的"搜集与整理"问题的讨论中已有涉及，有赞赏者，亦有持批评态度者。④我们当下回顾这一学术史问题时，须结合问题所产生的历史语境进行阐述，正如1980年，钟敬文在《关于故事记录整理的忠实性问题》中所提到的：民间文学搜集记录有几种不同的态度和做法，即忠实记录、谨慎整理、改写、再创作，根据自己的不同目的，可以有不同的路径与选择。⑤但后来因为科学的范式一枝独秀，占有了学术领域，这一发展脉络被视为"左道"，逐渐从民间文学领域隐匿。对于肖甘牛，在民间文学学术史的脉络梳理中他逐渐隐去，他所践行的民间文艺文本通俗化实践更是较少被述及。但在当下开启的民间文学资源转化的学术史、思想史挖掘中，这一

---

① 严大椿：《民间故事》"前言"，国光书店，1948年，第1页。
② 周扬：《中国民间文艺研究会成立大会开幕词》，《周扬文集》第2卷，人民文学出版社，1985年，第10页。
③ 郭沫若：《我们研究民间文学的目的——在中国民间文艺研究会成立大会上的讲话》，《民间文艺集刊》1950年第1册。
④ 毛巧晖：《民间文学批评体系的构拟与消解——1949—1966年"搜集与整理"问题的再思考》，《西北民族研究》2018年第2期；毛巧晖：《民间文学搜集整理七十年》，《民间文化论坛》2019年第6期。
⑤ 钟敬文：《关于故事记录整理的忠实性问题——写在〈民间故事、传说记录、整理参考材料〉的前面》，载董晓萍编：《钟敬文全集》(5)，高等教育出版社，2018年，第318页。

脉络又开始引起学界关注。

（二）肖甘牛践行的民间文艺搜集整理的范式

肖甘牛的民间文艺搜集、整理、改编及再创作的作品传播较为广泛。有小说、散文、诗歌、戏剧、电影剧本、连环画脚本和民族民间故事等，而且出版的各种作品集达47部（册）。① 仅1956年至1958年，经他搜集整理的近百个各族民间故事、八大苗族古歌和上百首各族情歌汇集成册的就有：《铜鼓老爹》《金芦笙》《椰姑娘》《长发妹》《龙牙颗颗钉满天》《红水河》《日月潭》《刘三姐》《大苗山情歌集》《双棺岩》《哈迈——大苗山苗族民歌集》《眼泪河》《大苗山民间故事》《苗山走寨歌》等。

在此以《一幅壮锦》为例，阐释肖甘牛所搜集整理的民间文艺作品之传承、传播。《一幅壮锦》最早刊发于1955年。最初它被收录于肖甘牛编著的《铜鼓老爹》（上文已有提及），后又刊发于《民间文学》创刊号②，之后还收录于《中国民间故事选》。③1957年，《一幅壮锦》编入全国小学语文课本。④《一幅壮锦》（萧甘牛原著、闻喜改编、董天野作画）后又被收入《新民晚报》副刊。1958年1月，李寅与肖甘牛、周民震合作改编为同名桂剧⑤；这是桂剧第一个壮族题材的剧目。1958年3月，桂剧《一幅壮锦》作为广西壮族自治区成立的献礼剧目，在南宁桂剧院首演。同年，由广西人民出版社出版单行本。⑥1959年9月，《一幅壮锦》《桃花扇》等剧确定为广西桂剧艺术团赴京演出剧目。到1980年，《一幅壮锦》由李寅改编为同名壮剧，并由广西壮剧团排演，于同年7月参加了广西壮族自治区少数民族文艺汇演。

正如肖甘牛在自传中所写，跨艺术门类的改编，对《一幅壮锦》故事的传

---

① 肖甘牛：《广西当代少数民族作家丛书·肖甘牛卷》漓江出版社，2001年，第241—249页。
② 肖甘牛：《一幅壮锦》，《民间文学》创刊号，1955年4月。
③ 贾芝、孙剑冰编：《中国民间故事选》，作家出版社，1958年，第390—396页。
④ 江苏教育编辑部主编：《高级小学语文课本第四册教学参考资料》，江苏人民出版社，1957年，第8—13页。
⑤ 一说为1957年，见中国戏曲志编辑委员会、《中国戏曲志·广西卷》编辑委员会编：《中国戏曲志·广西卷》，中国ISBN中心，1995年，第103页。
⑥ 肖甘牛、李寅、周民震编剧：《一幅壮锦：桂剧》，广西人民出版社，1958年，第1—46页。

播起到了极为重要的作用。不过,在当时及以后的民间文学研究者中,都有人对他进行的民间文学搜集整理颇有微词,认为肖甘牛辑录的作品系"个人的臆造"。其实,肖甘牛在所发表的作品中是有明确区分的。① 他以《一幅壮锦》为例,讲道:"七十年前我听外婆和我妈讲过,后来桂岭师范的学生讲过,解放初期又听资源老人讲过。广西现在搜集不到,可云南省壮族自治州却搜集到了。"②《一幅壮锦》在跨文类、跨媒介的传播中,保存了壮族的民间故事;同时,亦使其得以广泛流传,并在传播中超越了民族性、地域性。当然《一幅壮锦》的传播与新中国成立后注重少数民族文艺直接相关,但也说明它是符合大众审美的通俗文本。它还被翻译成多种文字,经由君岛久子翻译的日文《一幅壮锦》被选入日本的小学语文课教材③;1958 年,外文出版社还出版了俄文版的连环画《一幅壮锦》。④

此外,肖甘牛还积极推进民间故事的影视化。中华人民共和国成立后,电影业逐渐被纳入国家意识形态宣传体系。《加强党对于电影创作领导的决定》(1951年3月)中强调电影作为"最有力和最能普及的宣传工具",其成功与否的关键在于"电影剧本创作"。⑤ 1956年3月,陈荒煤在中国作家协会第二次理事扩大会议上的补充报告《为繁荣电影剧本创作而奋斗》中就特别指出反映少数民族新生活的剧本非常少。为了改进与发展电影剧本的创作,曾提出题材需要包括中国各地、各民族的富于民族特色的民间传说、民间故事的改编和中国各种戏曲艺术、各种地方戏、各民族的音乐舞蹈的记录。⑥ 1958 年 5 月 23 日,《文化部关于促进影片生产大跃进的决定》中也明确指出:

---

① "解放后,我发表、出版了不少民族民间文学书籍。有一部分是解放前记录整理的,书上写明'整理'。有一部分是小时听过的,没有记录,只根据故事梗概写出的称为'编著'。有一部分是根据记忆和记录,写给少年儿童看的,也称作'编著'。"相关论述参见吴重阳、陶立璠编:《中国少数民族现代作家传略》,青海人民出版社,1980 年,第 171 页。
② 吴重阳、陶立璠编:《中国少数民族现代作家传略》,青海人民出版社,1980 年,第 171 页。
③ 陈喜儒:《访日本儿童文学家君岛久子》,贺宜主编:《儿童文学研究》第 8 辑,少年儿童出版社,1981 年,第 159—160 页。
④ 著者信息为:萧甘牛原著,吉志西编文,颜梅华绘。
⑤ 吴迪编:《中国电影研究资料(1949—1979)》上卷,文化艺术出版社,2006 年,第 81 页。
⑥ 陈荒煤:《为繁荣电影剧本创作而奋斗》,载吴迪编:《中国电影研究资料(1949—1979)》中卷,文化艺术出版社,2006 年,第 19 页。

美术片也应该充分注意反映"大跃进"的题材，更好地运用美术片善于表现理想的手法，更多地摄制表现将来的美好生活和共产主义理想的影片。①

在夏衍的鼓励下肖甘牛将《一幅壮锦》改编为电影剧本②，据其子肖丁三回忆：

> 1959年，父亲虽身体不佳，可他仍以惊人的毅力创作。这一年，又是一个丰收年，出版了散文游记集《采风小记》《壮锦里的花纹》，小说《深山探宝》并完成了电影文学剧本《一幅壮锦》，由上海美术电影制片厂拍摄，获得全国电影优秀剧本奖和1965年的卡罗维·发利第十二届国际电影荣誉奖。他创作的《金耳环和铁锄头》也在这一年由上海电影制片厂拍成动画片。③

之所以能被拍摄成电影，是因为《一幅壮锦》的主题贴合二十世纪五六十年代文学的主题，即为民众塑造"美好生活"世界，当然在民间文学中增加了对"民间"的想象和重塑。作家创作中的民众美好生活是通过劳动创造的④，而民间文学中这一美好生活的实现多借助"仙"力，《一幅壮锦》就是通过"仙女织锦"完成的。这也符合民众的文化接受与心理需求，当然也与时代"共名"。所以，在当时《一幅壮锦》与《神笔马良》就成为极受欢迎的影片。除此之外，肖甘牛根据民间故事改编的《长发妹》和《龙牙颗颗钉满天》（电影改名为《龙牙星》）的电影剧本均由上海美术电影制片厂拍成电影。直到肖甘牛逝世前一年，他仍继

---

① 引自文化部存档资料。
② 肖杰明：《电影〈刘三姐〉与柳州作家肖甘牛》，《柳州晚报》2016年1月17日。
③ 中国人民政治协商会议柳州市委员会学习文史资料委员会编：《柳州文史资料》第8辑，内部资料，1991年，第55页。
④ 陈恩黎：《大众文化视域中的中国儿童文学》，浙江大学出版社，2013年，第108页。

续关心着民间文学的影视化工作。1981年3月至4月,柳州地区民族歌舞剧团《灯花》创作组曾四次向肖甘牛请教。舞剧《灯花》于1981年"七一"首演后,肖甘牛还将他正写到一半的电影文学剧本《灯花》提供给舞剧编导们参考。

鲁迅在《中国小说史略》中写道:"俗文之兴,当由二端,一为娱心,一为劝善"①。肖甘牛在《发掘整理少数民族文艺刻不容缓》中亦表达了自己扎根少数民族地区,搜集整理少数民族文艺的坚定信念,不仅仅是搜集,而是让这些"民间的"东西为人们所知晓。

> 解放以来,少数民族忙于翻身工作,忙于生产工作,忙于学新的东西,于是几千年积累下来的口头文学——民歌、民谣、故事、传说就渐渐在人们的口里消失了。所以趁着年老一代还没有死去,我们发掘整理少数民族的口头文学是刻不容缓的。②

二、1949—1966年新故事的创作实践

自晚明起,"文学品味的大众化"③就以富有近代解放因素的民主思想作为鲜明旗帜,并且它逐渐成为一股具有近代市民资本主义特质和启蒙意义的新思潮。④到了清朝后期,在西方"民""民间"以及"民族主义"思想及国内社会政治变革的共同催发下,仁人志士关注"民""民间"。其在政治思想上的表现就是平民意识;在文学上则表现为重视、推崇"白话文学""平民文学"⑤,提倡"言""文"一致。1877年,黄遵宪编纂的《日本国志·学术志二》卷三十三中提及:"盖语言与文字离,则通文者少;语言与文字合,则通文者多。"⑥"言文一致"这一诉求

---

① 鲁迅:《中国小说史略》,《鲁迅全集》第9卷,人民文学出版社,1981年,第110页。
② 萧甘牛:《发掘整理少数民族文艺刻不容缓》,《漓江》1957年第5期。
③ [美]张春树、[美]骆雪伦:《明清时代之社会经济巨变与新文化——李渔时代的社会与文化及其现代性》,王湘云译,上海古籍出版社,2008年,第130页。
④ 许建中:《论明清之际通俗文学中社会价值取向的嬗变》,《明清小说研究》1990年增刊。
⑤ 毛巧晖:《晚清民间思潮》,《社会科学家》2007年第2期。
⑥ 黄遵宪:《日本国志》,上海古籍出版社,2001年,第346页。原文无标点,标点为引者所加。

即隐含其中。1903年，刘师培在《中国文字流弊论》中，提出了"宜用俗语"的主张，其"言语与文字合则识字者多，言语与文字离则识字者少"①的论述基本沿袭了黄遵宪的观点。作为"文学革命滥觞时期"②的代表，梁启超以"三界革命"③为中心，提倡俗语文学，创造了一种"务为平易畅达，时杂以俚语韵语及外国语法，纵笔所至不检束"④的新文体，作为"言"与"文"之间的过渡，"新文体"虽"言文参半""半文半白"，但它"不避俗言俚语"，"古文白话化"的尝试创造了具有"现代传媒基础"⑤的语言表达方式的雏形，代表了当时文学观念的新变，为通俗文艺的产生和发展创造了条件。

（一）现代启蒙与通俗文艺

19世纪末20世纪初，随着对现代启蒙及人之个性的重视，早期的启蒙主义者有意识地借助民间文艺"开风气，倡革命"。1899年12月，正式出版的《中国日报》，在附刊《中国旬报》上专门开辟一栏《鼓吹录》，用以刊载通俗的戏文、歌谣等，内容"或讽刺时政得失，或称颂爱国英雄"⑥。革命派的学者和活动家们在具体的文学实践中亦对弹词、歌谣及地方剧等通俗文艺形式进行了广泛借鉴，如被视为"社会之药石"的小说《女娲石》⑦、章炳麟运用民间歌谣形式创作的《逐满歌》、秋瑾以"妇女解放"为主题创作的弹词《精卫石》等。1904年，陈独秀创办《安徽俗话报》，刊载民歌民谣、地方戏曲和故事等大量民间文艺作品，其宗旨"专为开民智消隐患起见"，内容以"伤国事、叹恶俗、兴民权"为主。

---

① 刘师培：《中国文字流弊论》，载李妙根编：《刘师培论学论政》，复旦大学出版社，1990年，第5页。
② 郭沫若：《文学革命之回顾》，载王训昭、卢正言、邵华等编：《郭沫若研究资料》（上），知识产权出版社，2010年，第204页。
③ "三界革命"为"诗界革命""文界革命""小说界革命"。
④ 梁启超：《清代学术概论》，东方出版社，1996年，第77页。
⑤ "言文一致"，即对"口语词"和"书面词"的统一。参见周海波：《中国现代文学白话语言的传媒基础》，《东方论坛》2007年第2期。
⑥ 冯自由：《广东戏剧家与革命运动》，《革命逸史》（上），新星出版社，2009年，第338页。
⑦ 海天独啸子：《女娲石》（插图版），《中国十大秘抄本》第10卷，中国戏剧出版社，2002年。

这种"从众向俗"的大众路向①，在"五四"时期得到了进一步发展。胡适在《文学改良刍议》中提出"以言为始"的文学发展理念，提出"八事"②，将语言变革作为文学变革的突破口。在《建设的文学革命论》中，胡适提出了"国语的文学，文学的国语"，将此前的"八事"总括作四条，提出"有什么话，说什么话；话怎么说，就怎么说""是什么时代的人，说什么时代的话"等。③胡适有关"国语的文学，文学的国语"的论述并不单纯指涉文学形式上的体裁格式或文学内容上的题材主题，而是隐含着将"民间"作为"一切新文学的来源"之理念。1918年，刘半农、沈尹默发起了征集歌谣的运动，对"有关一地方，一社会，或一时代之人情风俗，政教沿革者"④的自觉认识亦激发了对民间文艺进行再发掘与再阐释的强烈需求。受俄国早期民粹派"到民间去"运动启发，李大钊在1919年发表的《青年与农村》中提到"我们青年应该到农村里去……来作些开发农村的事，是万不容缓的"⑤。他指出，唯有如此，农村才可以"算是培养民主主义的沃土"，青年"才算是栽植民主主义的工人"⑥。在李大钊的号召下，将自我定位为"民众的导师，民众的领路人"⑦的知识分子及青年学生纷纷走向农村。1919年1月，北京大学的学生组成了"平民教育讲演团"，其宗旨为"增进平民智识，唤起平民之自觉心"⑧，讲演团的活动一直持续到1925年。"到民间去"也逐渐演变为"1920年代的中国知识分子，特别是青年知识分子"的一个响亮口号。⑨《努

---

① 胡全章、关爱和：《晚清与"五四"：从改良文言到改良白话》，《中国社会科学》2018年第9期。
② "一曰，须言之有物。二曰，不摹仿古人。三曰，须讲求文法。四曰，不作无病之呻吟。五曰，务去烂调套语。六曰，不用典。七曰，不讲对仗。八曰，不避俗字俗语。"胡适：《文学改良刍议》，《新青年》第2卷第5期，1917年1月1日。
③ 胡适：《建设的文学革命论》，《新青年》第4卷第4期，1918年4月15日。
④ 《北京大学征集全国近世歌谣简章》，《北京大学日刊》1918年2月1日。
⑤ 中国李大钊研究会编注：《李大钊全集》第2卷，人民出版社，2006年，第304页。
⑥ 中国李大钊研究会编注：《李大钊全集》第2卷，人民出版社，2006年，第307页。
⑦ 毛巧晖、刘颖、陈勤建：《20世纪民俗学视野下"民间"的流变》，《华东师范大学学报（哲学社会科学版）》2004年第6期。
⑧ 张允侯、殷叙彝、洪清祥、王云开编：《五四时期的社团》（二），生活·读书·新知三联书店，1979年，第136页。
⑨ [美]洪长泰：《到民间去：中国知识分子与民间文学，1918—1937》（新译本），董晓萍译，中国人民大学出版社，2015年，第17页。

力周报》《批评》《新评论》等都刊载过题名为《到民间去》的文章,其中1922年7月刊载的一篇文章明确提出:

> 首先,我们必须依靠我们的双手,运用讲演的风格和白话小说的形式去编辑通俗小册子……其次,我们必须依靠我们的口,使用浅显易懂的语言去教育农民;再次,我们必须依靠我们的双脚,不畏艰苦,到乡村去……尽量激励他们发扬自己的长处。①

在20世纪30年代关于文艺大众化与通俗文学的讨论中,"左联"成立了"大众化研究委员会",号召作家们通过学习民歌、小调、鼓词、评书等群众喜爱的传统艺术形式来创作有革命内容的新作品。②《文学月报》《北斗》《文艺新闻》等"左联"刊物围绕"大众化""通俗文学"问题展开讨论或登载一些实验性的作品。③

1937年,抗击日本的侵略战争全面爆发以后,通俗文艺作品呈现出"新旧杂糅"的面貌:一方面延续了晚清至"五四"时期"言文一致"的文学传统;另一方面,革命叙事在"左联"的"大众化"与"通俗文学"的实践中成为主流。如1938年柷敔(林柷敔)在《文艺》④上发表的故事《一条舌头》⑤,题中特别标注"新故事体",并在文末注明:

> 故事体也可用于通俗文学,茶后酒余讲讲很好。我就择了这么一段东西——略与事实不同,我认为无妨——来尝试。故事体,除文字通俗

---

① 甘蜇仙:《到民间去》,《晨报副镌》1922年7月25日。
② 郑伯奇:《左联回忆散记》,《新文学史料》1982年第1期。
③ 如宋阳:《大众文艺的问题》,《文学月报》第1卷第1期,1932年6月10日;方光焘:《艺术与大众》,《文学月报》第1卷第2期,1932年7月10日;临秋:《"走江湖卖膏药的"文艺运动》,《北斗》第1卷第4期,1931年12月20日等。
④ 主要由上海暨南大学商学院和文理学院学生周一萍、陈裕年、吴岩(孙家晋)、徐微(舒代)、钱今昔(景雪)、黄子祥(移摸)、张万芳(张可)、林柷敔、戴敦复(戴刚)、冯锦钊(华铃)、吴弘远(绍彦)等组织成立。
⑤ 柷敔(林柷敔):《一条舌头》,《文艺》第2卷第4期,1938年12月5日。

外，有三个条件：第一风景的描写不可多；第二对话也不可多，因为故事只在交代情节；第三多放插穿。有人如果感兴（趣）①，也不妨试试。②

据林枏敔妹妹在《记林枏敔在"孤岛"期间的文学活动》一文中回忆，《文艺》是在地下党领导的"学委"和"文委"的支持下办起来的，其宗旨为服务抗战，推进文学大众化，内容上主要刊登文艺作品和讨论文艺问题的文章。在文中，她认为其兄创作的《一条舌头》为一篇别具一格、通俗易懂的通俗小说，适宜向群众讲故事用。③

这一时期，通俗文艺进入了全面创作实践阶段，如《抗战文艺》1938年第11、12期合刊上登载了何荣的《义训报国》，《抗到底》1938年第9期刊载了老向的《李小姐计杀倭寇》，这两篇均被标注为"抗日通俗故事"，与其他文学体裁进行区分。与之类似的是，1939年，胡考在周扬主编的《文艺战线》上发表的《陈二石头（讲演文学）》④，题中特别标注"讲演文学"，并对"讲演文学"做了解释：

> 《陈二石头》是为讲而写的一篇故事的脚本——或"讲的小说"。懋庸先生特地送了一个名词，称这类东西谓之"讲演文学"，我觉得很是适当。⑤

这种介乎故事与小说之间的"新故事体""讲演文学"及由"通俗小说"转

---

① 原文疑漏掉此字，故在括号内补充。
② 枏敔（林枏敔）：《一条舌头》，《文艺》第2卷第4期，1938年12月5日。
③ 林芷茵：《记林枏敔在"孤岛"期间的文学活动》，《社会科学》1983年第1期。
④ 胡考：《陈二石头（讲演文学）》，《文艺战线》第1卷第2期，1939年3月16日；胡考：《演讲文学：陈二石头（讲演文学）》（续完），《文艺战线》第1卷第3期，1939年4月16日。
⑤ 胡考：《写在陈二石头前面》，《文艺战线》第1卷第2期，1939年3月16日。

变而来的"通俗故事"①等,侧重于作品的"通俗性"与"革命性"。如1939—1940年间,由中华全国文艺抗敌协会总会暨成都分会编辑兼发行的《通俗文艺》,主要刊登各地抗战消息,宣传抗日救国的通俗小说、诗歌、民谣和抗日英雄人物介绍等。此外,还设有"前线故事"和"抗敌故事"栏目,刊载了老百姓杀敌、消灭汉奸的消息。"儿歌"栏目刊载的《麻子哥哥》《月亮光光》,小说连载磨刀人的《红枪会》以及"唱本"中的《送子从军》等皆是为宣传抗日救国。

(二)人民文艺与新故事运动

随着抗日战争的全民化及深入化,出现了"大规模的由都市向边缘地区的文化流动",带来了文化中心的转移、读者群及社会环境的变化,抗日战争时期的文学进行着"有意识"的调整,以适应"文化中心转移……特别是城市与乡村文化关系的变化"②。从1938年10月毛泽东在《中国共产党在民族战争中的地位》中谈到的"中国老百姓所喜闻乐见的中国作风与中国气派"③,到1940年在陕甘宁边区文化协会第一次代表大会上的讲演《论新民主主义的文化与新民主主义的政治》④中提及的"中国向何处去"的问题,再到1942年《讲话》中强调"为什么人"这一立场、原则问题。现代民族国家体系中包含的民族、语言、传统与时代的"文化同一性"正在被创制。⑤

第一次文代会确立了解放区文艺在全国文艺界的领导位置,延安时期"为人

---

① "通俗小说"的提法首见于茅盾编辑的《文艺阵地》。通俗小说广义来说就是新小说的通俗化,从狭义来说是新小说的故事化,或者称为故事小说。抗战时期的通俗小说更接近后者。随着通俗小说在通俗报刊上不断涌现,出现了由小说到故事的提倡与转变。具体参见杨中:《大后方的通俗文艺》,四川教育出版社,1990年,第196页。
② 汪晖:《地方形式、方言土语与抗日时期"民族形式"的论争》,《汪晖自选集》,广西师范大学出版社,1997年,第348页。
③ 毛泽东:《中国共产党在民族战争中的地位》,《毛泽东选集》第三卷,人民出版社,1991年,第534页。
④ 这篇演讲后来刊载于《中国文化》创刊号(1940年2月15日),同年《解放》第98—99期刊载时,题目改为《新民主主义论》。
⑤ 如1946年9月22日至24日《解放日报》上刊载的李季《王贵与李香香——三边民间革命历史故事》(原名《红旗插到死羊湾》),运用民歌"顺天游"(信天游)的形式写三边民间革命故事。

民大众"的文艺样式与实践活动在全国范围内推广。①1949年10月15日,在赵树理和老舍的积极推动下,北京市大众文艺创作研究会成立②,赵树理发表《在大众文艺创作研究会成立大会上的讲话》③,强调研究会成立初衷为"发动大家创作,利用或改造旧形式……创作大众需要的新作品"④。1949年12月22日,通俗文艺组的贾芝等向周扬请示,拟设民间文艺研究会专事各种形式的民间文艺的搜集整理。⑤1950年3月29日,中国民间文艺研究会成立。民研会成立后,主办了《民间文艺集刊》⑥,所刊文章兼顾民间文学理论与民间文学作品。如第1册刊发:《毛主席改造二流子》(辛景月记)、《朱总司令来了》(戈枫记)、《关于红军的传说》(吴群、岑风记)、《李闯王的传说》(夏秋冬记)等故事,这些皆以土地革命时期的民歌、传说的搜集整理为主。第2册则设置"新的传说"栏目,收录诸如《毛主席万岁》(康濯记)、《金日成将军的故事》(公陶记)、《我们的战友》(徐放周原记,沛之改写)、《许县长的故事》(邵子南原记,李方立改写)、《雪枫堤》(陈雨门记)等故事。第3册以西藏的和平解放为主题,收录少数民族民间故事,如《兔杀狮》(胡仲持译)、《白鸟王子》(远生编译)等。⑦《民间文艺集刊》所刊载的民间文学作品关注与强调文本的思想性,注重对其历史文化价值的阐释,与"人民性""民间性""大众化"等文艺话语的形成密切相关。⑧20世纪50年代开始的全国范围内民族识别与各民族历史调查,为少数民族民间文艺的搜集整理提

---

① 毛巧晖:《民研会:1949—1966年民间文艺学重构的导引与规范》,《中央民族大学学报(哲学社会科学版)》2019年第1期。
② 会上通过赵树理、王亚平、苗培时、辛大明、李薰风、王尊三、连阔如、王颉竹、赵干臣、王承鹏、郭玉儒等十二人为主席团成员。
③ 原载《大众文艺创作研究会会刊》第1集。
④ 赵树理:《在大众文艺创作研究会成立大会上的讲话》,载董大中主编:《赵树理全集》第4卷,北岳文艺出版社,2018年,第216页。
⑤ 毛巧晖:《民研会:1949—1966年民间文艺学重构的导引与规范》,《中央民族大学学报(哲学社会科学版)》2019年第1期。
⑥ 该刊1950年至1951年不定期出了三册,1951年9月停止出刊。刊物刊载的具体内容第四章第一节已详细罗列,此处不再赘述。
⑦ 参见《民间文艺集刊》,1950年第1册;《民间文艺集刊》,1951年,第2册;《民间文艺集刊》,1951年第3册。
⑧ 毛巧晖:《民研会:1949—1966年民间文艺学重构的导引与规范》,《中央民族大学学报(哲学社会科学版)》2019年第1期。

供了契机，也为新故事的创作与发展奠定了坚实的基础。

新故事作为"社会主义时期群众文艺创作与民间文学传统的结合"①，是一种具备独立文体样式和独特审美价值的新型文学样式。它继承了延安时期讲述"革命英雄人物事迹"与"地主、佣工与佃户的故事"的叙事传统。② 从1958年开始，随着以"三大"③"六新"④为特点的群众文化活动在全国范围的兴起，新故事的创作也随之进入了一个新阶段——与"新秧歌""新歌剧""新民歌"等在某种意义上分享着相同的逻辑，"根据不同时期的政治风尚为原有的民间形式注入全新的革命意涵"⑤。由于其"比较适合群众的欣赏水平和欣赏习惯……又便于在讲述故事的过程中结合当地当时的群众思想情况"⑥，因此，随着城乡社会主义教育运动的开展以及文化革命运动的逐步深入，"新故事运动"逐渐兴起。1963年，《人民日报》接连发表《用群众喜闻乐见的形式进行宣传鼓动》⑦《上海郊区大讲革命故事》⑧《上海农村广泛开展讲革命故事的活动》⑨等各地民众讲述革命故事的简讯。据统计，仅上海一地，市郊农村已有一万多名故事员，不少公社队队有故事员。上海市区里弄也活跃着三千多名故事员，上海工人文化宫还成立了工人业余故事团，深入各工厂企业进行讲故事活动。在军队中，也产生了诸如《李科长巧难炊事班》《过壕》《三比零》《插旗》等优秀的新故事作品。⑩ 在这样的创作机制下，"新故事融入了以政治主流意识形态主导的社会意识形态的建构体系。"⑪

20世纪60—70年代，为帮助"故事员解决故事脚本的困难，向广大工农兵

---

① 刘守华：《故事学的春天》，《民间文学论坛》1986年第5期。
② 如何其芳辑录的《陕北民歌选》第四辑《刘志丹》中《打开米脂城》《打开延安城》《红军打屈县长》《打晋军》《地主坐下吃》等记载了陕甘宁抗日根据地红军带领人民进行土地革命的故事。参见鲁迅文艺学院编：《陕北民歌选》，新华书店，1950年。
③ 大唱革命歌曲、大演革命现代戏、大讲革命故事。
④ 说新、唱新、演新、写新、画新、贴新。
⑤ 李云：《〈故事会〉前史（1963—1966）与社会主义教育运动》，《上海文化》2009年第2期。
⑥《编者的话》，《故事会》第1辑，上海文艺出版社，1963年。
⑦《用群众喜闻乐见的形式进行宣传鼓动》，《人民日报》1963年1月13日。
⑧《上海郊区大讲革命故事》，《人民日报》1963年8月27日。
⑨《上海农村广泛开展讲革命故事的活动》，《人民日报》1963年12月28日。
⑩ 魏同贤：《新故事的政治意义和艺术特色》，《文史哲》1965年第5期。
⑪ 侯姝慧：《1960年代新故事创作机制与文体的民间性研究》，《文艺争鸣》2013年第3期。

群众推广优秀作品,扩大社会主义宣传阵地,丰富群众文化生活"①,《人民文学》增设"新花朵""故事会"等栏目;《山东文学》《甘肃文艺》《山花》等地方刊物也增加了"故事会""龙门阵"等栏目;《人民日报》《工人日报》《光明日报》《文汇报》等陆续发表新故事作品《过客》②《凌雪梅》③《两个稻穗头》④等,这些作品无论是在题材的选择上,还是在创作中对"故事性"的肯定与发挥上,都离不开对民间文艺传统的借鉴,不能将其简单地视为渗透着意识形态需求的文本。新故事作为一种"寄托了大众集体诉求的叙述",在民间话语与主流意识形态的碰撞中,"言""文"合流,建构新的"民间"。

(三)"革命故事"与《故事会》

延安时期,文艺领域逐步形成了"文艺为人民"的新的话语体系,这"决定性地影响到1949年后中国的政治、经济和思想文化的发展"⑤,为了应对"通俗文艺"中存在的"暧昧质素"⑥,"新故事"这一新型文学样式在对"革命理念(共产主义设想)"⑦不断回应的过程中,成为文学接驳国家话语的重要场域。⑧

1958年4月至12月号的《民间文学》上集中刊载了二十多篇关于义和团的传说故事,主要分为两类:一类直接反映了义和团的反侵略反压迫斗争,如《刘黑塔》《义和团战落堡》《洗大王大务》《托塔李天王》《红缨大刀》等;一类则是

---

① 《稿约》,《故事会》第1辑,上海文艺出版社,1963年。
② 于世河:《凌雪梅》,《人民文学》1964年第12期。
③ 崔道怡:《过客》,《人民文学》1964年第4期。
④ 徐道生、陈文彩原作,钱昌平讲,《中国青年》编辑部根据录音整理:《两个稻穗头》,《中国青年》1965年第12期。
⑤ 高华:《革命年代》,广东人民出版社,2010年,第206页。
⑥ 革命叙事常常在"通俗文艺"中居于主导地位,但是"旧的写作经验仍可遵循其自身逻辑,漫溢出主流话语的疆界"。神话传说、民间故事、古典说部这些古老的故事往往脐连着"封建""迷信"等旧文化标签,并非全然契合"人民文学"的要求,其所携带的忠孝节义的儒家伦理精神和智勇侠义的英雄想象是一种暧昧的质素,都属于需要被改造的元素。参见布莉莉:《〈新民晚报〉"晚会"副刊与通俗文艺传统》,《当代文坛》2017年第5期。
⑦ 蔡翔:《革命/叙述:中国社会主义文学—文化想象(1949—1966)》(第2版),北京大学出版社,2018年,第12页。
⑧ 毛巧晖:《现代民族国家话语与民间文学的理论自觉(1949—1966)》,《江汉论坛》2014年第9期。

以洋人盗宝为题材的幻想故事,如《白母鸡》《小黄牛》《渔童》等。① 从 1959 年至 1962 年,《人民文学》《民间文学》《安徽文学》②上搜集、整理、发表了三百余篇捻军故事,后结集为《安徽捻军传说故事》(第一集)③、《安徽捻军传说故事》(第二集)④、《捻军故事集》⑤等。在对新中国成立十周年的文学总结中,撰写者强调"我们采录新作品和发掘劳动人民的文艺遗产的工作,是服从于革命斗争的需要的,是为了使人们从这些作品里认识新、旧社会的巨大变化,为了鼓舞人们的革命斗志和培养新的一代",尤其是对红色民歌、红军的传说、长白山抗日联军的传说、捻军的故事、太平天国的故事、义和团的故事以及说唱文学的搜集,这些既是"珍贵的革命文献",又是"当地社会生活的历史变化"的记录,同时也具有重要的宣传教育作用。⑥

1962 年 9 月,在中国共产党第八届十中全会上,毛泽东提出"要进行社会主义教育",其后制定了"前十条""后十条"⑦,一场以阶级斗争为中心的普遍的社会主义、共产主义思想政治教育运动随之展开。"革命故事"因其在讲述与传播中能够凸显尖锐而急迫的政治氛围得到大力提倡。

"革命故事是无产阶级文艺革命的一朵新花。它是在两个阶级、两条道路、两条路线的激烈搏斗中诞生的。"⑧这一时期,"相比主流文学期刊的运作策略的微

---

① 参见宋垒:《深刻表现农民革命性的〈义和团的故事〉》,《人民文学》1959 年第 2 期。
② 如谭继安搜集整理,刘继卣插图:《捻军的传说故事(二老渊、老乐拒捕)》,《民间文学》1959 年 9 月号;李东山、谭继安、牛家琨搜集整理,刘继卣、黄钧、胡嫣然插图:《捻军的故事(民间传说)》,《人民文学》1960 年第 7 期;缪文渭整理,鲍加插图:《捻军故事(两篇)》,《安徽文学》1962 年第 2 期。
③ 阜阳专区文学艺术工作者联合会编:《安徽捻军传说故事》第 1 集,安徽人民出版社,1960 年。
④ 阜阳专区文学艺术工作者联合会编:《安徽捻军传说故事》第 2 集,安徽人民出版社,1962 年。
⑤ 阜阳专区文学艺术工作者联合会编:《捻军故事集》,上海文艺出版社,1962 年。
⑥ 贾芝:《民间文学十年的新发展》,载《文艺报》编辑部编:《文学十年》,作家出版社,1960 年,第 182—185 页。
⑦ 1963 年 5 月,制定《关于目前农村工作中若干问题的决定(草案)》(即"前十条")。同年 9 月,中央根据"社教"运动的试点情况,再次颁布了《关于农村社会主义教育运动中的一些具体政策的规定(草案)》(即"后十条")。
⑧ 刘守华:《谈革命故事的写作》,湖北人民出版社,1974 年,第 1 页。

妙和隐晦,一些以民间文艺或通俗文艺面目出现的期刊更直观地表现出对政治意识形态的依附"①。以《故事会》②为中心进行考察,可以看到新故事的通俗化实践中"革命性"构建的脉络。

《故事会》第一辑《稿约》写道:

> 凡是宣传社会主义思想和革命传统的故事,不论是根据小说、报道、戏剧、曲艺、电影等文艺形式改编的还是创作的,只要可以供口头讲述,适合群众的欣赏习惯,我们都很欢迎。
>
> 以现代题材为主,特别欢迎歌颂三面红旗的故事,反映社会主义和资本主义这两条道路的斗争的故事,反映革命斗争的故事,揭露和控诉阶级敌人罪恶的故事。③

在1963年7月至1966年5月不定期出版的24辑《故事会》中,其内容除反映阶级斗争、生产斗争,革命斗争和反对封建迷信的故事外,还根据不同时期的政策和时事出版各种主题专辑。如第12辑为"解放军和民兵故事专辑",包括八则故事和两篇经验介绍。其中《插旗》和《三比零》是解放军对敌斗争故事,前者反映福建前线侦察兵深入敌岛粉碎敌人政治阴谋的英勇行为;后者描述空军战士歼灭美制蒋机的战斗气势。《李科长巧难炊事班》《快三枪》《宋文龙追车》和《过壕》生动反映了解放军炊事兵、飞行员、特等射手等在"练为战"的思想下勤学苦练、永不自满的革命精神。④第21辑为"王杰故事专辑"分为"王杰的故事"和"在王杰精神的鼓舞下——学习王杰的故事"两部分;第24辑为"焦

---

① 李云:《〈故事会〉前史(1963—1966)与社会主义教育运动》,《上海文化》2009年第2期。
② 笔者查阅资料中发现1955年王东宁编著的一本故事集,由上海文化出版社出版,亦称作《故事会》,收录八篇小故事,其中《边疆巡逻兵的故事》《侦察兵的故事》是作者根据《新观察》两篇通讯改写;《一个青年失足的故事》是根据《东北日报》上的报道改写;《家庭妇女捉特务的故事》是参照《到处是警惕的人们》一书中一篇通讯编写的;《工人创纪录的故事》是根据《东北日报》的一篇小说改写的;其他三篇,是作者取材于民间故事或自己的创作。
③《故事会》第1辑,上海文化出版社,1963年。
④《故事会》第12辑,上海文化出版社,1965年。

裕禄"故事专辑，其中"在革命故事活动战线上"这一栏目中的三篇文章，介绍了革命故事的创作特色、组织故事创作和用革命故事占领茶馆阵地的经验。①

《故事会》"特殊的生产形态"使故事基本存在两个或两个以上署名，比如"改编者""口述者"及"整理者"。如《幸福桥》为上海市松江县"农村业余作者"徐林祥、周天华创作，上海市星火评弹团巽丽声整理，在故事后的"附记"中，整理者详细介绍了故事的搜集、整理、加工的过程、讲述时长及讲述重点。②《故事会》第7辑为"上海市青浦县故事创作专辑"，在《编后记》中提到，在青浦县文化馆和出版社编辑的配合下，其创作方式为：

> 召开故事创作会议，发动各方面的创作力量摆题材、抓苗头，运用集体智慧，帮助作者取舍情节、安排结构、丰富细节，初步搭成一个"故事架子"，再由作者具体进行创作。③

故事创作出雏形之后，在反复的口头讲述过程中，吸收群众意见反复进行修改，再记录整理成文字。如《母女会》"附记"中提到该故事根据家史改编，故事的主人公也参与了故事的改编工作，"并在故事改编过程中进一步追忆了旧时的苦难，提高了觉悟"④。"附记"一般紧随故事之后⑤，"为故事员提供全方位的引导和指示以有效地配合意识形态达到教育宣传目的"⑥，对于故事创作情境的"重述"激活了故事的创作资源、情感体验、审美追求和价值取向。1967年8月至10月，上海文化出版社出版三辑《革命故事会》，它与《故事会》一脉相承，可

---

① 《故事会》第24辑，上海文化出版社，1966年。
② 《故事会》第4辑，上海文化出版社，1964年，第1—14页。
③ 《编后记》，《故事会》第7辑，上海文化出版社，1964年，第85页。
④ 《母女会》附记，《故事会》第7辑，上海文化出版社，1964年，第32页。
⑤ 《故事会》第1—6辑的目录中均有标明。
⑥ 李云：《〈故事会〉前史（1963—1966）与社会主义教育运动》，《上海文化》2009年第2期。

视为其"革命性"的延续。①1974年3月《革命故事会》复刊，到1978年12月共出版39期，并于1978年第6期刊载"自1979年第一期起，恢复《故事会》刊名"的启事。

自19世纪末20世纪初起，伴随中国现代化的历史进程，中国文学（文化）在与世界体系的互动中，围绕通俗化实践，逐步构建起民间、启蒙、革命互动互融的话语空间。在这一发展过程中，民间文学被赋予了现代性意涵，具有"民间性"的话语表述及审美趣味唤醒了共同的文化记忆。其中，1949—1966年的新故事，在承袭民间文艺创作传统的同时，适应新的历史语境，形成以"革命故事"讲述为中心的叙事脉络；这一时期新故事的通俗化实践超越"文本化的意义建构"，它在民间文学传统和主流话语的"耦合"中，为新中国社会主义文化认同提供了生命经验和情感纽带，同时亦对提升中华民族凝聚力与向心力具有重要意义。

第五节　记录与改写：董均伦对民间故事的搜集整理

搜集整理是现代民间文学学术史的基本问题之一。现代民间文学兴起于北京大学征集歌谣运动，《北京大学征集全国近世歌谣简章》②对搜集整理问题已有涉及，简章强调在搜集中"歌谣性质并无限制"，关涉方言俗语、地方性知识处希望提供者能清晰注明。之后，在民间文学发展中，由于社会革命、战争等影响，尤其是1942年《讲话》发表后，民间文学的编选、搜集都注重文本的思想性与艺术性，所以就涉及"搜集什么"的问题，更牵涉搜集所得文本如何转化为"书

---

① 如《革命故事会》第1辑《编后记》中提到："《革命故事会》丛刊今后将不定期地陆续出版，专门刊载革命故事。希望广大革命故事员、革命文化工作者和无产阶级革命派战士踊跃来稿，给予大力支持。特别欢迎宣传毛泽东思想、密切配合当前文化大革命运动和革命大批判运动的小故事"。它与《故事会》一脉相承，与当时的时代话语"共名"。
②《北京大学征集全国近世歌谣简章》，《北京大学日刊》1918年2月1日。

面"形式即整理问题。"所谓'整理',是把流传在口头的民间故事,用文字将它固定下来,也就是从口传到文字的一个有别于一般创作的特殊的写定过程"①。新中国成立后,这一问题随着文艺人民性的探索进一步深化,在民间文学领域掀起了一场有关民间文学搜集整理问题的争论。董均伦因在争论中与刘魁立就"记什么?如何记"的问题展开论辩在民间文学学术史上频频被提及,但似乎除了这一场域外,他更多处于"隐匿"状态,对其关注者甚少。董均伦的民间文学研究,尤其是他对民间文学的搜集整理具有鲜明的时代印记,我们只有对其进行还原性理解,将其研究尽可能复原到他所生活的年代、从事研究的缘起、推进研究的历史场域才能更好阐述他有关民间文学的搜集整理。笔者亦希望能通过对董均伦民间文学搜集整理的研究,为困扰民间文学、影响民间文学理论与工作实践的搜集整理问题提供一个个案,为学界更好地理解这一问题有所裨益。

一、"为人民的文艺":董均伦搜集整理民间故事的缘起

董均伦于1917年出生于山东威海市远遥村(今属山东威海环翠区孙家疃镇)。他早年就读私塾,后进入威海育华中学②和烟台益文中学③学习。中学期间,他醉心于国文,"后来读了鲁迅的东西,加上对旧社会的不满",他又萌发了当一名新闻记者的愿望。1935年,他到北平(今北京)投考外国语专科学校,在看到"更加黑暗的旧社会"之后,他的思想也随之发生了转变,认为新闻记者不足以刻画社会的黑暗,必定要当一个"文学家"才行。因此,他除了读小说之外,还给报纸上"写点小文章","那些小文章虽然不像样,但是那个过程现在想起来还是需要的"。在"一二·九"运动中,董均伦目睹了现实的黑暗与惨烈,再加上接触到《铁流》等进步书刊,对中国共产党及其领导的革命运动开始有了朦胧的认识。此时,他认为自己"最大的缺陷"是"政治上不明确",其出发点都是

---

① 陶阳:《关于记录、整理及"再创作"问题》,《民间文学》1959年第8期。着重号原文即有。
② 动荡年代,学校几经变迁,先后更名为"私立育华初级学校""建威中学""威海卫市立第二中学""山东省威海中学",现名为"威海市第一中学"。
③ 现在为烟台第二中学。

"小资产阶级的人道主义",写的东西也缺少"生命力"。①

"七七事变"后,董均伦放弃学业,回到家乡烟台创办了进步刊物《流火》,宣传抗日救国思想,但仅出了一期就被国民党查封了。1937年秋,董均伦辗转抵达香港,进入香港大学读书,彼时香港大学中国文史学系已经在许地山的主持下,确立了以"中国文学"(Chinese Language and Literature)、"中国历史"(Chinese History)、"中国哲学"(Chinese Philosophy)三组课程为核心,再配合翻译(Translation and Comparison)课程的基本格局。②董均伦在学习中对许地山的"为艺术而艺术"的理念感到失望,也对文学创作备感迷惘。

1938年6月,董均伦从香港到了延安,随后进入抗日军政大学(以下简称"抗大")学习。抗大"以培养抗日战争中坚强的军事政治干部为目的","不分党派、信仰、性别,能坚决献身民族解放战争者"皆可入学,"预科二个月,本科六个月"。③

抗大毕业后,董均伦受组织任命,给来解放区的印度援华医疗队国际主义战士柯棣华医生作过翻译,担任过留守兵团英文教师、部队文艺社及陕甘宁边区文协专业创作员。④《村童》⑤是董均伦在学习《讲话》后创作的一篇文章,发表之后也引发了一些讨论。1942年11月24日,《解放日报》发表了麦播的《谈〈村童〉——就商于均伦同志》,文中认为《村童》所反映的内容及其观点均有可商榷之处。《村童》以八路军骑兵连的一次夜间突袭为题材,衬托出一名13岁的村童如何英武、能干、机智、坚决。麦播认为董均伦在塑造"村童"这一形象的时候"把他的好处夸大得使人不能相信",而连长和全连的战士在作者笔下仿佛都成了"不负责任的废物"。除了人物塑造上的问题之外,描写上也有一些不妥的地方,"例如战斗是在'灰暗的夜色'里进行的——并没有说明有月光——但作

---

① 董均伦:《我学文学的经过及其他》,《胶东大众》第40期,1946年8月30日。
② 车行健:《胡适、许地山与香港大学经学教育的变革》,《湖南大学学报(社会科学版)》2009年第5期。
③《抗日军政大学招生简章》,《解放》第47期,1938年8月1日。
④ 刘锡诚:《民间文艺学家董均伦书简二十二通——先生诞辰百年祭》,《民俗研究》2017年第6期。
⑤ 董均伦:《村童》,《解放日报》1942年10月27日,第4版。

者所写的却比白天还明亮"。"我"（作者）甚至可以看到那孩子的小手臂是"丰满"的；能够看得出他赤脚的"肥硕"；看得见他眉毛的"闪动"和"飞舞"；看出他小圆脸的"紧张""满头大汗""泉似的汗水"，这是不符合生活真实的。①

在这一商榷与批评中，董均伦逐渐认识到文学创作"从生活出发"②的重要性，在同丁玲、欧阳山、萧军、艾青、柯仲平等的接触中，他意识到一个重要的问题——"延安的文艺工作者与群众之间的关系"。如在延安整风运动之前，延安的文艺工作者们并没有创作出很多"工农兵所喜欢的东西"，而是自我娱乐，"关门"提高。鲁迅艺术学院的学生被称为学院派，专门读古典文学、外国文艺。而搞大众化工作的就被视为"低级"，鲁艺研究民间小调的张鲁就"不大被重视"，"很多小资产阶级出身的作家，不去写工农兵，而写些身边琐事，和他个人的伤感的回忆"。③

《讲话》建构了以"人民"为中心的文艺思想体系，延安文艺界在这一新的文艺思想的影响下④，抱持着建构"新的人民的文艺"的政治远景与文化构想，但是由于个人的学术渊源及具体实践的差异，他们在文艺创作中表现出不同面向。董均伦非常欣赏在延安成长起来的作家孔厥，他认为孔厥是"运用陕北民间语言最成功的一个"，"他过去也没有住过文学院，相反地，在延安他老在乡下参加实际工作，可是他能够写出很好的东西"。据此，董均伦更加注重文艺实践，而不是注重学院经历，"文艺（我所说的是革命的文艺）是人民的生活，经过作家的

---

① 麦播：《谈〈村童〉——就商于均伦同志》，《解放日报》1942年11月24日。
② 董均伦认为："'从生活出发'，写自己熟悉的生活，也必须防止一个偏向。就是不要留恋个人身边没有教育意义的琐事。因为这样，最容易写些与人民大众无关的东西。"参见董均伦：《我学文学的经过及其他》，《胶东大众》第40期，1946年8月30日。
③ 董均伦：《文艺工作者在延安》，《胶东大众》第35期，1946年6月16日。
④ 《讲话》精神对解放区和国统区的文艺运动均产生了重要影响。1944年1月1日，《新华日报》以《毛泽东同志对文艺问题的意见》为题，摘要发表了《讲话》的主要内容，不久又转载了周扬等人阐释《讲话》的系列文章。第二天，《新华日报》又在"读者与编者"栏中指出："毛泽东同志在文艺运动上所提出的意见不仅是在文艺运动上，而且也是一般的文化工作上的方针。"接着，《新华日报》《群众》等报刊转载了《中共中央宣传部关于执行党的文艺政策的决定》以及周扬等人介绍延安文艺整风内容的文章。参见刘忠《〈讲话〉在解放区和国统区的传播与接受》，《文艺理论与批评》2012年第2期。

加工而制成的"。① 我们要想了解董均伦对民间故事的搜集整理，就不能忽略他这一理念，可以说他一生都在践行这一句话。

二、"以讲述为中心"：董均伦对民间故事的记录与改写

20世纪40年代，解放区掀起了采录民间文艺并在其基础上创作文艺作品的热潮。《解放日报》《冀中导报》《冀热察导报》《中国人》等报纸上刊登了大量民间故事、传说、曲艺。其后，又陆续出版了《水推长城》②《天下第一家》③《地主和长工》④《鸟王做寿》⑤《刨元宝》⑥等民间故事集。

1945年，董均伦开始在《解放日报》上连载"刘志丹的故事"⑦，这是目前所见的他最早记录与改写的民间故事。1946年，董均伦的《刘志丹的故事》由大众书店出版，此书"描写西北（陕甘宁边区）先烈们的代表——刘志丹同志的一些模范史迹"，柯仲平在该书"序言"中这样评价此书：

> 均伦写的"刘志丹故事"，算得人民文艺宝库中的一册，虽只是人民文艺海中的一点一滴，只写了伟大人民领袖的几个片段，但他是和我们非常亲切的，值得我们珍爱的！因此，我也就乐意介绍给广大的读者。⑧

---

① 董均伦：《我学文学的经过及其他》，《胶东大众》第40期，1946年8月30日。
② 张友编：《水推长城》，太岳新华书店，1946年。
③ 马烽编：《天下第一家》，吕梁文化教育出版社，1946年。
④ 马烽编：《地主和长工》，吕梁文化教育出版社，1947年。
⑤ 柯蓝等：《鸟王做寿》，东北新华书店，1949年。
⑥ 康濯等：《刨元宝》，太岳新华书店，1949年。
⑦《解放日报》1945年10月11—20日发表了董均伦搜集、整理、撰写的八篇刘志丹故事，即《刘志丹永宁闹革命》，《解放日报》1945年10月11日；《刘志丹来了》，《解放日报》1945年10月12日；《夜袭》，《解放日报》1945年10月13日；《蓝田的失败》，《解放日报》1945年10月14日；《刘志丹和小鬼》，《解放日报》1945年10月15日；《宿营》，《解放日报》1945年10月16日；《打李家塔寨》，《解放日报》1945年10月19日；《"不要管我，坚决打垮敌人！"》，《解放日报》1945年10月20日。
⑧《刘志丹的故事（董均伦著）》，《大众文摘》第4、5期合刊，1946年9月15日。

其实刘志丹的故事早在20世纪40年代初期就在陕甘宁边区广泛流传。1943年4月22日,"延安党、政、军、民、学各界在专员公署前举行公祭"。1943年4月23日,《解放日报》刊载《刘志丹同志革命史略》一文,介绍了刘志丹的革命历程,从他入黄埔军校,再到"九一八事变"之后和谢子长等组织西北反帝同盟军,最终成为陕甘边区与红二十六军创造者,他的牺牲,是中国共产党的重大损失。其后,又陆续刊载《刘志丹歌》[①]《幼年的刘志丹》[②]《请愿——刘志丹故事之一》[③]《人民英雄刘志丹(唱本)》[④]等。另外,1943年5月1日,刘志丹陵落成,"以营连为单位,举行纪念大会,由熟悉刘志丹历史的同志报告他生平英勇斗争的光荣事迹。并由政治部编印有关志丹同志斗争历史的通俗读物"。[⑤]为何当时已有大量"刘志丹故事"推出,却只有董均伦《刘志丹的故事》引起较大反响?分析他个人的阐述及阅读《刘志丹的故事》后,我们会发现,这主要得益于他对材料的处理。这一时期,董均伦特别注意在文学创作或搜集资料时,该如何处理材料的问题。如在赵树理的小说《小二黑结婚》出版后,董均伦曾专门写过一篇文章记录赵树理怎样处理《小二黑结婚》的材料,他对待材料"收集"的观点是:

> 你收集材料,应该抱着无限多,但是有了材料,怎样去处理它,怎样去写它,那就好比布料子放在裁缝的面前一样,有的裁缝裁得合身,有的就差些,这说明了技巧问题,但是不要紧,只要你学习,再学习,技巧是会逐渐提高的。[⑥]

《刘志丹的故事》即是董均伦在大量关于刘志丹的材料中进行"裁剪",最

[①] 其中所载《刘志丹歌》是陕北人民创作的革命歌曲,在民众中广泛流传。虽不是全部歌唱刘志丹的事迹,却反映当时革命情形与革命情绪,"这里所发表的是根据关鹤童同志在延安所记录的与安波同志在黄河边所记录的两段整理出来的"。参见中国民间音乐研究会采录:《刘志丹》,《解放日报》1943年4月30日。
[②] 柏桦:《幼年的刘志丹》,《解放日报》1943年9月5日。
[③] 柏桦:《请愿——刘志丹故事之一》,《解放日报》1943年10月4日。
[④] 孔厥:《人民英雄刘志丹(唱本)》,《解放日报》1943年10月28日。
[⑤]《边府特派专员移灵》,《解放日报》1943年4月20日。
[⑥] 董均伦:《我学文学的经过及其他》,《胶东大众》第40期,1946年8月30日。

终选取了最能够凸显刘志丹革命英勇精神的 12 则故事①。这些故事特别注重"讲述",正如赵树理对自己所创作的文学作品的要求,即"我写的东西,大部分是想写给农村中的识字人读,并且想通过他们介绍给不识字的人听的"②一样,董均伦在《刘志丹的故事》中也非常注重所撰写文本的可"讲述"性,如故事中的人物对话、描述性词汇都用陕北方言,力求忠实于民众口语。以《刘志丹永宁闹革命》为例,其中就用了"稀罕""巴不得""回转"等地方方言,当人们看到红军在破庙过夜时,人们便都跑过去,议论纷纷:

"我当是白军来了!"老乡们都笑起来说:"早知道是革命军,把门敞开来睡哩!"

"对嘛,革命军是替咱们穷人打天下的!"

"嘿,听说上川里一满红了,穷人们都翻了身了!"

"哈,这几天红军老在这一带转转,"不知道谁又这样说着:"想必是刘志丹来救咱们的!"③

这种"讲述"风格在董均伦的民间文学实践中一以贯之。1948 年,大连大众书店出版董均伦搜集整理的民间故事集《半湾镰刀》,其中收录《狼》《元宝》《觅汉和少掌柜》《鬼》《穷神》《潘大牛》《八大将军》《浪荡鬼》《镇草王》《赵匡胤吃小豆腐》《半湾镰刀》11 篇民间故事,阿英在"小叙"中认为这 11 篇故事"已尽够说明贫雇农在地主封建势力下面生活、思想、文化的各方面"。阿英希望大家能够"多多地搜集这一类作品,把他们有计划地陆续编写出来,这将是中国农民文艺史上口头文学最宝贵的材料"。④ 中华人民共和国成立后,随着识字运动、

---

① 此书收录了《刘志丹永宁闹革命》《刘志丹来了》《夜袭》《蓝田的失败》《刘志丹和小鬼》《宿营》《刘志丹卖碗》《刘志丹和老乡》《刘志丹用巧计》《围困定仙塬寨》《打李家塔寨》《"不要管我,坚决打垮敌人!"》12 则故事。参见董均伦著,古元插图:《刘志丹的故事》,中国青年出版社,1953 年。
② 赵树理:《〈三里湾〉写作前后》,载董大中主编:《赵树理全集》第 4 卷,北岳文艺出版社,2018 年,第 300 页。
③ 董均伦著,古元插图:《刘志丹的故事》,中国青年出版社,1953 年,第 3 页。
④ 阿英:《小叙》,董均伦:《半湾镰刀》,大众书店,1948 年。

扫盲运动及工农兵通俗文艺运动的开展，民众对优秀文艺作品的渴求进一步增加。但与之相对应的是当时的文艺工作由于存在"脱离政治、脱离群众、脱离实际的错误"①，无法满足人民日益增长的精神文化需求。②为解决这一问题，1957年，中国共产党有意建立一个"完全新型的无产阶级文艺大军"，并将其视为"当前重大的历史任务"。③民间文艺就是新型人民文艺的重要组成部分，民间文艺的搜集整理也被纳入国家的文化建设，《中华人民共和国发展国民经济的第一个五年计划1953—1957》确定了1953—1957年"文学艺术"发展规划：

> 艺术事业必须贯彻"百花齐放、推陈出新"的方针，逐步地进行改革工作，使它们能够更有效地为社会主义的建设事业服务。应该加强对艺人的团结和教育，充分地采用为人民群众喜闻乐见的地方和民间的文艺形式，大力地开展群众性的文艺活动。④

董均伦同夫人江源⑤的民间文学搜集工作在这一时期取得巨大成绩，他们承续了延安时期民间文艺搜集整理理念，采录整理的民间故事陆续结集出版。⑥他

---

① 《文化工作必须为工农兵服务》，《光明日报》1955年3月30日。
② 如1952年6月11日、12日，上海《解放日报》发表了《一个工人对文艺工作者的意见》和《上海工人对文艺工作者要求些什么》两篇文章，同年9月13日《长江日报》发表工人文艺积极分子座谈会纪要——《希望文艺工作很好的为工人服务》等文章。
③ 社论《要有一支强大的工人阶级的文艺队伍》，《人民日报》1957年11月12日。
④ 《中华人民共和国发展国民经济的第一个五年计划（1953—1957）》，人民出版社，1955年，第141页。
⑤ 1946年底，董均伦和江源结为伉俪后，便把民间文学作为他们共同的事业。有时署名为"董均伦、江源记"，有时署名为"董均伦、江源著"，多数作"董均伦、江源搜集整理"。
⑥ 《单瓣郎》（生活·读书·新知三联书店，1950年）、《小小故事》（东北书店，1948年）、《传麦种》（人民文学出版社，1952年）、《金香瓜》（通俗读物出版社，1954年）、《石门开》（少年儿童出版社，1955年）、《三件宝器》（中国少年儿童出版社，1956年）、《龙眼》（通俗读物出版社，1954年）、《金瓜配银瓜》（通俗读物出版社，1954年）、《宝山》（少年儿童出版社，1954年）、《金须牙牙葫芦》（天津通俗出版社，1955年）、《玉石鹿》（山东人民出版社，1955年）、《葫芦娃》（浙江人民出版社，1956年）、《青山里的宝槽》（浙江人民出版社，1956年）、《一棵松树的故事》（天津人民出版社，1957年）、《玉仙园》（作家出版社，1958年）、《匠人的奇遇》（中国少年儿童出版社，1958年）、《找姑鸟》（人民文学出版社，1963年）等多种民间故事选集。

们希望通过自己搜集的民间文学文本呈现新中国民众的生活，注重反映社会主义中国新生活的民间故事，重点搜集有思想性的故事，因此出现了他们和刘魁立之间"记什么？如何记？如何编辑民间文学作品？"的争论，并由此引起了民间文学领域有关搜集整理问题的讨论①，这次讨论最后集中于"如何整理的问题"，而这一问题长期影响着民间文学的理论与实践。董均伦对民间文学文本的整理，秉持文艺是人民的生活，经由作家加工而成的理念，他整理的民间文学文本有明显"加工"的痕迹。《浪荡鬼》②是董均伦早期整理的一篇民间故事，其中描写"浪荡鬼"吃得不知什么好吃了，于是到城东关里的一家馆子里吃饺子，"他吃饺子，一个饺子把肚子咬一口，剩下的他就都掷了"。后来，"浪荡子"败光了家产，没有办法谋生只好去要饭，要到了饺子馆，于是馆子里的人便把他早先掷的饺子皮拿出来打发他，他却吃得有滋有味。围绕"吃饺子"这一事件，富户儿子"家宝"不务正业、败家舍业的"浪荡鬼"形象跃然纸上，而关于他"寻上小老婆""抽大烟"的劣迹仅一笔带过，这显然是董均伦出于思想性考量，对所搜集到的材料进行了取舍，同时对语言和情节也进行了改编、修订，但改编后的故事老百姓很喜欢，传播度也比较高。当然，他的民间文学研究及搜集整理工作不能从当下田野作业的维度考量，就他而言，民间文学研究是"取之于民，还之于民"，他更注重的是民间文艺如何有效地为社会主义文化建设服务。

20世纪70年代末80年代初，民间文学研究承续新中国初期民间文学发展的同时，又重新接续二十世纪二三十年代民俗学研究传统，再加上随着改革开放进入中国的文化研究思潮，民间文学领域的很多学人尝试多学科研究方法，热衷于社会科学的研究理论，将"社会科学化"视为民间文学研究的"创新"。③但董均伦并未改变自己的研究路径，他继续进行民间文学搜集整理，并于1982年、

---

① 有关搜集整理的讨论笔者曾撰写《民间文学批评体系的构拟与消解——1949—1966年"搜集整理"问题的再思考》（《西北民族研究》2018年第2期）、《采风与搜集的交融与变奏：以新中国初期"忠实记录、慎重整理"讨论为中心》（《民俗研究》2022年第5期）等。
② 董均伦：《浪荡鬼》，《小朋友》第955期，1949年7月28日。
③ 王铭铭：《新中国人类学的"林氏建议"》，《读书》2022年第5期。

1987年出版《聊斋汉子》①及《聊斋汉子（续集）》②。取名"聊斋"，体现了董均伦的编撰意向和采编方式，他"希望自己成为蒲松龄那样深知百姓冷暖的民间文学家"③。在《聊斋汉子》的"前言"中，董均伦谈到其搜集和整理民间故事的"一点体会"：

> 民间故事是人民口头创作的，从这个人传到那个人，在情节上、语言上都不是那么固定的，所以很需要长期地深入生活。这样不但能搜集到大量的故事，而且一些不常说故事的人，也会把他知道的故事说出来；也只有熟悉了，才能讲得生动。这样做，还能了解当地的风俗人情、生活习惯，有利于故事的采录和整理。另外，语言对民间故事来说是非常重要的，只有熟悉当地群众语言，才能保持地方特色，不失去它本来面貌。④

刘守华也颇认同董均伦"记录"与"改写"的山东民间故事，认为其虽然"属于加工幅度较大的改写"，但由于他们对群众生活、语言的熟悉，"笔下的故事都较好地保持了民间故事原来的风格和魅力"。⑤

如《聊斋汉子》中《换女婿》《选女婿》两则故事，均与民众婚嫁之事相关。《换女婿》以"这才不几辈子的事"一句开篇，讲述了一个后娘将亲生女儿红珠与前妻女儿宝英换嫁的故事，故事具有因果循环，报应不爽的警示意义。后娘将继女亲母的嫁妆和"掐辫子的体己"陪送给了自己的女儿红珠，只给了继女宝英"一个旧箱一个旧柜"，两个女儿的结亲对象也因为后娘的嫌贫爱富被调换了。两个姐妹的最终结局却与后娘心内所想大相径庭，嫁去贫苦之家的宝英由于女婿

---

① 董均伦、江源记:《聊斋汉子》，中国民间文艺出版社，1982年。
② 董均伦、江源记:《聊斋汉子（续集）》，中国民间文艺出版社，1987年。
③ 刘锡诚:《民间文艺学家董均伦书简二十二通——先生诞辰百年祭》，《民俗研究》2017年第6期。
④ 董均伦、江源记:《聊斋汉子》"前言"，中国民间文艺出版社，1987年，第4页。
⑤ 刘守华:《故事学纲要》（修订本），华中师范大学出版社，2006年，第174页。

的勤劳，日子越过越富裕；而嫁去富裕之家的红珠却因为陪送了不属于她的"横财"，女婿不思进取，吃喝嫖赌，"家业都撩净了，连媳妇也卖啦"。① 而《选女婿》中的纸扎匠王老头由于"嫌乎庄户人"，不顾姑娘找个"又结实又周正的庄户人"的心愿，最终被地主所骗，将姑娘嫁给一个"脸皮又黑又黄，疤撩麻，麻撩疤的"，"斜斜眼，歪歪嘴，秃疮头"的财主家二儿子，姑娘还被财主家以各种手段欺瞒，最终姑娘一气上吊死了。②

我们可以看到，无论是董均伦在延安时期搜集整理的《刘志丹的故事》，还是新中国初期他所搜集整理的《传麦种》③《金瓜配银瓜》④《珠儿娘》⑤《找姑鸟》⑥ 及上文提到的《浪荡鬼》和 80 年代完成的《选女婿》等，从故事内容到文本，我们都能够看到他保持民间叙事风格的努力，尤其是对方言俗语的使用（这些习惯已经渗透到他与人交往及日常表达中，如在通信、访谈中，他经常用"俺"等），让文本更加生动，在文本整理中，可能有很多改写，也加入了自己的表达，但我们能看到他更注重文本的传播，特别是民众的接受，所以文本既可读也可讲，观照到民间叙事的"讲述"性。当然，他所整理的文本有着显著的时代印记，这本身也符合民间文学流传的特征。

三、学术"无名"与大众"流行"：学术与文学的分歧

董均伦是著名民间文艺学家，他在 20 世纪 50 年代，同刘魁立等学者围绕民间文学的搜集问题展开一系列争论，引发了学界的集中讨论。⑦20 世纪 60 年代中期，民间文学搜集整理问题的讨论暂时停歇；但董均伦并未因为学术讨论或学界不同意见影响他对民间文学的搜集整理，他依旧活跃在乡间地头，并出版多部

---

① 董均伦、江源记：《聊斋汉子》，中国民间文艺出版社，1987 年，第 1—2 页。
② 董均伦、江源记：《聊斋汉子》，中国民间文艺出版社，1987 年，第 3—5 页。
③ 董均伦：《传麦种》，《人民文学》1950 年第 6 期。
④ 江源、董均伦：《金瓜配银瓜》，《说说唱唱》1953 年第 3 期。
⑤ 董均伦、江源：《珠儿娘》，《说说唱唱》1953 年第 8 期。
⑥ 董均伦、江源：《找姑鸟（传说）》，《民间文学》1955 年第 9 期。
⑦ 具体参见中国民间文艺研究会编：《民间文学搜集整理问题》第 1 集，上海文艺出版社，1962 年。

民间文学故事集,除了上文提到的《聊斋汊子》《聊斋汊子(续集)》之外,还有《奇异的宝花》《孔子世家——九十九个半故事》《葫芦娃》①等。

1989年,祁连休和冯志华合著的《民间故事十家》中,挑选了十位新中国成立以来、在国内外有影响的"民间故事搜集家、民间故事作家",董均伦名列其中,此书"前言"中以"民间文学的搜集整理问题"为楔引,谈及"采集和刊印民间文学"之目的主要有二,一是作为科学研究的资料供研究者使用,一是作为文学读物供读者欣赏,这恰恰凸显了"文学"与"学术"要求的"错位"问题。

但是到了20世纪90年代之后,董均伦这位曾被誉为"中国的安徒生""中国的格林"的民间文学家却鲜少有人再提及,即使是关于"民间文学搜集整理"及"田野作业"问题的反思讨论中,也极少看到董均伦的名字,提及者亦大多仅作一注脚,阐述他与夫人江源和刘魁立主张"凡是民间文学作品一律须要记录"②的观点不同,他们强调应该"有计划、有重点地来整理、记录"③。

二十世纪八九十年代之后,董均伦在学术史中渐趋"消失"。这种隐匿或"无名",不仅仅是因为学科理念的增强及民间文学领域的"民俗学""文化学转向"④,还与民间文学研究范式的转换直接相关。1949—1966年间,"搜集""整理""改编"等成为民间文学基本话语,"搜集与整理"也是民间文学研究领域的基本问题。⑤但到了20世纪80年代,民族志、民俗志的书写开始成为核心话

---

① 董均伦、江源记:《奇异的宝花》,新蕾出版社,1980年;董均伦、江源原著,张庚改编、绘画:《葫芦娃》,河北美术出版社,1984年;董均伦、江源:《孔子世家——九十九个半故事》,作家出版社,1992年。
② 刘魁立:《谈民间文学搜集工作——记什么?如何记?如何编辑民间文学作品?》,《民间文学》1957年6月号。
③ 董均伦、江源:《关于刘魁立先生的批评》,《民间文学》1957年8月号。
④ 这一转向由钟敬文《民俗文化学发凡》一文的发表吹响号角,此文于1991年3月14日于民间文化讲习班初讲,1991年10月6日于北京师范大学中文系再讲,后发表于《北京师范大学学报(哲学社会科学版)》1992年第5期。具体参见万建中:《从文学文本到文学生活:现代民间文学学术转向》,《西北民族研究》2018年第4期。
⑤ 具体参见毛巧晖:《民间文学批评体系的构拟与消解——1949—1966年"搜集与整理"问题的再思考》,《西北民族研究》2018年第2期。

题。①20世纪90年代末,由于民间文学学科定位的调整②及其所面临的学科危机③,研究者开始探索新的研究范式,陆续引入表演理论、口头程式理论、民族志诗学等。这些理论引入之后,鲜少有研究者从中国民间文学学术史脉络进行阐述与转化,这样从20世纪30年代开始兴起的民间文学采录、改写似乎就与学术越来越远,至今则形成"难以弥合的区隔"。这种区隔形成的原因多样、复杂,但其对民间文学理论与实践的影响则非常显著。比如对民间文艺研究者的评述,大多不考虑其参与民间文学研究或工作的情境,更不探究其研究与社会、时代之间的整体性,亦不注重将其置于历史脉络中加以阐释。

2004年8月14日,董均伦的辞世引发了学界的悼念④。2017年,恰逢董均伦诞辰百年,《民间文化论坛》《民俗研究》集中刊载了关于董均伦的纪念文章⑤,但除此之外,并未引起学界对董均伦所搜集的民间故事的讨论,以至于刘守华在为一苇述《中国故事》所撰"序言"中感慨:"历经六十年,想不到竟然还在这个文化原点上打转。"⑥但与董均伦在学界的鲜有人提及相对应的是,他搜集、整理的数十本民间故事集多次再版。民间故事集《石门开》⑦中的《枣核》一则被选入教育部编的小学三年级语文下册课本中,故事主要讲述了一位名叫"枣核"的孩子运用自己的聪明才智为民造福、惩治贪官。其实早在20世纪40年代,董均伦搜集整理的人民英雄刘志丹故事之一《宿营》就被选入"国语读本"⑧。《宿营》为

---

① 毛巧晖:《民间文学搜集整理七十年》,《民间文化论坛》2019年第6期。
② 1997年学科目录调整,民俗学(含中国民间文学)归入一级学科社会学,与二级学科社会学、人口学、人类学并列。
③ 民间文学被置于民俗学后缀的括号内,视为社会学的细小分支、民俗学的附属,对民间文学的学科发展极为不利,不啻在体制层面拆解了民间文学学科的独立性。具体参见黄永林:《中国民间文学、民俗学学科归属及地位的历史与现状》,《华中师范大学学报(人文社会科学版)》2013年第4期。
④ 如刘锡诚《为民众代言——深切悼念董均伦先生》,《民间文化论坛》2004年第6期。
⑤ 如刘锡诚《民间文艺学家董均伦书简二十二通——先生诞辰百年祭》,《民俗研究》2017年第6期;刘守华:《与中国民间故事相映生辉的名字:董均伦》,《民俗研究》2017年第6期等。
⑥ 刘守华:《刘守华教授为一苇〈中国故事〉作序:关于民间故事的改写》,2017年4月12日,豆瓣读书,https://book.douban.com/review/8474388/,浏览时间:2021年12月22日。
⑦ 董均伦、江源记:《石门开》,少年儿童出版社,1955年。
⑧ 董均伦:《宿营》,《风下》第122期,1948年4月17日。

第五十课，课文后附有"作者生平""注释""自学指导""练习题"。其后，他又陆续在《北京儿童》《小朋友》《青年文化》等刊物发表民间故事。①20世纪50—70年代，他在《民间文学》发表的童话《葫芦娃》《三件宝器》《七兄弟》《找姑鸟》《七色宝花》《神笛》②等也为新时期经典动画《葫芦兄弟》《葫芦小金刚》《七色花》的创作提供了养分③。新世纪以来，董均伦搜集整理的民间故事在"博尔赫斯""青丘书院""青岛画报""界面文化""野兽国""丛林书社""豆瓣读书"等多个微信公众号刊出，影响广泛。

  董均伦、江源整理出版的民间故事不仅作为"中国民间文学脍炙人口的精品而得到承认并广泛流传于世"，还由于其朴素的道德训诫和优美流畅的表述风格选入小学语文教材、课外语文读本及各类作品选集，充分发挥了民间文学在社会主义精神文明建设中的重要作用，其与新中国初期民间文学在社会主义革命和社会主义建设中的作用一脉相承。④如果我们对民间文学研究的反思不包括董均伦等民间文艺家在内，既不符合民间文学发展的客观实际，也无法推进民间文学的继续发展。撰写此文，除了是对前辈学者的致敬，更是希望这一问题能引起更多学者的关注与思考。

---

① 如董均伦《狼》，《北京儿童》第13期，1949年9月14日；董均伦：《小故事两则》，《青年文化》1949年1月28日；董均伦：《浪荡鬼》，《小朋友》第955期，1949年7月28日；董均伦：《鬼》，《小朋友》第958期，1949年8月18日；董均伦：《瓜地里》，《大威周刊》第2卷第17期，1947年6月29日等。
② 董均伦：《葫芦娃》，《民间文学》1955年第7期；董均伦：《三件宝器》，《民间文学》1955年第2期；董均伦：《七兄弟》，《民间文学》1955年第6期；董均伦、江源：《找姑鸟（传说）》，《民间文学》1955年第9期；董均伦、江源记：《七色宝花》，《民间文学》1959年第6期；董均伦、江源记：《神笛》，《民间文学》1959年第6期。
③ 董均伦搜集整理的《葫芦娃》，主要讲述了勤劳善良的春姐，救活了摔伤的小燕子。小燕子为报答春姐的恩情，送给春姐一粒金黄的葫芦籽。春姐把葫芦籽种在地里，没想到竟长出一个小小的葫芦娃。后来，春姐遭了大难，被凶恶的绿脸妖怪抢走。勇敢的葫芦娃在金翅鸟的帮助下，寻到了绿脸妖，并靠勇敢和智谋把他斗败，救出了春姐。在回家的路上，葫芦娃巧妙地变成了一个小伙子。
④ 贾芝：《谈各民族民间文学搜集整理问题》，《文学评论》1961年第4期。

结 语

马克思、恩格斯、列宁、斯大林有关民族民间文学的论述发表时限为19世纪中后期至20世纪上半叶，其内容主要涉及少数民族文学和民间文学的起源与发展、主要内容、形式与创作等。笔者在完成《马克思 恩格斯 列宁 斯大林论民族民间文学》一书编选过程中，深入学习与吸纳了马克思主义经典作家的民间文学思想。

他们将民间文艺置于社会历史发展中来论述，"文化艺术领域中的诸现象，论述了人类社会历史发展的广阔画幅上文学的产生、形成及其社会功能，论述了精神生产与物质生产的关系、文艺的民族性和继承性，论述了神话、史诗、传说、民间歌谣、民间故事、寓言、谚语等各种形式的民间文学"[①]，阐述了文艺如何反映生活，某一文艺形式如何在一定的社会历史阶段的条件下产生。"在宗教领域中发生了自然崇拜和关于人格化的神灵以及关于大主宰的模糊观念；原始诗歌创作、共同住宅和玉蜀黍面包——所有这些都是属于这一时期的。"[②]特别强调发展文艺首要在于面向时代，进而观察和再现时代——"人民正在创造属于未来的历史，而这种历史又是在继承过往历史的既定条件下创造出来的，因而发展文艺又不能忽视过往历史，但要根据时代的需要来理解和观察过往历史。"[③]可见，

[①] 贾芝:《马克思 恩格斯 列宁 斯大林论民族文学》，载段宝林编选:《马克思 恩格斯 列宁 斯大林论民族文学》，中国民间文艺出版社，1990年，前言第2—3页。
[②] 马克思:《摩尔根〈古代社会〉一书摘要》，中国科学院历史研究所翻译组译，人民出版社，1978年，第54—55页。
[③] 刘方喜、陈定家、丁国旗主编:《马克思 恩格斯 列宁 斯大林论文艺与文化》(下)，中国社会科学出版社，2012年，第1122页。

马克思主义认识论强调以时代为中心考察文艺及其发展。

一、民间文学的时代性

马克思认为思想认识进程取决于事物发展进程,而作为观念形态的文艺必然受其所处时代制约与支配。民间文学这一特性更为显著与突出,中国共产党从早期就重视民间文学所具有的时代性特征,在社会主义革命与社会主义文艺的建构中重视对民间文学的利用与改造。

中国共产党早期领导人,如李大钊、瞿秋白、恽代英等在宣传马克思主义、发动社会主义革命中都很重视民间文学,民间文学由于其鲜明的时代性特征与政治思想取向,被纳入"中华民族复兴"与新文化体系的建构中。[1] 1918年,《北京大学日刊》发布征集歌谣启事,现代学科意义上的民间文学兴起。李大钊在《青年与农村》一文中指出中国社会的现实状况就是农民占国家绝大多数,农民是国家劳工阶级的主体,要解放中国先要解放农民。[2] 以他为首,掀起了青年学生以及知识分子走向农村,即"走到真实的人间"[3],他们以"增进平民智识,唤起平民之自觉心"为宗旨,同时搜集、挖掘民间文学。[4] 恽代英的《八股?》《文学与革命》明确提出了"革命的文学",他认为:革命的文学产生于革命的感情,尤

---

[1] 邱运华:《民间文学的时代意义》,《光明日报》2016年8月12日。
[2] 李大钊:《青年与农村》,《李大钊选集》,人民出版社,1959年,第146—147页。
[3] 北平区基督徒学生乡村服务团出版部编:《到民间去》,载民国时期文献保护中心、中国社会科学院近代史研究所主编:《民国文献类编·社会卷》第2册,国家图书馆出版社,2015年,第107页。
[4] [美]洪长泰:《到民间去:中国知识分子与民间文学,1918—1937年》(新译本),董晓萍译,中国人民大学出版社,2015年,第16页。

其提倡用讲故事与民歌、评弹等俗文学的方式向民众讲述世界时事与中国事件。①瞿秋白则认为普通民众依然生活在传统文艺土壤中,他们的社会伦理知识皆来源于传统文艺。②之后出现了《颈上血》《劳工记》《田仔骂田公》,以及《十二月革命歌》《国民团结歌》《吊刘华》等利用民间歌谣、民间小调改编、创作的文艺作品,以这种形式宣传革命取得了极好效果。"中央农民运动讲习所"在课程设置中特别强调民间文艺。③郭沫若亦提倡文学青年要了解民众的文学,"到兵间去,民间去,工厂间去,革命的漩涡中去……"④中国共产党领导的中国工农红军从20世纪20年代创立革命根据地开始就重视对民间说唱形式的利用。用民间说唱的形式,有利于将党的意识形态与土地政策向民众进行宣传,对民众进行教育与引导。当时流传极广的《革命伤心记》就是通过歌谣的形式记述了第一次国内革命战争的胜利与失败。

二十世纪二三十年代,伴随着中国共产党领导的左翼文化运动,马克思主义文艺得以进一步传播。从30年代末开始,陕甘宁边区成为中国共产党主要活动

---

① 恽代英要求新文学"能激发国民的精神,使他们从事于民族独立与民主革命的运动",认为共产党人倡导的是"能痛切地描写现代中国大多数民众的生活,且暗示他们的背景与前途"的"革命的文学"。参见恽代英:《八股?》,《中国青年》第8期,1923年12月8日;沈泽民:《我们需要怎样的文艺》,《民国日报·觉悟》第4卷第28期,1924年4月28日。他强调"要先有革命的感情,才会有革命文学的",因此,他们要求作家和文艺青年关心社会现实,接近劳苦大众,"到民间去","从事革命的实际活动","倘若你希望做一个革命文学家,你第一件事是要投身于革命事业,培养你的革命的感情""若并没有要求革命的真实情感,再作一百篇文要求革命文学的产生,亦不过如祷祝(公)鸡生蛋,未免太苦人所难"。参见恽代英:《文学与革命》,《中国青年》第31期,1924年5月17日;恽代英:《预备暑假的乡村运动——"到民间去"》,《中国青年》第32期,1924年5月24日;恽代英:《〈中国所要的文学家〉按语》,《中国青年》第80期,1925年5月16日。恽代英意识到了民众的民间文学,在革命宣传中提倡"用描述故事的态度为农民解说各种世界以及中国的大事……如能将政治上各种事实编成歌曲、弹词、剧本自然更好"。参见恽代英:《恽代英文集》(下卷),人民出版社,1984年,第759页。
② "中国的劳动民众还过着中世纪式的文化生活。说书、演义、小唱……草班台的戏剧……到处都是。"瞿秋白:《大众文艺的问题》,《瞿秋白文集》(二),人民文学出版社,1953年,第885页。
③ "中央农民运动讲习所"当时实际工作由毛泽东主持,讲习所除曾设置"革命歌""革命画"等课程外,还引导学员调查全国民歌。《第六届农民运动讲习所办理经过》,《中国农民》1926年第9期。
④ 郭沫若:《革命与文学》,《创造月刊》1926年第3期。

区域，这一带深厚的民间文化传统以及国统区大量文化人士的到来，使得如何对待传统文艺成为核心问题。1942年毛泽东《讲话》，强调了"萌芽状态的文艺"（墙报、壁画、民歌、民间故事等）、"原始形态的文学""较低级"的群众的文学和群众艺术、"群众的言语""较低级的文艺"。① 这些表述意味着民间文学背后的思想观念发生了转换。民间文学被视为大众的文艺，民族形式问题的论争、大众语言问题的讨论，其目的都是希望民间文学能成为被民众享用的文艺。1949年文学进一步介入生活，塑造社会主义新人、社会主义新中国成为其目标，就像20世纪50年代很多中国文学理论和批评所强调的，"文学介入生活，那时候文学的野心很大，目标不是成就大作家，而是创造新社会。怎样创造新社会？那就是要创造新人"②。

1949年7月，第一次文代会召开，这既是文艺界大会师，同时也树立了解放区文艺在全国文艺界的领导位置。1949年以后，延安时期文艺与民众结合的新样式——通俗文艺受到极大重视。同时所有的文艺工作纳入了政府工作体系，民间文学研究领域成立全国性的领导机构"中国民间文艺研究会"，组织全国各民族民间文艺的搜集、整理与研究。民研会成立后不久，1955年创办了《民间文学》杂志。《民间文学》既刊发中国各民族的民间文学作品，也发表民间文学领域的研究文章。在民研会与《民间文学》的引导下，20世纪50年代的民间文艺进入了新的文化实践的轨道。在1949—1966年的社会主义实践中，国家关注与重视民歌、民间故事、民间戏曲的利用与改造，并发起关于少数民族历史、文化、文学的普查工作，期冀从民间文学与少数民族文学中构建新的社会主义文艺体系。

经过1949—1966年的社会主义文艺实践，1978年党的十一届三中全会决定中国实行改革开放政策以后，马克思主义民间文艺学进一步发挥它的作用。从

---

① 毛泽东：《在延安文艺座谈会上的讲话》，《解放日报》1943年10月19日。
② 卢南峰整理：《刘禾：冷战壁垒中的一场亚非文学翻译运动》，发布日期：2017年8月1日，澎湃新闻·思想市场，https://www.thepaper.cn/newsDetail_forward_1747749，浏览日期：2017年8月7日。

20世纪80年代开始启动被喻为"中华民族的文化长城"的民间文学三套集成，即《中国民间故事集成》《中国民间歌谣集成》《中国民间谚语集成》，截至2009年，历时25年，全国省卷本全部出版。尽管这次的民间文艺搜集成果通过文本形式呈现，但它依然是植根于民众社会生活的文艺，是"社会主义核心价值观的根脉"①。

进入21世纪，民间文艺的发展主要伴随着非物质文化遗产保护的进程。2001年昆曲列入"人类口头与非物质文化遗产代表作"②，学术领域开始关注"非物质文化遗产"。2003年10月联合国教科文组织通过《保护非物质文化遗产公约》（简称《非遗公约》）。2004年8月28日，经全国人民代表大会常务委员会批准，中国成为第六个加入《非遗公约》的国家。③2006年5月20日，国务院在中央政府门户网上发出《国务院关于公布第一批国家级非物质文化遗产名录的通知》（国发〔2006〕18号），批准文化部确定并公布第一批国家级非物质文化遗产名录（518项），"非物质文化遗产"工作在国家层面全面启动。人是非物质文化遗产存在的必要条件和重要前提，这也恰恰是非物质文化遗产与物质文化遗产的根本区别。民间文艺成为非物质文化遗产的重要组成部分，它是"我们民族文化的底色……在意识的深处、在文化血脉中，一直都有民间文化的东西。"④

民间文艺在历史发展中，"与世推移，风动于上而波震于下者也"⑤，"文变染乎世情，兴废系乎时序"⑥。从中国共产党早期对民间文艺以及传统文化资源的利

---

①《"中国民间文学三套集成"总字数逾40亿字》，发布日期：2014年5月28日，中新网，http://www.chinanews.com/cul/2014/05-28/6223437.shtml，浏览日期：2017年10月22日。
② 联合国教科文组织从开始倡导"非物质文化遗产"理念和行动至今，其间从称呼到行动方针，也一直有变化和调整。一开始叫"口头与非物质文化遗产"（Oral and Non-Material Cultural Heritage），现在叫"非物质文化遗产"（Intangible Cultural Heritage）。国内在翻译和介绍这些概念的过程中，也先后数度做出调整。参见朝戈金：《非物质文化遗产：从学理到实践》，《西北民族大学学报（哲学社会科学版）》2015年第2期。
③ 巴莫曲布嫫：《非物质文化遗产：从概念到实践》，《民族艺术》2008年第1期。
④ 朝戈金、梁卫国：《保护非遗就是保护优秀传统文化——六中全会解读之四》，发布日期：2012年6月1日，中国民俗学网，https://www.chinafolklore.org/web/index.php?NewsID=10206，浏览日期：2017年12月29日。
⑤ 周振甫：《文心雕龙今译：附词语简释》，中华书局，2013年，第392页。
⑥ 周振甫：《文心雕龙今译：附词语简释》，中华书局，2013年，第294页。

用，一直到新世纪非物质文化遗产保护，民间文艺在每一时期都发挥了重要作用，当然它也不是一成不变的。

习近平总书记提出，"古今中外，文艺无不遵循这样一条规律：因时而兴，乘势而变，随时代而行，与时代同频共振。"① 民间文艺的发展与变异亦呈现了这一显著特性。从历史积淀与现实发展都可看出，每一个时代的民间文艺都有其自身独特的时代气质、时代特征和时代内容，与当时政治、经济、社会、文化等方面关联密切。当然在强调时代性的同时，不能忽略民间文艺的历史性。"如果不把唯物主义方法当作研究历史的指南，而把它当作现成的公式，按照它来剪裁各种历史事实，那它就会转变为自己的对立物。"② 马克思主义坚持唯物史观，坚决反对割裂历史以及否定一切的历史虚无主义；强调要在检视文化遗产基础上，吸纳优秀历史文化与传统文化。在对待文艺的时代性与历史性关系之问题上，从马克思主义中国化之初就已经给予关注。毛泽东论述了文艺时代性与历史性的"源""流"意义。③ 基于毛泽东文艺思想，习近平总书记进一步丰富与深化了这一问题。在对待文艺的历史性问题上，他提出要坚持正确的历史观，绝不可抛弃或背叛自己的历史文化，要以史为鉴，这样才"能够更好看清世界、参透生活、认识自己"，而且"能够更好认识过去、把握当下、面向未来"④。对于民间文艺而言更是如此，它本身就是"人民的文艺"，但在关注其当下性（时代性）的同时，也要反对"人民"与"历史"缺席的民间文艺，真正搜集来自群众的民间文艺，并使得它能真正为其持有者服务，发挥其"中国故事"讲述的意义与价值。

---

① 习近平：《在中国文联十大、中国作协九大开幕式上的讲话》，《人民日报》2016年12月1日。
② [德]弗里德里希·恩格斯：《恩格斯致保尔·恩斯特》（1890年6月5日），中共中央马克思恩格斯列宁斯大林著作编译局编译：《马克思恩格斯文集·第十卷》，人民出版社，2009年，第583页。
③ 周忠厚等主编：《马克思主义文艺学思想发展史》（下），中国人民大学出版社，2017年，第862—863页。
④ 习近平：《在中国文联十大、中国作协九大开幕式上的讲话》，《人民日报》2016年12月1日，第2版。

二、民间文学的依附性与自主性

纵观 20 世纪下半叶民间文艺学思想史,我们可以看到民间文艺学整个学术历程和思想脉络中清晰的两个层面,即依附性和自主性。依附性与自主性的意思为:依随前进与自主发展,当然这两个词只是在相对意义上使用。由于特殊的学术背景与经历,民间文艺学思想首先存在对西方相关学术理论而言的依附性与自主性;其次,20 世纪下半叶民间文艺学思想发展中,它对作家文艺思想显著的依附性以及一定意义上的自主性;再次,民间文学与民俗学之间密切的关系,使得在思想史历程中存在着对民俗学思想的依附性与自主性。

中国学科意义上的"民间"从清末民初开始。当时的知识分子意识到了"民间"的主体"民"及其文化知识,从政治、思想的视角将"民间"引进 20 世纪中国学术界。20 世纪初"民权、民智、民识"成为知识分子关注的中心,至 30 年代民间成为各领域知识分子关注和讨论的焦点,尽管他们从各个视角出发所关注的侧重点以及层次不同,有的是关心"民"——农民或平民,但在他们眼里,"民"都是未开化、无知识之民众;有的则是强调民众生活的"空间"——农村或城市;有的重视民众的文化知识。他们都意识到了"民间"的重要性,认为拯救和改造民间是中国的必由之路,但他们"提倡'平民文学'是为了启蒙,而不是为了俯就"[①],知识分子的立场是民众的导师,民众的领路人,他们将"民间"视为他者,与西方如出一辙。从 20 世纪 30 年代中期至 40 年代末期,国统区、沦陷区、解放区的"民间"表现出了不同的发展趋势。国统区的"民间"从原来汉族农村的单一领域扩展成了多民族,在地理空间上就演化为农村以及少数民族的生活空间,文化承载者成为农民和少数民族,以及他们的知识系统。沦陷区主要是指东北地区,"民间"演化成为东北地区中国人的生存空间及生活于这一空间的中国人之文化系统。解放区的民间文艺学思想影响着新中国成立后民间文学的发展。解放区的研究者广泛使用"民间文学"一词,基本上没有提及"民

---

① 陈平原:《"通俗小说"在中国》,《上海文化》1996 年第 2 期。

俗学"。

按照多尔逊（Richard Dorson）的说法，"这一强调口头语言传统和习惯的词语，与'民俗学'的意义非常接近。它之所以被党接受，只是由于'民间'具有'来自民众'的意义"①。我们不完全同意多尔逊的观点，但是他所说"民间"受到党的青睐则是符合事实的。其所指民间文学，"民间"在地理空间上指的是工农兵生活空间，文化承载者——民就是工农兵。新中国成立初期（1949—1966），民间文学作为"新的人民文艺"之重要形式，处于新型意识形态的前列，其地位得到前所未有的重视。从对"人民的口头创作"的推崇到新民歌运动，这些如果仅仅用当前的民间文学概念来考量，则只会得出跃进与错误的结论。实际上如果结合具体情境，对民间文艺学基本问题和学人的思想进行具体分析，就可以看到民间文艺学自身思想推进的轨迹。

新时期随着思想的解放，学人则将人民的内涵进一步扩大，不仅仅再局限于工农兵，而成为以劳动人民为主的广大人民。"民间"演化为人民，研究者对于它而言不再是他者，这种阐释与理解推进了民间文学研究范围的扩大，促进了中国民间文艺学的自主发展，在一定意义上来说，它促进了民间文艺学史上一个辉煌期的出现。

中国民间文学在资料搜集的方法上对于西方民俗学思想的自主性非常明显。它延续了中国的"求诗"传统，形成了中国化的资料搜集方法。这种方法存在弊病，有需要改进的地方，但并不意味着需要全方位引入西方人类学与民俗学田野作业，这从80至90年代田野作业发展可以略见一斑。21世纪初学人呼吁重新审视田野，仅仅是对新时期以来田野作业高扬的反省，尚未完全意识到中国民间文艺学在资料搜集与整理中思想的自主推进，相反西方学者倒是意识到了。

新中国成立后，政治文化对文学的要求使得民间文学作为文学的特殊性与优越性得以彰显，民间文学在新的政治体制中于文学领域获得了一席之地，但其追随和模仿作家文艺学的痕迹非常明显，民间文艺研究理论与问题之间出现偏差。

---

① 安德明：《多尔逊对现代中国民俗学史的论述》，《北京师范大学学报（社会科学版）》1996年第6期。

但是对于民间文学文学性之阐释可以补充对作家文学文学性理解之偏颇,构建完整的文学性,同时也能清晰地阐明民间文学的特性,为学科的发展奠定坚实的理论基础。新世纪开始,学人注意到民间文学研究本体——文学性的丧失,开始注重对它的文学性阐释,在新一轮的阐释中,应该对20世纪民间文学文学性阐释之思想史有一定了解,在其基础上争取有新的推进,以免再次出现偏差,走入误区。

总之,从20世纪下半叶民间文艺学思想的发展中,我们会看到它的单薄,但是不能仅仅将其归属到学科问题,它自身思想推进中对作家文艺学和民俗学的依附则是更重要的因素,同时对于中国民间文艺学思想推进中若隐若现自主性之忽视与缺乏反思也是一个重要因素。新世纪民间文艺学的发展中,民间文艺学思想必须摆脱这种依附,走向自身的独立,这才可能在研究范式转换中重新构建自身的基本问题、基本话语与基本理论,为学科的发展奠定坚实的理论基础;纠正作家文艺学之偏颇,构建完整的文学理论。

参考文献

一、作品集

1. 林兰编:《渔夫的情人》,上海:北新书局,1930年。
2. 陶今也译:《蒙古歌曲集》,西安:新中国文化出版社,1940年。
3. 李凌编:《绥远民歌集》,桂林:立体出版社,1943年。
4. 韩起祥:《刘巧团圆》,香港:海洋书屋,1947年。
5. 鲁迅文艺学院编:《陕北民歌选》,哈尔滨:光华书店,1948年。
6. 何其芳、张松如选辑:《陕北民歌选》,上海:新文艺出版社,1951年。
7. 钟琴:《兄弟民族的赞歌》,上海:新文化书社,1952年。
8. 光未然:《阿细人的歌》,北京:人民文学出版社,1953年。
9. 董均伦著、古元插图:《刘志丹的故事》,北京:中国青年出版社,1953年。
10. 贾芝、孙剑冰编:《中国民间故事选》,北京:作家出版社,1958年。
11. 杨亮才、陶阳记录整理:《白族民歌集》,北京:人民文学出版社,1959年。
12. 刘超记录整理:《纳西族的歌》,北京:人民文学出版社,1959年。
13. 李星华记录整理:《白族民间传说故事集》,北京:人民文学出版社,1959年。
14. 董均伦、江源记:《聊斋汉子》,北京:中国民间文艺出版社,1982年。
15. 董均伦、江源记:《聊斋汉子(续集)》,北京:中国民间文艺出版社,1987年。
16. 董均伦、江源:《孔子世家——九十九个半故事》,北京:作家出版社,1992年。

17. 葛翠琳:《葛翠琳童话》(典藏本),杭州:浙江少年儿童出版社,2009年。

18. 一苇述:《中国故事》,北京:中信出版集团,2017年。

二、资料汇编与论文集

1. 云南省昆华民众教育馆编:《云南边地问题研究》,昆明:云南省昆华民众教育馆,1933年。

2. 陕甘宁边区政府办公厅编:《文教工作的新方向》,菏泽:冀鲁豫书店,1945年。

3. 中华全国文学艺术工作者代表大会宣传处编:《中华全国文学艺术工作者代表大会纪念文集》,北京:新华书店,1950年。

4. 钟敬文编:《民间文艺新论集(初编)》,北京:中外出版社,1950年。

5. 张寿康编:《少数民族文艺论集》,北京:建业书局,1951年。

6. 北京师范大学中文系现代文学教学改革小组编:《中国现代文学史参考资料》(第二卷),北京:高等教育出版社,1959年。

7. 中国民间文艺研究会研究部编:《民歌作者谈民歌创作》,北京:作家出版社,1960年。

8. 阿英编:《晚清文学丛钞》(小说戏曲研究卷),北京:中华书局,1960年。

9.《文艺报》编辑部编:《文学十年》,北京:作家出版社,1960年。

10. 中国科学院文学研究所编:《十年来的新中国文学》,北京:作家出版社,1963年。

11. 中国民间文艺研究会研究部编:《民间文学论丛》,北京:中国民间文艺出版社,1981年。

12. 恽代英:《恽代英文集》,北京:人民出版社,1984年。

13. 周扬:《周扬文集》,北京:人民文学出版社,1984年。

14. 汪木兰、邓家琪编:《苏区文艺运动资料》,上海:上海文艺出版社,1985年。

15. 瞿秋白:《瞿秋白文集》,北京:人民文学出版社,1986年。

16. 艾克恩编纂:《延安文艺运动纪盛(1937年1月—1948年3月)》,北京:文化艺术出版社，1987年。

17. 《中芬民间文学搜集保管学术讨论会文集》，北京：中国民间文艺出版社，1987年。

18. 贾芝主编：《延安文艺丛书·民间文艺卷》，长沙：湖南文艺出版社，1988年。

19. 段宝林编选：《马克思 恩格斯 列宁 斯大林论民族文学》，北京：中国民间文艺出版社，1990年。

20. 中共中央统战部编：《民族问题文献汇编》，北京：中共中央党校出版社，1991年。

21. 贾芝主编：《中国新文艺大系（1949—1966）：民间文学集》（上下卷），北京：中国文联出版公司，1991年。

22. 胡采主编：《中国解放区文学书系：文学运动·理论编（二）》，重庆：重庆出版社，1992年。

23. 贾芝主编：《中国解放区书系·民间文学编》，重庆：重庆出版社，1992年。

24. 贾芝主编：《中国解放区书系·说唱文学编》，重庆：重庆出版社，1992年。

25. 中共中央文献研究室编：《建国以来重要文献选编》第九册，北京：中央文献出版社，1994年。

26. 贾芝：《播谷集》，北京：人民文学出版社，1994年。

27. 邓凡平选编：《刘三姐评论集》，南宁：广西民族出版社，1996年。

28. 刘魁立：《刘魁立民俗学论集》，上海：上海文艺出版社，1998年。

29. 钟叔河编：《周作人文类编》，长沙：湖南文艺出版社，1998年。

30. 钟敬文著，巴莫曲布嫫、康丽编：《谣俗蠡测：钟敬文民俗随笔》，上海：上海文艺出版社，2001年。

31. 中国社会科学院科研局组织编选：《毛星集》，北京：中国社会科学出版社，2002年。

32. 王平凡、白鸿编：《毛星纪念文集》，北京：学苑出版社，2004年。

33. 李扬主编：《民间文学与作家文学》，青岛：中国海洋大学出版社，2004年。

34. 全炳镐主编：《民族纲领政策文献选编》（第一编），北京：中央民族大学出版社，2006 年。

35. 中央民族大学中国少数民族语言文学学院编：《马学良文集》，北京：中央民族大学出版社，2009 年。

36. 中共中央马克思恩格斯列宁斯大林著作编译局编译：《马克思恩格斯文集》第 10 卷，北京：人民出版社，2009 年。

37. 梁庭望主编：《中国民族文学研究 60 年》，北京：中央民族大学出版社，2010 年。

38. 徐廼翔编：《文学的"民族形式"讨论资料》，北京：知识产权出版社，2010 年。

39. 王训昭、卢正言、邵华等编：《郭沫若研究资料》，北京：知识产权出版社，2010 年。

40. 民国时期文献保护中心、中国社会科学院近代史研究所主编：《民国文献类编·社会卷》第 2 册，北京：国家图书馆出版社，2015 年。

41. 王巨才主编：《延安文艺档案·延安美术》第 50 册，西安：太白文艺出版社，2015 年。

42. 中国民间文艺家协会编：《真情呼唤 共铸辉煌——庆贺贾芝百岁文集》，北京：中国文联出版社，2016 年。

43. 张宝明主编：《新青年·文学批评卷》，郑州：河南文艺出版社，2016 年。

44. 《中央苏区文艺丛书》编委会编：《中央苏区文艺史料集》，武汉：长江文艺出版社，2017 年。

45. 中共中央党史和文献研究院、中共重庆市委编：《中国共产党关于抗战大后方工作文献选编》第 1 册，重庆：重庆出版社，2019 年。

三、著作

1. 赵景深：《童话论集》，上海：开明书店，1927 年。

2. 潘光旦：《中国伶人血缘之研究》，上海：上海书店，1941 年。

3. 杜埃：《人民文艺浅说》，武汉：中南新华书店，1949年。
4. 钟敬文：《口头文学：一宗重大的民族文化遗产》，北京：北京师范大学出版社，1951年。
5. 李岳南：《民间戏曲歌谣散论》，上海：上海出版公司，1954年。
6. 刘守华：《谈革命故事的写作》，武汉：湖北人民出版社，1974年。
7. 钟敬文：《民间文艺谈薮》，长沙：湖南人民出版社，1981年。
8. 陈伯吹：《儿童文学简论》，武汉：长江文艺出版社，1982年。
9. 胡从经：《晚清儿童文学钩沉》，上海：少年儿童出版社，1982年。
10. 陈勤建：《中国民俗》，北京：中国民间文艺出版社，1989年。
11. 胡孟祥：《韩起祥评传》，北京：中国民间文艺出版社，1989年。
12. 陶立璠：《民族民间文学理论基础》，北京：中央民族学院出版社，1990年。
13. 陈思和：《鸡鸣风雨》，上海：学林出版社，1994年。
14. 刘守华：《比较故事学》，上海：上海文艺出版社，1995年。
15. 李扬：《中国民间故事形态研究》，汕头：汕头大学出版社，1996年。
16. 朱自清：《论雅俗共赏》，北京：生活·读书·新知三联书店，1998年。
17. 刘禾：《语际书写——现代思想史写作批判纲要》，上海：上海三联书店，1999年。
18. 高义龙、李晓：《中国戏曲现代戏史》，上海：上海文化出版社，1999年。
19. 钟敬文、董晓萍：《钟敬文学述》，杭州：浙江人民出版社，2000年。
20. 朝戈金：《口传史诗诗学：冉皮勒〈江格尔〉程式句法研究》，南宁：广西人民出版社，2000年。
21. 陈建华：《"革命"的现代性：中国革命话语考论》，上海：上海古籍出版社，2000年。
22. 李孝悌：《清末的下层社会启蒙运动：1901—1911》，石家庄：河北教育出版社，2001年。
23. 万建中：《解读禁忌：中国神话、传说、和故事中的禁忌主题》，北京：商务印书馆，2001年。

24. 刘守华:《中国民间故事类型研究》,武汉:华中师范大学出版社,2002 年。
25. 陈思和:《中国当代文学关键词十讲》,上海:复旦大学出版社,2002 年。
26. 江帆:《民间口承叙事论》,哈尔滨:黑龙江人民出版社,2003 年。
27. 凌纯声、芮逸夫:《湘西苗族调查报告》,北京:民族出版社,2003 年。
28. 朱自清:《中国歌谣》,上海:复旦大学出版社,2004 年。
29. 郑土有:《吴语叙事山歌演唱传统研究》,上海:上海辞书出版社,2005 年。
30. 刘锡诚:《20 世纪中国民间文学学术史》,郑州:河南大学出版社,2006 年。
31. 毛巧晖:《涵化与归化——论延安时期解放区的"民间文学"》,上海:上海辞书出版社,2006 年。
32. 林继富:《民间叙事传统与故事传承——以湖北长阳都湾镇土家族故事传承人为例》,北京:中国社会科学出版社,2007 年。
33. 石凤珍:《文艺"民族形式"论争研究》,北京:中华书局,2007 年。
34. 祁连休:《中国民间故事类型研究》,石家庄:河北教育出版社,2007 年。
35. 斯炎伟:《全国第一次文代会与新中国文学体制的建构》,北京:人民文学出版社,2008 年。
36. 郑振铎:《中国俗文学史》,北京:商务印书馆,2010 年。
37. 毛巧晖:《20 世纪下半叶中国民间文艺学思想史论》,上海:上海文化出版社,2010 年。
38. 杨利慧等:《现代口承神话的民族志研究——以四个汉族社区为个案》,西安:陕西师范大学出版社,2011 年。
39. 李晓峰、刘大先:《中华多民族文学史观及相关问题研究》,北京:中国社会科学出版社,2012 年。
40. 刘大先:《现代中国与少数民族文学》,北京:中国社会科学出版社,2013 年。
41. 陈恩黎:《大众文化视域中的中国儿童文学》,杭州:浙江大学出版社,2013 年。
42. 顾希佳:《中国古代民间故事类型》,杭州:浙江大学出版社,2014 年。
43. 周维东:《中国共产党的文化战略与延安时期的文学生产》,广州:花城出版社，2014年。

44. 陈泳超：《背过身去的大娘娘：地方民间传说生息的动力学研究》，北京：北京大学出版社，2015年。

45. 刘锡诚：《双重的文学——民间文学＋作家文学》，南昌：百花洲文艺出版社，2016年。

46. 刘禾：《语际书写：现代思想史写作批判纲要》，桂林：广西师范大学出版社，2017年。

47. 黎亮：《中国人的幻想与心灵：林兰童话的结构与意义》，北京：商务印书馆，2018年。

48. 蔡翔：《革命/叙述：中国社会主义文学—文化想象（1949—1966）》，北京：北京大学出版社，2018年。

49. 岳永逸：《以无形入有间：民俗学跨界行脚》，北京：商务印书馆，2019年。

50. 毛巧晖：《盘瓠神话研究学术史》，北京：学苑出版社，2020年。

51. 康凌：《有声的左翼 诗朗诵与革命文艺的身体技术》，上海：上海文艺出版社，2020年。

52. 林继富：《口头传统类非遗保护机制与措施研究》，北京：中央民族大学出版社，2020年。

53. 贺桂梅：《书写"中国气派"——当代文学与民族形式建构》，北京：北京大学出版社，2020年。

54. 施爱东：《民俗学立场的文化批评》，北京：中国社会科学出版社，2020年。

55. 张歆：《重述经典 中国十七年电影改编研究》，北京：中国戏剧出版社，2022年。

56. 岳永逸：《终始：社会学的民俗学（1926—1950）》，北京：北京师范大学出版社，2023年。

四、译著

1. ［苏联］克拉耶夫斯基：《苏联口头文学概论》，连树声译，上海：东方书店，1954年。

2. ［美］莫里斯·迈斯纳：《李大钊与中国马克思主义的起源》，北京：中共党史出版社，1989年。

3. ［美］布鲁范德：《美国民俗学》，李扬译，汕头：汕头大学出版社，1993年。

4. ［美］约翰·迈尔斯·弗里：《口头诗学：帕里—洛德理论》，朝戈金译，北京：社会科学文献出版社，2000年。

5. ［英］诺曼·费尔克拉夫：《话语与社会变迁》，殷晓蓉译，北京：华夏出版社，2003年。

6. ［美］阿尔伯特·贝茨·洛德：《故事的歌手》，尹虎彬译，北京：中华书局，2004年。

7. ［英］E.霍布斯鲍姆、［英］T.兰杰：《传统的发明》，顾杭、庞冠群译，南京：译林出版社，2004年。

8. ［英］维克多·特纳：《仪式过程：结构与反结构》，黄剑波、柳博赟译，北京：中国人民大学出版社，2006年。

9. ［德］哈拉尔德·韦尔策编：《社会记忆：历史、回忆、传承》，季斌、王立君、白锡堃译，北京：北京大学出版社，2007年。

10. ［匈］格雷戈里·纳吉：《荷马诸问题》，巴莫曲布嫫译，桂林：广西师范大学出版社，2008年。

11. ［美］理查德·鲍曼：《作为表演的口头艺术》，杨利慧、安德明译，桂林：广西师范大学出版社，2008年。

12. ［美］张春树、骆雪伦：《明清时代之社会经济巨变与新文化》，王湘云译，上海：上海古籍出版社，2008年。

13. ［美］洪长泰：《到民间去：中国知识分子与民间文学，1918—1937年》（新译本），董晓萍译，北京：中国人民大学出版社，2015年。

14. ［美］罗伯特·斯科尔斯、［美］詹姆斯·费伦、［美］罗伯特·凯洛格：《叙事的本质》，于雷译，南京：南京大学出版社，2015年。

五、期刊论文

1. 周作人：《读武者小路君所作〈一个青年的梦〉》，《新青年》第4卷第5期，1918年6月15日。

2. 李大钊：《"少年中国"的"少年运动"》，《少年中国》1919年第3期。

3. 周作人：《中国民歌的价值》，《学艺》1920年第1期。

4. 胡适：《北京的平民文学》，《读书杂志》1922年第2期。

5. 天农：《"到民间去"》，《努力周报》第40期，1923年2月4日。

6. 郭沫若：《革命与文学》，《创造月刊》1926年第3期。

7. 《第六届农民运动讲习所办理经过》，《中国农民》1926年第9期。

8. 董作宾：《为〈民间文艺〉敬告读者》，《民间文艺》1927年第1期。

9. 舒兆桐：《怎样到民间去》，《复旦旬刊》1927年第5—6期。

10. 顾颉刚：《苏州的歌谣》，《民俗周刊》1928年第5期。

11. 郑振铎：《研究民歌的两条大路——岭东情歌集序》，《文学周报》第9—13期，1929年3月30日。

12. 鲁迅：《文艺的大众化》，《大众文艺》1930年第3期。

13. 郑伯奇：《关于文学大众化的问题》，《大众文艺》1930年第3期。

14. 郭沫若：《新兴大众文艺的认识》，《大众文艺》1930年第3期。

15. 丁玲：《文艺在苏区》，《解放》1937年第3期。

16. 胡适：《全国歌谣调查的建议》，《歌谣》周刊第3卷第1期，1937年4月3日。

17. 朱可夫：《延安在文艺上的进步》，《解放》第47期，1938年8月11日。

18. 艾思奇：《抗战文艺的动向》，《文艺战线》1939年第1期。

19. 周而复：《延安的文艺》，《文艺阵地》1939年第9期。

20. 周扬:《对旧形式利用在文学上的一个看法》,《中国文化》1940 年创刊号。

21. 程颂文:《神话在儿童教育上的价值问题》,《广西教育研究》1942 年第 2 期。

22. 董均伦:《文艺工作者在延安》,《胶东大众》第 35 期,1946 年 6 月 16 日。

23. 鲁美:《年画的内容与形式(延安年画工作的介绍)》,《北方杂志》1946 年第 6 期。

24. 周扬:《新的人民的文艺(专论)》,《人民文学》1949 年第 1 期。

25. 林山:《盲艺人韩起祥——介绍一个民间诗人》,《华北文艺》1949 年第 6 期。

26. 陆侃如:《什么是中国文学史的主流》,《文史哲》1954 年第 1 期。

27. 董均伦、江源:《搜集、整理民间故事的一点体会》,《民间文学》1955 年 9 月号。

28. 李岳南:《由"牛郎织女"来看民间故事的思想性和艺术性——就初中"文学"课本的一篇谈起》,《北京文艺》1956 年 8 月号。

29. 刘守华:《慎重地对待民间故事的整理编写工作——从人民教育出版社整理的〈牛郎织女〉和李岳南同志的评论谈起》,《民间文学》1956 年 11 月号。

30. 克冰(连树声):《关于人民口头创作》,《民间文学》1957 年 5 月号。

31. 刘魁立:《谈民间文学搜集工作——记什么?如何记?如何编辑民间文学作品?》,《民间文学》1957 年 6 月号。

32. 董均伦、江源:《关于刘魁立先生的批评》,《民间文学》1957 年 8 月号。

33. 郭沫若:《关于大规模收集民歌问题答本刊编辑部问》,《民间文学》1958 年 5 月号。

34. 宋垒:《深刻表现农民革命性的〈义和团的故事〉》,《人民文学》1959 年第 2 期。

35. 陶阳:《关于记录、整理及"再创作"问题》,《民间文学》1959 年 8 月号。

36. 贾芝:《谈各民族民间文学搜集整理问题》,《文学评论》1961 年第 4 期。

37. 毛星:《从调查研究说起》,《民间文学》1961 年 4 月号。

38. 顾颉刚:《我在民间文艺的园地里》,《民间文学》1962 年 3 月号。

39. 徐重庆:《"左联"大会上通过成立的研究会》,《新文学史料》1979 年第 5 期。

40. 段宝林:《加强民族民间文学的描写研究》,《南风》1982年第2期。

41. 蔡铁民:《对1927—1936年民间文学运动的考察》,《民间文学论坛》1983年第1期。

42. 林芷茵:《记林枫敢在"孤岛"期间的文学活动》,《社会科学杂志》1983年第1期。

43. 毛星:《民间文学及其发展简论》,《民间文学论坛》1984年第1期。

44. 刘守华:《故事学的春天》,《民间文学论坛》1986年第5期。

45. 陈勤建:《文艺民俗学发生论》,《华东师范大学学报(哲学社会科学版)》1986年第6期。

46. 陈子艾:《民间文学本质特征新议》,《民间文学》1986年第12期。

47. 刘锡诚:《整体研究要义》,《民间文学论坛》1988年第1期。

48. 老彭:《论民间文学的特征》,《山茶》1988年第4期。

49. 蔚家麟:《冯梦龙在保存和发扬民族文化方面所作的贡献》,《湖北大学学报(哲学社会科学版)》1989年第3期。

50. 贾芝:《民间文学事业在春天中萌发》,《民间文学》1990年第4期。

51. 钟敬文:《七十年学术经历纪程——〈钟敬文学术论著自选集〉自序》,《北京师范大学学报(社会科学版)》1993年第4期。

52. 高丙中:《关于民俗主体的定义——英美学者不断发展的认识》,《湖北大学学报(哲学社会科学版)》1993年第4期。

53. [美]阿伦·邓迪斯:《"民"指什么人?》,王克友、侯萍萍译,《民俗研究》1994年第1期。

54. 陈思和:《民间的浮沉——对"抗战"到"文革"文学史的一个尝试性解释》,《上海文学》1994年第1期。

55. 吕微:《〈中华民间文学史〉编写研讨会纪要》,《文学遗产》1995年第2期。

56. 安德明:《多尔逊对现代中国民俗学史的论述》,《北京师范大学学报(社会科学版)》1996年第6期。

57. 丁子人:《鲁迅文学传统与中国少数民族文学》,《鲁迅研究月刊》1997年第12

期。

58. 方卫平:《论童话及其当代价值》,《文艺评论》1998年第3期。

59. 黄意明:《化民成俗:民俗学的重大课题》,《戏剧艺术》1998年第4期。

60. 刘铁梁:《民俗志研究方式与问题意识》,《北京师范大学学报(社会科学版)》1998年第6期。

61. 李鸿然:《少数民族文学:概念的提出与确定》,《民族文学研究》1999年第2期。

62. [美]约翰·迈尔斯·弗里:《晚近的学科走势》,《民族文学研究》2000年增刊。

63. 钟敬文:《建立中国民俗学学派论纲》,《广西民族学院学报(哲学社会科学版)》2000年第1期。

64. 吕微:《中国少数民族文学史研究:国家学术与现代民族国家方案》,《民族文学研究》2000年第4期。

65. 吕微:《中国少数民族文学史编写中的学科问题与现代性意识形态》,《民族文学研究》2001年第1期。

66. 刘魁立:《民间叙事的生命树——浙江当代"狗耕田"故事情节类型的形态结构分析》,《民族艺术》2001年第1期。

67. 黄兴涛:《"民族"一词究竟何时在中文里出现》,《浙江学刊》2002年第1期。

68. 张炼红:《从民间性到"人民性":戏曲改编的政治意识形态化》,《当代作家评论》2002年第1期。

69. 朝戈金:《关于口头传唱诗歌的研究——口头诗学问题》,《文艺研究》2002年第4期。

70. 王锺陵:《"文学民间源头论"的形成及其失误》,《学术研究》2002年第12期。

71. 刘宗迪:《从书面范式到口头范式:论民间文艺学的范式转换与学科独立》,《民族文学研究》2004年第2期。

72. 萧梅:《从"民歌研究会"到"中国民间音乐研究会"——延安民间音乐的采集、整理和研究》,《音乐研究》2004年第3期。

73. ［美］玛丽·艾伦·布朗：《民间文学与作家文学》，李扬译，《民间文化论坛》2004年第4期。

74. 刘锡诚：《对中国文学模式的颠覆——纪念毛星先生》，《民族文学研究》2004年第4期。

75. 刘锡诚：《为民众代言——深切悼念董均伦先生》，《民间文化论坛》2004年第6期。

76. 毛巧晖、刘颖、陈勤建：《20世纪民俗学视野下"民间"的流变》，《华东师范大学学报（哲学社会科学版）》2004年第6期。

77. 郝时远：《中文"民族"一词源流考辨》，《民族研究》2004年第6期。

78. 刘锡诚等：《民间文学学术史百年回顾》，《民间文化论坛》2005年第5期。

79. 傅承洲：《明代文人对民歌的认识——以冯梦龙为中心》，《苏州大学学报（哲学社会科学版）》2006年第4期。

80. 傅谨：《沧海桑田：二十世纪中国戏剧版图巨变》，《文艺研究》2006年第9期。

81. 贾芝：《我是草根学者》，《新文学史料》2007年第2期。

82. 白勇华：《地方戏曲演出与村落公共空间的建构》，《戏曲研究》2007年第2期。

83. 周文玖：《从"一个"到"多元一体"——关于中国民族理论发展的史学史考察》，《北京大学学报（哲学社会科学版）》2007年第4期。

84. 巴莫曲布嫫：《非物质文化遗产：从概念到实践》，《民族艺术》2008年第1期。

85. 李云：《〈故事会〉前史（1963—1966）与社会主义教育运动》，《上海文化》2009年第2期。

86. 杨惠玲、赵春宁：《民族主义、实用主义和"欧化主义"——晚清戏曲改良理论的三个关键词》，《戏曲艺术》2010年第3期。

87. 汪立珍：《20世纪中国少数民族民间文学资料建设回顾》，《西北民族大学学报（哲学社会科学版）》2010年第4期。

88. 严昌洪、李安辉、吴守彬：《论民国时期的民族政策》，《兰州大学学报（社会科学版）》2012年第1期。

89. 曹成竹：《"民歌"与"歌谣"之间的词语政治——对北大"歌谣运动"的细节

思考》,《艺术探索》2012 年第 1 期。

90. 王荣:《宣示与规定:1949 年前后延安文艺丛书的编纂刊行——以"北方文丛"与"中国人民文艺丛书"的编辑出版为例》,《陕西师范大学学报(哲学社会科学版)》2012 年第 3 期。

91. 张明霞:《新中国成立以来农民身份变迁论析》,《求实》2012 年第 10 期。

92. 侯姝慧:《1960 年代新故事创作机制与文体的民间性研究》,《文艺争鸣》2013 年第 3 期。

93. 高有鹏:《中国现代民间文学史上的"林兰女士"与〈民间故事〉》,《文化遗产》2013 年第 3 期。

94. 黄永林:《中国民间文学、民俗学学科归属及地位的历史与现状》,《华中师范大学学报(人文社会科学版)》2013 年第 4 期。

95. 毛巧晖:《〈民间文学〉与新中国民间文艺学——基于 1955 年至 1966 年〈民间文学〉的考察》,《民族文学研究》2013 年第 4 期。

96. 常立:《论五四时期童话理论的"个性"话语》,《文艺争鸣》2013 年第 11 期。

97. 田丰:《"革命文学"之为何及其路径——茅盾与太阳社、创造社论争的核心》,《中南大学学报(社会科学版)》2014 年第 2 期。

98. 朝戈金:《"回到声音"的口头诗学:以口传史诗的文本研究为起点》,《西北民族研究》2014 年第 2 期。

99. 漆凌云:《性别冲突与话语权力——论建国前后牛郎织女传说的嬗变》,《民俗研究》2014 年第 5 期。

100. 陈泳超:《写传说——以"接姑姑迎娘娘"传说为例》,《民族文学研究》2014 年第 6 期。

101. 户晓辉:《民间文学:转向文本实践的研究》,《中国社会科学》2014 年第 8 期。

102. 杨卫明:《中华儿童教育社与近代中国的儿童教育研究》,《教育史研究》2015 年第 1 期。

103. 朝戈金:《非物质文化遗产:从学理到实践》,《西北民族大学学报(哲学社会科学版）》2015年第2期。

104. 洪叙铭：《试析〈山歌〉之语言形态——兼谈晚明文学"本色"的选择》，《东华中国文学研究》2015年第12期。

105. 刘守华：《关于改写民间故事的讨论——刘守华和黄俏燕的三次通信》，《贵州民族大学学报（哲学社会科学版）》2016年第1期。

106. 穆昭阳：《国家意识形态下的现代记忆工程——以少数民族民间文学为例》，《赣南师范学院学报》2016年第1期。

107. 刘宗迪：《超越语境，回归文学——对民间文学研究中实证主义倾向的反思》，《民族艺术》2016年第2期。

108. 施爱东：《网络谣言的语法》，《民族艺术》2016年第5期。

109. 刘守华：《论民间故事的"改写"》，《民俗研究》2017年第1期。

110. 李大龙：《对中华民族（国民）凝聚轨迹的理论解读——从梁启超、顾颉刚到费孝通》，《思想战线》2017年第3期。

111. 毛巧晖：《越界：1958年新民歌运动的大众化之路》，《民族艺术》2017年第4期。

112. 布莉莉：《〈新民晚报〉"晚会"副刊与通俗文艺传统》，《当代文坛》2017年第5期。

113. 李晓峰：《1950—1970年代少数民族文学研究的几个关捩》，《辽宁师范大学学报（社会科学版）》2017年第6期。

114. 张琼洁：《当代民间故事活动的价值发生研究：意义与方法》，《民族文学研究》2018第1期。

115. 佘振华：《文学与人类学双重视域下19世纪法国的民间文学研究》，徐新建主编：《文学人类学研究》第2辑，北京：社会科学文献出版社，2018年。

116. 张旭东：《"革命机器"与"普遍的启蒙"——〈在延安文艺座谈会上的讲话〉的历史语境及政治哲学内涵再思考》，《中国现代文学研究丛刊》2018年第4期。

117. 万建中：《从文学文本到文学生活：现代民间文学学术转向》，《西北民族研究》2018 年第 4 期。

118. 岳永逸:《故事流:历史、文学及教育——燕大的民间故事研究》,《民族艺术》2018 年第 4 期。

119. 朝戈金:《口头诗学》,《民间文化论坛》2018 年第 6 期。

120. 刘卓:《"群众的位置"——谈延安时期文艺体制的"非制度性"基础》,《陕西师范大学学报(哲学社会科学版)》2019 年第 1 期。

121. 祝鹏程:《改革开放以来的中国民俗学:热点回顾与现状反思》,《民俗研究》2019 年第 2 期。

122. 周建华:《"革命"逻辑与中央苏区文艺的历史选择》,《井冈山大学学报(社会科学版)》2019 年第 3 期。

123. 徐新建:《"文学"词变:现代中国的新文学创建》,《文艺理论研究》2019 年第 3 期。

124. 刘大先:《中国少数民族文学研究七十年》,《东吴学术》2019 年第 5 期。

125. 苏珊:《中国少数民族文学史编撰历程的回顾与思考》,《民族文学研究》2019 年第 6 期。

126. 常海波:《延安文艺传统与少数民族文学话语》,《民族文学研究》2020 年第 1 期。

127. 齐晓红:《1930 年代左翼文艺对"大众"问题的探讨》,《中国文学批评》2020 年第 4 期。

128. 张多:《从民间文学调查到民族志书写——百年云南民族民间文学范式转换的启示》,《赣南师范大学学报》2020 年第 4 期。

129. 王丹:《铸牢中华民族共同体意识的多民族民间文艺视角》,《西北民族研究》2021 年第 1 期。

130. 向贵云:《新中国少数民族文学发展史上的 1956 年》,《中国当代文学研究》2021 年第 2 期。

131. 汪晖、贺桂梅、毛尖:《民族形式与革命的"文明"论》,《文艺理论与批评》2021 年第 2 期。

132. 王丹:《"弟兄祖先"神话与多民族共同体建构实践——中华民族共同体意识的生成路径》,《中央民族大学学报(哲学社会科学版)》2021年第2期。

133. 邹诗鹏:《从国家民族及其认同建构看现代中华民族共同体之建构》,《中央民族大学学报(哲学社会科学版)》2022年第1期。

134. 李琴:《中国"少数民族文学"概念溯源》,《民族文学研究》2022年第3期。

135. 朝戈金:《口头诗学的文本观》,《文学评论》2022年第3期。

136. 毛巧晖:《民间文艺赋能乡村建设:基于百年乡建学术史的反思》,《百色学院学报》2022年第4期。

137. 施爱东:《民间文学的学"术"问题》,《西北民族研究》2022年第1期。

138. 王铭铭:《新中国人类学的"林氏建议"》,《读书》2022年第5期。

139. 王子健:《近代"拟歌谣"的音乐倾向与启蒙立场——兼谈其与"五四"歌谣的差异》,《文艺研究》2022年第5期。

140. 贺桂梅:《〈讲话〉与人民文艺的原点性问题》,《中国现代文学研究丛刊》2022年第6期。

141. 施爱东:《看见她,歌谣中的理想美人——董作宾歌谣研究的百年对话》,《学术研究》2022年第6期。

142. 岳永逸:《文化转场、个人的非遗与民族共同体》,《民俗研究》2023年第1期。

143. 袁先欣:《"民间":一个范畴的现代演变及其历史条件》,《开放时代》2023年第6期。

六、内部资料

1. 国务院科学规划委员会办公室编:《1956—1967哲学社会科学规划纲要(修正草案)》,内部资料,1958年。

2. 中国民间文艺研究会研究部编:《民间文学参考资料》(共九辑),内部资料,1962—1963年。

3. 中国社会科学院少数民族文学研究所编印:《中国少数民族文学史编写参考资料》,内部资料,1984年。

4. 中国人民政治协商会议柳州市委员会学习文史资料委员会编:《柳州文史资料》第8辑,内部资料,1991年。

5. 马骥主编:《陕甘宁边区三边分区史料选编》,内部资料,2007年。

七、学位论文

1. 李素英:《中国近世歌谣研究》,燕京大学硕士学位论文,1936年。

2. 郭玲:《延安〈解放日报〉副刊与延安文学》,北京师范大学硕士学位论文,2006年。

3. 吴敏:《1940年代前后延安的文化组织与文学社团》,复旦大学博士学位论文,2006年。

4. 张莉:《红色神话演绎之路——17年（1949—1966）戏曲改革研究》,浙江大学博士论文,2009年。

5. 杨方:《周扬思想文化活动研究》,复旦大学博士学位论文,2010年。

6. 张婷婷:《延安时期新秧歌剧中的民间叙事传统及其表演》,北京师范大学硕士学位论文,2010年。

7. 王纯:《延安时期的毛泽东与萧军:文艺知识分子的路向问题》,北京师范大学硕士学位论文,2012年。

8. 秦彬:《"改造"话语与延安文学:基于政治文化统合性视角的考察》,南开大学博士学位论文,2013年。

9. 吕惠静:《二十世纪中国文学"大众化"的反思》,陕西师范大学硕士学位论文,2017年。

10. 武菲菲:《延安戏曲改革与20世纪中国文艺大众化》,陕西师范大学博士学位论文,2018年。

11. 石倩:《〈说说唱唱〉中女性文学书写研究》,贵州师范大学硕士学位论文,2020年。

八、报纸文章

1. 李大钊:《青年与农村》,《晨报》1919年2月20日—23日。

2. 费孝通:《关于民族问题的讨论》,《益世报·边疆周刊》1939年5月1日。

3. 柏桦:《幼年的刘志丹》,《解放日报》1943年9月5日。

4. 柏桦:《请愿——刘志丹故事之一》,《解放日报》1943年10月4日。

5. 毛泽东:《在延安文艺座谈会上的讲话》,《解放日报》1943年10月19日。

6. 孔厥:《人民英雄刘志丹(唱本)》,《解放日报》1943年10月28日。

7. 金易:《兄妹开荒》,《新民报》1949年7月17日。

8. 钟敬文:《请多多地注意民间文艺》,《文艺报》1949年第13期。

9. 陈漾:《劳动人民的智慧》,《光明日报》1950年3月7日。

10. 方望:《领袖到我们村里来了——民间故事新型》,《光明日报》1950年3月15日。

11. 陈毓罴:《歌谣与政治》,《光明日报》1950年5月14日。

12. 夏秋冬:《歌谣与政治》,《光明日报》1950年5月21日。

13. 钟敬文:《关心民间文艺的朋友们集合起来》,《光明日报》"文代会"特刊。

14. 《重视戏曲改革工作》,《人民日报》1951年5月7日。

15. 周扬:《社会主义现实主义——中国文学前进的道路》,《人民日报》1953年1月11日。

16. 《文化工作必须为工农兵服务》,《光明日报》1955年3月30日。

17. 孜亚:《新疆各民族文学艺术事业的新发展》,《人民日报》1955年9月25日。

18. 新华社讯:《在北京的作家们积极为儿童创作》,《人民日报》1955年10月24日。

19. 老舍:《关于兄弟民族文学工作的报告——在中国作家协会第二次理事会会议

（扩大）上的报告（摘要）》,《人民日报》1956年3月25日。

20.《云南少数民族出版事业发展很快 从手抄本到建立民族文学的印刷厂》,《人民日报》1957年9月2日。

21.《要有一支强大的工人阶级的文艺队伍》,《人民日报》1957年11月12日。

22. 周扬:《大规模地收集全国民歌》,《人民日报》1958年4月14日。

23. 新华社讯:《深入调查研究 认真搜集编写 青海整理少数民族民间文学》,《人民日报》,1961年6月27日。

24. 毛泽东:《在党的八届十中全会上的讲话》,《人民日报》1962年9月29日。

25.《用群众喜闻乐见的形式进行宣传鼓动 上海工厂、文娱场所的故事会受到欢迎》,《人民日报》1963年1月13日。

26.《两千多名业余故事员积极向社员进行阶级教育 上海郊区大讲革命故事》,《人民日报》1963年8月27日。

27.《上海农村广泛开展讲革命故事的活动》,《人民日报》1963年12月28日。

28. 新华社讯:《五十多个民族的业余演员在颐和园联欢 歌颂各民族伟大领袖毛主席》,《人民日报》1964年12月4日。

29. 姜德明:《在兴无灭资的阵地上——记坚持革命文艺活动的张明兴和禹先梅》,《人民日报》1964年12月6日。

30. 郭汾祥:《唱起民族团结的"花儿"》,《人民日报》1964年12月8日。

31. 彦克:《革命的文艺革命的人——看广东、青海业余演员演出》,《人民日报》1964年12月11日。

32. 张紫晨、吴超、陈建瑜:《在革命斗争中发展各族新民歌》,《人民月报》1965年6月28日。

33. 高庆琪:《撒播社会主义的文化种子——记土族姑娘刁斯让索和祁兴兰从北京回村后》,《人民日报》1965年7月8日。

34. 郑土有:《刻不容缓：搜集整理者的研究》,《中国艺术报》2012年11月12日。

35. 习近平:《在文艺工作座谈会上的讲话》,《人民日报》2015年10月15日。

36. 邱运华:《民间文学的时代意义》,《光明日报》2016年8月12日。

37. 习近平:《在中国文联十大、中国作协九大开幕式上的讲话》,《人民日报》2016年12月1日。

38. 毛巧晖:《民间文学:在政治与文艺之间多面向重构》,《社会科学报》2018年8月16日。

39. 李晓峰:《新中国70年少数民族文学:在全面发展中走向辉煌》,《文艺报》2019年9月6日。

九、网络资料

1. 卢南峰整理:《刘禾:冷战壁垒中的一场亚非文学翻译运动》,发表日期:2017年8月1日,澎湃新闻·思想市场,https://www.thepaper.cn/newsDetail_forward_1747749,浏览日期:2017年8月7日。

2. 《"中国民间文学三套集成"总字数逾40亿字》,发布日期:2014年5月28日,http://www.chinanews.com/cul/2014/05-28/6223437.shtml,浏览日期:2017年10月22日。

3. 朝戈金、梁卫国:《保护非遗就是保护优秀传统文化——六中全会解读之四》,发布日期:2012年6月1日,https://www.chinafolklore.org/web/index.php?NewsID=10206,浏览时间:2017年12月29日。

4. 刘守华:《刘守华教授为一苇〈中国故事〉作序:关于民间故事的改写》,发布日期:2017年4月12日,豆瓣读书,https://book.douban.com/review/8474388/,浏览时间:2021年12月22日。

后　记

在个人简介中，总会有一栏是专业方向，很多则明确为"学术专长"。我从博士毕业后，似乎学术专长就被定向为"中国民间文学学术史"。也只有从事学术史梳理者，才能感受到这一方向的"出力不讨好"。

对于民间文学学术史的梳理，从现代民间文学兴起研究者就较为关注，但是我对民间文学学术史的梳理则缘起于博士论文对延安时期民间文学的讨论。我总感觉自己对于中国民间文学学术史的梳理有点"另类"，当然也或许是学界共识，但促使我专门对自己进行学术史研究思路进行整理则缘于在《开放时代》发表《从革命话语到"人民"话语：1919年—1949年民间文学的发展衍化》。文章发表后，责编郑英老师邀请我写一篇论文写作之后的"未尽之言"，可以在《开放时代》的公众号刊发。这种方式简直太好了，从博士论文开始，每次写完文章后，都有一些特别想说的话。博士论文是唯一有机会在完成后还可以继续发布个人思考与感言的，之后似乎再少有机会，当然有时候会在会议发言中提到，可是毕竟公开传播的时机可以说少之又少。所以《开放时代》给了我这次机会，我也很珍惜，撰写了《追溯民间文学的另一脉络——以"延安时期"为中心的学术史梳理》，并由《开放时代》公众号2023年6月23日推送。可能并未达到公众号的预期，也未引起更多研究者的关注，但对我而言，则是一次整理自己思路的机会，故想分享给大家。

民间文学作为一门学科，兴起于20世纪初期，与现代民族国家观念的兴起与现代学术转型相伴生。一般而言，学界将1918年北京大学

后 记

征集歌谣运动作为现代民间文学兴起之端。在民间文学领域，由于西学传统的影响及长期以来的研究范式所致，研究者大多关注不同文类如神话、民间故事、民间传说、民间歌谣、叙事长诗、史诗及谜语、谚语等研究，以个案或某一故事类型研究为主；或者就是民间文学的搜集整理及资料的科学性探索，研究者在一起大多喜欢谈论前人或者国家文化工程民间文学资料搜集的弊端等，但似乎也很少有研究者专门搜集整理一套或一系列文本。而后世的学术史梳理，除了各文类（或体裁）专门史的梳理外，则是整体民间文学研究史的耙梳。无论是专门史还是整体民间文学史的研究，对于研究者而言都是个"坑"。无论看前辈学人的论著，还是同辈学者及自己之前的学术史论述，总会感慨做学术史就是要面临成品时"千疮百孔"的伤感，和他人左右指戳的诟病，之后再"缝缝补补"尽量让其完善。

民间文学学术史研究中，大多注重对民俗学传统的民间文学的梳理，这样北京大学（1922—1925年）、中山大学时期（1928—1930年）、杭州中国民俗学会时期（1930—1935年）及20世纪70年代末期开始的民间文学研究恢复及再度兴盛就成为民间文学发展史的几个核心或主要阶段，这也确实是民间文学学术史的几个"节点"。所有历史的书写都会注重主要人物、重要事件，也正如此，可能我们永远无法还原任何一个"情境"，哪怕就是上一刻发生的事情，因为无论"人眼"还是"天眼"都是某一视角或者侧面的呈现，但往往这一看到或留存的"影像"就成了历史"真实"。历史的多样性与复杂性被书写者抽离。当2003年读博士期间确定了以"延安时期民间文学"为题后，我开始接触到延安时期"另一样"的民间文艺，新秧歌、新说书，也看到了曾经在新诗领域影响极大的何其芳的《论民歌》和李季、赵树理创作中的民间文学的影子。比对《王贵与李香香》和《马五哥与尕豆妹》文本时候的喜悦与迷茫似乎就在昨天。当然我也没有想到自己会一直沿着延安文艺这一脉络对民间文学学术史进行探索，或者走上学术史研究之路。偶然中有着必然，或许大学本科就是历史系，所以对历史其实有着天然亲近感，也或许随着渐渐走入尘封的史料、文本，看到了与"主流"叙述不同的"历史"。每位历史书写者都有自己主观判断，或者史料选取主题，但"编织者"织出的"网络"似乎缺失了一些"面相"，且大多是从当代构建"以往"。民间文学研究具有多学科特性，其兼涉文学、民俗学、人类学、社会学、民族学等诸多领域，但当下民间文学的学科归属让其学术史"书写"更多注重民俗学传统，而民俗学学科在不同时期也有诸多变化，受到政治、文化等时代因素的影响。故亦有在二十世纪二三十年代就曾从事过民俗学研究的费孝通先生在80年代民俗学会的发言上提到，"我不懂民俗学"。可见不同时期民俗学研究差异之大，更何况跨学科思考或梳理。所以当接触到延安文艺思想统领下的民间文学时有种种困惑与迷思。

最初更多关注延安文艺传统影响下的民间文艺与书面文学的同异之处以及延安民间文艺与20世纪初期兴起的民间文艺有何相通之处。也就是说，自己总有一个"宏愿"，希望将延安民间文艺纳入中国民间文学脉络，成为中国民间文学研究史中一个环节。这种既想证"同"又想找"异"的思路，成为博士毕业之后很多年的研究理念，也算是自己的"舒适圈"吧。之后撰写了何其芳民间文艺研究、解放区歌谣等，大多是前人研究的注脚或拓展，关注已有研究中民间文学视角的缺失或对民间文学资料的忽略。渐渐自己也意识到"缝缝补补"也是贡献，但似乎与自己所期待的研究有一定差距。直到2013年，我申请了国家社会科学基金项目"国家话语与民间文学的理论建构（1949—1966）"，在这一项目开展过程中，由于自己工作单位的性质，逐步开始关注少数民族民间文学，在个案选择中"刘三姐""阿诗玛"及少数民族神话等开始成为关注的中心。同时，也重新对新民歌运动、农民画、童话等进行梳理，在此过程中，少数民族民间文学和书面文学之间的界限与传统民间文学、作家文学的讨论有着显著不同，另外则是传统民间文学研究并不

后 记

涵括少数民族民间文学，于是在对1949—1966年民间文学的梳理中，必须处理的问题就是要将口头文学、书面文学和民间文学、少数民族民间文学统合于一体，其间围绕"革命""人民"逐步形成了新的思考维度。之后有关民间文学搜集整理和一些民间文学文类如新故事、花儿等学术史研究的梳理及中国民间文学传统语汇"采风"的讨论都开始注重从中国革命、民众、人民等维度出发进行思考，这样研究的重点开始过渡到民间文艺领域较少关注的中国共产党对于民间文艺的利用及基于民间文艺的创作。由于在这一领域的研究中，作家文学着手较早，近年来随着国内外对社会主义文学的研究热，研究者开始从新的维度思考识字运动、中国共产党早期夜校、女工教育及抗战时期通俗文艺创作等，作家文学研究领域逐步打通了书面文学与口头文学，同时也大量使用日记、口述史等资料，注重实地调查，这些拓展性研究对我帮助很大，让我逐渐意识到民间文学不仅只是补充作家文学研究的视角和缺失的资料，更多则是需要从民间文学研究视域打通两者的割裂，关注从"革命"文学到"人民"文学发展脉络中民间文学的发展、衍化，同时也更注重思考民间文学的这一发展脉络对于民间文学理论的贡献。尤其是它与从西方引入的民俗学意义的民间文学的联结及其结合中国历史、文化情境的在地化演变。并且需要思考这一演变对于中国民间文学的复杂性的影响。对于中国民间文学学术史、思想史的梳理，要关注到民俗学之民间文学、社会学之民俗学（含民间文学）、文学之民间文学的复合性、多样化，否则学术史的梳理就是"单面"的；此外，当下的学科划分，尤其是立足于当下学科思考的民间文学缺失了很多"资料"和"面相"。在此借用民间文学"记录史"和"生命史"的表述。民间文学研究如"生命史"，而民间文学研究的学术史梳理则如"记录史"，"记录史"只能无穷接近"生命史"，复原则如夸父逐日。每一篇论文或者每一次研究，都是"漫漫长路"上的一次追逐，研究者可能都会抽绎出一个视角或个案，在研究过程中也越来越关注到"历史"本身的复杂多样,为"记录"民间文学研究史添砖加瓦。《从革命话语到"人民"话语:1919—1949年民间文学的衍化》这篇文章,算是自己的一次尝试,希望将20世纪30年代文学大众化及左翼文学运动纳入民间文学学术史的考量,这就使得当时大量左翼文人的研究乃至对民间文学的利用、改编纳入了研究视野,让我们看到了当时聚焦于"革命"的民间文艺,它与兴起于新文化运动的民俗学有着连续性,同时又出现一些新的取向,是民俗学本土化的开始。在对20世纪30年代民间文学研究史的梳理中,我也尽量关照到国统区、根据地(之后解放区)研究者对民间文学认知的差异,这样在某种意义上也注意到了曾经对于民间文学学术史梳理中"同质化""扁平化"的问题,但是在这篇文章中并没有处理得很好,由于主要集中于思考从革命文学到人民文学发展中民间文学的意义与作用,或者说在这一进程中,民间文学学术史是如何衍化、发展的,其对新中国初期人民文学的形成具有何种意义?这样文章核心宗旨就在梳理从1919年"到民间去"运动到20世纪50年代中国共产党文艺政策影响下民间文学的一些新的特征或新趋向。只是在这一梳理中,没有触及国统区不同区域的差异,以及解放区民间文学创编、利用"中心"和"边地"、汉族和少数民族以及不同时期中的不同,特别是国统区的文艺通俗化实践、民间文学研究后来如何被纳入根据地、解放区的民间文艺研究和一些指导性方针中,特别是一些左翼文艺作家对于民间文艺的看法、对于民间文艺利用和创编的讨论等未纳入研究中,这样使得自己希冀的多面相的学术史梳理目的并未达到。未来希望在民间文学学术史的梳理中,进一步打破书面和口头的边界,关照到"中心"与"边地"、汉族和少数民族;同时也关照到同一面相中的多样和复杂,希望能打破曾经的单一学科或视角的思考,在多样、复杂中逐步让大家看到学术史本身的加减法及历史的细微之处。

后 记

《延安文艺传统与中国民间文艺学》算是对自己研究的阶段性成果的一次汇总。此书的撰写缘起于中国社会科学院文学研究所施爱东研究员的鼓励与督促。2022年3月的一天，施老师打电话说他们研究室准备与河北教育出版社合作推出一套民间文学研究丛书，希望我能提供一部书稿，我当时不自觉地就想拒绝，因为自己手头除了国家社会科学基金项目的成果《国家话语与民间文学的理论建构（1949—1966）》外，没有其他著作，再加上畏难情绪，短期内难以完成。但是施老师跟我说，你最近几年不是出了一些有关延安时期民间文学学术史的文章吗？是不是可以将其整合成一部书稿。瞬间感觉柳暗花明，也就跃跃欲试，想着有机会将自己的成果整体性展示给大家，能得到各方学者的指正，也未尝不是件幸事。在书稿撰写过程中，经常与廊坊师范学院的张歆博士一起讨论，因为研究和关注点的接近，她经常给我提供很多在我知识领域之外的资料、文本，特别是经常帮忙搜集各类报刊和电子书，对我帮助很大。另外，我的博士生王晴、苏明奎和硕士生安可然、师天璐都帮忙做了大量文字校对工作，非常感谢他们的无私付出。

此书的出版还离不开河北教育出版社领导和编辑的督促与帮助，非常感谢他们！也要感谢单位同事和身边朋友的帮助，在此不一一胪列。也非常感恩家人的支持，他们的宽容与谅解是我顺利完成工作的最坚实的支柱。

毛巧晖

2023年7月写于望京西园